文春文庫

クリスマス・プレゼント

ジェフリー・ディーヴァー
池田真紀子 他訳

文藝春秋

妹であり、作家仲間のジュリー・リース・ディーヴァーに

クリスマス・プレゼント＊目次

（　）内は訳者

クリスマス・プレゼント

まえがき

短編《ショートストーリー》とのつきあいは、はるか少年時代までさかのぼる。

ぼくは野暮ったくて丸ぽちゃの、友だちづきあいが苦手な子どもだった。スポーツはからきしだめだった。だから、そういう人種らしく、読書や創作に心を奪われた。とりわけポーやO・ヘンリー、A・コナン・ドイル、レイ・ブラッドベリといった短編の名手の作品に夢中になった。もちろん、短編TVドラマシリーズでは過去五十年間の最高傑作であろう、驚愕の結末が売り物の『ミステリーゾーン』の忠実な視聴者でもあった(『人類に供す』の回で出てきた有名な饗応マニュアルを思い出したところで背筋がぞくりとなどしたりしないと言い張る『ミステリーゾーン』ファンに出会うと、むきになって反論せずにはいられない)。

中学校の授業で作文の課題が出ると、決まって短編小説の腕試しをした。ただし、推理ものやSFを書いたわけではない。若さゆえの傲慢から、ぼくオリジナルのサブジャンルを創設したのだ。ぼくの作品のなかでは、多くの場合、野暮ったくて丸ぽちゃの、友だちづきあいが苦手な少年が活躍して、大惨事に巻きこまれたチアリーダーやポンポンガールを救出した。どのエピソードもスリル満点ではあったが、たとえばわれらがヒーローが勇敢にも切り立った高峰に挑むなど、現実にはとてもありそうにない設定だっ

た（いまとなっては赤面するしかないが、物語の舞台は当時住んでいたシカゴ郊外だった。ちなみに、シカゴ近郊には、見渡すかぎり、山らしい山は一つもない）。

僕が提出した短編小説は、担当教師を大いに嘆かせた。文学界の輝ける星たちの作品群を手本に学ばせようと、何時間も費やした結果がそれだったのだから（「もっとプッシュしなくちゃ、ジェフリー」——いまどきの言葉に置き換えれば〝発想の転換が必要〟というような意味の、一九六〇年代特有のスラングだ）。しかし、教師たちの精神の健康にとって、またぼくの物書きとしてのキャリアにとって幸いなことに、ぼくはコンプレックスの発散という執筆手法を比較的早い時点で捨て、作家になるための努力に真摯に取り組むようになった。その努力の道は、詩、作詞作曲、ジャーナリズムを経由した。終着点に長編小説があった。

その間も、短編小説の熱心な読者であり続けた。『エラリー・クイーンズ・ミステリー・マガジン』『アルフレッド・ヒッチコック・ミステリー・マガジン』『プレイボーイ』（この刊行物にはグラビア写真も多く掲載されていると聞いている）『ニューヨーカー』といった雑誌やアンソロジーを読みふけった。一方で、自分で書く機会にはなぜか恵まれなかった。しかしそれまで本業としていた仕事を辞め、フルタイムの小説家になって数年後のこと、友人の作家が書き下ろし短編集の編纂をまかせられ、ぼくにも声がかかった。

ふむ、やってみるか。ぼくはさっそくとりかかった。

意外にも、短編を書くのは、このうえなく楽しい体験だった——しかも、まるで予期

していなかった理由で。長編小説の執筆では、ぼくは厳格な作法を固守している。悪を善に見せかけたり（その逆も）、読者の目の前に災難の予感をぶらぶらさせてみたりするのは大好きだが、結末では、善は善に、悪は悪に戻り、程度の差こそあれかならず善が勝利する。作家は読者に責任を負っている。時間とお金と感情を長編小説に注ぎこんだあげく、苦く皮肉に満ちたエンディングにがっかりさせられるなどという経験は、ぼくの読者には絶対にさせたくない。

しかし、長さ三十ページの短編となると、事情はまるでちがってくる。読者は、長編の場合とちがい、さほど多くの感情を投資しない。短編小説の醍醐味は、ジェットコースターみたいな波瀾万丈のストーリー展開ではない。登場人物について時間をかけて学び、その人物を愛し、あるいは憎むことでもない。舞台となった土地の、入念な描写によって作り上げられた独特の雰囲気でもない。短編小説は、たとえるなら、狙撃手の放った銃弾だ。速くてショッキングなものだ。そこでは、善を悪として、悪をさらなる悪として、そして何より痛快なことには、究極の善を究極の悪として描くことさえできる。

また、一人の職人として、短編を書くのに必要な自己鍛練もまた楽しいものであることを知った。創作を学ぶ人々によく話すことだが、長い作品を書くのは、短い作品を書くよりはるかに楽な作業だ。しかし、言うまでもなく、肝心なのは、書く者にとって何が楽かということではない。読者にとって何が最良かということだ。短編小説は、作家の怠慢をけっして許さない。

さて、おしまいに、ここに収められた作品の執筆の機会を与えてくれた諸氏にお礼の言葉を述べておきたい。なかでも、ジャネット・ハッチングスと偉大なる『エラリー・クイーンズ・ミステリー・マガジン』、その姉妹誌『アルフレッド・ヒッチコック・ミステリー・マガジン』、マーティ・グリーンバーグとテクノブックスの皆さん、オットー・ペンズラーとエヴァン・ハンターには、心からの謝意を捧げたい。

この短編集に収録された作品はどれもそれぞれ趣が異なっていて、登場人物も、ウィリアム・シェイクスピアから敏腕検事、年季の入った犯罪者、軽蔑すべき殺人者、それにどれほどひいき目に見ても機能不全に陥っているとしか言いようのない家族まで、さまざまだ。リンカーン・ライムとアメリア・サックスが登場する『クリスマス・プレゼント』は、この短編集のために書き下ろした。あえて言えば、たわむれにあの中学生作家時代に逆戻りしてみたような、〝ぱっとしない少年の逆襲〟的な作品もある。しかし、残念ながら、ぼくのほかの小説に関してと同様、これ以上詳しいことは話せない。せっかくのどんでん返しをぶち壊すようなヒントをうっかり口にしてしまいそうだからだ。だからおそらく、シンプルにこう言って締めくくるのが一番だろう。ページをめくって、楽しんで……そして記憶に刻んでほしい。世の中のものごとは、すべてが見た目どおりであるとはかぎらないと。

――J・W・D

ジョナサンがいない

WITHOUT JONATHAN

マリッサ・クーパーは車を二三二号線に乗り入れた。そのままポーツマスから、およそ三十キロ先のグリーン・ハーバーまで行くつもりでいた。

これはジョナサンと二人、日常品やくだらない贅沢品や、たまに貴重品を買いにショッピング・モール通いをした同じ道なのだと思いながら。

七年まえ、メイン州に移ってきた二人は、その道から近い場所に夢の家を見つけた。五月にはその道を通って、二人の記念日を祝いに出かけた。

しかし今夜、そうした記憶は一か所に行き着いてしまう。ジョナサンのいない人生。翳りゆく太陽を背に、ゆるいカーブを抜けていきながら、そんな面倒な――でも、しつこい――思いは消えたらいいと念じていた。

考えたらだめよ！

まわりを見なさい、と彼女は自分に言い聞かせた。この荒れた景色をごらんなさい。紫色の雲が低く垂れこめて、楓《かえで》や樫《かし》の葉は金色だったり、心臓のような赤だったりする。あの陽光をごらんなさい。栂《つが》や松の黒い幹に輝くリボンをまとわせている。牛の群れがなぜか一列になって、勝手に納屋へと引き上げていくわ。

ハイウェイから八キロほど引っこんだあたりに、小さな村でひときわ目を惹く白い尖塔がある。

そして自分を見なさい。新しい人生に向けて、明るい銀のトヨタを走らせる三十四歳の女を。

ジョナサンのいない人生。

二十分後、ダナーヴィルまで来た彼女は、町にある二つのうち最初の信号でブレーキを踏んだ。ギアを入れたまま停止した車内から、彼女は右に目をやった。そこで見たものに胸が騒いだ。

それはボートと釣りの用具をあつかう店だった。ウィンドウには、なにか船舶用エンジンの取り扱いについて広告が出されていた。メイン州のこの海岸沿いでは、ボートと縁が切れない。観光客向けの絵や写真にも、マグにも、Tシャツやキーホルダーにもボートがあしらわれている。もちろん本物もそこらじゅうで見かける。海上をはじめ、トレイラーに積まれたもの、乾ドック入りしたもの、前庭に置かれたもの――南部の田舎で目につくピックアップ・トラックのニューイングランド版といったところ。

だが彼女の目を釘づけにしたのは、広告の写真に使われたクリスクラフトのボートだった。大型で、たぶん十ないし十二メートルの長さがある。

ジョナサンのとよく似たボート。瓜ふたつといっていいほどで、色も形も同じだった。五年まえに購入したとき、夫は（新しい玩具を手にした子どもと一緒で）じきに飽きるだろうと高をくくっていたのだが、やがてマリッサは自分の見込みちがいに気づかされることになった。夫はほぼ毎週末、沿岸にクルージングに出ては老練な水夫さながらの漁をした。水揚げのなかから選りすぐった土産を持ち帰ってきて、それを彼女がさばいて料理するのが習慣だったのだ。

ああ、ジョナサン……。

マリッサは唾を呑むと、息を深く吸って胸の鼓動をしずめようとした。それに——

後ろでクラクションが鳴った。信号が青に変わっていた。彼女は車を運転しながら、夫の死を頭から締め出そうと懸命になった。荒れた鈍色《にびいろ》の大西洋に揉まれるクリスクラフト。船外に投げ出されるジョナサン。両腕を激しく振り、声をかぎりに叫んでいるのは助けを求めているからだろう。

おお、ジョナサン……。

マリッサはダナーヴィルの二つめの信号を過ぎ、まっすぐ海岸をめざした。眼前には夕影に映えて、大西洋の冷たく沈んだ水が見える。

ジョナサンのいない人生はこの水のせい。

いいかげんにデイルのことを考えなさい。

デイル・オバニオンは、これからグリーン・ハーバーで夕食をする相手なのだ。マリッサにとって、男性と出かけるのは久しぶりのことだった。

彼とは雑誌の個人広告を介して知り合った。何度か電話で話すうちにどことなく気心が知れて、会う約束をしてもいいと思うようになった。場所は埠頭にある人気のレストラン〈フィッシャリー〉に決めた。

デイルからは〈オーシャンサイド・カフェ〉の名前が出た。たしかに食事はおいしいけれど、そこはジョナサンが気に入っていた。そんな店でデイルと会うことはできない。

だから〈フィッシャリー〉。

マリッサは昨夜の会話を思いかえした。デイルはこう言ったのだ、「こっちは背が高くて、わりとがっちりしてる。頭のてっぺんがちょっと薄いけど」

「わかったわ」彼女はどぎまぎしながら答えた。「わたしは百六十五センチでブロンド、紫のドレスを着ていきます」

交わした言葉をかみしめながら、電話で知り合った相手と、そんな簡単なやりとりをしただけで会ってしまう独り身の気楽さを思っていた。

デートすることにはなんの問題もなかった。それどころかある面、期待もしていた。医学部を卒業しようという夫と出会ったのは、マリッサが二十一歳のときである。二人はまもなく婚約して、彼女の独身女性としての社会生活は終わりを告げた。それがいま、彼女は楽しみを見出そうとしている。気になる男たちと出会い、ふたたびセックスを満喫することになりそうだった。

たとえ先に仕事があっても、とにかくリラックスすること。つらそうにしたり、未亡人をあまり表には出さないこと。

でもそう思いながら、彼女の心は別のことを考えている。わたしはまた恋に落ちるのだろうか。

ジョナサンのすべてを愛したときのように、もう一度。

わたしのすべてを愛してくれる人が現れるだろうか。

つぎの赤信号で停まると、マリッサはミラーをねじって覗きこんだ。すでに太陽が没したあとでも、ふっくらした唇、ミシェル・ファイファーを思わせるしわのない顔（薄暗いなかでトヨタのアクセサリーに映っているかぎりで）、小ぶりの鼻と、ルームミラーのテストには合格していると思った。

それに、身体は細くそれなりに引き締まっているし、胸は〈ヴィクトリアズ・シークレット〉の最新カタログの表紙を飾るほどではないけれど、タイトなジーンズにつつまれたヒップはかなり人目を惹くと思っている。

少なくとも、メイン州ポーツマスでは。

ええ、そうよ。ふさわしい男はきっと見つかるわ。

テキサス人の祖父に乗馬と射撃を仕込まれた、カウガールの血を好きになる人が。

あるいは彼女のアカデミックな部分——文章や詩作、大学卒業後についた教職への愛着といったものを気に入る人がいるかもしれない。

あるいは映画を観たり道ばたでの光景を目にして、愉快なジョークやくだらないジョークを聞いて一緒に笑えるような人が。笑うのが大好きなのに（近ごろはあまり笑うことがなかった）。

そこでマリッサ・クーパーは考えた。だめ、待って……わたしの何もかもを愛してくれる相手を見つけるのよ。

それでも涙があふれ出て、彼女は急いで車を道路脇に停めると、こみあげる嗚咽《おえつ》に身

をまかせた。

「だめ、だめよ……」

マリッサは夫の姿を頭から振りはらおうとした。

冷たい水、灰色の水……。

五分もすると気持ちも落ち着いた。涙を拭いて化粧をなおし、口紅をひいた。

グリーン・ハーバーのダウンタウンに入ると、埠頭から半ブロックほどの店舗やレストランに近い駐車場に車を駐めた。

時計に目をやる。ちょうど六時半。デイル・オバニオンは七時まで仕事で、七時半には来られると言っていた。

早めに町まで来たのは気晴らしのショッピングをするためで、それからレストランへ行ってデイル・オバニオンを待つつもりだった。でもバーでひとり、ワインを飲んだりしてもいいのだろうかと思ってしまう。

やがて彼女は自分に対して言い放った。あなたは何を考えているの？　いいに決まってるじゃない。なんでも好きなことをすればいい。今夜はわたしの夜なんだから。

さあ、行きなさい。あなたの新しい人生を始めるのよ。

上流地区のグリーン・ハーバーとは異なり、二十五キロ南のメイン州ヤーマスは漁業と缶詰製造が中心の町で、たとえば点在する小屋やバンガローの持ち主はフォードF-

150や日本製の小型トラックを好んでいる。それにもちろんSUV（スポーツ用多目的車）も。

だが町をはずれた湾を望む丘の斜面には、木立にかこまれて洒落た家々が建っている。そのあたりのドライブウェイに駐まるのはほとんどがレクサスかアキュラで、ここのSUVは革の内装やGPSシステムがめだっているが、ダウンタウンの隣人たちとはちがって下品なバンパーステッカーやジーザス・フィッシュは貼られていない。

この住宅地には〈シーダー・エステート〉という名称もついている。

褐色のつなぎを着たジョゼフ・ビンガムは、そんな一軒のドライブウェイを歩きながら腕時計を見た。目的の家かどうか、住所を二度確かめてからベルを鳴らした。しばらくして、三十代後半の可愛い感じの女性がドアをあけた。痩せて髪は軽く縮れ、スクリーンドアごしにもアルコールの匂いがとどく。ぴったりしたジーンズに白のセーターという恰好だった。

「はい？」

「ケーブル会社の者ですが」と彼は身分証を示した。「おたくの変換機を調整しにきました」

女は目をぱちくりさせた。「テレビの？」

「そうです」

「きのう、やってたわよ」女はリビングルームに置かれた、灰色で光沢のある大きな箱

をぼんやり見つめた。「待って、いまCNNを見てたの。よく映ってたけど」

「本来視聴できるチャンネルの半分しか映ってないんです。この一帯で。それを手作業で調整するんですが。なんなら日をあらためて――」

「いえ、いいのよ。『コップス』を見逃したくないから。どうぞ」

家に入ったジョゼフは女の視線を感じた。よくあることだった。世界一の職業についているわけではなく、いわゆる美男ではないけれど体格はいい――毎日ワークアウトをしているのだ――それによく言われるのだが、男としての精力のようなものを〝発散〟しているらしい。本人にはそれがよくわからない。自分では自信があるというふうに考えていた。

「なにか飲み物でも？」と女が訊いた。

「仕事中なので」

「本当に？」

「ええ」

本心では飲み物が欲しかった。だが、いまはその場ではなかった。それにここを終えたら、質のいいスパイシーなピノ・ノワールのグラスが待っている。彼のような仕事をしている人間がワイン好きというと――ワインについて知っていると――驚かれることが多い。

「わたしはバーバラ」

「どうも、バーバラ」

女は飲み物をすすりながら、ジョゼフを屋内の各ケーブル・ボックスに案内していった。飲んでいるのはどうやらストレートのバーボンらしい。

「お子さんですか」ジョゼフは私室《デン》の卓上に飾られた、二人の子どもの写真にうなずいてみせた。「いい子たちなんでしょうね」

「邪魔《ペスト》なのよ」女は口のなかでつぶやいた。

彼はケーブル・ボックスのボタンを押すと立ち上がった。「ほかには？」

「ベッドルームにあと一つ。階上よ。いま連れていくから。待ってて……」バーバラはその場を離れ、グラスに酒を注ぎたしてもどってきた。そして先に立ち、階段を昇りきったところで足を止めると、また彼のほうを振り返った。

「きょうはお子さんたちは？」

「ペストたちはろくでなしのとこ」女は自分のジョークに無理やり笑った。「別れた夫とわたしで、共同で養育権をもってるの」

「じゃあ、こんな大きな家に一人？」

「ええ。惨めでしょ？」

ジョゼフは答えに窮した。女には惨めな感じなどまるでなかった。

「で、ボックスのある部屋はどちらに？」二人は廊下で立ちどまった。

「ええ。そうね。ついてきて」女は蠱惑《こわく》するような低声で言った。

ベッドルームで、彼女は乱れたままのベッドに腰かけて酒を口にはこんだ。ジョゼフはケーブル・ボックスを探し出すと、テレビの〈オン〉のボタンを押した。

画面にCNNが映し出された。

「リモコンをいじってもらえますか？」男は室内を見まわした。

「いいわよ」バーバラがけだるそうに言って顔をそむけたとたん、ジョゼフは背後から彼女に近づいた。そしてポケットから取り出していたロープをその首に巻き、鉛筆を梃子がわりに使ってきつくねじった。喉を絞められ、短い悲鳴を洩らした彼女は必死にもがいて、男を爪で引っかこうとした。ベッドスプレッドに酒がこぼれ、絨毯に落ちたグラスが壁際まで転がっていった。

まもなく女は死んだ。

ジョゼフは死体のかたわらに座りこむと息をととのえた。バーバラの抵抗は驚くほど激しかった。押さえこんで絞首するのに全力を使ったのだ。それから彼はバーバラの死体をベッドから引きずりおろし、部屋の隅まで動かした。セーターを脱がせ、ジーンズのボタンをはずしていく。

そこでふと手を止めた。おれの名は？

彼は眉根を寄せ、ゆうべの会話を思い起こした。

おれはなんて名乗ったのだろうか。

ようやく彼はうなずいた。そうだ。マリッサ・クーパーには、デイル・オバニオンと

告げたのだった。時計を見ると七時にもなっていない。ここを片づけ、バーでほどほどのピノ・ノワールをグラスで注文する女が待つ、グリーン・ハーバーへ行く時間はたっぷりあった。

彼はボタンをはずしたバーバラのジーンズを足首まで下ろしていった。

人のいない小公園のベンチに腰を下ろしたマリッサ・クーパーは、グリーン・ハーバーの埠頭を吹き抜ける寒風に身を縮めていた。彼女がそよぐ常緑樹の梢を通して眺めていたのは、近くの船溜まりに繋留された大型ボート、その天蓋のある船尾でくつろぐカップルの姿だった。

多くの船がそうであるように、このボートの名前も〈メイン・ストリート Maine Street〉と語呂合わせになっている。

ショッピングをすませ、すこし派手なランジェリーも買って（それを身につけているのを見られたら、幻滅されるだろうか）、レストランへ行く途中、埠頭を照らす明かりと――ゆるやかに揺れる優美なボートが目にはいった。

〈メイン・ストリート〉のリアデッキに設けられたプラスティックの窓ごしに見えたのは、寄り添うようにしてシャンパンをすする似合いのカップルだった。男性はみごとな体形でごま塩の髪は量も多く、女性のほうはブロンドの美人。二人はおしゃべりをして笑っていた。やたらにべたべたしていた。そのうちシャンパンを飲み干すと、二人はキ

ャビン内に消えた。チークのドアが閉まった。

袋のなかにあるランジェリーのこと、久しぶりにデートをするのだと考えながら、マリッサはデイル・オバニオンを頭に思い描いた。今夜はどうなるのだろう。彼女は寒けを感じて立ち上がるとレストランに向かった。

シャルドネのグラスをかたむけながら（大胆にもバーに一人座って——そうよ、その調子！）、マリッサの思いはこの先の仕事のことに移っていた。とくに慌てることもない。保険金があった。貯金もある。家のローンもほぼ払い終えていた。仕事が必要なわけじゃない。仕事が欲しかった。教えること。でなければ書くこと。もしかしたら地元の新聞社で雇ってもらえるかもしれない。

メディカル・スクールへ行くという手もある。ジョナサンが病院でしていた仕事のことは、話を聞けばすべて理解できた。マリッサは論理的思考が得意で、とても優秀な学生だった。もしも大学院へ進学していれば、全額給与の奨学金を受けて修士号を取ることもできたはずだ。

ワインをもっと。

悲しみから陽気へ。灰色の海の底にロブスター獲りの仕掛けがあることを示すオレンジ色のブイのように、彼女の気分は浮き沈みを繰り返した。

死の海。

蠟燭を灯りにしたこのロマンティックなレストランで、待っている男性のことをあら

ためて考える。

湧きあがる恐怖。デイルに電話をして、まだ心の準備ができていないと伝えるべきだろうか。

家に帰ってワインをもう一杯、モーツァルトでもかけて火を燃やして。一人の生活に満足なさい。

彼女はバーテンダーに向かって手をあげ、会計をたのんだ。

が、突然のように記憶がよみがえってきた。ジョナサン以前にあった人生の記憶。ポニーにまたがる少女、その横で祖父が背の高いアパルーサに乗っていた。痩身の老人は静かにリヴォルヴァーを引き抜くと、マリッサのシェットランド・ポニーを襲おうとしてとぐろを巻くガラガラヘビに狙いを定めた。いきなりの銃撃によって、ヘビは砂のなかで血まみれの塊りと化した。

祖父は孫娘が死を目のあたりにして動揺したのではないかと心配した。途中で下馬したおりに、彼女の横にしゃがむと、気を悪くしてはいけない、どうしてもヘビを撃たなくてはならなかったのだと言った。「でも大丈夫だ。ヘビの魂は天に召されていったからな」

少女は表情を曇らせた。

「どうしたんだ？」祖父が訊いてきた。

「なあんだ。地獄に落ちてほしかったのに」

あの気の強い少女が懐かしかった。それにいまデイルに断りの連絡を入れたら、なにか大切なことをふいにしてしまうとわかっていた。ヘビにポニーを咬ませるようなものだった。

いいえ、デイルは最初の一歩、ジョナサンのいない人生を送るにはぜったい必要な一歩なのだ。

その彼が現れた——ハンサムな顔立ちで頭が薄くなりかけた男。濃い色のスーツをまとった身体も、見るからにたくましい。上着の下は黒いTシャツで、このあたりでよく目にする白のポリエステルのシャツに野暮なネクタイという着こなしではない。

マリッサが手を振ると、男は魅力的な笑顔で応えた。

男は彼女のほうに歩み寄った。「マリッサ？　デイルだ」

がっちりした握手。彼女も同じように固く握りかえした。

バーで並んで座った男はピノ・ノワールをグラスで注文した。その香りをうれしそうに嗅いでから、彼女とグラスを合わせた。

二人はワインを口にした。

「そちらが遅れるかどうか、わからなかったから」と彼女は言った。「仕事を切りあげようにも、そうもいかないことだってあるでしょう」

またワインをすする。「時間はだいたい自分の自由になるんだ」

二人はしばらくおしゃべりしてから、ホステスの立つカウンターへ行った。二人はデ

イルが予約していたテーブルに案内され、窓際の席に腰を下ろした。レストランの外に置かれたスポットライトが灰色の水を照らしていた。マリッサはその光景を認め、死の海にいるジョナサンを連想して最初はとまどったが、そんな思いは振り捨ててデイルに気持ちを集中した。

ふたりは他愛ない話をした。彼が離婚して、子どもはずっと欲しかったけれどできなかったこと。彼女とジョナサンの間にも子はないこと。メイン州の天気のこと、政治のこと。

「ショッピング？」男が笑顔で訊ねた。彼女の椅子のわきにあるピンクと白のストライプの袋に顎を振った。

「長袖の下着」彼女はジョークを言った。「寒い冬になりそうだから」

会話は続いてワインのボトルが空き、マリッサは相手より飲んでいると思いながら、二人してグラスでもう一杯ずつ注文した。

彼女は酔いを意識していた。気をつけなさい。分別をなくさないように。

だがジョナサンのことを思って、彼女はグラスを干した。

午後十時に近くなり、男は客の減ったレストランを見まわした。彼女にじっと目を凝らすと切り出した。「外に出ようか」

マリッサはためらった。さあ、来るものが来たのよ、と彼女は心のなかで言った。帰るのか、それとも彼につきあうのか。

彼女は自分の決意を思った。ジョナサンのことを。

「ええ。行きましょう」

二人は外に出ると、さっきマリッサが座っていた無人の公園に向かって並んで歩いた。同じベンチまで戻ったところで、マリッサがその場所を示し、二人は腰を下ろした。彼女はデイルの存在を意識した。隣に強い男がいるという感覚は久しく味わったことがない。興奮と安らぎと不安がいっぺんに襲ってきた。

二人はちょうど木々のむこうに泊まる〈メイン・ストリート〉を眺めた。

寒さに身を縮めながら、二人はそのまま腰かけていた。

デイルが伸びをした。ベンチの背に沿って伸びた手が肩にまわされることはなかったけれど、マリッサは男の筋肉を感じた。

なんて力強いんだろう。

そして目を伏せると、彼のポケットからねじれた白いロープがはみ出し、下に落ちそうになっているのが見えた。

マリッサはそれを顎で指した。「落としそうよ」

男はうつむいた。手にしたロープをいじった。巻いてあったものを解《ほど》いた。「仕事の道具なんだ」と答えながら、彼は物問いたげに顔をしかめた。

結局、ロープをポケットにしまった。

デイルはちょうど木々の向こうの〈メイン・ストリート〉に目をもどすと、ベッドル

ームを出て、ふたたびリアデッキでシャンパンをするカップルを見つめた。

「あそこにいる彼か、あのハンサム？」とデイルは訊いた。

「ええ」マリッサは言った。「あれがわたしの夫。ジョナサン」寒さと——嫌悪で身顫《みぶる》いが出た。夫が小柄なブロンドにキスする様子を見ていた。

彼女は今夜にするのかどうか——夫を殺すのか——をデイルに訊ねようとして、どうせ相手はプロの殺し屋らしく、大げさに話をするのだからと思いなおし、素直に訊いた。

「いつになるの？」

ふたりは埠頭からゆっくり遠ざかろうとしていた。男はすでに見るべきものをその目で確かめていた。

「いつ？」デイルは訊いた。「場合によりけりだ。あの一緒にいる女は？　誰なんだ？」

「あばずれの看護師よ。知らないわ。カレンだったかしら」

「泊まるのか？」

「いいえ。夫のことはこの一か月見張ったけど。十二時になると放り出すから。しつこい女が嫌いなのよ。あしたになったら、また別のが現れる。でも昼まえってことはないわね」

デイルはうなずいた。「じゃあ今夜やる。女が帰ってから」彼はマリッサに目をやった。「どういうふうにするかっていうと——本人が眠ったところに乗りこんでいって、

縛りあげたら船を数キロ沖に出す。それからアンカーロープに絡まったように見せかけて船外に放り出す。かなり飲んでるのか？」

「海には水があるでしょう？」彼女は皮肉たっぷりに言った。

「なら都合がいい。そのあと、ハンティントンの近くまで行って、こっちはそこから筏《いかだ》で戻ってくる。船は漂流させる」と〈メイン・ストリート〉に顎をしゃくった。

「あなたはいつも事故に見せかけるの？」こんな質問をすると、ヒットマンのやり方に口をはさむことになるのかと思いながらマリッサは訊いた。

「できるだけね。今晩やった仕事の話はしたかな？　ヤーマスの女をひとり面倒みてね。そいつは自分が産んだガキを虐待して、殴ってた。〝ペスト〟って呼んでね。虫唾《むしず》がはしる。女は手出しをやめないし、亭主がどうにかしようにも、子どもは警察に話したがらない。母親を面倒に巻きこみたくなかったのさ」

「ひどい話」

デイルはうなずいた。「そう。そこで亭主がおれを雇った。おれはアッパー・フォールズの強姦魔が押し入って女を殺したように見せかけた」

マリッサはその言葉を吟味して訊ねた。「それじゃあ……？　あなたは強姦魔のしわざに見せようとして……」

「いや、ちがう」デイルは顔をしかめた。「おれはそんな真似はしない。そんなふうに見せかけたというだけだ。信じてくれ、ナイツブリッジ・ストリートのマッサージ・パ

ーラーの裏手で、使用済みコンドームを見つけるなんてことまでしたんだ」

つまり殺し屋にも規範というものがあるのね、とマリッサは思った。少なくとも一部の人間には。

彼女は男を眺めまわした。「あなた、わたしが婦人警官じゃないかって心配にならない？　あなたを罠《わな》にはめようとしてるんじゃないかって？　だって、わたしはあなたの名前を、あの『ワールドワイド・ソルジャー』っていう雑誌で探したのよ」

「この商売を長くやってると、本当の客かどうかは勘でわかるようになってくる。それに、こっちはこの一週間、ずっと調べてきた。あんたはまともだ」

二万五千ドルで夫殺しを依頼する女が、まともと呼ばれていいのなら。

そういえば……。

彼女はポケットから厚い封筒を出し、デイルに手わたした。封筒は白いロープともどもポケットに消えた。

「デイル……待って、本当の名前はデイルじゃないんでしょう？」

「ああ、でもこの仕事ではそいつを使うことにする」

「わかったわ、デイル、彼はなにも感じないの？　苦痛はないの？」

「ない。たとえ意識があったとしても、おそらく水の冷たさに気を失って、溺れるまえにショック死するはずだ」

二人は公園の端まで来た。デイルが訊ねた。「あんた、これでいいんだな？」

マリッサはみずからの胸に問いかけた。あなたは本当にジョナサンを死なせたいの？ジョナサン——週末ごとに仲間と漁に出ると言いながら、真実は看護師たちと船上の逢い引きをしていた男。そこに二人の貯えをついやす男。結婚して何年かするとパイプカットの手術を受け、二人でつくろうと約束していた子どもなど要らないと言いだした。自分の仕事のことや最近あった出来事を、十歳の子ども相手にするように話して、「わかるわ。わたしだって馬鹿じゃない」とこっちが答えても耳を貸さない。愛情を抱いていた仕事をあれこれ言って辞めさせておいて、復職したいと望むたびに怒り狂う。人前でセクシーな服を着ると文句をつけながら、もう何年も一緒に寝ていない。離婚を口にすれば、付属病院で医師が出世するには妻帯が必要だからと暴力を振るってくる……とにかく支配欲が強いのだ。

マリッサ・クーパーの脳裏にその昔、テキサスの灼けた黄色い砂上で血にまみれていた、あのガラガラヘビの死骸が突然のように浮かんできた。

〝なあんだ。地獄に落ちてほしかったのに……〟

「いいわ」彼女は答えた。

デイルは彼女の手を握って言った。「ここからはおれが面倒をみる。家に帰るんだ。悲しみにくれる未亡人の演技でも磨いておくんだな」

「なんとかなるわ。わたし、まえから悲しみにくれる妻だったから」

マリッサはコートの襟を立てると、夫のほうも、これから夫を殺そうという男のほう

も振り返らず駐車場まで帰った。トヨタに乗ってエンジンをかけ、ラジオで流れるロックンロールの音量を上げてグリーン・ハーバーを後にした。

窓を下ろし、薪と枯葉の香りをたっぷりふくんだ、身を刺すような秋の空気で車内をいっぱいにすると、マリッサは夜のなかを疾走しながら考えた。未来のこと、ジョナサンのいない人生のことを。

ウィークエンダー

THE WEEKENDER

その夜はたちまち悪いほうに転がった。ルームミラーには明かりの一個も映らなかったが、連中に追われてるのはわかっていたし、回転灯が見えてくるのはいずれ時間の問題だった。

トスがおしゃべりを始めたが、おれはやつを黙らせてから、ビュイックの速度を百三十キロに上げた。四方が松の木ばかりの道は空いていた。

「なあ、兄弟」トスがつぶやいた。やつの視線を感じたが、おれはそっちを見もしなかった。腹が立っていた。

簡単にいくはずがなかったのだ、ドラッグストアは。

なぜって、ちょっと見てるだけでも、ドラッグストアにはどこよりも頻繁に警官の巡回が来る。鎮痛剤にヴァリアムに、ほかにも薬があるから。知ってのとおり。

警察はコンビニエンス・ストアに人を張り込ませるかというと、そんなのはジョークで、監視カメラにばっちり姿を撮られることになってる。だから、この商売を知ってる連中は——わきまえてるって意味だが、そっちは襲わない。銀行は——銀行は忘れたほうがいい。ATMも。つまり、いくら稼げるかの問題だ。せいぜい三百か四百？　それにここらあたりだと、機械の〈定額《ファースト・キャッシュ》〉のボタンを押して出てくるのはたったの二十ドル。ということは。手間をかける意味はあるのか？

ないね。おれたちは現金が欲しかったから、厄介でもドラッグストアってことになった。〈アードモア・ドラッグズ〉。小さな町の大きな店。リゲット・フォールズの。オル

バニーから百キロ、もっと西の山間に入った、トスやおれが住んでるとこからは百五十かそこら。リゲット・フォールズは貧しい土地だ。そんな町の店を襲ってどうするって思われるかもしれない。でも、そこがつけめだった――いずこも同じで、薬やヘアスプレーや化粧品を買う人間はいるが、連中はクレジットカードなんて持っちゃいない。〈シアーズ〉や〈ペニー〉のは別として。だからキャッシュで払う。

「なあ、兄弟」またトスがささやいた。「見ろよ」

やつにそう言われて、ますます腹が立った。何を見ろだと、この馬鹿と怒鳴りつけてやりたかった。でも、やつが切り出そうとした話の中身はわかっていたので相手にしなかった。まっすぐ前。ちょうど夜明けまえのように、地平線に光が見える。といっても、こいつは赤い光で揺れもある。鼓動のようなその光は、すでに道路が封鎖されている証拠だ。いま走っている道路は、リゲット・フォールズからインターステイトに至る一本道なのだ。それぐらい予想しておくべきだった。

「おれに考えがあるんだ」とトスが言った。聞きたくもなかったが、次の銃撃戦に突入する気もない。むこうが満を持して待ちかまえる路上ではなおさらだ。

「なんだよ？」おれは吐き棄てた。

「あのへんに町がある。灯りが見えるかい？　おれはあそこまで行く道を知ってるよ」

図体のでかいトスは余裕の様子に見える。実際はちがう。すぐに怖《お》じ気《け》づき、さっきからバックシートのほうを振り返ってばかりいる。おとなしくしてろと殴りつけてやり

たかった。

「どこだ？」おれは訊いた。「この町に？」

「だいたい七、八キロ。標識も出てない脇道だよ。でもわかる」

ここ州北というのはろくでもない地域で、どこもかしこも緑ばかり。でもご承知のように汚れた緑だ。建物は全部が灰色。みすぼらしい掘っ立て小屋が並んでいるし、そこらじゅうでピックアップを見かける。〈セブン‐イレブン〉もない小さな町。しかも地元では山と呼んでいる丘だらけだ。

トスは窓を下ろし、車内に冷たい空気を入れて空を見あげた。「おれたち、あれで見つかるのかね、衛星ってやつで」

「なんの話だ？」

「ほら、空の上からこっちが見えるんだろ。映画でやってたけど」

「州警がそんなことをすると思うのか？　おまえ、大丈夫か？」

この男とどうして組むことになったのか、自分でもわからない。ドラッグストアのことがあっただけに、もう二度とごめんだった。

やつが指をさすほうに曲がった。町は〈見張り番《ルックアウト》〉の麓にあるという。そういえばきょうの午後、リゲット・フォールズへ行く途中に通った。そいつは高さが六十メートルもある巨岩だった。よくよく見ると男の顔に、眉をしかめた横顔に似ている。このあたりのインディアンに大事にされてきたとか。やつの話はまともに聞いてなかった。とに

かく薄気味悪い顔なので、一目見たあとは運転に集中した。どうも好きになれなかった。おれは迷信深い人間じゃないが、たまには縁起をかつぐこともある。

「ウィンチェスター」やつが口にしたそれが町の名前だ。人口は五、六千。空き家を探してガレージに車を隠し、捜索をやりすごせばいい。あしたの――日曜日の午後になれば、ボストンやニューヨークへ帰る週末の旅行者《ウィークエンダー》たちの車の列に紛れこめる。

正面に見える〈見張り番〉は形がはっきりわかるわけじゃなく、星のない漆黒という感じだった。そのとき、後ろの床に寝そべる男が突然うめき声をあげたので、おれはあやうく心臓発作を起こしかけた。

「おい。あんたは黙ってろ」おれがシートを叩くと、後ろの男は静かになった。

なんて夜だ……。

おれたちがドラッグストアを狙ったのは閉店の十五分まえだった。それはそういうもんだ。客がほとんどいなくなって店員の数も減り、みんなが疲れてるところにグロックなりスミッティなりを突きつけたら、そりゃあ誰だって言うことを聞く。

でも今夜はちがった。

二人してマスクをかぶり、ゆっくり店に入ると、トスが狭い事務所から店長を連れ出した。すると、そのデブがいい大人のくせに泣きだすので頭にきた。トスが客と店員に銃を向けてるあいだに、おれはレジ係にレジをあけろと命令したのだが、このガキがまたずいぶんな態度をとった。スティーヴン・セガールの映画は全部観たって調子で。ス

ミッティで頬に軽くキスしてやると、やつは気が変わって言うことを聞きはじめた。おれのことをこきおろしながら、それでも動いた。レジからレジへと移動しながら金を集め、だいたい三千までかぞえたころ、物音がしたので振り返ると、なんとトスがチップスの棚をひっくり返している。あきれたね。やつはドリトスを食おうとしていた！　おれが一瞬目を離した隙に、例のガキは何をしたと思う？　壜を投げやがった。おれにじゃない。窓に向けてだ。割れたよ、ガシャーンと。警報は聞こえなかったが、半分は音の出ないやつだったし、こっちはもうはらわたが煮えくり返ってた。やつを本気で殺そうかと思った。そのときは。

でもおれはやらなかった。やったのはトスだ。

やつがガキを撃った、バン、バン……くそっ。ほかの連中がわっと散ったところで、やつはまた別の店員と客に向かって、なにも考えずにぶっ放した。それこそ訳もなく。女の店員は脚を撃たれたが、その客のほうは、ああ、死んだ。そんなわけで、おれは逃げながら、「いったいおまえ、どういうつもりなんだ？」で、やつも逃げながら、「黙れ、黙れ、黙れ……」と、おたがい罵りあうなかで潮時を覚ったという具合だった。

で、店を出ようとした。ところが、外に警官がいた。ガキが壜を投げたんで気づいたんだ。もう車を降りてる。だから、おれたちは扉近くにいた客を一人捕まえて、そいつを盾にして表に出た。警官はもう銃を構えていたんだが、客が人質に取られてるのを見ると、いいから、とにかく落ち着けなんて言い始めた。

そこでまた信じられないことに、トスが銃を撃ったのさ。殺しちまったかどうかはわからない、でも血が出たからヴェストは着てないようだし、どうせならその場でこっちがトスを殺しちまえばよかった。だって、やつがあんな真似をする理由はあるか？　ないね。

おれたちは男を、その盾にした客をバックシートに放りこむと、テープでぐるぐる巻きにした。テールライトを蹴って壊して、タイヤを鳴らしてそこを出た。リゲット・フォールズからは脱出できたんだ。

それが三十分まえのことだが、もう何週間もたった気がする。で、いまは百万本の松の木を縫うハイウェイを走っていた。〈見張り番〉をめざして。

ウィンチェスターは暗かった。

ウィークエンダーたちがこんな場所にやってくる理由がわからない。というのも、おれはその昔、狩りをやる親父に連れてこられたことがあった。何度か来て、それは楽しかった。でもこんな場所まで出向いて葉っぱを眺めたり、アンティークだとかいって家具を買うのは間抜けもいいとこで……さっぱり理解できない。

メイン・ストリートから一ブロック入ったあたりで、おれたちは玄関先に新聞が溜まった家を見つけて車を乗り入れた。その裏手にビュイックを隠したころ、ちょうど州警の車二台が通り過ぎてった。つまり連中は回転灯も点《つ》けず、おれたちの一キロ足らず後

ろを走っていたことになる。ただテールライトを壊してあったから気づかれず、連中はダウンタウンへ向けてそのまま急行していった。

トスがとても見事とはいえない手際で裏の窓を破り、家に入った。そこは別荘で物もあまりなく、冷蔵庫の電源は切って電話も止めてあるので、これなら都合よく――当分人は来そうにない。しかも相当に黴臭《かび》いし、古本や夏のころの雑誌が束になって積んであった。

二人で室内に運びこんだ男の顔から、トスが目隠しをはずそうとしているので、おれは言った。「おまえ、なにやってんだ？」

「さっきからしゃべらないからね。息ができないんじゃないかと思って」

これがさっき三人に弾をぶち込んできた男の言いぐさか、こいつが息をしてるかが気になるって？　まったく。おれは笑うしかなかった。もちろん苦笑いってやつだ。「こっちの顔を見られたくないとか？」おれは言った。「そう思ったりはしないか？」そう、おれたちはもうスキーマスクをかぶってなかった。

そんなことで人を諭さなくちゃならないとは恐ろしい。トスはもっとまともかと思っていた。わからないもんだ。

おれは窓辺に寄り、また一台、警察の車が通り過ぎるのを見た。いまはゆっくり走っている。それはそうだろう。最初のショックというか混乱がおさまると、連中も利口になって車の速度を落とし、本気で探し始める。おかしなところを――どこかに異常はな

いかと。だから、おれは玄関先の新聞をいじくらなかった。その日の朝と様子が変わっちまうから。警官ていうのは、本当にあのコロンボみたいな真似をする。警官のことなら、おれは本を一冊書いてみせる。

「なぜあんなことをした？」

口にしたのは連れてきた男だった。

「なぜ？」と男はもう一度ささやいた。

店の客。その声は低く、けっこう落ち着いていた。置かれた状況なりにってことだが。おれなんか、初めて撃ち合いに巻きこまれたとき、それからまる一日は興奮しっぱなしだった。しかもこっちは銃を持ってる。

おれは男を眺めた。着ているのは格子のシャツにジーンズ。でも地元の人間じゃない。そいつは靴を見ればわかる。いかにもヤッピー連中が好きそうな、金持ち坊やの靴を履いていた。いまは目隠しをして見えないが、顔はわりとはっきり憶えている。若くなかった。たぶん四十代。肌にはしわが多かった。それに痩せてる。おれより細い。ちなみにおれは好きなだけ食っても肥らない。なぜかはわからない。とにかくそういう体質だ。

「黙れ」とおれは言った。一台、車が走っていった。

男は笑った。静かに。それこそ、まさかこっちの声が外に筒抜けだと思ってるのか、とでも言いたげに。

おれを笑いものにしようとするみたいで、まるで気に入らない。そりゃおれだって、

外に聞こえるはずがないとは思っているが、そういう余計な口出しをするやつのことは気に入らないので言ってやった。「いいから黙れ。あんたの声は聞きたくない」

男はしばらく言われたとおり、トスが座らせた椅子の背にもたれていた。が、また口を開いた。「なぜ撃った？　撃つことなんてなかったのに」

「黙れ！」

「理由を教えてくれ」

おれはナイフを取って刃を振り出し、それを卓上に突き刺した。ずしっと鈍い音がした。「聞こえたか？　刃渡り二十センチのバックナイフだ。カーボン・スティール製。ブレードにはロック機構がついてる。金属のボルトだってざっくり切れる。だから静かにしてな。さもないと、こいつをあんたに使ってやる」

すると男は今度も笑った。たぶん。たんに鼻を鳴らしただけかもしれない。でもおれは笑われたと考えていた。その心を訊いてみたかったがやめた。

「こいつ、金は持ってるのか？」トスが男の尻のポケットから札入れを抜いた。「見ろよ」トスが手にしたのは、額にして五百から六百。驚いた。

また警察の車がゆっくり走っていく。乗っていた警官はスポットライトをドライブウェイに向けてきたが、そのまま通り過ぎた。町のほうからサイレンが聞こえた。ほかでも鳴りだした。あの連中がおれたちを捜してるのかと思うと、なんとも不思議な気分だった。

おれはトスから取りあげた札入れの中身を調べた。ランドール・C・ウェラー・ジュニア。コネティカット在住。ウィークエンダー。思ったとおり。束にして持っていた名刺には、でかいコンピューター会社の副社長と書いてあった。IBMだかを乗っ取ろうとしてるとニュースでやってた会社だ。そこでふと思いついた。こいつを置いとけば身代金を取れるじゃないか。どうだ？　五十万ぐらい。もっとか。

「妻と子どもたちがとても心配していると思う」とウェラーが言った。おれはその言葉を聞いてぞくっとした。なぜかというと、おれはちょうど札入れにあった写真を見ていたから。誰の写真かって？　男の女房と子どものさ。

「あんたを手放す気はない。だから黙ってな。役に立ってもらうから」

「人質という意味かな？　そんなのは映画の作り話にすぎない。きみは出ていったところを撃たれるし、場合によったら私も撃たれる。それが現実の警察のやり方だ。あきらめたほうがいい。少なくともきみの命は助かる」

「しゃべるな！」おれは怒鳴った。

「私を解放してくれたら、警察にはそっちがきちんと扱ってくれたと話そう。それに銃撃ははずみで起きたことだと。あれはあんたのせいじゃない」

おれは身を乗り出し、男の喉もとにナイフを突きつけた。ただし刃はほんとに鋭いので背のほうをあて、口を開くなと命令した。

またまた車が通り過ぎた。今度はライトを点けていないが速度を落としていたので、もしや一軒ごとの捜索が始まったんじゃないかと気になりだした。

「なぜ彼はあんなことを？　彼はなぜ人を殺したんだ？」

おかしな話だが、男が〝彼〟と言ったことに、おれはすこし気分をよくしていた。おれには責任がないと言ってるように思えたのだ。要はトスの責任で、おれじゃないと。

ウェラーは言葉を継いだ。「わからない。あのカウンターのそばにいた男は？　あの背の高い男。彼はあそこに立ってただけなんだ。なにもしなかった。それを彼が撃った」

おれたちはひと言も発しなかった。たぶんトスは、自分でもやつらを撃った理由がわからなかったからだ。おれのほうは、この男に答える義務がなかったから。男の運命はおれの胸ひとつだった。そこのところをはっきりわからせてやらないといけない。それは話して聞かせるまでもない。

ところがウェラーという野郎はその先を続けない。で、おれは妙な気分になった。プレッシャーをかけられた感じだった。そりゃあ、むこうのくだらない質問に答えようなんてやつはいない。これがおれには、なにかしゃべれと急《せ》かされてるように思えた。とにかくしゃべれと。おれとしては、そんな場面は避けたい。だから「車を車庫に入れてくる」と言って表に出た。

車庫のまわりに役立つものはないかと見まわすと、あったのはスナッパーの芝刈り機だけ、でも使いみちは？　おれはビュイックを車庫に入れてドアを閉め、家に戻った。

すると、そこで信じられないことが起きていた。よく言う、なんてこったってやつだ。リビングに入って最初に聞こえてきたのがトスの声で、「だめだ。おれからジャック・プレスコットをチクるわけにはいかねえ」

おれはその場に登場した。あのときのやつの顔は見物だった。本人、ドジを踏んだってわかったのさ。

おれはウェラーの野郎に名前を知られた。

おれは口を開かなかった。その必要もなかった。トスがえらく慌ててしゃべりだした。「あいつが逃がしてくれたら大金を出すって言うもんだからさ」今度はウェラーのせいにしようという魂胆だ。「だからできないって。そんなこと、思ってもみなかったし。おれはやめろと言ったんだ」

「で、おれの名前を教えるってのはどういうことだ？」

「わからない。頭がこんがらがっちまって。考えてなかった」

ああ、そうだろう。やつは一晩なにも考えてなかった。

おれは溜息をついて不機嫌だと伝えると、やつの肩を叩いた。「もういい。長い夜だったからな。こういうこともある」

「すまないな。ほんとに」

「ああ。夜明かしなら車庫ででもするんだな。じゃなかったら二階だ。おまえの顔は当分見たくない」

「わかったよ」

そのとき、おかしなことにウェラーがくすりと笑ったみたいだった。何が起こるかを見越していたように。どうしてこいつにわかるんだ？

トスが雑誌を数冊、それに銃と予備の弾薬を入れたナップザックを取ろうとした。

ふつう、ナイフで人を殺すのは簡単なことじゃない。ふつうと言いながら、おれはそんな経験を一度しかしたことがないが。でもきつい汚い仕事だったことは憶えてる。しかし今夜はもう、なんていうか……ドラッグストアから引きずっていた気持ちで身が張り裂けそうだった。とにかく怒り。それに狂気もすこし。トスが背を向けたとたん、おれはその首を押さえて事を仕掛け、それは三分足らずで終わった。死体をカウチの後ろまで運ぶと、もういいだろうとウェラーの目隠しを取った。どうせ名前は知られている。顔を見られたも同然だ。

やつはもう死人だった。それはおたがいにわかっていた。

「私を拉致して身代金を取ろうというのか？」

おれは窓辺に立って外を眺めた。パトカーがまた一台走っていき、さらに回転灯の光が、低い雲やこの真上にあたる〈見張り番〉の表面に反射していた。

ウェラーはほっそりした面《つら》で、髪の毛を短くきれいに刈っていた。いかにもよく見かけるおべっか使いのビジネスマンという感じだった。暗い色の瞳は声と同じく穏やかで、

敷物や床にできた血溜まりを見ても動じないところが余計に腹が立つ。

「ちがう」とおれは答えた。

やつはおれが札入れから抜き出してまとめたものを見つめながら、こっちの答えなどなかったかのようにつづけた。「うまくはいかないよ。誘拐は。私は大金など持ってないし、名刺を見て重役だと思ったのなら、会社には五百人からの副社長がいる。私になんて一文も出さない。それに写真の子どもたちを見たかい？　あれは十二年まえに撮ったものなんだ。いまはどっちも大学生でね。授業料がたいへんなんだ」

「どこだ？」おれは皮肉のつもりで言った。「ハーヴァード？」

「一人はハーヴァード」男はおれをやりこめようとするように言った。「もう一人はノースウェスタン。そんなわけで家は抵当にはいっている。それに、ひとりで誘拐をやるなんて。どだい無理な話だ」

やつはおれの表情に気づいて言った。「きみ個人のことを話してるわけじゃないんだ、ジャック。あくまで一般論だが。やはりパートナーが必要だろう」

たしかに、やつの言うとおりだった。

そこでまた沈黙となった。誰も口を開かないでいると、部屋が冷水でいっぱいになったような雰囲気になる。窓辺に歩いたおれの足もとで床が軋《きし》み、それがまた事態を悪くする。親父がむかし、家には声があって、笑う家もあれば寂しい家もあると言っていたのを思い出す。となると、ここは寂しい家だ。そう、モダンで清潔で『ナショナル・ジ

オグラフィック』が揃っていても、やっぱり寂しい家だった。

その緊張に耐えきれず、大声で叫ぼうとしたそのとき、ウェラーが言った。「きみに私を殺させたくないんだ」

「誰があんたを殺すって言った？」

やつは例のおかしな笑いを浮かべた。「私はセールスマンを二十五年やってきた。ペットにキャディラックに植字機を売って、最近ではメインフレーム・コンピューターを売ってる。だから、口から出まかせはわかるんだ。きみは私を殺そうとしている。彼が」——トスのほうに顎をしゃくって——「きみの名前をしゃべったときから」

おれはただ笑った。「これまたずいぶん便利じゃないか、歩く嘘発見機とはね」と皮肉たっぷりに言ってやった。

ところがやつは「ずいぶん便利だよ」と、おれに賛成するみたいな口をきく。

「あんたを殺したくはないね」

「それは、殺しはしたくないだろう。あんたの友だちにも、あのドラッグストアで殺しをやらせたくはなかった。私にはわかる。しかし現実に人が殺されて賭け金が上がった。そうだろう？」

やつのその目に見入られて、おれはなにも言えなかった。

「でも、それを私が思いとどまらせてみせる」

その言い方がやけに確信ありげで、おれは気が楽になった。どうせ殺すなら、哀れな

男よりうぬぼれ野郎のほうがいい。だからおれは笑った。「思いとどまらせるって？」

「どうにかしてね」

「で？　どうやって？」

ウェラーは軽く咳払いをした。「まずは手のうちをさらそうか。私はきみの顔を見て、名前も知っている。ジャック・プレスコット。だったね？　背はおよそ一メートル七十五、体重七十キロ、髪は黒。つまり、私はきみという人物を確認できる。こっちは話を曖昧にして、顔はよく見てないとか、名前は聞いていないなんて言うつもりはない。まったくね。そこのところはいいかい、ジャック？」

おれはうなずき、てんで話にならないとばかりに目をまわしてみせた。でも、実は相手の言うことに気を惹かれてたことは認めなくちゃならない。

「約束する」やつは言った。「私は通報しない。どんなことがあっても。警察が私の口からきみの名を聞くことはない。もちろん人相もだ。きみの不利になる証言を、私はいっさいしない」

牧師のように誠実に聞こえる。まさに弁舌さわやか。さすがセールスマンだが、こっちは品物を買うつもりはなかった。だがおれのほうでお見通しだってことを、むこうは気づいてない。売り込みを続けさせておいて、こっちが乗り気だと思わせておけばいい。いざとなったら二人で逃げたあと、北の森かなんかでやつをリラックスさせてやりたい。悲鳴もなく、言い争いもなく。ただ二、三回刺すなり撃つなりして、それで終わりだ。

「私の話はわかるかな？」

おれは真顔をつくって言った。「ああ。あんたはおれを説得して、殺しを思いとどまらせるつもりだ。そのほうがいいって理由はあるのかい？」

「それはもちろん、あるに決まってる。すぐれてひとつ。議論の余地もない理由がね」

「へえ。どんな？」

「それは追って話すとして。私を解放したほうがいいという現実的な理由を挙げよう。まず、きみは私が正体を知ったから殺さなくちゃならないと思ってるんだろう？　じゃあ、はたしてきみはいつまで正体がばれずにいられるか？　きみの相棒は警官を撃った。私は警察のことは映画で観る程度にしか知らない。でもタイヤの跡を調べ、ナンバープレートや車の種類を見た目撃者を捜して、ここへ来る途中のきみが寄りそうなガソリンスタンドで聞き込みもやるだろう」

やつはでたらめを言ってる。ビュイックは盗んだ車だ。おれはそんな間抜けじゃない。だが、むこうはいい子にしているおれを見ながら続けた。「たとえきみの車が盗難車でも、彼らはあらゆる証拠をたどる。きみや友人が車を盗んだ場所で靴跡をくまなく調べて、車が消えたころにその付近にいた人間からひとり残らず事情を聞く」

おれは相手の言いぶんに夢中とばかりに笑顔を絶やさなかった。でも警官を撃ったことに関するくだりは本当だ。それをやったらでかいトラブルに巻きこまれる。しつこくトラブルにつきまとわれる。連中は犯人を見つけるまであきらめない。

「しかも相棒の身元が割れたら」やつはトスの死体が横たわるカウチのほうに顎を振った。「いずれきみにも手が伸びる」

「やつのことはろくに知らないのさ。つるんでたのは、この二、三か月でね」

ウェラーはそこに飛びついてきた。「どこで？　バー？　レストラン？　人前で姿を見られたことは？」

おれはむっとして声を荒らげた。「だから？　何が言いたい？　どうせ捕まるときには、おれはあんたを道連れにしてやるからな。そしたらどうする？」

やつは努めて穏やかに言った。「私が言いたいのは、きみが殺したいと考える理由が道理に合わないってことでね。たとえば——ドラッグストアでの発砲は？　あれは計画して惹き起こした事態じゃない。とすると連中は？　激情に駆られた結果だと言うだろう。しかし私を殺したら、これは一級殺人になる。捕まれば死刑だ」

捕まればな。そのとおりと、おれはほくそ笑んだ。ま、やつの言うことには一理あるが、殺しはしょせん理屈に合うようなもんじゃない。そりゃ理屈に合うはずもないが、ときにはやらなきゃならないことだってある。といって、いまは楽しんでるところもあった。おれは反論したくなった。「ああ、たしかにおれはトスを殺した。それは激情に駆られたからじゃない。どっちみち腹は立つけどな」

「しかし、彼のことなんか誰も気にしない」むこうはすぐに切り返してきた。「自殺しようが車にはねられようが、連中にしたらどうだっていい。味噌も糞もありゃしない。

私を殺したら大事だよ。新聞の見出しには、私は〝無実の傍観者〟と出る。〝二児の父親〟と。私を殺せば、きみだって死んだも同然だ」

こっちが口を開こうとすると、やつはかまわずしゃべった。

「ではここで、私がきみのことを明かさないもう一つの理由を教えよう。きみは私の名前と住所を知っている。私には家族がいて、家族を大切にしていることを知っている。もし私がきみを売ったら、きみは私たちのことをつけ狙うかもしれない。私は家族をそんな危険な目に遭わせるつもりはないんだ。一つ質問させてくれ。きみの身の上に起きる最悪のことといったらなんだい？」

「あんたの長話を聞き続けることだね」

ウェラーは笑った。おれにユーモアのセンスがあると驚いたらしい。しばらくして言った。「真面目な話だ。最悪のことといったら？」

「さあね。考えたこともない」

「脚を一本なくすとか？　聴力を失ったり？　全財産をなくしたり？　目が見えなくなったり？……おっ、図星のようだね。目が見えなくなる？」

「ああ、そうだな。それが思いつくなかで最悪かな」

以前から、そうなったときのことを考えては怯《おび》えていた。実際、それが親父の身に起きていたからだ。いやなのは物が見えなくなることじゃない。そうじゃなく、すべてを人頼みに生きていかなくちゃならないこと……おれはそう思っている。

「わかった、こう考えてくれ。目が見えなくなることに対するきみの思いは、私を失った家族の思いと同じだと。それぐらいつらいんだ。そんな苦痛は味わわせたくないと思わないか？」

もちろん、そんなことを望んでるわけじゃない。ただ、やらざるを得ないとは思っている。これ以上はもう考えたくなかった。「で、あんたがおれに話そうっていう最後の理由はなんだ？」

「最後の理由は」やつはささやくように言った。だが話を続けようとしなかった。それこそ心ここにあらずって感じで部屋を見わたした。

「なんだよ？」おれは先をうながした。けっこう気になっていた。「話せよ」が、むこうは質問を口にした。「ここの住人はバーを作ったのかな？」

こっちもそろそろ酒の力を借りようかと思っていたところだった。キッチンへ行くと、戸締まりされて電源も落とされていただけに、冷蔵庫にビールは冷えていなかった。だがスコッチはあったし、初めからスコッチを選ぶつもりでいた。

おれはグラス二個とボトルを手にしてリビングルームに戻った。これはいいアイディアだと思いながら。いざとなったら酔っ払ったほうが、やつにもおれにも話は簡単ってことになる。おれはスミッティをやつの首に押しつけながら、身体の前で両手を拘束していたテープを切った。そして椅子に深く座りなおしながら、やつが妙な考えを起こしたときの用心に、ナイフを手もとから離さずにおいた。でも、やつが何かをしでかすよ

うには見えなかった。スコッチのボトルを眺めて、安物と知ってがっかりしたようだ。そこはおれも同感だった。どうせ奪うならでっかく奪う、それが大昔に学んだ教訓だ。おれは椅子の背にもたれたまま、相手に視線を注いでいた。

「最後の理由。わかった、話そう。いまから私は、きみは私を解放すべきだと証明してみせる」

「ほんとか？」

「ここまでの理由は——実際的なことだったり人道的なことだったり……やっぱりきみには関心がなかったというか——まったくぴんとこなかった。そうだろう？　そこで、私を解放すべきその理由なんだが」

どうせまた戯言《たわごと》の続きかと思っていた。ところが、やつはおれの予想もしなかったことを言いだしたのだ。

「きみはきみ自身のために私を解放すべきなんだ」

「おれのため？　いったいどういうことなんだ？」

「いいかい、ジャック、私はきみが堕ちたとは思ってない」

「堕ちたって？」

「きみの魂はまだ救済される見込みがあると思う」

これには笑った。大声で笑った。なぜって、笑うしかなかったから。やつみたいなやり手セールスマンの副社長からは、はるかにましなお言葉をいただけると思っていた。

「魂？ おれに魂があるって？」

「ああ、誰にでも魂はあるんだ」なにが狂ってるって、おれがそれを信じてないってことに、やつが驚いたような口をきいたことだ。まるでこっちがちょっと待ってくれ、地球は平らじゃないっていうのかと騒ぎだしでもしたみたいに。

「そうだな、おれに魂があるとしても、そいつはもう地獄行きさ」と、これは映画の台詞の受け売りで、そこで豪快に笑おうとしたが声の出が悪かった。なんだかウェラーに深い話をされたのを、こっちはただまぜ返しただけで情けない気分になる。おれは笑うのをやめて、隅に倒れてるトスを見おろした。やつの死んだ目がひたすら睨みつけてくるので、おれは頭にきてもう一度刺してやりたくなった。

「いまはきみの魂の話をしよう」

おれは声なく笑うと酒をちびりと飲《や》った。「なるほど、するとあんたは、そこらじゅうで見かけるあの天使の本を読んだりする野郎なのか」

「私は教会には行くが、いまはあんな馬鹿げた話をするつもりはないんだ。これは魔法じゃない。きみの良心の問題だ。ジャック・プレスコットという人間のね」

ソーシャルワーカーとか青少年カウンセラーとか、人生についてなんにもわかっちゃいない連中の話をしてやりたくなった。連中は自分では知った気になっている。だが言葉をあやつってるだけだ。なに一つわかってない。カウンセラーだか誰だか知らないが、おれと話して、ああ、あなたは適応障害で自分の怒りを否定しているとか言うやつらが

いる。それを聞けば、こいつらには霊や魂のことなんかわからないと思う。「あの世のことじゃない」ウェラーは話を続けている。「道徳じゃない。私はこの地上にある人生こそが大切だという話をしているんだ。これはどうも疑われているようだね。でも聞いてくれ。もし誰かと結びつきがあって、きみがその人たちを信じ、信頼するのであれば、きみにはまだ望みがある」

「望み？　なんだ？　なんの望みだ？」

「本物の人間になる。本物の人生を送る望みだ」

本物……やつの本音の部分は知らないが、馬鹿でもわかるような言いざまだった。だからおれは黙っていた。

「そう、盗みをする理由があれば人を殺す理由もある。しかしだいたい、そんな真似はしないにこしたことはないと思わないか？　もし人殺しが許されたら、われわれが人を監獄に送る理由はあるだろうか？　われわれに限らず社会全体の問題だ」

「だからなんだ？　そうか、おれが悪の道から足を洗うのか？」

するとむこうは眉を上げて言った。「そうだね。話してくれないか、ジャック、どんな気分だった、きみの相棒が――名前はなんだったか？」

「ジョー・ロイ・トス」

「トス。その彼がカウンターの近くにいた客を撃ったとき？　どんな気がした？」

「さあな」

「彼は振り返っていきなり発砲した。理由もなく。それが正しくないってことはわかるだろう？」おれは口をきこうとした。だがやつのほうが言った。「いや、答えないでくれ。きみは嘘をつこうとするかもしれない。それはしかたがない。きみの商売では、そうするのが自然なんだから。でも私はきみに、自分がつく嘘を信じてもらいたくない。わかるかい？　きみには自分をしっかりと顧みて、トスのやったことに誤りがなかったのかどうかを答えてもらいたい。よく考えてくれ、ジャック。きみには正しくないことがわかっているはずだ」

そのとおり。わかってる。わからないやつがいるか？　トスが全部を台無しにした。すべてをふいにした。それはみんな野郎のせいだ。

「あれには参っただろう、ジャック？　彼があんなことをしなければ」

おれは無言でスコッチを飲むと、窓の外に目をやった。町のあちこちで回転灯が光っている。それが近くに見えることもあれば、はるか遠くに見えることもあった。

「もし放してやったら、あんたはおれのことをしゃべる」

みんなと同じだ。みんなおれを裏切った。親父は――目が見えなくなってから、あの糞野郎はおれを警察に差し出しやがった。最初の観察官、判事たち。サンドラ。ボスのことはナイフで刺してやった。

「いや、しゃべらない。私たちは同意するために話し合っているんだ。私は決めたことは破らない。きみのことは他言しないと約束するよ、ジャック。妻にだって話さない」

ウェラーは酒のグラスを両手でつつんだまま膝を乗り出した。「私を解放すれば、きみに対して世の中はがらりと変わる。絶望だけじゃなくなる。きみの人生がちがったものになると保証しよう。私を解き放つという——ただひとつの行ないが、きみを永遠に変えることになるんだ。まあ、今年は無理かもしれない。あるいは五年かかるか。それでもきみは立ち直る。今度のことに、リゲット・フォールズで起きたことにきっぱりけりをつけるんだ。罪のこと、殺しのことをなにもかも。きみは立ち直る。私は確信しているよ」

「てめえは誰にもしゃべらないって、あんたはおれに信じてほしいのかい?」

「ああ」とウェラーは口にすると、重ねた両手を持ちあげてスコッチを飲んだ。「いまから大きな問題に移ろう」

またしても例の沈黙が流れてから、おれは切り出した。「で、それは?」

「信心」

そのとき、すぐ近くでサイレンが鳴りだし、おれはやつに黙れと命じて銃を頭に突きつけた。やつは両手をふるわせていたが野暮な真似をすることもなく、しばらくしておれが力を抜くと、ふたたびしゃべりはじめた。「信心だ。いまからこの話をしよう。信じる者は救われる」

「へえ、こっちには信心なんてものはないな」おれは言った。

だがむこうは怯《ひる》まずにつづけた。「もしもきみが他人を信じるなら、それは信心があ

るということだ」

「おれが救われるとか救われないとか、あんたが気にする理由は？」

「それは人生は厳しく、人々が残酷だからだよ。私が教会へ行くという話はした。聖書には途方もない話が多い。だが信じられる部分もある。で、そんななかには、われわれが時としてこんな状況に置かれるのは変わるためだという一節がある。今夜の出来事がまさにそれだと私は思うんだ。だからこそ、きみと私はあのドラッグストアに居合わせた。そうは感じないか？　定めといったものを？　なにかが起きて、それがきみにこうすべきだ、ああすべきじゃないと語りかけているというような？」

不思議なことに、リゲット・フォールズに向かう道中、おれはどこかしっくりこないと思っていた。理由はわからないが、この仕事はうまくいかないんじゃないかと思った。

「もしも、今夜起きたことすべてに意思が働いているとしたら？　私は妻が風邪をひいたので、ナイキルを買いに出た。〈セブン－イレブン〉じゃなく、あのドラッグストアへ行ったのは一ドル、二ドルを節約するためだった。その同じ時刻に、きみはあの店を襲った。そこの相棒と」――やつはトスの死体に顎をしゃくった。「たまたま一緒にね。そこへちょうど警察の車が立ち寄った。カウンターの奥にいた店員がたまたまそれを見かけた。たくさんの偶然が重なった。そうは思わないか？」

それから――背筋に寒いものが走った――やつは言ったのだ。「で、こうして私たちはあの大きな岩の、顔の陰に潜んでいる」

それは百パーセント、おれの思っていたことだ。まったく同じ——つまり〈見張り番〉のことは。なぜかわからない。でも、おれはたまたま窓の外を眺めながら、まったく同じ瞬間にそのことを思っていた。スコッチをあおり、もう一杯を放りこむと、すこし頭が痺れてきた。

「まるで私たちを見ながら、きみが決断するのを待っているようだ。ああ、でもそれはきみ一人のことと思っちゃいけない。あの場にいた全員の人生に、意思というものが働いているはずなんだ。きみの友人が撃ったカウンターの客は？　もしかすると、それが彼の寿命だったのかもしれない——たしかに、癌や発作で倒れるより早かったにしてもね。あの店員の女の子が脚を撃たれたのは、人生をやり直して、薬や酒と手を切るきっかけだったのかもしれない」

「じゃあ、あんたは？　あんたはどうなんだ？」

「では私のことを話そうか。もしかするときみは、私の人生における功徳なのかもしれない。私は金儲けのことばかり考えて歳月をすごしてきた。財布を見てみるといい。そこだ。裏側に」

おれは財布を開いた。証明書のような小さなカードが半ダースも入っている。〈ランドール・ウェラー——セールスマン・オブ・ザ・イヤー。二年連続目標達成。一九九二年年間最優秀セールスマン〉

ウェラーは続けた。「オフィスには同じようなのが山とある。トロフィーもね。そん

なものを勝ちとるために、私は周囲を顧みることをしなかった。家族や友人を。私の助けを必要とするような人たちを。それは正しいことじゃない。きみが私を誘拐したのは、人生の転機であることを示すサインの一つじゃないだろうか」

おかしな話だが、これが妙に納得がいった。そりゃ、盗みをやらないなんて想像するのはむずかしい。喧嘩になったら、おれならバックナイフやスミッティを使ってでも相手を消そうとする。反対の頰を差し出すなんて負け犬のやることだ。でも人生がまともになったある日を、なんとなく思いうかべることはできる。女、それもたぶん女房のことはサンドラみたいに扱わないし、一軒家で暮らすだろう。父親と母親、母親のことは知らないが、ふたりがやらなかったことをやる。

「逃がしてやるとして」おれは言った。「あんただって誰かに話さないわけにはいかないだろう」

やつは肩をすくめた。「トランクに閉じこめられて、この近くで放り出されたって言うつもりだよ。家でも探して歩きまわったあげく、道に迷ってしまう。人と行きあうのに一日はかかるさ。それなら信憑性もある」

「一時間もしないうちに、手を振って車を止めてるかもしれない」

「機会はあるだろう。でも私はしない」

「さっきから繰り返してるけど、どうしてそう言い切れる？」

「そこが信心の問題だ。どうかかな。保証などないからね」

「まあ、こっちには信心なんてものはなさそうだ」

「そうなると私は死ぬ。きみの人生は永久に変わらない。話は終わりだ」やつは椅子にもたれて肩をすくめた。

またまた沈黙がわだかまったが、それが二人の周囲ではなんだか怒号のようだった。

「じゃああんたの……あんたの望みはなんだ?」

むこうはスコッチを飲んだ。「ひとつ提案する。外を歩かせてくれないか」

「ああ、なるほど。外をぶらついて新鮮な空気でも吸いたいのかい?」

「外を歩かせてくれ、かならず戻ると約束するから」

「試験みたいなものか?」

やつはしばらく考えていた。「ああ。試験だ」

「あんたが話してる、その信心てやつはどこにある? あんたが外に出て逃げようとしたら、おれは後ろからあんたを撃つぞ」

「いや、きみは銃を家のどこかに置いておくんだ。キッチンあたりにでも。こっちが逃げても手のとどかない場所に。おたがいが見えるように、きみは窓辺に立つ。先に言っておくと、私は風のように走れるぞ。大学時代は陸上で鳴らしたし、いまでも毎日欠かさずジョギングをしているからね」

「もしあんたが逃げて警官を連れ戻ったら、そりゃとんでもないことになるぜ。そこのドアから入ってくる最初の五人を殺す。誰もおれを止められないし、あんたの手も血ま

みれになる」

「もちろんわかってる。だがこの話がうまくいくなら、きみだってそこまで考えないだろう。最悪の事態は想定しておくべきだが。たとえば私が逃げて警官に洗いざらいぶちまける。きみの居場所、人質はいないこと、銃は一、二挺しか持っていないこと。そうしたら、連中はきみを地獄まで吹き飛ばしにくる。きみのほうはただの一人も道連れにできないぞ。あるのは死、たかがはした金のせいで苦痛とともに訪れる死だ。しかし、しかしだ……」やつは両手を掲げておれの言葉を制した。「きみに理解してもらいたいのは、信心とは危険を意味するということでね」

「ばかばかしい」

「私はその正反対だと思ってるよ。きみが行なう人生最良の功徳となるはずだ」

おれはまたスコッチを飲ると考えをめぐらせた。

ウェラーが言った。「私には見えるんだ。その信心の一部が。ほらそこに。多くはない。でも、たしかにある」

ああ、すこしはあった。なぜって、そのときおれの心は、すべてをぶち壊しにしたトスへの怒りに向けられていたから。今夜はこれ以上の人殺しはごめんだ。殺しにはうんざりしていた。いままでの人生の転がり方にもうんざりだった。たまには一人がいいってこともある。他人にあれこれ返事をすることもない。だが、それが最悪というときもある。このウェラーという野郎は、おれに別の道を示そうとしているようだった。

「で、おれに銃を置いてほしいのか？」

やつはまわりに目をやった。「キッチンに置くんだ。それで戸口のあたりか窓辺に立つ。私のほうは通りまで歩いて戻ってくる」

おれは外を見た。ドライブウェイを約十五メートル。その両側は茂みだ。出ていったら、もう見つからないだろう。

空全体で警察の灯火が瞬《またた》いていた。

「いいや、やめとく。くだらないね」

泣きつかれるかと思った。それとも怒りだすか——おれだったら、人が指図に従わないとそうなる。すぐに言うことを聞かなかったりしても。だが、むこうはうなずいただけだった。「わかったよ、ジャック。きみも考え抜いた。いいことだ。きみはまだ心の準備ができていない。そこのところは私も尊重する」やつはスコッチをするとグラスを見つめた。それで終わりだった。

突然サーチライトが点灯した。距離はちょっとあったが、面喰らったおれは窓から離れた。銃を抜いてから、これは強盗と無関係だと気づいた。〈見張り番〉に据えられた二基の大型照明だった。毎晩、この時間になると点くにちがいない。

上を見ると、ここからはまるで顔には見えない。ただの岩だった。灰色と茶色で、おかしな松の木が裂け目から横に向かって生えている。

しばらくそれを眺めていた。町のほうを望んだ。なぜか野郎の言葉が頭のなかに入り

こんでくる。実際の言葉じゃない。考えていただけだ。それから、あの町の人たちみんなのことを思った。地味な暮らしを送っている。教会の尖塔があって、小さな家の屋根がある。黄色い灯が点々と見える。遠く丘陵がひろがるのがわかった。ふとそんな一軒に暮らしてみたいと思った。椅子に腰かけて、女房と並んでテレビを観る。

おれは振り返って言った。「道まで歩いて戻ってくるって？　それだけか？」

「それだけだ。私は逃げないし、きみは銃を取りにいかない。おたがいを信頼する。実に簡単な話だろう？」

風に耳をすました。強くはないけれど絶え間のないその音が、いつもなら冷たく湿って聞こえるのに、どういうわけか心地よく伝わってくる。人の声を聞いてるように。よくわからない。おれのなかの何かがそうしろと言った。

無言を通したのは自分が崖っぷちにいて、やつに口を挟まれたら気が変わるんじゃないかと不安だったからだ。抜いたスミス＆ウェッソンをじっと見てからキッチンへ行き、テーブルの上に置いた。バックナイフを手に戻ると、野郎の足を自由にしてやった。で、やるならとことんやるべきだと思って、手の縛《いまし》めも解いてやった。そこまでされてウェラーは驚いたらしい。だが、こっちが約束を守ることはわかってるとばかりに笑顔を見せた。おれはやつを立たせると、首に刃をあててドアのところまで連れていった。

「きみはいいことをしているんだ」やつは言った。

おれは考えていた――まったく、信じられない。狂ってる。おれの一部が言った――

切れよ、首を切っちまえ。さあ！

でもやらなかった。おれはドアを開けると、冷たい秋の空気や燃やした薪、松の木の香りを嗅ぎ、頭上の岩や木々を吹きわたる風の音を耳にした。

「行けよ」おれは言った。

歩きだしたウェラーは、おれが銃を取りにいくんじゃないかと振り返ったりはしなかった……これも信心なんだろう。やつは道に向かってのろのろ歩き続けた。

はっきり言って二度ばかり、やつが姿を隠せるドライブウェイの暗がりに差しかかったときにはめまいがした。なんてこった、騙された。おれは間抜けだって感じた。

何度かパニックを起こしそうになり、スミッティを取りにいきかけて我慢した。ウェラーが歩道に近づいたときには、ほんとに息が止まりそうだった。あいつは逃げると本気で思った。だからその瞬間を――人に緊張が走り、不意に動いたり自分に向かってきたり、逃げようとしたりする瞬間を見抜こうとした。そんなとき、人の身体は行動に移るまえに叫ぶような感じになる。しかしウェラーにそんな気配はまるでなかった。それこそさりげなく歩道まで歩いていった。そして〈見張り番〉の顔を見あげたところは、まさにウィークエンダーといった様子だった。

やおら彼は振り返った。おれに向かってうなずいた。

そこへ警官の車が一台近づいてきた。

州警だった。連中の車は暗い色目で、しかも当の車輛は回転灯を点けていなかった。

こっちが気づくまえから近づいていたのだ。ウェラーのことばかり必死に見ていたので、ほかのものが目に入らなかったんだろう。

二軒先まで迫った車を、ウェラーもおれと同時に見ていた。

で、おれは思った。終わりだ。なんてこった。

だが銃を取りにいこうとして、道路付近での動きが見えた。おれは足を止めた。信じられるかい？　ウェラーが地面に這いつくばり、木の下に転がりこんだ。おれはすばやくドアをしめ、窓から様子をうかがった。警官は車を停めると、ドライブウェイにライトを向けてきた。やたらまぶしい光線が上下して、茂みと家の正面を照らして道路のほうに戻った。それでもウェラーは見つからないように、松葉に埋もれていたらしい。つまり、あの糞ったれどもから隠れていた。とにかく明かりから逃れようとしていた。

そのうちに車は動きだし、隣の家をライトで照らしたかと思うと走り去った。おれはずっとウェラーに目を注いでいたのだが、やつが愚かなふるまいに出ることはなかった。木の下から出て服についた埃を払うと、家のほうに歩いてきた。まるで酒場で仲間に会うといったように気軽な感じで。

室内に戻ると、ほっとしたのか小さな溜息をついて笑った。で、両手を差し出してきた。べつにこっちでそうしろと頼んだわけじゃないのに。おれがまた両手をテープで巻くと、やつは椅子に腰を下ろしてスコッチをすすった。

くそっ、なんて言ったらいいか。たまげた。気分がよかった。いやいや、光が見えたとか、そんなくだらないことじゃない。でもおれは人生で出会った人間を――親父でも別れた女房でも、トスでも誰でも本気で信用したことがなかった。心を通わせることはなかった。それが今夜はできた。こっちに害をおよぼしかねない見知らぬ他人を相手に。恐くはあったが、一方で気も楽になった。

ちっぽけな、ほんとにちっぽけなこと。でもこういう話はたぶん、そんなところから始まるんだろう。おれは自分がまちがってたことに気づいた。やつを解放してやれるんじゃないかと。そう、やつをここに縛っておいておく。猿ぐつわをかませて。やつが表に出ていくのは一日かそこらたってから。でも、それはむこうも納得してくれるはずだ。こっちはやつの名前と住所を書きとめて、やつと家族の居場所を知ってるんだってことで念を押す。でも、それはやつを解放する理由の一部にすぎない。ほかに何があるかとなると、自分でもはっきりしない。とはいえ、これはいましがた、やつとおれの間で起きたことに関係している。

「どんな気分だった?」とやつが訊いてきた。

余計なことまで話すつもりはなかった。もちろん。でもつい口がすべった。「あの車が走ってきて? あのときはもうだめかと思ったよ。けど、あんたはこっちについてくれた」

「きみもふさわしく行動したよ、ジャック」やつはそう言うと、「もう一杯注いでくれ」

おれは二個のグラスをぎりぎりまで満たした。二人でグラスを打ちあわせた。

「きみに乾杯だ、ジャック。そして信心に」

「信心に」

おれがウィスキーをあおって顔を下ろし、頭をすっきりさせようと鼻から空気を吸ったとき、やつはやりやがった。もろに顔めがけて。

たいした野郎だ。こっちは当然避けるわけだが、それでも酒が目に入るようにグラスを低く投げてきて、それがめちゃくちゃに沁みた。信じられないほど。おれは痛みにわめきながらナイフに手を伸ばした。だが遅かった。むこうはおれの行動をあらかじめ読んでいたのだ。おれの出方を。やつが蹴りあげた膝で歯を二本折られ、あおむけに倒れたところで、おれはようやくポケットからナイフを出した。そこへやつが膝を腹に落としてきて――そういえば足にはテープを巻きなおさなかったのだ――出し抜かれたおれは麻痺したように寝そべったまま、息をしようにもできずにいた。そりゃ痛みはひどいものだったけど、なにが最低かって、やつがこっちを信じてなかったというその思いだ。

おれはつぶやいていた。「や、やめろ！　おれはやるつもりだったんだ。あんたはわかってない！　おれはあんたを放すつもりだった」

なにも見えず、なにも聞こえず、耳がやたら吼えまくっている。おれは切れぎれに言葉にした、「わかってない、わかってない」

おい、痛みがひどい。最悪だ……。

ウェラーはテープを噛み切ってはずしたらしい。そう思ったのは、やつに身体を転がされたからだ。両手をテープで縛られ、椅子に座らされて脚にもテープを巻かれた。おれの顔に水をかけたのは、目からウィスキーを洗い流すためだった。

やつはおれのまん前の椅子に腰を下ろした。こっちが息を切らしてるあいだ、ひたすら見つめてきた。グラスを手にしてスコッチを注いだ。また投げつけられるのかと思って身を硬くすると、むこうはじっとこっちを見ながら酒を飲った。

「あんたを……あんたを放すつもりだった。本気で」

「わかってる」やつは言った。動かずに。

「わかってるって？」

「顔に書いてある。セールスマンが長いって話はしただろう？　取引がまとまったときというのはわかるんだ」

おれはかなりの腕っ節で、それも怒ったら半端じゃないが、そのおれがテープを切ろうにもびくともしない。「ちくしょう！」おれは叫んだ。「あんたは裏切らないって言った。あんな信心の話までしやがって――」

「シーッ」と口にしたウェラーは椅子にもたれて脚を組んだ。やけにくつろいで。おれのことを上から下まで眺めまわした。「あんたの友だちがドラッグストアで撃った男がいたろう？　カウンターの客が？」

おれはゆっくりうなずいた。

「彼は私の友人だ。この週末、妻と私は彼のところに滞在していた。子どもたちも一緒に」

おれは黙って相手を見た。友人？ なんの話だ？「おれは――」

「静かに」やつはそれこそ穏やかに言った。「長いつきあいでね。ジェリーは私の親友だった」

「誰も殺したくなかった。おれは――」

「しかし誰かが死んだんだ。それはきみのせいだ」

「トスが……」

彼は低声で言った。「きみのせいだ」

「わかった、騙されたのはこっちだ。警察に電話しろ。さっさと終わりにしな、この嘘つきめ」

「本当にわからないのか？」ウェラーは頭を振った。やつはなぜそんなに落ち着いているのか。手はふるえていない。不安そうにあたりを見まわすでもない。そんなそぶりもない。「裏切るつもりだったら、さっき走ってきた警察の車を止めていたよ。でも、それはしないと私は言った。いまもそのつもりはない。きみのことは警察にはしゃべらないと約束した。だからしゃべらない。きみを裏切るなんて真似はしたくないんでね」

「じゃあ望みはなんだ？」おれはわめいた。「言えよ！」テープを引きちぎろうとした。

やつがバックナイフを開く音を聞いて、おれは自分がしゃべったことを思い出していた。

おい、まさか……おい、やめろ。

〝ああ、目が見えなくなることだな。それが思いつくなかで最悪かな〟

「どうするつもりだ？」おれはつぶやいた。

「どうするつもりかって、ジャック？」ウェラーはバックナイフの刃の感触を親指で確かめると、おれの目を覗きこんだ。「ならば教えてやろう。今晩はたっぷり時間をかけて、私を殺すべきじゃないときみに話して聞かせた。いまからは……」

「なんだよ？　言えよ」

「いまからはたっぷり時間をかけて、やはり殺しておくべきだったときみに思い知らせてやろう」

やがてウェラーは、やけにゆっくりスコッチを飲み干すと席を立った。近づいてくるその顔には妙な笑いが貼りついていた。

サービス料として

FOR SERVICES RENDERED

「最初は自分のせいじゃないかと……でもはっきりわかったんです。主人がわたしの頭をおかしくしようとしているんだって」

ハリー・バーンスタイン医師はうなずき、やや間をおいてから、膝の上のメモ帳に患者の言葉をきっちり書きとめた。

「いらいらさせるとか、そういうのじゃなくて――わたしが自分の正気を疑うように仕向けるんです。それも意識してやるから」

革のカウチに座るハリーから顔をそむけていたパッツィ・ランドルフは、かかりつけの精神分析医に面と向かった。セッションのあいだ、パーク・アヴェニューにあるオフィスは暗くしてあるのだが、それでも彼女の目に溜まった涙が見える。

「ずいぶん混乱しているようですね」彼は優しい口調で言った。

「たしかに、混乱してます。それにこわい」

四十代後半にさしかかったこの女性が、彼の患者となって二か月になる。これまでセッション中に何度か涙を浮かべても、実際に泣きだすことはなかった。涙は感情という天候の重要な気圧計だ。長く医者の前で泣かなかった患者がちょっとでも目を潤ませたなら、有能なセラピストはそこにたちまち興味をいだく。

ハリーはパッツィがまた顔をそむけ、脚のかたわらにあるクッションのボタンをもてあそぶ様子を観察した。

「続けて」彼はうながした。「話してください」

彼女はカウチの脇にある箱からクリネックスを抜き取った。それで目もとを押さえるやり方というのがとても慎重だった。例によって、化粧は非の打ちどころがない。

「さあ」ハリーは穏やかな声音で言った。

「それは何度かあって」女性はしぶしぶ切り出した。「きのうの夜は最悪でした。わたしがベッドで横になっていると、その声が聞こえたんです。初めははっきり聞き取れなかった。それがそのうち……」彼女はためらった。「父の幽霊だって言いだして」

セラピーの主題にこれ以上のものはなく、ハリーはさらに注意を向けた。

「夢を見たのではなく？」

「いいえ、目は覚めていました。眠れなかったので、水を一杯飲もうと起きたんです。それからアパートメントのなかを歩いて。ゆっくり。胸騒ぎがして。ベッドに戻ったら、あの声が——そう、ピートの声が——父の幽霊だって言うんです」

「彼は何を話しましたか？」

「ずっと切れ目なくしゃべってました。わたしの昔のことをあれこれと。少女時代の出来事とか。はっきりしないけど。聞き取りにくかったから」

「それはご主人もご存じの話ですか？」

「いいえ、まったく」彼女の声がかすれた。「でも探り出すことはできるでしょう。手紙や卒業アルバムを見れば」その類のことなら。

「しゃべっていたのは、まちがいなくご主人ですか？」

「あれはピーターの声のように聞こえました。だって、ほかに考えられます？」彼女は笑った。その声が裏返りそうになる。「そんな、ほんとに父の幽霊のわけがないでしょう？」

「ご主人は寝言を言っていたのかもしれない」

パッツィはしばらく返事をしなかった。「ええ、そこなんだけれど……あの人はベッドにいなかった。私室《デン》でビデオゲームをやってました」

ハリーは続けてメモをとった。

「するとデンから声が聞こえたんですね？」

「きっとドアのところにいて……ああ、先生、滑稽よね。自分でもわかってるわ。でも、きっと主人はドアのところから――ベッドルームと隣りあわせなので――膝をついてささやいていたんだと思うんです」

「デンには行きましたか？　ご主人に確かめたんですか？」

「わたしが急いでドアをあけたときには、夫はもう机に戻ってました」彼女は視線を落とし、自分がクリネックスを引き裂いていたことに気づいた。その衝動的な行為をハリーに見られたかと探るような目をしてから――むろん医者は覚っていた――彼女はティッシュを高価なベージュのスラックスのポケットに突っ込んだ。

「それで？」

「わたしは主人に、なにか物音や声は聞こえなかったかと訊ねました。すると夫は頭の

狂った人間でも見るような目つきをして、またゲームを始めたんです」

「で、その夜はもう声は聞こえなかったんですね？」

「ええ」

ハリーは患者を見つめた。若いころは可愛い娘だったのだろうと思うのは、いまも彼女が可愛い女性であるからだ（セラピストというのは、いつでも大人の内側に子どもを見ている）。顔には艶があり、わずかに上を向いた鼻は、鼻形成についてあれこれ口にするわりには手術を受けないコネティカットの淑女のもの。以前、パッツィが体重で悩んだことがないと話していたのを思い出す。二キロもふえたらすぐに個人のトレーナーを雇うという。男の人にバーやコーヒーショップでよく声をかけられると言ったとき、ひそやかな誇りを隠すためにいらだたしげな口調になった。

ハリーは訊いた。「以前にもあったと言いましたね？　声が聞こえたことが？」

またしてもためらいがあった。「二度か三度か。どれもこの二週間のことです」

「しかし、ピーターがあなたの頭をおかしくしようとする理由はありますか？」

典型的な中年の危機を症状として訴え、ハリーのもとを訪れたパッツィはまだあまり夫の話をしていなかった。ハリーの知る範囲では二枚目で、年齢はパッツィよりいくつか年下、とりたてて野心家ではない。結婚して三年、ともに再婚で共通する趣味は多くなさそう。だがこれはあくまでパッツィの説である。セラピストのオフィスで明かされる〝事実〟というのは、非常にいかがわしい場合がある。人間嘘発見機になろうとした

ハリー・バーンスタインとしては、その結婚に夫婦間の無言の葛藤があるという印象をもった。

パッツィは医師の質問に考えこんだ。「どうでしょう。サリーに話したら……」ハリーは、名前が出たサリーが患者の親友であることを思い出した。やはりアッパー・イースト・サイドの主婦でランチ仲間のひとり――ニューヨークの某大銀行の頭取と結婚している。「ピーターが嫉妬してるんじゃないかって。だって、わたしたち――わたしには社交があるし、友だちもいて、お金があって……」ハリーは彼女の声に躁病的な鋭さを感じ取った。本人も気づいてそれを抑えた。「どうしてあんなことをするのか。でも犯人は彼です」

「このことでご主人と話しましたか？」

「努力したけど。頭ごなしに否定されて」首を振った彼女の目に、ふたたび涙が溜まった。「それに……鳥たちが」

「鳥たち？」

クリネックスがまた一枚引き抜かれ、使われて裂かれた。今度はその証拠品を隠さなかった。「わたし、陶器の鳥をコレクションしてるんです。ベームの。この会社はご存じ？」

「いえ」

「とても高いの。ドイツ製で。美しくて。もともと両親のものでした。父が死んで、遺

産はスティーヴとわたしで分けましたけど、先祖伝来の家財などはほとんど兄のほうに行ってしまって。ほんとうに悲しかった。でも鳥たちはわたしが手に入れたんです」

ハリーは患者の母親は十年まえに、父親が三年まえに他界したことを知っている。とても厳格な父親は、パッツィの兄スティーヴンを贔屓《ひいき》していた。娘のことはいつまでも子どもあつかいだった。

「手もとにあるのは四羽です。最初は五羽だったのが、十二歳のとき、わたしが一羽を割ってしまって。走って帰ってきて――父に話したいことがあって興奮してたから――テーブルにぶつかった拍子に落としてしまった。割れたのは雀でした。父に柳の鞭で叩かれて、食事抜きでベッドに行かされたわ」

これは重大な事件だ。ハリーはメモしながら、当座その件については追究しまいと心に決めた。

「それで？」

「父の幽霊の声を初めて聞いたつぎの日の朝……」パッツィの声がざらついた。「その、ピーターがわたしに向かってささやくようになった翌日の朝……一羽が壊されていたんです。リビングルームの床に落ちてました。なぜこんなことをってピーターを問いつめると――わたしが大切にしてたのを知っていながら――彼はしらを切りました。わたしが夢遊病で、歩いてるときに割ったんじゃないかと言って。でも、わたしはそんなことしてません。犯人はピーター以外に考えられない」その声にまたも感情があらわになっ

た。

ハリーは時計に目をやった。彼はきっかり五十分という精神分析医の伝統を嫌っている。掘り下げたいことはまだまだあった。だが患者に必要なのは一貫性であり、古い学校によれば規律なのである。彼は言った。「申しわけないが時間です」

パッツィは素直に席を立った。ハリーは彼女の乱れた容姿に目を注いだ。たしかに化粧は抜かりなくしているが、ブラウスのボタンがちゃんとはめられていない。慌てていたのか、あるいは気もそぞろだったたか。しかもタン色の高級靴は、片方の紐がほどけたままになっている。

「ありがとう、先生……この話ができただけでもよかった」

「すべてはうまくいきますよ。また来週お会いしましょう」

パッツィがオフィスを出ていくと、ハリー・バーンスタインはデスクに腰を落ち着けた。椅子をゆっくりまわしながら蔵書――『精神疾患の分類と診断の手引　第四版』『日常生活の心理学』『APA神経症ハンドブック』、フロイト、アドラー、ユング、カレン・ホーナイ等の著作集――を見わたした。それからまた窓外に目を転じて、パーク・アヴェニューを北へ走る車やタクシーに降る夕陽を眺めた。

一羽の鳥が飛んでいった。

パッツィの少年期に割れてしまった陶器の雀のことが頭に浮かぶ。

そこでハリーは思った。これは重要なセッションだったのだ。

患者にかぎらない。自分にとっても。

きょうまでは、漠然とした不満をかかえる中年患者にすぎなかったパッツィ・ランドルフが、ハロルド・デヴィッド・バーンスタイン医師にひとつの転機をもたらしたことになる。医師は彼女の人生を一変させる立場にいた。

そうすることで、自分自身の人生をも取り戻せるかもしれない。

ハリーは大声で笑うと、公園で遊ぶ子どものようにまた椅子を回転させた。一回、二回、三回と。

戸口に人影が現れた。「先生？」白髪の手入れも怠りない、秘書のミリアムが小首をかしげている。「大丈夫ですか？」

「ああ。なぜだい？」

「だって……先生の笑い声を聞くのは久しぶりの気がするし。オフィスで笑ってらっしゃるのは初めてかもしれないわ」

それもまた笑いの種になる。彼は笑った。

ミリアムは気づかわしそうな目をした。

ハリーは笑みを消すと、真顔で相手を見つめた。「いいかい、このあとはオフにしてもらいたいんだ」

ミリアムは狐につままれたような顔をした。「でも……もう終業の時間です、先生」

「ジョークだ」彼は言い訳をした。「ジョークだよ。ではあした」

ミリアムは警戒するようなまなざしを向けてきた。訝しげな表情を自分では振り払えずにいるらしい。「本当に大丈夫ですか?」

「ああ。さようなら」

「さよなら、先生」

やがてオフィスの入り口のしまる音が聞こえてきた。

彼はさらに椅子で一回転しながら考えた。パッツィ・ランドルフ……ぼくがきみを救い、きみがぼくを救う。

ハリー・バーンスタイン医師は救いを探し求める男だった。

それはいまの世過ぎを嫌っていたからである。

精神的、感情的な問題で悩む患者の手助けをする仕事のことではない——いや、自分は生まれながらのセラピストで、これ以上のものはない。いやなのはアッパー・イースト・サイド精神医学を実践することだった。それがいやでしかたがなかった。だがコロンビアの医学部の二年めに、長身でハンサムな学生は長身で美しい近代美術館の開発担当ディレクター補と出会った。ハリーとリンダは彼のインターンシップが始まるまえに結婚した。彼はハーレムに近いエレベーターなしの五階建てから、東八十一丁目にある彼女のタウンハウスに移った。それから数週間で、妻は夫の生活を変えていった。リンダは自分の男にやたら期待をふくらませるタイプの女だった(そこはパッツィとよく似ている。何週間かまえ、パッツィが夫の向上心のなさをあけすけに語った言葉に、ハリ

ーはすさまじい怒りを見ていた)。リンダが求めていたのは金であり、メトロポリタン歌劇場の常連リストに載ることであり、エズやモナコやパリの四つ星レストランで食を堪能することだった。

地味なニューヨーク郊外の出身、学問好きでのんびり屋のハリーは、リンダの話を聞いていたら自分はまちがった方向に流されていくと思った。でも彼女を愛するがゆえに従った。二人はマディソン・アヴェニューの高層アパートメントに一室を買い、彼はパーク・アヴェニューと七十八丁目の角で、家賃が月三千ドルもするオフィスの外に看板(それは重い真鍮製の板)を掛けた。

初めはハリーも天文学的な請求額に不安をおぼえていた。だが金はすぐ入ってくるようになった。仕事はいたって順調、マンハッタン島では、金持ちと保険に入っている連中の神経症には事欠かない。しかもハリーは腕におぼえがある。訪ねてきた患者は彼を気に入り、その後毎週通ってくるようになった。

「誰もわたしのことをわかってくれない、お金はあるけれどお金がすべてじゃないし、このまえうちの家政婦が宇宙人を見るような目でわたしを睨んで、わたしのせいじゃないわ、休みの日に母が買い物に行きたがるから腹が立って、サミュエルが誰かと会ってると思うの、息子はゲイかもしれないんです、たった七キロが減らないし……」

彼らの悩みが平凡で、ときに笑いだしたくなるほど陳腐であっても、医師としての誓約、そこに自身の性格も相まって、ハリーが舐めてかかるようなことはなかった。一所

懸命に患者を助けた。

その間、彼は本当にやりたいことを我慢してきた。重い精神病患者の治療である。妄想型統合失調症、双極性鬱病、境界性人格障害――悲しい人生を送り、ハリーの患者たちが持っている金をもってしても、その悲しみから逃れることのできない人たちがいる。方々のクリニックでボランティアをする経験があって――なかでもホームレスの男女を治療するブルックリンの小さな診療所に力を入れていたのだが、パーク・アヴェニューの患者の数も多く、妻からは人づきあいを強いられ、時間を割くこともままならない。いっそパーク・アヴェニューの仕事をやめてしまおうかと真剣に考えたこともある。それを実行したらもちろん、収入は九十パーセントも減ってしまう。リンダとの間には、結婚して二年あまりで二人の子どもができた。目に入れても痛くない二人の娘たちのことで必要とあらば、費用が高かろうと、たとえば私立学校のことでは自分の満足よりもそちらを優先させてきた。だいたいハリーには多くの面で理想だとしても、ブルックリンでフルタイムの仕事を始めたとたん、リンダに棄てられることは目に見えていたのだ。ところが皮肉なことに、現実にリンダから棄てられても――原因はというと、ハリーには耐えがたい社交の場で知り合った男のせいだった――診療所で過ごす時間は結婚していたころとさして変わらなかった。リンダはとんでもない借金をこしらえていたのだ。長女は金のかかる大学に入り、次女は来年ヴァッサーに進学することになっている。

しかし、小さな不満に泣き言をならべる患者たちのなかに、パッツィ・ランドルフと

いう深刻な症状をもつ患者が現れた。幽霊と、正気を失わせようとする夫のことを話す女性。明らかに追いつめられている。

ハリーに、人生を挽回するチャンスをあたえてくれそうな患者。

その夜の彼は食事を抜いた。帰宅した足で向かった私室には、専門誌が手つかずで一年ぶんも積みあげてあった。そこに取りあげられているのが重い症例で、日ごろ自分が診ているような患者には役立たないからである。彼は靴を脱ぎ捨てると、その中身を繙《ひもと》きながらメモをしていった。インターネットでは精神病的な行動をテーマにしたサイトを探し、何時間もオンラインにしたまま、パッツィの事情と関係ありそうな記事をダウンロードした。

『精神疾患ジャーナル』の目立たない記事を読みなおしながら——それを見つけたときには興奮した。彼女の症状を扱う際の手がかりがあったのだ——背筋を伸ばしたとき、甲高い笛の音が聞こえた。夢中になりすぎて……コーヒーを淹《い》れるのに湯を沸かしていたことを忘れたのだろうか。だが窓の外を見ると、やかんの音ではないことがわかった。声の主は近くの枝でさえずる一羽の小鳥だった。すっかり夜が明けていた。

次のセッションに現れたパッツィは、前週よりも調子が悪そうだった。服にアイロンがかかっていない。髪の毛はもつれ、何日もシャンプーしていないように見える。白いブラウスは汚れて襟が擦り切れ、スカートも似たような状態だった。ストッキングは伝

線していた。ただし化粧だけは入念にされている。

「こんにちは、先生」と彼女は静かな声で言った。怯えているようだ。

「やあ、パッツィ、入って……。いや、きょうはカウチじゃなく。私の前に座って」

彼女はためらった。「どうして？」

「普段のやり方はやめにして、今度の危機について取り組みましょう。あの声について。向かい合ったほうがいい」

「危機」パッツィは用心するように繰り返すと、彼の机の正面にある安楽椅子に腰を下ろした。腕組みをして窓の外を眺めた――いずれもハリーのよく知る身体言語《ボディ・ランゲージ》である。つまり不安に駆られ、防御を固めている。

「それで、このまえお会いしたあとに何か起きましたか？」とハリーは訊いた。

彼女は語った。また声がしたこと――夫が父親の幽霊のふりを続けて、ひどい言葉をささやきかけるのだと。幽霊がしゃべった内容をハリーが訊ねると、彼女は答えた。昔は悪い娘で、いまはだめな女房、友だち甲斐のない女。さっさと死んで、他人の人生に痛みを押しつけるのはやめたらどうだ？

ハリーは手早くメモをした。「それがお父さんの声に似ていた？　声のトーンが、という意味ですが」

「父のじゃないわ」パッツィの声は怒りでひび割れていた。「主人が父を真似ている声だった。まえにもお話ししましたけど」

「わかってます。しかし声のひびき、声音は？」

彼女は考えこんだ。「そうね。でも主人は父に会ってますから。それにパパを撮ったビデオもあるし。ピーターはそれを聞いて物真似をしたんでしょう」

「その声を聞いたとき、ピーターはどこにいました？」

彼女は本棚を見つめた。「家にはいませんでした」

「家にいなかった？」

「ええ。煙草を買いに出てました。でも方法はわかってます。スピーカーとテープレコーダーを用意したんでしょう。でなければトランシーバーでも使って」彼女の声がとぎれた。「それに、ピーターは物真似がうまいんです。声色をつかうっていうのかしら。全部の声をやるんです」

「全部の声？」

パッツィは咳払いした。「今回は幽霊の数がふえて」彼女の声が愉しげになった。「祖父。母。そのほか。知らない人もいたわ」パッツィは医師のことを見つめてから目を伏せた。衝動的にハンドバッグの掛け金をはずすと、なかを覗いてコンパクトとリップスティックを取り出した。その化粧道具を見据えたあげくに片づけた。両手がふるえていた。

ハリーはしばらく待っていた。「パッツィ……あなたに訊ねたいことがある」

「なんでも訊いて、先生」

「ひとまず、議論をするために、ピーターが幽霊を演じたんじゃないと仮定してみましょう。すると彼らはどこから来たことになるのか？」

パッツィは鋭く返した。「この話を信じてくださらないのね？」

セラピストのどこがむずかしいかといえば、自分はつねに味方であると患者を安心させながら、同時に真実の探求を行なっていかねばならないところである。ハリーは平板な調子で言った。「もちろんありうることですよ――ご主人について、あなたがおっしゃるような話は。ですが、それはまず脇へおいて、いろいろな声が聞こえた別の理由を考えてみましょう」

「別の？」

「あなたはなにかを耳にした――ご主人の声を電話で聞いたのかもしれないし、テレビ、ラジオかもしれないが、なにを聞いたにしても、それは幽霊とは無関係です。あなたは聞いたことに自分の思いを投影している」

「すべてはわたしの頭のなかの話だと言うのね」

「言葉があなたの潜在意識から出てきたものかもしれないと言ってるんです。心あたりはないですか？」

彼女は考えこんだ。「さあ……。そうなのかしら。そんな気がしないでもないけど」

ハリーは微笑した。「いいですよ、パッツィ。それを認めることが第一歩だ」

彼女は教師から金星を受けた生徒のようにうれしそうだった。

　そこで精神分析医は顔を引き締めた。「では、いいですか、今度あなた自身を傷つけろという声が聞こえてきても……あなたはそれに従ったりはしませんね？」

「ええ、もちろん」彼女は勇敢な笑みを見せた。「従いません」

「よろしい」医師は時計に目をやった。「そろそろ時間ですが、パッツィ。あなたにしてもらいたいことがあります。声がしゃべる内容を日記につけてもらいたい」

「日記？　いいですけど」

「むこうがしゃべることを全部書きとめて、それを私たちで分析していきましょう」

　彼女は立ち上がって医師のほうを向いた。「だったらわたしから幽霊の一人に、セッションに同席してくれと頼んでみようかしら……でも、そうしたら料金は倍取るんでしょう？」

　彼は笑った。「ではまた来週」


　翌朝の午前三時に、ハリーは電話で起こされた。

「バーンスタイン先生？」

「はい？」

「こちらは市警のキャヴァノー巡査です」

　半身を起こし、眠気を払おうとしながら、彼は咄嗟にブルックリンの診療所の患者だったハーブのことを思った。貧しいその男は、他人に害をあたえることがない軽度の統

合失調症を病んでいるのだが、無愛想のこわもてが災いして、暴力沙汰に巻きこまれてばかりいる。

だが電話の理由はそれではなかった。

「あなたはパトリシア・ランドルフ夫人かかりつけの精神分析医ということで、まちがいないですか？」

どきりとした。「ええ、そうです。無事なんですか？」

「こちらで通報を受けまして……。自宅アパートメントの表の通りで保護しました。怪我はないんですが、すこし興奮状態でして」

「すぐにうかがいます」

十ブロック離れたランドルフ家のアパートメントがある建物へ行くと、正面ロビーにパッツィと彼女の夫がいた。その脇にひとりの制服警官が立っている。

ハリーはランドルフ夫妻が裕福であるとは知っていたが、そこは思っていた以上に立派な建物だった。八〇年代にドナルド・トランプが建てた豪奢な高層ビルの一棟である。ハリーがタイムズ紙で読んだところでは、ペントハウスの三層《トリプレックス》が二千万ドルで売りに出ていた。

「先生」ハリーの姿を認めたパッツィが声をあげ、駆け寄ってきた。ハリーは患者との身体的接触には注意を払っている。感情の転移と逆転移——患者とセラピストの間にで

きる至極正常な力関係については心得ていたが、接触は慎重にはからなくてはならない。ハリーはパッツィが抱きつけないように両肩をつかむと、ロビーのカウチのほうに導いた。

「ランドルフさん？」ハリーは夫のほうを向いて訊ねた。

「そうです」

「私はハリー・バーンスタインです」

男たちは握手を交わした。ピーター・ランドルフはハリーが思っていたような男だった。筋肉が引き締まった感じで、たくましい四十年配。ハンサム。怒りと動揺を目に浮かべ、被害者然としている。ハリーが思い出すのはかつて診療した患者のことだ——その男は妻と二人の愛人がいる生活を維持するのは難儀なのだと、それはかり愚痴っていた。ピーターはバーガンディ・レッドのバスローブに、柔らかい革のスリッパをつっかけた恰好だった。

「パッツィと二人で話をして差し支えはありませんか？」ハリーは訊いた。

「どうぞ。もし用があれば、私は上にいますから」彼はハリーと警官の両方に向かって言った。

やはりハリーに視線を向けられた警官も、医者と患者が話せるように離れて立った。

「どうしたんです？」ハリーはパッツィに訊ねた。

「鳥が」と言ったきり、彼女は涙にむせんだ。

「陶器の鳥が？」

「ええ」彼女はささやいた。「彼が壊した」

ハリーは彼女のことを観察した。今夜はひどいありさまだ。髪はからまり、ローブは不潔で指の爪も汚れていた。先日のセッションのときと同じで、化粧だけはまともだった。

「何があったか話してください」

「眠っていたら、こんな声が、『逃げろ！　外に出るんだ。いまにやつらが来る。やつらはおまえを傷つけようとしてる』って聞こえてきて。わたしがベッドから飛び出してリビングへ駆けこむと——ベームの鳥が。駒鳥が。粉々に砕けて床に散乱してて。わたしは悲鳴をあげたの——だって、やつらが追いかけてくるのがわかったから」パッツィの声が高くなった。「幽霊が……やつらが……そう、ピーターが追いかけてきたの。わたしはとにかくローブを羽織って逃げ出した」

「で、ピーターはどうしたんですか？」

「走ってわたしを追いかけてきた」

「でも、あなたを傷つけなかった？」

パッツィはためらった。「ええ」彼女は寒々とした大理石のロビーを猜疑の目で見まわした。「たしかに、あの人は警察に電話をしたわ……でも、わかるでしょう？　ピーターはほかにどうしようもなかったの。警察を呼ぶしかなかった。妻が悲鳴をあげなが

らアパートメントを飛び出したりしたら、誰でも普通はそうするんじゃない？　呼ばなかったら怪しまれるでしょう……」彼女の声は消え入った。

ハリーは過剰な投薬、あるいは飲酒の徴候を探ったが見つからない。彼女はまたロビーを眺めわたした。

「気分はよくなっていますか？」

彼女はうなずいた。「ごめんなさい。夜中にわざわざ来ていただいて」

「これが私の役目ですよ……話してください。いまはもう声は聞こえませんか？」

「ええ」

「では鳥は？　あれは偶然だったということは？」

彼女は思案していた。「そうね、ピーターは眠っていたし……。そのまえにあれを見たときには、テーブルの端に載っていた」彼女はすっかり得心したような声を出した。

「家政婦のしわざかもしれないわ。もしかすると、わたしがぶつかって落としたのかも」

警官が時計を見て、ゆったりした歩調で近寄ってきた。「先生、お話ができますか？」

彼らはロビーの隅へ行った。

「署へ連れていこうかと思うんですが」警官はクイーンズ訛りで言った。「さっきはかなり取り乱してましたから。でもここは先生の判断を。彼女、ＥＤですか？」

情緒障害《ED》——これは強制的な収容の目安となる診断である。もし彼がここでイエスと答えれば、パッツィはそのまま入院させられることになるのだ。

重大な場面だった。ハリーは熟慮を重ねた。

ぼくがきみを助け、きみがぼくを助ける……。

彼は警官に言った。「もうすこし時間をくれ」

パッツィの元に戻り、彼は隣に腰を下ろした。「問題が起きました。警察があなたを病院に連れていきたがっている。仮にピーターが頭をおかしくしようとしている、傷つけようとしていると主張しても、判事があなたの言い分を信じないという結果になるだけでしょう」

「なぜ？　わたしはなにもしていないわ！　あの声のせいよ！　やつらの……そう、ピーターの」

「でも、彼らはあなたの言うことは信じません。それはそういうものなんです。だから、上階に戻って暮らしを続けるのでなければ、病院に連れていかれる。あなたがそれを望むはずがない。私を信じて。気持ちを抑えることができますか？」

パッツィはうつむき、両手で顔を覆った。やがて口を開いた。「はい、先生。できるわ」

「いいでしょう……パッツィ、では別のお願いがあります。ご主人と二人きりで会いたい。こちらから連絡して、来ていただいてもいいですか？」

「どうして？」と問いかえす彼女の顔は疑惑に苛《さいな》まれている。

「なぜなら私は医者として、あなたを悩ませているものの根底に行き着きたいと思って

いるから」

パッツィは警官をちらと見やった。そちらに険しい顔を向けてから言った。「わかりました」

「よろしい」

パッツィの姿がエレベーターに消えると、警官が言った。「わからないな、先生。私にはイカレてるとしか見えないんですがね。こいつは下手すると……まずいことになりかねませんよ。この手のやつは百万べんも見てますけど」

「彼女は問題をかかえてはいるが、危険じゃないんだ」

「そこに賭けてみようってことですか？」

ハリーはおもむろに言った。「ああ、そこに賭けてみたい」

「昨夜、私が帰ってからはいかがでした？」翌朝になって、ハリーはピーター・ランドルフに訊ねた。二人の男はハリーのオフィスにいた。

「大丈夫そうでしたね。ずっと落ち着いて」ピーターはミリアムがはこんできたコーヒーをすすった。「いったい彼女に何が起きてるんです？」

「残念ですが、奥さまの状態について、それを詳細に語ることはできません。秘密に属することなので」

つかの間、ピーターの目が怒りに燃えた。「だったらなぜ私をここに呼んだ？」

「それは奥さまの治療にあたって、お力添えをいただきたいからです。良くなってほしいと望んでらっしゃるのでは？」

「あたりまえだ。彼女のことは愛してる」夫は膝を乗り出した。「しかし、なにがどうなっているのか。妻は二か月ほどまえまで元気だった――言わせてもらえば、あなたのところに通いだしたころは。そこからおかしくなり始めたんだ」

「セラピストを訪ねれば、それまで関わる必要もなかった問題と向きあう場面も出てくる。パッツィはそんな状況にあったんだと思います。彼女はある重要な問題に近づこうとしていた。それがまた混乱を惹き起こすことは往々にしてありますから」

「彼女は私が幽霊のふりをしていると言うんでね」ピーターは皮肉な口ぶりで言った。「それを混乱ではちょっと片づけられないんじゃないか」

「彼女はいま悪いほうへと落ちていっています。そこから引き上げるのが私の役目ですが……そう簡単なことじゃない。で、ご主人の助けが必要なのです」

ピーターは肩をすくめた。「私にできることとは？」

ハリーは説明した。「まず初めに、こちらには誠実に接していただきましょう」

「もちろん」

「ある理由から、彼女はあなたと父親とを結びつけるようになった。父親に対して抱いていた多くの憤懣を、彼女はいまあなたに向けている。なぜ彼女が怒っているか、あなたはおわかりですか？」

沈黙が流れた。

「さあ、どうぞ。ここでおっしゃることは秘密ですから——あなたと私の間だけの」

「妻は私が浮気をしてるんじゃないかと勘ぐっているのかもしれない」

「してるんですか？」

「そんな質問をして、いったいどういうつもりだ？」

ハリーは理性的に答えた。「私は真実に近づこうとしています」

ランドルフは声を落とした。「いや、彼女を裏切ったことはない。むこうが疑心暗鬼になってる」

「すると、あなたは彼女を深く悩ませたり、その現実感に影響をあたえるようなことを言ったり、やったりはしていないのですね？」

「ああ」

「奥さんの価値はいくらです？」ハリーはそっけなく訊いた。

ピーターは目をしばたたいた。「資産という意味で？」

「純資産で」

「よくは知らない。千百万ぐらいか」

ハリーはうなずいた。「で、その金すべてが奥さんのものなんですね？」

ピーター・ランドルフの顔が不機嫌に染まった。「どういう魂胆なんだ？」

「私が訊ねているのは、パッツィが精神に異常をきたしたり、みずから命を絶った場合、

あなたが彼女の金を受け取るのかということです」

「いいかげんにしろ！」ランドルフは怒鳴ると席を蹴るようにして立った。ハリーは一瞬、殴られるのではと覚悟した。だが男は尻のポケットから財布を抜き、取り出した名刺をハリーの机に放った。「われわれの弁護士だ。電話をして婚前契約について確かめるといい。もしもパトリシアが精神異常とされたり死んだりしたときには、金は委託管理されることになってる。私は一ペニーだって受け取らない」

ハリーは名刺を押し返した。「それは必要ないでしょう……。気分を害されたなら謝ります。とにかく患者のケアが優先なので。奥さんを傷つける動機がないことを確認したかったのです」

ランドルフはシャツの袖口をいじり、上着のボタンを留めた。「わかった」

ハリーはうなずき、ピーター・ランドルフのことをじっくり眺めた。人格をすばやく見抜く能力はセラピストとして必須の条件である。彼はこの男の品定めをした。「パッツィには少々乱暴なことを試してみたいのですが、それについてはあなたに力を貸していただきたい」

「乱暴なこと？　妻を入院させるのか？」

「いいえ、本人にとっては最悪のことかもしれませんが。患者がこういった時期を乗り越えようというときには、甘やかしてはいけない。あなたが強くならなければ。そして本人が強くなるように仕向けるのです」

「仲たがいはいけないが、本人が人生と関わり続けるように強いていく。奥さんはともすれば逃げようとする――甘えたいのです。でもそこで優しくしてはいけない。たとえ気分がすぐれないから買い物に行けない、食事に出かけられないと言われようが、本人の思いどおりにさせてはだめです。やることはやるようにと言いわたしてください」

「というと？」

「それがなにより本人のためになるのか？」

なにより？　ハリーは自分の胸に問うた。いや、まるで自信がない。だが決めたのだ。パッツィの背中を押さなくては。彼はピーターに告げた。「ほかに方法はありません」

だが男がオフィスを出ていってから、彼はふと医学部の教授が頻繁につかっていた表現を思い出した。教授は病気には正面からぶつかっていくべきだと言った。「殺すか治すかの気持ちで」と。

ハリーは長くその言葉を失念していた。できればきょうは忘れたままでいたかった。

翌日、パッツィが予約もとらずにオフィスに入ってきた。

ブルックリンの診療所ならそれもあたりまえのことで、誰もなんとも思わない。しかしパーク・アヴェニューの分析医のオフィスでは、即興のセッションはタブーなのである。が、彼女の顔にひどい動揺ぶりを見てとったハリーは、予期せぬ訪問をあえて問題にはしなかった。

彼が立ってドアをしめたとたん、パッツィはカウチに倒れこんで自分の身体を掻き抱いた。

「パッツィ、どうしました？」

見れば以前にもまして服装が乱れていた。染みがあるし破れている。髪もひどかった。指の爪も汚い。

「すべてがうまくいきそうだったのに」パッツィはしゃくりあげた。「けさ早くにデンで座っていたら、また父の幽霊の声が聞こえたの。『いまにやつらが来る。もう時間がないぞ……』って。わたしが『どういうことなの？』って訊いたら、父は『リビングルームを覗いてみろ』って。だから言われたとおりにしたら、またわたしの鳥が！　割れていたのよ！」彼女はバッグを開き、陶器の破片をハリーに示した。「これでもう一羽しか残ってないわ！　それが壊れたらわたしは死ぬ。わかってるの。ピーターは今夜それを割るつもりよ！　それからわたしを殺すでしょう」

「ご主人はあなたを殺したりはしませんよ、パッツィ」ハリーは患者のヒステリーをつとめて無視しながら、穏やかな声で言った。

「わたし、しばらく病院に入ったほうがいいと思うの、先生」

ハリーは席を立つとカウチに腰を下ろし、彼女の手を握った。「だめです」

「えっ？」

「それはまちがいだ」とハリーは言った。

「どうして？」彼女は叫んだ。

「なぜなら、あなたはこの問題から隠れることはできないから。正面から向きあうんです」

「病院のほうが安心できるわ。病院なら、わたしのことを殺そうとする人はいないでしょうし」

「誰もあなたを殺したりはしませんよ、パッツィ。私を信じてもらいたい」

「いいえ！　ピーターが——」

「でも、ピーターがあなたを傷つけようとしたことはないでしょう？」

間があいて、「ええ」

「オーケイ、では私からのお願いです。よく聞いて。聞いていますか？」

「はい」

「いいですか、例の言葉はピーターが物真似していたにせよ、あなたの想像だったにせよ、それは現実ではなかった。繰り返して」

「わたし——」

「繰り返して！」

「それは現実ではなかった」

「では、『幽霊なんていない。わたしの父は死んだ』」

「幽霊なんていない。わたしの父は死んだ」

「よろしい！」ハリーは笑った。「もう一度」

この呪文《マントラ》を何度か繰り返すごとに、パッツィは心を鎮めていった。ようやく口もとに微笑が浮かんだ。そこで眉をしかめて、「でも鳥が……」彼女はまたバッグをあけて陶器の破片を取り出すと、ふるえる手のなかで揺すってみせた。

「鳥がどうなろうとたいしたことはありません。たかが陶器の破片だ」

「でも……」彼女は割れたかけらに目を落とした。

ハリーは身を乗り出した。「聞いてください、パッツィ。注意して」医師は感情をむきだして言った。「家に帰って、最後の一羽をこなごなにしてしまいなさい」

「わたしにそんな……」

「ハンマーで割ってしまうんだ」

パッツィは抗《あらが》いかけたが、結局は笑顔を見せた。「わたしにできるかしら？」

「あなたならできる。自分に許可をあたえるだけでいい。家に帰って、おいしいワインを一杯飲んだら、ハンマーを持ってきて壊す」彼は机の下のゴミ箱に手を伸ばし、それを患者の前に差し出した。「そんなものはただのかけらだ、パッツィ」

やがて彼女は像の破片を箱に放った。

「いいでしょう、パッツィ」そして――感情の転移など知ったことかと――医師は患者を抱き寄せたのだった。

その晩、パッツィ・ランドルフが帰宅すると、ピーターはテレビの前に座っていた。

「遅かったな。どこへ行ってたんだ?」

「買い物。ワインを買ってきたの」

「今夜はジャックとルイーズのとこに行く予定じゃないか。忘れたなんて言わせないぞ」

「行きたくないわ。そんな気分じゃないの。わたし――」

「いや、行くんだ。勝手なことはさせない」夫はこの一週間使い続けている、やけに高飛車な言い方をした。

「だったら、いくつか先にすませてもいいかしら?」

「いいとも。でも遅れるのは困る」

パッツィはキッチンに行くと、バーンスタイン医師に言われたとおり、高価なメルローの栓を抜いて大きなグラスに注いだ。それを口にすると気分が良くなった。すっきりした。「ハンマーはどこ?」と彼女は声をあげた。

「ハンマー? なぜハンマーが必要なんだ?」

「ちょっとなおしたいものがあるの」

「冷蔵庫の横の引き出しに入ってるはずだぞ」

パッツィは見つけた道具をリビングに持っていった。ベームの鳥を見た。梟《ふくろう》だった。

ピーターはハンマーを見つめていたが、またテレビに目を戻した。「何をなおすっ

て？」

「あなたよ」と彼女は答えると、夫の頭めがけて鈍器を思いきり振りおろした。

さらに十発ほど殴って夫を殺し、やり遂げたところで後ろにさがると、カーペットとカウチにつくられた血の模様の出来ばえに目を凝らした。それからベッドルームへ行き、サイドテーブルから日記を取りあげた――バーンスタイン医師から書くように言われていたのである。リビングに戻ったパッツィは夫の死体のかたわらに座り、幽霊のおしゃべりをやめさせた顚末をとりとめなく綴った。ようやく平和が訪れた。望むほど多くは付け足さなかった。指をペンに、血をインクにして書くのは時間がかかるのだ。

それを終えたパッツィはハンマーを握り、ベーム製の陶器の梟を打ち砕いた。そしてあらんかぎりの声で叫びだした、「幽霊は死んだ、幽霊は死んだ、幽霊は死んだ！」

その声が嗄《か》れるまえに警察と救急が到着した。彼女は拘束服姿で連行されていった。


一週間後、ハリー・バーンスタインは医療刑務所内の待合室に座っていた。ひどいざまなのは自分でもわかっている――幾日ぶんもの無精ひげが伸び、着ている服もしわだらけ――実際、きのうは寝ていない。彼は不潔な床に視線を這わせた。

「あなた、大丈夫ですか？」質問の主はみごとな顎ひげをはやした痩身長軀の男である。立派なスーツにアルマーニのフレームの眼鏡をかけている。男はパッツィの主任弁護士だった。

「まさか彼女があんなことをするなんて」ハリーは言った。「リスクは承知していた。どこかおかしいとは思っていた。でも万事うまくはこんだつもりだった」

弁護士はハリーに同情のまなざしを向けた。「あなたもトラブルに巻きこまれているとか。患者さんたちが……」

ハリーは苦々しく笑った。「こっそり離れていきます。そりゃそうでしょう？　パーク・アヴェニューの精神科医なんて十把一からげですから。わざわざ私にかかるリスクを負う必要はない。殺されるか入院させられるのがオチですから」

看守が扉を開いた。「バーンスタイン先生、囚人と面会を」

ハリーは扉の枠につかまってのっそりと立ち上がった。

弁護士がその様子を見ながら言った。「二、三日うちにあなたと私で、この件をどう扱うかを決めましょう。ニューヨークでは心身喪失を理由にした弁護は厄介なんだが、あなたが参加してくれればなんとかなる。彼女を刑務所に入れさせないように……。ねえ、先生、いいですね？」

ハリーは浅くうなずいた。

弁護士は親しげに言った。「多少の現金も用立てることができる。二千——専門家証人手数料として」

「ありがとう」とハリーは言った。だが彼はすぐに金のことを忘れた。心は早くも患者のほうに向けられていた。

そこは想像していたとおりの侘しい部屋だった。白い顔、目に怯えを残したまま、パッツィは横になって窓外を眺めていた。ハリーのほうを見ても、誰とも気がつかないようだ。

「気分はどうです？」ハリーは訊いた。

「あなたは誰？」パッツィは顔を曇らせた。

ハリーもまた質問には答えなかった。「そんなに悪そうには見えないな、パッツィ」

「あなたのことは知ってる。ええ、あなたは……待って、あなたは幽霊？」

「いや、私は幽霊じゃない」ハリーはアタッシェケースをテーブルに置いた。パッツィの視線が、彼の開いたケースのほうに流れた。

「ゆっくりはしてられないんだ、パッツィ。診療所を閉めることになって。手続きもいろいろ面倒でね。でも、あなたに渡しておきたいものがいくつかある」

「渡すもの？」彼女は子どものような声を出した。「わたしに？　クリスマスみたい。誕生日かしら」

「まあね」ハリーはケースのなかを探った。「これが一つ」彼は一枚のコピー紙を取り出した。「『精神疾患ジャーナル』の記事。あなたが最初に幽霊のことを語ったセッションの夜、こちらで見つけたものなんだが。読んでおいたほうがいいでしょう」

「読めないわ。読み方がわからない」彼女は哄笑した。「わたし、ここの食事がこわい。

そこらじゅうにスパイがいるみたいなの。食事になにかを混ぜようとしてるから。胸が悪くなりそうなものを。毒とか。割れたガラスとか」またけたたましく笑った。

ハリーは記事を、彼女が寝ているベッドの端に置いた。ここには木がない。鳥もいない。灰色ばかりのマンハッタンのダウンタウン。

彼は後ろを振り向いて言った。「幽霊のことが出てますよ。記事には」

女の目が細められ、その顔に恐怖が宿った。「幽霊」彼女はつぶやいた。「ここに幽霊がいるの？」

ハリーは大声で笑った。「そうだ、パッツィ、幽霊が最初の手がかりだった。あのときのセッションであなたがその話を持ち出し――ご主人のせいで頭がおかしくなりそうだとおっしゃって――私はどうも釈然としない感じをおぼえた。そこで家に帰ってあなたの症例を調べてみたんだが」

彼女は無言で医師を見つめていた。

「その記事は、精神鑑定の重要性について書かれています。つまり、精神障害とみなされることが、ある人の有利に働くことがある――責任能力を問われずにすむということで。たとえば戦うことを厭う兵士。保険金詐欺犯。罪を犯した者」彼は振り返った。「もしくは罪を犯そうとする者」

「わたし、幽霊がこわいの」パッツィの声がうわずった。「幽霊がこわい。幽霊はもうたくさんよ！　こわいの――」

ハリーは講義をする教授のように続けた。「そして幽霊というのは、正気の人間が他人に対し、狂気を偽ろうというときに使用する古典的な幻覚であると」

パッツィは唇を引き結んだ。

「すばらしい記事です」とハリーは言葉を継ぎ、その紙のほうに顎をしゃくった。「つまり、幽霊や霊魂とはいかにも妄想の産物らしい。だが現実、そういったものは難解な形而上学的概念で、正気を失った者には理解できるものではない。ええ、本当の精神病患者というのは、実在する人間が自分に話しかけていると思いこむ。ナポレオンやヒトラーやマリリン・モンローと自分が一緒の部屋にいると考える。だから、父親の幽霊の声が聞こえるんじゃない。父親の声がじかに聞こえるんですよ」

ハリーは患者の呆然とした表情を楽しんだ。「あなたは何週間かまえに、頭のなかで声がすると自分から認めた。本物の患者はけっしてそんなことは言いません。自分はぜったいに正気だと言い張るんです」彼はゆっくりと歩きだした。「まだありますよ。あなたはなにかを読んで、だらしない身なりは精神疾患の徴候だという知識を仕入れたんでしょうね。服は破れて汚れていたし、靴紐を結ぶのも忘れていた……ところが化粧はいつでも完璧だった——警察に呼ばれて、私がアパートメントへ行った夜も。真正の精神障害の場合、化粧がまず最初におかしくなる。患者はただ塗りたくるんです。これは自分の正体を隠そうとする行動と関係してくる——興味がおありなら。

ああ、それから憶えてますか？　われわれのセッションに幽霊が来てもいいかとあな

たは訊きましたね？　あれは非常におもしろかった。しかし精神医学の文献では、ユーモアは日常体験に基づく概念の皮肉な並置と定義される。当然、精神障害のある者の思考プロセスとは正反対だ」

「それってどういう意味？」パッツィは吐き棄てた。

「頭のおかしな人間は冗談を言わないということ」彼はずばり言った。「それであなたがこのうえなく正気だとはっきりしました」ハリーはふたたびアタッシェケースを覗いた。「つぎに……」彼は顔を上げて笑みを見せると、「その記事を読み、あなたの症状が見せかけだと気づくと――あなたの潜在意識が結婚について語るのを聞いて――これは私を利用して、ご主人をどうにかしようと企んでいるんだと思いました。だから探偵を雇った」

「なんでそんなことをしたの？」

「これがその報告書ですよ」彼はフォルダーをベッドに落とした。「簡単にまとめると、ご主人が浮気をして、あなたが主に利用する投資口座で小切手を偽造していた。ご主人の浮気相手と金のことを知ったあなたは、弁護士に離婚の相談をした。しかしピーターは、あなたのほうも浮気していたことを知っていた――お友だちのサリーのご主人と。ピーターはそれを強請《ゆすり》の種に離婚を拒もうとした」

パッツィは身を硬くしてハリーのことを睨んだ。

ハリーは報告書を顎で示した。「まあ、それは見たほうがいい。読めないふりをしま

すか？　むだですよ。読むことと精神病的な行動とは関係がない。発育とＩＱの問題だ」

彼女は報告書を開いて内容を読むと、うんざりしたように脇へ放った。「最低ね」

ハリーは言った。「あなたはピーターを殺そうとして、ご自分の狂気を私に認めさせようとした——弁護のために。あなたは私立の病院に入る。一年以内に法で義務づけられた再審理が行なわれ、みごとテストに合格、晴れて釈放されるというわけだ」

彼女は頭を振った。「でも、あなたはわたしの目的がピーターを殺すことにあるのを知っていた——そのくせけしかけたんじゃない！　そうよ、やれって励ましたのはあなただわ」

「私はピーターにも会って、あなたをいらだたせるように勧めた……事を動かす頃合いだった。いいかげんあなたとのセッションにはうんざりしていたので」そこでハリーの顔は心からの後悔に沈んだ。「まさか本当に殺すとは思わなかった、襲う程度だろうと。しかし、そう、なんて言ったらいいのか。精神医学は厳密な科学じゃない」

「でも、どうして警察に行かなかったの？」いまにもパニックを起こしそうになって、彼女はささやいた。

「ああ、それは持ってきた三つめのものと関係がある」

ぼくがきみを助け、きみがぼくを助ける……。

ハリーはブリーフケースから一通の封筒を取り出した。それを彼女に差し出した。

「これはなに？」

「請求書です」

彼女は封筒を開いた。中身を引き出した。

その紙の上部に書かれているのが〈サービス料として〉という文字。下には〈一千万ドル〉。

「気でも狂ったの？」パッツィは吐き出すように言った。

目下いる場所と会話の脈絡からして、ハリーは彼女の言葉の選択を笑わずにいられなかった。「ピーターは親切でね、あなたの価値の正確なところを話してくれました。そちらには百万残します……洒落のめした弁護士への支払いもあるでしょう。いかにも高そうだから。では裁判で証言するにあたって、先に現金か支払保証小切手をいただきます。さもなければ、あなたの症状について偽りない診断を法廷に出さざるを得ない」

「わたしを強請っているのね！」

「そういうことになるかな」

「どうしてなの？」

「この金があれば、私にも多少の善を施すゆとりができる。本当に助けが必要な人たちを救える」ハリーは請求書を顎で指した。「私ならすぐにでも小切手を切りますね――いまのニューヨークには死刑がある。ああ、ところで、食事に毒が盛られてるっていうあの話は忘れますよ。ここでは食事のことで騒ぐと、問答無用でチューブにつながれま

すから」彼はアタッシェケースを手に持った。

「待って」彼女は懇願した。「行かないで！　話し合いましょう！」

「申しわけないが」ハリーは壁の時計に顎をしゃくった。「時間です」

ビューティフル

BEAUTIFUL

もう見つかってしまった……。

そんな。どうして……。

絶望の涙がにじんだ。吐き気がこみあげる。彼女は力なく窓枠に寄りかかると、ブラインドの隙間から外をうかがった。

ボストンの北に位置するマサチューセッツ州クロウェルの閑静な住宅街に建つ彼女の家の前に、フォードのおんぼろピックアップトラック──通りの数百メートル先に開けている荒れた大西洋と同じ灰色をしている──がそろそろと停まった。それはまさしく、目下彼女の恐怖の源となっているトラックだった。夜、夢のなかを車体を揺らして走り抜けるトラック。四輪が炎に包まれていることもある。排気管から血を撒き散らしていることもある。目に見えないドライバーが身を乗り出して、彼女の胸から心臓をえぐり出そうとすることもある。

嘘よ、もう見つかるなんて……。

エンジンが止まり、かたん、かたんと音を立てながら冷えていく。夕暮れ時の空は輝きを失い始めていて、ピックアップトラックの運転台は影に包まれていた。それでも、そこに座った男がこっちをじっと見つめていることはわかる。男の顔が脳裏に明瞭に映し出された。まるで八月の灼熱の太陽のもと、ほんの三メートル先に立っているかのように。キャリー・スワンソンは知っていた。男はあのもどかしげな笑みをうっすらと浮かべ、ずっと前に膿《う》んだあとふさがってしまったピアスの穴の醜い痕が二つ並んだ耳た

ぶを引っ張っているはずだ。そして、重たく苦しげな息遣いをしているはずだ。キャリー自身の息遣いは、恐怖にあえぐようだった。窓から顔を引っこめた。両手が震えている。這うようにして玄関に行くと、小さなテーブルの引き出しを開けてピストルを取り出した。もう一度、外の様子を確かめる。

男は家に近づこうとはしていない。すっかりおなじみになったゲームをしているだけなのだ——廃車寸前のトラックの運転台に座って、彼女をひたすら見つめるというゲーム。

もう見つかってしまった。引っ越してたった一週間だというのに！　あの男は、三千キロの距離を越えて追ってきたのだ。行き先を知られないように姿を消すという彼女の努力は、水泡に帰したということだ。

平穏な日々は、ほんの数日しか続かなかった。

デヴィッド・デールはふたたび彼女を見つけたのだ。

キャリー——本名キャサリン・ケリー・スワンソン——は、中西部の愛情にあふれた家庭で育てられた、良識と礼儀をわきまえた二十八歳の女性だった。生まれながらの秀才で、大学を第三位優等で卒業したあと、大学院に進むことも考えた。この家に越してくるまで続けていたファッションモデルの仕事は、銀行口座の莫大な残高と、パリやケープタウン、ロンドン、リオ、バリ島、バミューダといった華やかな場所を日々の職場

とする幸運を彼女に与えた。キャリーは高級車を所有し、つつましやかだが落ち着ける住居を購入し、両親には多額の仕送りをした。

人もうらやむライフスタイル……しかし、キャリー・スワンソンは、生まれてこのかた、ずっと同じ悩みに苦しめられていた。

その悩みとは、完璧な美貌だった。

現在の身長、百八十センチに達したのは十七歳のときだった。体重は、五十五キロから一キロと増減したことがない。髪は柔らかな光をたたえた生まれつきの金色（そう、シャンプーのコマーシャルで、ふわりとスローモーションでなびくような、あんな髪だ）。一つの欠点もない肌は、透明感のあるクリーム色をしていた。写真撮影に際しても、メイクアップアーティストが流行の口紅とアイシャドウをほんのりとのせるくらいしか手を加えないこともしばしばだった。

『ピープル』『ディテイルズ』『W』『ローリング・ストーン』『パリス・マッチ』『ロンドン・タイムズ』『エンターテインメント・ウィークリー』。そのいずれもが、〝世界でもっとも美しい女性〟、またはそれに等しい称号をキャリーに捧げた。そして、先進工業国で出版されているほぼすべての刊行物が、キャリー・スワンソンの写真を一度は掲載していた。表紙を飾った写真も多かった。

人を魅了するその美しさが頭痛の種となる場合があることは、人生のごく早い時期に学んだ。思春期のキャシーは——スーパーモデル〝キャリー〟の誕生は二十歳のときだ

った――ふつうの女の子として十代を過ごしたかったが、外見がそれを許さなかった。本当は成績優秀者や芸術に秀でた生徒たちと友だちになりたかったのに、あからさまに拒絶された。浮ついた頭の軽い女の子と見なされたか、彼らの垢抜けない風貌をからかおうとしていると勘違いされたのだ。

一方で、チアリーダーやスポーツ選手が形成する排他的なグループからは、熱烈な求愛を受けた。しかし、この場合はキャリーのほうが彼らの大部分に我慢できなかった。また、困ったことに、学校で催し物やダンスパーティが開かれれば、本人の意思とは関係なく、かならず〝何とかクイーン〟に選ばれた。

デートとなると、もはや絶望的だった。性格がよくて話のおもしろい男子のほとんどは、彼女の前に出るなりまるで臆病な野ウサギのように凍りつき、断られるに決まっていると怖じ気づいて、デートに誘うことさえしなかった。かと思えば、〝スポーツばか〟や〝プレイボーイ〟たちはしつこいほどモーションをかけてきた。といっても、彼らの目的は、むろん、学校で一番の美人と一緒にいるところを目撃されること、あるいはその美人とベッドをともにしたというトロフィーを手に入れることだった（当然のことながら、目的を達成した男子は一人もいなかった。なのに、悪意ある噂はたびたび広まった。きっぱりと断れば断るほど、はねつけられた少年は、あの高嶺の花を口説き落としたと自慢してまわった）。

スタンフォード大学での四年間も、同じ調子で過ぎていった。モデルの仕事、学校の

勉強、孤独な時間。彼女の外見を気にしないわずかな友人（わかりやすいところでは、彼女の初めての恋人は、目が見えなかった。彼とは、恋人関係を解消したいまも友人づきあいを続けている）と夜や週末を過ごすことがごくたまにあるだけだった。

大学を卒業すれば、新たな人生が開けるだろうと期待していた。彼女より年長で、自分の将来を考えることに忙しい人々に対しては、彼女の美の呪いもこれまでほどの威力は持たないはずと。その期待は、みごとなまでに裏切られた……男たちはあやしげな使命にあいかわらず忠実で、キャリーの内面には目もくれず、欲望をむきだしにして節操なく彼女を追いまわした。出産や加齢や運動不足の生活によって体形の変化を経験した女たちは、学生時代にもましてキャリーに憤懣の矛先を向けた。

キャリーはモデル業に専念した。フォードやエリートといった一流モデル事務所に難なく採用された。しかしモデルとしての成功は、皮肉な結果を生んだ。どうしようもなく孤独な反面、いっさいのプライバシーがなくなったのだ。顔が美しいというだけの理由で、外を歩けば、見も知らぬ他人がキャリーが親しい友人であるかのような錯覚を抱いてひっきりなしに話しかけてきたし、ふつうなら他人には打ち明けないような秘密を書き連ねた長い手紙を送ってきては彼女のアドバイスを求め、彼女の人生に関する身勝手な見解を述べたりした。

キャリーは、子どものころは大好きだった単純な行為をしだいにうとましく感じるようになっていった。クリスマスの買い物、ソフトボールの練習、魚釣り、ジョギング。

食料品店への買い出しは、しばしば恐怖体験に変わった。レジに並んでいると、男たちが猛スピードで突進してきて彼女のすぐ後ろに並び、こちらの迷惑も考えずに口説き文句を並べ始める。商品を山積みしたショッピングカートをその場に残して逃げ出した経験は、数知れない。

だが、体の芯まで凍りつくような恐怖を初めて味わったのは、灰色のピックアップトラックの男、デヴィッド・デールが現れたときだった。

デールの存在に気づいたのは、二年前だった。デールは『ヴォーグ』のロケ撮影を見物する野次馬にまぎれていた。

言うまでもなく、ロケ撮影に野次馬はつきものだ。人々は、自分とはほど遠いみごとな肉体美に、月給と同じ値札を付けたデザイナーブランドの衣装に、どこへ行っても売店の陳列台で見かける美しい顔に、惹きつけられる。しかし、デールはどこかちがっていた。不穏なものを感じさせた。

身長は百八十センチをゆうに超えていた。どっしりとした脚、たくましい太もも、持てあましぎみの長い腕。とはいえ、巨漢であることだけが理由ではなかった。キャリーを不安にさせたのは、流行遅れの眼鏡の分厚いレンズ越しに彼女を見つめる彼の目だった。あの表情には、過去に何度も遭遇したことがある。

まるで彼女のことなら何だって知っているとでも言いたげな表情。

加えて、あることに気づいて背筋がぞくりとした。彼女のほうも彼を知っている、そ

う、あの男は過去のロケ現場にもいた。

やれやれ。キャリーは溜息をついた。どうやらストーカーに目をつけられちゃったみたいね。

初めのうち、デヴィッド・デールは、たとえばカリフォルニア州パシフィックグローヴのロケ現場に現れたときのように、ピックアップトラックをすぐそこに停めて、遠巻きに撮影を眺めているだけだった。しかし、しばらくすると、キャリーが所属するモデル事務所の近くにも姿を現すようになった。

次は手紙だった。彼自身の身の上が書かれた長い手紙だ。孤独で不安定だった子ども時代。両親の死。過去の恋人たち（これはいかにも作り話めいていた）。環境保全という現在の仕事（キャリーは〝用務員〟と読み替えた）。減量に取り組んでいる最中であること。ＰＣゲームの『ダンジョンズ・アンド・ドラゴンズ』にすっかりはまっていること。どんなテレビ番組を好んで観ているか。キャリーに関しても、おそろしいほど詳しかった。育った場所、スタンフォード大の専攻。何が好きで何がきらいか。過去のインタビューにすべて目を通しているのは明らかだった。そのうち、今度は贈り物が届き始めた。たいがいはスリッパやスケジュール帳、写真立て、筆記用具のセットといった無害な品物だった。しかし、やっかいなことに、たまにランジェリー類を送ってくることがあった。ヴィクトリア・シークレットで選んだ、センスのよい下着。サイズは正確に合っていた。ご丁寧に、返品・交換するときのためのギフトレシートも同梱されてい

た。キャリーは受け取った贈り物をすべて廃棄した。

そしてデールをひたすら無視し続けた。しかし、カリフォルニア州サンタモニカにあるキャリーの自宅前に初めてデールの灰色のピックアップトラックが停まったとき、キャリーは猛然と家を出ると、本人に怒りをぶつけた。デールは傷痕の残る耳たぶを引っ張り、ぜいぜいと不気味な息の音を立てながら、彼女の激しい言葉が耳に入っていないかのように、あがめるような目で彼女を見つめてつぶやいた。「美しい。美しい」キャリーは気味が悪くなって家に逃げ戻った。残されたデールは、満足げに魔法瓶を取り出すと、コーヒーをすすり始めた。真夜中までそのまま車を停めていた。それはまもなく毎日の儀式となった。

デールは街中で彼女を追いまわした。レストランで食事をすれば、同じ店に入ってきて、ときには安物のワインを彼女のテーブルに運ばせた。キャリーは自宅の番号を電話帳に載せず、郵便物はすべてモデル事務所に届くよう手配していたが、それでもデールはあらゆる手段を使って手紙を彼女のもとに送りつけた。キャリーは、コンピューターのeメールアドレスを持たない、アメリカではきわめて珍しい人物の一人だった。アドレスを持てば、かならずデールに突き止められ、メールボックスには、彼からのメッセージが洪水のように押し寄せることだろう。

もちろん、警察には相談した。警察もできるだけの対策は取ってくれたものの、そもそも可能なことにかぎりがあった。低家賃住宅が並ぶ一角にある、デールのいまにも崩

壊しそうなコンドミニアムを警察が初めて訪れたとき、コーヒーテーブルの上に州のストーカー規制法のコピーが鎮座していたという。いくつかの条文には下線が引かれていた。デヴィッド・デールは、どこまでが許容範囲か、正確に把握していたのだ。それでもキャリーは判事を口説き落として、接近禁止命令を出してもらった。ただし、厳密にはデールは何一つ法律違反を犯していないため、キャリーの自宅敷地内に足を踏み入れてはならないとするのがせいいっぱいだった。どのみち、デールはそれまでも敷地に侵入しようと試みたことはなかった。

そして先月、キャリーに限界を痛感させる出来事が起きた。デールは、数は少ないとはいえ、キャリーとデートするだけの面の皮の厚さを持った男性が現れると、かならず尾《つ》けまわした。このときの相手は、若いテレビプロデューサーだった。ある日、デールは、プロデューサーが通っているセンチュリーシティのヘルスクラブに顔を出すと、彼と短い会話を交わした。プロデューサーは、その晩のデートの約束をすっぽかした。キャリーの留守番電話には、婚約者がいるなら先にそう言えという荒っぽいメッセージが残っていた。キャリーのほうから連絡しても、プロデューサーは二度と電話をかけてこなかった。

その一件でふたたび警察がデールのコンドミニアムを訪れることになったが、警察が到着したとき、コンドミニアムは無人で、灰色のピックアップトラックも消えていた。

しかし、キャリーにはわかっていた——デールはかならずまた現れる。それなら、こ

の悩みを金輪際解決してしまおうと心に決めた。もともとモデルの仕事は数年続けたら辞めるつもりだった。いまがその潮時だ。不動産会社を通じてマサチューセッツ州クロウェルに一軒家を賃借すると、両親と親しい友人数人にだけ転居先を伝えて引っ越した。クロウェルは、撮影で何度か訪れたことのある町だった。ロケ終了後にそのまま数日間滞在してみて、きれいな空気とドラマチックな海岸線がすっかり気に入っていた。町の人々も。親切なうえに、ほかの町の住民とはちがって、節度をもって接してくれる。ニューイングランド地方の質朴な価値観においては、美しい顔はさしたる価値を持たないのだ。

というわけで、ある日曜日の午前二時にロサンゼルスを出発した。デールを振り切ったと確信できるまで、裏道ばかりを走った。ときには同じ道を逆向きに通ったり、しばらく路肩に車を停めてみたりもした。新たな人生への期待に胸を高鳴らせながら大陸を横切る間、ほとんどずっとキャリーの頭を占めていたのは、これをきっかけにデールが自殺を図ってくれるのではという妄想じみた希望だった。

しかし今夜、あのろくでなしは元気でぴんぴんしていることが判明した。しかも、いったいどんな手を使ったのか、彼女の引っ越し先を探り出した。

新居のリビングルームの床の上で身を丸め、ピックアップトラックのエンジンがかかる音に耳をすませた。アイドリングは不安定で、錆びついた排気管は泡を吹くような音を立てている。それは、この二年ほどですっかり耳に馴染んだ音だった。車はゆっくり

と走り去った。

声を立てずに泣きながら、カーペット敷きの床に頭をそっと下ろし、目を閉じた。九時間後に目が覚めたときには、横向きになって膝を胸に引き寄せ、三八口径のピストルをしっかりと抱いていた。子どものころとまったく同じだった。あのころも毎朝、そうやってボールのように身を丸めて目を覚ました。ただし、胸に抱いていたのは、ボニーと呼んでいたクマのぬいぐるみだった。

その午前中、キャリー・スワンソンはいまにも爆発しそうな怒りを抱えて、マサチューセッツ州クロウェル警察の重犯罪捜査課長ブラッド・レッサーのオフィスに座っていた。

がっしりした体つきの、生え際が後退しかけた刑事は、日焼けして鼻梁にそばかすが散った顔に同情を浮かべて、キャリーの話にじっと耳を傾けた。それから首を振ると、尋ねた。「引っ越し先がどうしてわかったんでしょうね?」

キャリーは肩をすくめた。「私立探偵でも雇ったんじゃないかしら」デヴィッド・デールは、キャリー・スワンソンのこととなると、まさしく機略縦横に立ちまわる。

「おい、シド!」レッサー刑事は、すぐ近くのパーティションに囲まれたデスクに座っていた私服刑事を大声で呼んだ。

すらりとした青年が現れた。レッサーがキャリーをシド・ハーパーに紹介した。部下

に事情を簡単に説明し、指示を出す。「この男の資料を手配してくれ。問い合わせ先は……」キャリーに目を向ける。「どこの警察が資料を持っていますか？」

キャリーは腹立たしげに答えた。「どことどこの、よ、刑事さん。複数形です。私なら、サンタモニカ、ロサンゼルス、カリフォルニア州警察から問い合わせるわ。ほかにはバーバンク、ビヴァリーヒルズ、グレンデール、オレンジ郡。あの男から逃れたくて、あちこち引っ越したから」

「まいったな」レッサーは首を振った。

数分後、シド・ハーパーが戻ってきた。

「ロサンゼルスはあすの朝一番に届くように資料を送ってくれるそうです。サンタモニカの分はあさって。ついでに、マサチューセッツ州内の不動産売買記録を当たってみました」そう言って手もとの紙片に目を落とす。「デヴィッド・デールは、二日前にパークヴューのコンドミニアムを購入しています。スワンソンさんの住居から、ざっと五百メートルほどの距離のところに」

「購入した？」レッサーが驚いた様子で訊き返した。

「同じ町に自宅を所有してると、そばにいるという実感が持てるんだと言ってました」キャリーはそう説明し、うんざりしたように首を振った。

「本人と話をしてみますよ、スワンソンさん。お宅にも警護の者を張りつけます。もしやつが表立って行動を起こせば、接近禁止命令を出してもらえます」

「そんなもの、何の効果もないわ」キャリーは鼻を鳴らした。「わかってらっしゃるでしょう」

「しかし、われわれにできることは限られていまして」

キャリーは自分の脚をぴしゃりと叩いた。「同じ台詞をもう何度も聞かされてきたわ。いいかげんにどうにか片をつけたいの」キャリーは近くの壁のラックに並んだショットガンに何気なく視線をさまよわせた。刑事のほうに向き直ったとき、レッサーは彼女の表情をじっと観察していた。

シド・ハーパーを自席に戻らせると、レッサーは言った。「ぜひお見せしたいものがあります、スワンソンさん」そう言ってデスクに手を伸ばすと、写真立てを一つ取って差し出した。「左の写真。どう思われます?」

右側は、そばかすのある十代の少年が微笑んでいる写真だった。左側の一枚には、卒業式のガウンを着て角帽をかぶった若い女性が写っている。

「娘です。名前はエレイン」

「きれいなお嬢さんね。モデルとしてやっていけそうかってこと?」

「いやいや、ちがいます。うちの娘はいま二十五歳です。あなたとほぼ同年代ですね。いいですか。娘には未来があります。この先、すばらしいものが山ほど待っているんです。結婚、出産、旅行、仕事」

キャリーは写真から目を上げて、刑事の穏やかな顔を見つめた。レッサーが先を続け

た。「同じことがあなたにも言えますよ、スワンソンさん。今回のことでは本当にいやな思いをされたでしょうし、まだしばらく続くことになるかもしれません。しかし、ご自分の手で解決しようとすれば――そうしようと考えてらっしゃるのではないかと推察しますが――あなたの人生は、そこで終わってしまいます」

キャリーは助言をはねのけるように肩をすくめると、訊いた。「この州の正当防衛の要件は？」

「どうしてそんなことを？」レッサーは声をひそめた。

「とにかく教えてください」

刑事は逡巡のちに答えた。「州法は、正当防衛の要件をきわめて厳格に規定しています。たとえ玄関ポーチの上であっても、自宅の外で、武器を所持していない相手に発砲した場合、正当防衛の主張はまず認められません。念のため申し添えておきますが、われわれが現場に到着して最初に確認するのは、射殺したあとに死体を屋内に移動して、手にナイフを握らせるといった小細工がされていないかどうかです」一瞬の間《ま》。「率直に申し上げましょう、スワンソンさん。陪審員はあなたを一目見るなりこう考えるでしょうね。〝ふむ、あれじゃあ異性に追いかけまわされるのも当然だな。蛾は明かりに群がるものだ。少しは図太くならなくちゃ〟」

「もう帰ります」キャリーは言った。

レッサーはしばらく彼女の顔を見つめていたが、やがて真摯な口調で言った。「この

頭のおかしな男みたいなくず野郎のために、人生を棒に振るようなことはしないでください」

キャリーは鋭く切り返した。「わたしには人生がないの。それが問題なんです。クロウェルに引っ越せば、もとの人生を取り戻せるだろうと期待してた。でも、だめだった」

「人間、生きていれば、困難にぶつかることもありますよ。神はきっと手を差し伸べて乗り越えさせてくれます」

「神なんか信じてないわ」キャリーはレインコートを羽織った。「神がいるなら、こんな思いをさせるとは思えない」

「しかし、神がデヴィッド・デールを遣わしたわけではありませんよ」

「そういう意味じゃありません」キャリーは腹立たしげに答えた。震える指を扇のように開いて顔の前に持ち上げた。「もし神が存在するなら、わたしを美しく創るような残酷な真似はしなかったはずだと言いたいの」

午後八時、キャリー・スワンソンの家の前で、車のドアの閉まる音が響いた。デールのピックアップトラックだ。あの音なら聞けばそうとわかる。

震える両手で飲みかけのワインのグラスを置くと、テレビのスイッチを切った。テレビはいつも消音モードで観ることにしていた。デールがやってくる気配を聞き逃さない

ようにするためだ。玄関ホールのテーブルに走り、ピストルを手に取った。
――たとえ玄関ポーチの上であっても、自宅の外で、武器を所持していない相手に発砲した場合、正当防衛の主張はまず認められません……。

ピストルを握り締め、玄関ドアのカーテン越しに外の様子をうかがった。花束を持ったデヴィッド・デールがゆっくりと庭のほうに歩いてくるのが見えた。キャリーの家の敷地の境界線をまたがないだけの分別は備えている。デールは通りに立ったまま、まるで王族に謁見するときのように腰を折ってお辞儀をすると、駐車スペースの芝生の上に花束を下ろし、そのかたわらに封筒を並べた。まるで墓にでも供えるように丁寧に花の角度を直したあと立ち上がり、恍惚としたように眺めた。それからトラックに戻ると、風の強い夜の通りを去っていった。

キャリーははだしで霧雨のなかに出た。花束をつかみ、ごみの缶に放りこむ。玄関ポーチに戻り、ランタンの下で足を止めて、封筒を引きちぎるようにして開けた。レッサーが話をしたのが功を奏して、デールが怖じ気づき、ストーカー行為をやめようとしているのでありますようにと祈った。これはさよならを宣言する手紙かもしれない。

しかし、むろんのこと、それは別れの手紙などではなかった。

ぼくの世界一美しい恋人へ――

すばらしい思いつきだったね。東海岸に移るっていうのは。カリフォルニアには、

きみの愛と関心を争ってる（スペル、合ってるかな……ぼくがスペリングが苦手なことは知ってるだろう？！！）やつらが大勢いる。きみがやつらをやっかい払いしようって決めたのはうれしかったよ。それにモデルの仕事を辞めてくれたね。おかげでこれからはきみをひとりじめできる……全部ぼくのためにしてくれたことなんだね！！！

ここでなら、二人できっと幸せに暮らせる。

いつも、永遠に、きみを愛してるよ。

デヴィッドより

追伸

いいニュースがある。あの革のスカートをはいたピンナップが掲載された『ニューヨーク・シーン』の古い号をついに見つけたよ。知ってるだろう、もう何年も前から探してたあれだよ！　信じられるかい！！！　天にも昇る気持ちだった！　きみを切り抜いて、壁にテープで貼った（これできみはもうぼくだけのものだ！）。きみ新しいコンドミニアムには〝キャリー・ルーム〟を作ってある。グレンデールの前のうちにもあったみたいなやつだ（きみは一度も来てくれなかったね——残念無念！）。でも『ニューヨーク・シーン』の写真だけは、寝室に貼っておくことにし

たよ。特別の明かりで照らしてあるんだ。蠟燭みたいな淡い光だよ。一晩じゅう、つけっ放しにしてる。怖い夢を見るのが楽しみだ。飛び起きたら、真っ先にきみの姿が目に飛びこんでくるんだからね。

家のなかに入り、乱暴にドアを閉めると、三つある錠をしっかりとかけた。それから床に膝をついて、怒りの涙を流した。疲れきり、胸が痛くなるまで。ようやく落ち着くと、呼吸を整えて、袖で涙を拭った。

長いことピストルを見つめていたが、やがてもとの引き出しにしまった。書斎に行き、背もたれがまっすぐな椅子に腰を下ろして、強風の吹き抜ける裏庭を凝視した。この悪夢から覚める方法はたった二つしかないことをついに現実として理解しようとしていた。デヴィッド・デールの死、あるいは彼女自身の死。

キャリーはデスクに向き直ると、書類の山をひっくり返し始めた。

西四十二丁目のバーは薄暗く、クレゾールの臭いが鼻をついた。

スウェットスーツにサングラス、野球帽というカジュアルな服装をしていても、四人いた客のうち三人とバーテンダーは、呆気にとられたようにキャリーに見とれ、目を充血させた一人は、歯よりも歯茎をむきだしていやらしい笑みを作った。カウンターの端に座っていた四番めの客は、だらしなくいびきをかいている。

キャリーはモデルご用達のカクテル、レモンのスライスを浮かべたダイエット・コークを注文すると、みすぼらしい店の一番奥のテーブルを選んで座った。

十分後、漆黒の肌をした長身の男がバーに入ってきた。たくましい胸、大きな手。紫煙に目を凝らしてキャリーのいるテーブルを見つけ、歩きだす。

軽くうなずいて腰を下ろし、古ぼけた店内に不愉快そうな視線をめぐらせた。初めて会ったときとどこも変わっていないように見えた。彼と知り合ったのは、一年前、『エル』の撮影でドミニカ共和国に行ったときのことで、彼はほど近いハイチで携わっていたプロジェクトを一日だけ休んでドミニカに来ていた。何杯か酒を飲んだころ、彼は職業を明かし、自分の特殊技能が必要になることもあるかもしれないと言った。キャリーは何をばかなと笑った。それでも、デヴィッド・デールのことがふと心に浮かんで、彼の連絡先を受け取った。

「どうしてうちに来てもらうのではいけなかったんだ?」男は尋ねた。

「彼のことがあるから」キャリーは声をひそめた。ちょうど悪霊のごとく、その名を口にしただけで、それが呪文となって本人がここに召喚されてしまうのではないかと怖れているかのように。「どこへでもついてくるんだもの。ニューヨークに来たことは気づかれてないと思うわ。あなたと会ったことを知られる危険は冒したくないの」

「よう」バーテンダーの耳障りな声がした。「注文は? ここじゃ、ウェイトレスが注文を聞きにいくようなしゃれたサービスはしてねえんだよな」

男はバーテンダーのほうに顔を向けた。その鋭い目を見てバーテンダーはたちまち口を閉じ、カクテルに使う安物の酒の在庫調べに戻った。

キャリーと向かい合って座った男は一つ咳払いをすると、重々しい声で切り出した。「きみの希望は聞いた。しかし、ぜひとも警告しておかなくてはならないことがある。第一に――」

キャリーは片手を挙げて男を制し、小声で言った。「わかってる。リスクが大きいと言いたいんでしょう？　わたしの人生に取り返しのつかないダメージをおよぼすことになる、家に帰って警察にまかせろ。そう言いたいんでしょう？」

「まあ、そんなところだ」そう答えて、男はキャリーのかたくなな決意をたたえた目をのぞきこんだ。そのまま彼女が先を続けるのを待っていたが、やがてこう尋ねた。「どうしてもこの方法で片をつけたいのか」

キャリーはハンドバッグから分厚くふくらんだ白い封筒を取り出し、テーブルの上を男のほうへすべらせた。「十万ドル入ってる。それがわたしの答えよ」

男はためらっていたが、まもなく封筒を拾い上げると、ポケットにしまった。

キャリー・スワンソンと面会して一月近くが過ぎたころ、ブラッド・レッサー刑事は自分のオフィスに座って、窓ガラスを流れ落ちる雨をぼんやり眺めていた。そのとき、息せききった声が戸口から聞こえた。

「あの、とんでもないことが」シド・ハーパーだった。

「とんでもないこと？」レッサーは勢いよく振り返った。こんな晩に……面倒は勘弁してもらいたい。何が起きたにしろ、この雨のなか外出せざるをえないような種類のことなのはまちがいなさそうだ。

ハーパーが言った。「例の盗聴です。電話がかかってきました」

キャリー・スワンソンの相談を受けたあと、レッサーはデヴィッド・デールと数度会って、いやがらせをやめるよう諭した――いや、なかば脅した。デールは殊勝に耳を傾けているように見えたが、その実、刑事の言葉は右から左へ聞き流していたのだろう。彼とキャリーは愛し合っており、結婚するのは時間の問題なのだと、病的なまでに頑固に繰り返した。最後に会ったとき、デールは冷ややかな目でレッサーを眺めまわしたあと、逆にあれこれ詰問し始めた。レッサーがキャリーにほれているのではと疑ったらしい。

その様子に心底不安を覚えたレッサーは、州判事に談判して、デールの自宅電話を盗聴する許可を取りつけた。

「で？」レッサーは部下をうながした。

「彼女から電話がありました。キャリー・スワンソンがデールに連絡したんです。三十分くらい前です。これ以上ないほど丁寧な口ぶりでした。会いたいと」

「何だって？」

「誘い出して何かする気なのでは」ハーパーが言った。

レッサーは険しい顔で首を振った。彼が心配していたのは、まさしくこういう事態だった。このオフィスで彼女が捜査課所有のショットガンに目をやったのを見た瞬間、デールのストーカー行為を何としてもやめさせようと心に決めていることを察した。以来、数週間、自宅に頻繁に電話をかけるなどして、キャリーの動向を見守ってきた。そしてキャリーの様子にかえって不安を募らせていた。デールが定位置、自宅の真ん前に車を停めているときでさえ、彼女はまるで他人事のような態度を保っていた。浮きうきしていると言ってもいい様子だった。ついに片をつける決心をし、その好機をじっと待っているとしか考えられなかった。

そしてどうやら、今夜、行動を起こすらしい。

「どこで会うと言ってた？　自宅か？」

「いいえ。チャールズ・ストリート近くの古い桟橋です」

まずいぞ。あの桟橋は、人を殺すにはもってこいの場所だ――周辺に民家はなく、表通りからは死角になっている。そのうえ、浮きドックに下りる階段がすぐそばにある。キャリーは、あるいはキャリーが雇った人物は、死体をその浮きドックからやすやすと海に捨てることができる。

だが、キャリーは電話が盗聴されていることを知らないはずだ。その結果、警察が彼女の計画を推理する手がかりを得たことも。デールを殺せば、かならず捕まることにな

る。待ち伏せを伴う謀殺で、終身刑を宣告されることになる。

レッサーはコートをつかむと、オフィスを飛び出した。

パトロールカーは、チャールズ・ストリートの金網のフェンス前にタイヤをきしらせながら急停止した。レッサーが飛び降り、百メートルほど先の桟橋に目を凝らす。霧と雨を透かして、レインコートを着たデヴィッド・デールの姿がおぼろに見分けられた。薔薇の花束を手に、ゆっくりとキャリー・スワンソンに近づいていく。長身の元モデルは、デールに背を向けて立っていた。腐り落ちかけた手すりに両手を置き、荒れて灰色に濁った大西洋を見つめている。

刑事はデールに止まれと叫んだ。しかし、風と波の音は、耳を聾《ろう》するほどだった。ストーカーにも、その獲物にも、刑事の声は届かない。

「持ち上げてくれ」レッサーは部下に怒鳴った。

「何を――?」

刑事はハーパーの両手をつかんで指を組み合わせさせると、それを踏み台にして自分の右足をしっかりと載せ、金網のフェンスを一気に飛び越えた。着地した拍子にバランスを崩して、大きな石だらけの地べたに転がった。

ようやく立ち上がってめざす方角に向き直ったときには、デールはキャリーからわずか五メートルほどのところまで近づいていた。

「応援と救急車を呼べ」ハーパーに叫び、ぬかるんだ土手を下って桟橋に向かった。走りながら、銃を抜く。「動くな！　警察だ！」

だが、すでに遅かった。

キャリーがふいに向きを変え、デールのほうに足を踏み出すのが見えた。低く轟く波音が耳をふさぎ、銃声は聞こえなかった。霧雨のせいで視界も明瞭ではない。だが、デヴィッド・デールが撃たれたのはまちがいなかった。両手で胸を押さえている。花束が地面に落ちた。デールはそのまま後方によろめくと、手足を広げて桟橋に倒れた。

「くそう！」レッサーは力ない声でつぶやいた。そしてふと思った。彼はキャリー・スワンソンを刑務所に送りこむための目撃証人として法廷に立つことになる。ああ、なぜアドバイスを聞き入れてくれなかったのだ？　だが、レッサーは経験豊かなプロフェッショナルだった。感情を抑え、定められた手順に厳密に従った。銃口を持ち上げて元モデルに向けると、大声で叫んだ。「地面に伏せろ、キャリー！　いますぐだ！」

キャリーは突然の刑事の出現に驚いたようだったが、即座に指示に従うと、桟橋の濡れた板の上にうつぶせになった。

「両手を背中に」レッサーはそう命じてキャリーに駆け寄った。すばやく手錠をかけたあと、デヴィッド・デールに目をやった。つぶれた薔薇のまんなかで、苦痛に顔を歪ませ、身をよじりながら、どうにか膝立ちになろうとしている。少なくとも、まだ死んではいない。レッサーはデールをあおむけにしてシャツの前を開き、銃創を探した。「落

ち着け。動くな！」

銃創は見つからなかった。

「どこを撃たれた？」刑事は大声で訊いた。「答えろ！　答えろ！」

しかし巨漢はしゃくりあげ、ヒステリーを起こしたように身を震わせるばかりで、答えなかった。

シド・ハーパーが駆けつけた。デールのかたわらにしゃがみこむ。「救急車は五分で到着します。どこを撃たれたんです？」

刑事は答えた。「わからん。傷が見つからない」

若い刑事もストーカーの体を丹念に調べた。「出血もないようですね」

それでも、デールは堪えがたい痛みに苦しんでいるかのようにうめき声を漏らし続けていた。「嘘だ。嘘だと言ってくれ……嘘だ……」

「彼女を起き上がらせろ」刑事はハーパーに指示し、さらにデールの体を調べた。「どういうことだ？　どこにも――」

「うわあ」シド・ハーパーが小さく驚愕の声をあげた。

レッサーは部下に目をやった。ハーパーはあんぐりと口を開けてキャリーを見つめている。

刑事もキャリーに視線を向けた。そして驚きに目をしばたたかせた。

「撃ったりしてないわ、ほんとよ」キャリーが言った。

しかし……この女はキャリー・スワンソンなのか？　背の高さは変わっていない。体つきも髪も同じだ。声も。しかし、初対面の瞬間にレッサーの記憶に焼きつけられた、あの完璧な美貌は消えていた。そう、顔がちがっている。でこぼこして不格好な鼻、片下がりの薄い唇、ぼってりとたるんだ頰。額と目もとにはしわがある。

「きみは……誰だ？」レッサーは口ごもりながら尋ねた。

女はかすかに微笑んだ。「わたしよ。キャリーです」

「しかし……いったいどういうことだ？」

キャリーは桟橋に倒れたままのデールにちらりと軽蔑の目を向けたあと、レッサーに向き直った。「この人がこのクロウェルまで追いかけてきたとき、ついに悟ったの——わたしたちのいずれかが死ななければ終わらないって……だから、わたしを選びました」

「きみを選んだ？」

キャリーはうなずいた。「この人の妄想の相手を殺したのよ。スーパーモデルのキャリーを」海原を見つめ、一つ深々と息をついたあと、キャリーは続けた。「去年、カリブ海に仕事で出かけたとき、美容整形外科医と知り合いました。マンハッタンにオフィスをかまえてるんですけど、生まれ故郷のハイチでも無料のクリニックを開いていて、事故で怪我を負った住人の顔の復元手術をしてるの」笑い。「男性の例に漏れず、ナンパしてきたのよ。美容整形が必要になることがあったら、電話をくれって冗談つきで。

不快な人ではなかったし、彼の無料奉仕活動に共感したわ。すっかり意気投合した。それで先月、デールの件を終わらせようと決めたとき、彼に連絡したの。ひどい損傷を受けた顔をふつうに戻すことができるなら、美しい顔を平凡に作り変えることもできるはずだと思った。ニューヨークで会ったわ。彼は初めは手術に賛成しなかったけれど、ハイチのクリニックに十万ドルを寄付したら、たちまち気が変わったの」

レッサーはキャリーの顔をまじまじと観察した。醜くはない。ただ平凡に見えた――通りで人を振り向かせたりすることのない、一千万の女性たちと同じように見えた。

デヴィッド・デールの苦悶の声が風の音に負けじといよいよ大きくなった。それは肉体的な痛みから発せられたものではなく、絶望から――彼が執着していた美貌が永遠に失われた絶望から発せられたものだった。

「嘘だ。嘘だ。嘘だ……」

キャリーは手錠を持ち上げてレッサーに訊いた。「これ、はずしていただける？」

ハーパーがはずした。

キャリーがコートの胸もとをかきあわせたとき、狂ったような叫びがふいに響いて波音をかき消した。「どうして？」デールがわめきながら膝立ちになった。「よくもぼくにそんなひどいことができたな」

キャリーはデールの目の前にしゃがんだ。「あ、あ、あなたにですって？　わたしの顔、わたしという人間、わたしの生活……あなたとは何の関係もないでしょう！　これまでだっ

てなかった！」キャリーは両手でデールの頭をつかむと、自分のほうに向けようとした。

「わたしを見なさい」

「いやだ」デールは顔をそむけようともがいた。

「見なさい！」

ようやくデールが目を上げた。

「デヴィッド、これでもまだわたしを愛してる？」キャリーは新しい顔に冷ややかな笑みを浮かべて訊いた。

デールは吐き気でももよおしたような顔をし、手足をばたつかせて後ずさると、通りに向かって駆けだした。よろめいて転びかけたが、すぐに立ち直って、桟橋から全速力で逃げていく。

キャリー・スワンソンは立ち上がると、デールの後ろ姿に叫んだ。「わたしを愛してる、デヴィッド？　ねえ、これでもまだ愛してる？　愛してるの？　ねえ、どうなの？」


「なあ、キャシー」男は言い、彼女が押しているショッピングカートの中身をしげしげと眺めた。

「どうかした？」彼女は訊いた。〝キャリー〟は美容整形によって正式に葬り去られた。いまはキャサリンという本名をもとにしたニックネームだけを受け入れている。

「買い忘れたものがある」カールは芝居がかった重々しい口調で答えた。

「何？」

「ジャンクフード」

「あら、たいへん」彼女もショッピングカートをのぞきこみながら、一大事が起きたかのように大げさに顔をしかめた。それから肩をすくめて提案した。「ナチョでも買えば、問題解決じゃない？」

「ふむ。いいね。ちょっと行って取ってこよう」カール――穏やかな性格と、ざっくりとしたフィッシャーマンズセーターを星の数ほど所有している男――は、スナック菓子の棚のある通路をのんびりと歩いていった。晩成型の人物で、ほかの職業をいろいろ経験したあと弁護士資格を取ったという。キャシーより年齢はきっかり五つ上で、身長は五センチ高い。十日前、クロウェルの聖パトリック祭で声をかけてきたのが出会いだった。以来、半ダースの午後と夜を過ごしてきた。ただ一緒にいるだけで、このうえなく楽しかった。

二人の間に未来はあるだろうか。それはまだわからない。話し相手として最高なのは確かだ。だが、まだベッドをともにしたことはなかった。前妻についても何一つ話してくれていない。

その二つは、むろん、この恋の将来を占うものさしとなるはずだ。

だが、急ぐことはない。キャサリン・スワンソンは、異性を求めてはいなかった。彼

女の生活は忙しい。高校で歴史を教え、マサチューセッツの岩だらけの海辺をジョギングし、ブラウン大の修士課程に出席し、デヴィッド・デールを忘れるためのカウンセリングを施してくれる優秀なセラピストのもとに通うだけで、せいいっぱいだ。ちなみにこの半年、デールからの連絡は一度もない。

レジの待ち列が進んだ。グリルの炭を忘れなかっただろうか。確か――。

「あの、ちょっと、すみません」背後で男の低い声が聞こえた。キャシーはその口ぶりに隠された意図にぴんときた。焦りを含んだ、押しつけがましい、欲望が滴るような口調。

はっと息を呑み、勢いよく振り返った。トレンチコートを着て毛糸の帽子をかぶった、若い男だった。街中で執拗に追いまわされた何百もの記憶が脳裏にあふれた。通りで、レストランで、いまと同じようにレジを待っている列で。両手に汗がにじむ。心臓は早鐘のように打ち始め、顎が震えた。唇を開いたが、声は出ない。

だが、次の瞬間、気づいた。若い男は彼女の顔などまるで見ていなかった。視線はレジ横の雑誌の棚にじっと注がれている。男がぼそぼそと続けた。「そこの『エンターテインメント・ウィークリー』。悪いんだけど、取ってもらえます？」

キャシーは雑誌を渡した。男は礼も言わず、お目当ての記事の載ったページを探し始めた。何の記事だかはわからなかったが、うら若い黒髪の女のセミヌード写真が三、四枚並んでいることだけはわかった。男は食い入るようにそのページに見入っている。

キャシーはゆっくりと気持ちを落ち着かせた。やがて、震える手を口もとにふと持ち上げると、声を立てて笑い始めた。後ろの男は夢の女の写真から一瞬目を上げたものの、すぐに視線を雑誌に戻した。長身の平凡な顔立ちをした女にも、女がおかしそうに笑っている理由にも、まるで関心を示さなかった。やがてキャシーは、笑いすぎて目尻ににじんだ涙を拭うと、ショッピングカートに向き直り、なかの品物を取り出してレジのコンベアベルトに移し始めた。

身代わり

THE FALL GUY

ヘッドライトが前方の優美な曲線を照らしだした。

暗い松林をしきりと左右に振れながら走っていく。湿った夜、冷たい春。濡れたアスファルトのセンターラインをはみ出したレクサスの車内で、彼女はドンと飲んだマティーニは二杯だったか、それとも三杯かと考えた。

たった二杯と決めつけて、彼女はスピードを上げた。

週日はニューハンプシャーの仕事場からマサチューセッツとの州境を越えた自宅まで、毎晩同じ道を走り、二八号線のこの部分に差しかかると毎晩決まって同じことを思う――〝優美なカーブ〟と。

三キロ手前に立つ〈路肩もろし〉の標識と同じように。

たいていほろ酔いかげんで、マイケル・ボルトンをラジオで聞きながら、黄色の菱形にあしらわれた文字を見るたび笑いだす。今夜の彼女は真顔だった。

家から二十キロ。

キャロリンはアクセルを踏むストッキングだけの足をゆるめた。フェラガモの白いスパイクヒールは脇の座席にのっている（運転しやすいからというより、靴を傷めたくないから）。そしてダニングという小さな町に続く、その優美なカーブの最後の区間へと車を駆った。

ガソリンスタンド、雑貨屋、プロパン燃料店、古いモーテル、酒店、それに勤務先の病院へ通勤する五年間で、客が買い物をする場面をただの一度も見ていない骨董屋。

錆びた刈り入れ機のところで時速五十キロに落とした。そこはダニングの若く熱心な警官たちがスピード違反を捕まえ、ビュイックより上等な車の運転手を絞りあげようとする場所なのだ。彼女は毎晩、仕事帰りにスタンドに立ち寄ってはガソリンを入れ、ラージサイズのコーヒーを買うのだが、店員に常連とは認められていないらしい。

彼女が車を降りると、客がもう一人いた。荒れた肌にひげ剃り跡の黒々とした男が車にもたれ、携帯電話で話をしている。男は悲しげにうなずいた。きっと電話の相手が悪い知らせでも伝えているのだろう。

キャロリンはガソリンタンクにノズルを入れ、ハンドルをセットした。身を起こすとひんやりする。エヴァン・ピコーネのベージュのスーツは襟ぐりが深く、ブラウスは着ていなかったしスカートの丈は短い。アスファルトの路面から上がった男の視線が、自分の身体に這うのを意識して、彼女はなんとなく満足をおぼえた。いかつい顔に肉厚の手と、粗野な感じはあるけれど服装は悪くない。艶やかなグレイのスーツに、フラップがあれこれ付いた暗色のトレンチコート。車は琥珀色のリンカーン。値段はレクサスといい勝負だろう。彼女は高級車に乗る男のことを認めている。

ノズルからの給油が停まると、彼女は支払いをしに店内へ行った。

ブラック・コーヒーを一杯、ライフセイヴァーズ・キャンディを一個。ペパーミント味。若い店員はまるっきり気のないそぶりでポータブルのテレビから顔を上げると、釣り銭を出すあいだだけ彼女の胸をちらちら見ていた。顔には見憶えがないのだろう。

表に戻ってリンカーンの男に目をやると、男は電話をシートに放り投げ、ポケットに金を探っていた。また彼女のほうに流し目をよこした。

と、男がふいに動きを止めた。目を丸くして彼女の背後を見つめている。

彼女の腰に腕がまわされ、耳に冷たい金属が押しあてられた。

「ああ、いやっ……」

「静かにしろよ」耳もとで若い男が舌足らずの言葉を吐いた。興奮してウィスキーの臭いをさせている。「あんたの車を出すんだ。声をあげたら、殺すぞ」

キャロリンは強盗に襲われた経験がなかった。シカゴとニューヨーク・シティで暮し、しばらくパリにいたときに一度だけ肉体的な脅威にさらされたものの、その犯人はいわゆる常習犯ではなく、セーヌ左岸にあった彼女の部屋の向かいに住む男の妻だった。

彼女はいま恐怖で身がすくんでいた。

強盗にひきずられて車のほうに歩きながら、キャロリンはどうにか言った。「おねがい、鍵だけ持っていって」

「いいや。こっちは車も欲しいし、あんたのことも欲しいんだ」

「おねがい、やめて！」彼女はうめいた。「お金ならいくらでも出すから。だから――」

「静かにしろ。一緒に来い」

「いや、だめだ」リンカーンの男が、いつのまにかレクサスの助手席側まで歩いてきていた。車と二人をさえぎる恰好で立っている。その目は揺るぎなく、恐れなど感じてい

ないようだった。反対に痩せた少年は怯えていた。銃を前に突き出した。「そこをどけよ、あんた。おれの言うとおりにすりゃ、怪我なんかしないから」

男は穏やかに言った。「車が欲しいなら持っていくといい。こっちの車を。新しいぞ。走行距離は二万キロ弱」彼はキーを差し出した。

「おれは女を連れて女の車で行くから、あんたは邪魔しないでくれ。撃ちたくねえんだよ」銃が振られた。若者は痩せこけた田舎者で、皿洗いをしたあとの水を思わせる茶色の髪を後ろで束ね、それを蛇のごとく垂らしている。

リンカーンの男は微笑すると静かな口調で話を続けた。「いいか。自動車泥棒はたいした罪じゃない。だが誘拐やレイプとなると？　もうこんなのはやめにして。さっさと姿を消すことだ」

「そこをどけって！」若者の声がひび割れた。キャロリンを引っぱって一メートルほど前に出た。キャロリンは泣きべそをかいていた。そんな自分に嫌気がさしても、それをどうにもできない。

リンカーンの男がその場を譲らずにいると、若者が相手の顔に銃を突きつけた。

その後の展開はあっという間だった。

キャロリンが見ていると――

リンカーンの男が降伏のしるしに手のひらを見せ、わずかに後ずさりした。

助手席のドアが開き、強盗が彼女を車内に押しこむ（そのときキャロリンはおかしな

ことを考えていた――わたしは自分の車の助手席に乗ったことがない。シートがあんまり前に出ていると、ストッキングが破れてしまう……)。

強盗はレクサスの前をまわり、両手を上げたままでいるリンカーンの男を押しやって運転席の側へ行った。

キャロリンは絶望に駆られてガソリンスタンドの窓を見た。若い店員はいまもカウンターの奥にいて、やはりポテトチップスを食べながら小型テレビで『ロザンヌ』を観賞している。

強盗は車に乗ろうとして後ろを振り返り、タンクにノズルが挿しこまれたままになっていることに気づいた。

そこにリンカーンの男が突進して、強盗の銃を持つ手をつかんだ。虚をつかれた強盗はその手を放そうともがいた。

だがリンカーンの男のほうが上手だった。二人の男がレクサスのボンネット上で銃の奪い合いをしている隙に、キャロリンはドアをあけて外に出た。リンカーンの男が相手の手首をフロントグラスに何度か叩きつけると、黒い拳銃はその手から飛び、じっと見つめるキャロリンの足もとに落ちた。暴発はしなかった。

彼女はこれまでの人生で銃を、とにかく拳銃を手にしたことがない。しゃがんで拾いあげてみると、その重さと熱が伝わってきた。彼女は強盗の顔に銃口を押しつけた。強盗はとたんにおとなしくなった。

若者より優に三十センチは背の高いリンカーンの男が、ボンネットから降りて相手の襟をつかんだ。

強盗はキャロリンの目に動揺を見て、女には撃てないと踏んだらしい。意外なほどの力でリンカーンの男を押しのけ、スタンド脇の藪に向かって走った。

キャロリンは銃を握る手を強盗のほうに伸ばした。

リンカーンの男がすかさず言った。「脚を撃て、背中はやめろ。殺したら面倒なことになる」

だが彼女の手はふるえて、気をとりなおすまえに男は逃げ去っていた。

遠くでエンジンのかかる音がした。排気音がガタついている。それからタイヤの擦れる音。

「ああ、助かった……」キャロリンは目をつぶって車にもたれかかった。

リンカーンの男が近寄ってきた。「大丈夫ですか？」

キャロリンはうなずいた。「ええ。いいえ。わからない……。なんて言ったらいいか。ありがとう」

「その……」男は彼女が何気なく腹に向けていた銃を顎で指した。

「あっ、ごめんなさい」とキャロリンは銃を差し出したが、男はそれを見ただけで言った。「警官が来るまで、あなたが持ってたほうがいい。こちらはあまり銃と関わりすぎてもよくないんでね」

キャロリンはその言葉の意味が理解できなかった。もしかするとこの人は治療中の身で、銃に手をふれるというのは、AA（アルコール中毒者自主治療協会）に通う人間が酒に手を出すようなものなのかと考えた。きっと銃に対する中毒というのは、他人が――具体例を挙げれば、自分の夫が――ギャンブルや女やコカインにはまるのと同じ図式なのだろう。

「えっ？」

「私には前科がある」と話した男の口ぶりには恥じらいも衒《てら》いもないどころか、それを会話のきっかけに事実を探ったり、人の反応をうかがったりすることに慣れている感じがあった。キャロリンに手応えがないとみると、男は続けた。「拳銃を握ったところを誰かに見られると……ちょっと問題になりそうだから」

「はあ」彼女はまるでセーフウェイの店員から、スパゲティソースのクーポン券の期限が切れていると説明をうけているような調子だった。男の目がまたベージュのスーツを探った。より正確に言うと、スーツで隠れていない身体の部分を探った。

男が建物を見やると、店員は相変わらずテレビ番組に夢中になっている。「警察はこっちで呼んだほうがいい。あれじゃあてにならない」

「待って、質問してもいいかしら？」

「いいとも」

「なぜ服役したの？」

男は躊躇した。「それは」とゆっくり口にした。やがて美しいスーツ、タイトなスカート、〈ヴィクトリアズ・シークレット〉の黒いレースストッキング、芳香のする包み（三十グラムで四十九ドルのオピウム）——そんなキャロリンが自分のものになるはずはなく、失うものはなにもないと思いきったのだろう。彼は言った。「凶器による暴行。訴因は五つ。そのいずれも有罪。ああ、それと暴行の共謀。じゃあ警察を呼ぼうか？」

「いいえ」キャロリンは答え、銃を自分の車のグラヴ・コンパートメントにしまった。「一杯飲みましょう」

そうして顎を振ってみせたのが、道路をへだてたモーテルのラウンジだった。

二人は三時間後に目を覚ました。

彼はいかにも煙草を喫いそうな男だったが、実際にはちがった。酒飲みのようにも見えて、たしかに飲んだけれども、バーで一杯ずつマティーニをあけたあとは、モーテルと並んだパーティストアで買ったビールの六本パックのうち、キャロリンの三本に対して一本しか干さなかった。

二人はひびの走る天井を見つめた。

「行く場所があるの？」と彼女は訊いた。

「誰でもあるだろう？」

「いまからっていう意味。今夜は」

「いや。一日、このあたりにいる。家にはあした帰るつもりだ」

マティーニごしの会話によると、男の家はボストンだった。クラマスの〈コートヤード・イン〉に宿をとっている。

名前はローレンス——あくまでラリーではなく。刑期を終えて更生すると、本人が〝地元のビジネスマン〟とぼかして語る連中に代わって借金を取り立てる仕事をやめたのだという。

「いわゆるヴィグってやつを集めてた」と彼は説明した。「金貸しが貸す金の利子のことさ。ヴィグを払ってもらうんだ」

「ロッキーみたいね」

「ああ、そんなとこかな」とローレンスは言った。

彼女が苗字を訊ねると、彼は目を曇らせながらも「アンダーソン」と答えた。「スミス」としてもよかったのかもしれない。

妻や家族に関する問いに「上記のいずれもなし」と答えた男のことを、キャロリンは信じたくなっていた。

一つだけ確かなのは、男がものすごくセックスが上手だったということ。

優美な道、優美なカーブ……。

彼の肩にはもろさなどなかった。

二人は二時間近くをかけ、キスと愛撫を続け、むさぼり合い、身体を重ねた。彼には

おかしなところ、変態的な性癖などはなかった。シンプルで、それこそ圧倒的だった。ほかに表現のしようがない。そのたくましい腕に抱かれ、大きな肉体にのしかかられ……。

いまは暖かい安手のベッドに横たわり、彼女は男の上下する胸を眺めている。そこに醜い傷痕があって、黒い胸毛の下にはっきりと見えるのだ。そのことを訊ねてみたいと思いながら切り出せずにいた。

「ローレンス？」

男は用心深く視線を投げた。いまは結ばれたあとの神聖な時。きわどい瞬間。あとには決まったやりとりが続くことになる。正直なのは危険だが、誠実さは必要だ。〝約束〟や〝愛〟や〝将来〟という言葉が——そのものでなくても同義語が——これまでも愉快な夜をずいぶん台なしにしてきた。

しかしキャロリンの心を占めていたのはそんなことではない。彼女が思い描いていたのはグラヴ・コンパートメントにある黒い銃、そして彼女を拉致しかけた男の甲走った声だった。

「いまはどうやって暮らしてるの？」と彼女は訊いた。

間があいた。

「車のパーツを売ってたことがある。まあ、店をまかされてね。現在は職探しの最中さ」

「クビになったの？」

「ああ、クビになった」彼が伸びをすると骨が鳴った。「前科があると、郵便仕分け室のガキがステープルの箱を持ち帰ったってだけでクビにされる。いつだって第一の容疑者なんだ。きょうはハモンドで仕事の面接を受けた。だめだったけどね」

キャロリンは彼が携帯で話していたときの不機嫌そうな顔を思い出した。

「質問してもいいか？」と男が訊いた。

「ええ。既婚、子どもなし。セックスが好きで、お酒は飲みすぎ。ほかには？」

「なぜ警察に連絡をしなかった？」

だがキャロリンは答える代わりに訊ねた。「あの場であなたが怖がらなかったのはなぜ？」

男はその立派な肩をまたすくめてみせた。「銃を向けられた経験はまえにもある。相手がブツを使うか使わないか、見ればわかるのさ。で、あのガキはプロだったし、こっちはさよならを言って、あとは手遅れにならないうちに州警が来ればいいと思っていたんだが」

「人を殺したことはある？」

ためらいがその答えだった。

「こっちが答えを手に入れるまで、そっちの質問は禁止だ。警察を呼ばなかった理由は？」

「あなたに仕事を持ちかけようと思ったから」

「じゃあ、車のパーツでも欲しいのか？」

「いいえ、あなたに夫を殺してもらいたいの」

「離婚すればいい」とローレンスは言った。「そのために弁護士がいるんだ」

「夫は金づるなのよ」

「亭主が浮気をしてりゃ、半分はあんたのものになる。もっとかもしれない」

「でも……」

「そうか。やましいことをしてるのは亭主だけじゃない」ローレンスは笑いながら、二人が寝ているベッドを身ぶりで示した。「なるほど。どっちが先なんだ？」

「むこうよ」そこで彼女は付け加えて、「それにバレたのもあっちが先」

「気の毒に。でもおれは殺し屋じゃない。殺し屋だったこともない」

「どう言ったらわかってもらえるの？」

「どうもこうも。話にならない」

「どうしたらわかってもらえる？」彼女は男の身体に両手を這わせ、腿のあたりをふざけてつねった。

彼は笑った。

男が笑みを消したところで彼女は訊いた。「五万？」

が、一瞬ののち、「刑期をつとめあげた身だ。そういうのは好きじゃない」

「十万？」

おそらく逡巡は千分の一秒だったけれども、キャロリンにすれば充分に長かった。

ローレンスは言った。「その気にはなれない」

「その気になれないって——それはノーと同じじゃないわ」

「人殺しは簡単なもんじゃない。いや、実のところ、そこの部分は簡単だ。でも始末するには手がかかる。ほとんど不可能といってもいい」

キャロリンは病院の会議で自分の部下たちが、報告書や提案書を期日どおりに出してこない言い訳をならべたときのように言った。「〝ほとんど〟にしたって、〝手がかかる〟にしたって、要はできるってことじゃない」

「亭主を脅してるのか？」

彼女は肩をすくめた。「モールでガールフレンドと一緒のところを見たのよ。気が変になりそうだった。二人とも殺してやるって言ってやったわ……。ちがう、いずれ生きてることを後悔させてやるって言ったの」

「おっかないな」

「誰も聞いてなかったとは思うけど」

「すると」男は医者が意見を述べるように、ゆっくり口を開いた。「あんたには亭主を殺す理由がある。そこが問題だ。つまり、あんたは身代わりを見つけなきゃならない。

たとえあんたに動機があるにせよ、ちがう人間が罪を犯したように見せかけなきゃならない。それで必要になるのが――」

「別の容疑者？」

「ああ」

彼女はにやりとすると、乳房を男にそっと押しつけた。「車泥棒とか。強盗？」

「そうだ」男の目がガソリンスタンドのほうを向く。彼はうなずいた。「あのガキの、やつの銃がこっちの手もとにある……」

スタンは銃を何挺も持っていた。キャロリンは夫がそれらを購入するとき、用紙に記入し提出していたことを憶えている。銃砲店は所有者の記録を保管しているのだ。彼女はその話を持ち出した。

「盗品かもしれないし、自分のかもしれない」とローレンスは言った。

「きっと男の指紋が付いてるわ」

「よく拭かないとな――あんたもさわっただろう？」彼はそう言って笑った。

「なにを？」

「だから、銃はよく拭いても、弾にはやつの指紋が残ったままだ」

彼女は男の首に鼻をすりつけた。

「それにしても、やつはたかが車泥棒だ。本気で殺人の罪をかぶせるつもりなのか？」

「わたしをレイプしようとしたのよ。殺すつもりだったのかもしれないし。こんなふう

に考えて。わたしたちはいい行ないをするんだ、彼が人を傷つけないうちに隔離するんだと」

「十万だって？」ローレンスは天井を見据えた。「その、ソーシャルワーカーやカウンセラーたちが……刑務所のね。連中がくだらないことをあれこれ訊いてくるんだ。おれを反社会的行為に駆り立てたものは何なのか。何に対して怒っているのか。子どものころに葛藤があったのかって」彼は声を出して笑った。「連中はおれの答えを気に入ってくれなかった。こう言ったのさ、おれはどこぞの哀れな間抜けの腕を折るだけで、日に五千を稼ぐことができるんだって。そんな仕事を欲しくないなんてやつはいるのか？」

「そう、これもなにかの足しになるわ」彼女は男の耳にキスをすると、自分がいつでも胸をときめかせる言葉をそっと口にした。「非課税だし」

彼は考えこんでいた。「やるなら慎重にはこばないと。亭主がガールフレンドと会ってるモーテルを探り出して――」

「それならわかってる。いつも同じ場所に行くから」

「手口はどうなんだ？」彼は笑った。「おれは十年の結婚生活で、浮気をしたことは一度もなかった。先にそこを出るのは女のほうか？　それとも亭主か？」

「女が先よ。夫が残って料金を払うの」

「なるほど、亭主は金を払ってから車に乗るんだな。そこをこっちが待ち伏せる」

「で、彼を撃つのね？」

ローレンスは笑った。「モーテルの駐車場で？　まわりに人がいるのに？　それはないだろう。だから、むこうに人のいない場所まで運転させておいて、そこでやるのさ。争ったように見せかけてむこうを撃つ。それからおれはパニックになって車を飛び出し、走る。途中で銃を落とす。あんたに拾ってもらう……。で、いつやるのがいいか？　早いほうがいい。こっちは物入りでね。あのリンカーンに相当注ぎこんでるもんだから」

「スタンが女と会うのは、だいたい火曜と木曜の夜ね」

「きょうが火曜日か」

キャロリンはうなずいた。「いまもいるわよ」

「じゃあ、あさってだ。よし。段取りはできた。凶器でこっちの足がつくことはないし、動機も充分。しかも身代わりがいる」

キャロリンがもう一度ローレンスの上になってまたがると、パメラ・アンダーソンばりの肢体に対する彼の興味がたちまちよみがえってくるのを感じた。そして頭のなかで思っていた。これで身代わりが手にはいったわ、ローレンス。あなたよ。仕事にあぶれた前科者、スタンを襲い、そのなりゆきで殺してしまうだけの立派な動機をもった男。

「うまくいきそうだ」と彼は言った。

「うまくいくわ」キャロリンは答えると、男の下唇を吸い始めた。

優美なカーブ……。

車がゆるやかに振動する。

木曜日、これもまた曇った春の夜のこと、キャロリンは紺色の長袖ブラウス、丈が膝と足首の間まであるプリーツスカートという恰好をしている。病院の事務室で、二人のアシスタントに驚きの目を向けられた。きょうは胸の谷間も腿も隠され、はじけそうなボタンもない。〈アクアネット〉のヘアスプレーは蓋も取らないまま、髪をひっつめてポニーテイルに結った。グリーンのキャディラックの車内で銃撃があったと警察に匿名通報をしたあとは、急いで家に帰り、なに食わぬ顔で殊勝な未亡人を演じなくてはならない。着換える余裕もなさそうだった。

いつしか、妙にうわついた気分になっている。滑走する車内で冷気が肌を刺してくる。スタンが死ぬという思いに興奮しているのは、自分でも認めざるを得なかった。

それに夫の金を手にできるという思い。夫はケチな男だった。レクサスでさえ買ってくれない。だからリースにするしかなかった。

ローレンスのことも考える。

愛人としてすばらしい。

でも身代わりのほうが向いている。

残念ね、ラリー。

しかし簡単にはいかないのだ。自動車電話ではもちろん通報できない。通話記録が残ってしまう。だから襲撃の場所を彼女のほうで選ぶことにした。これにはラリーも納得

するだろう——なにしろ彼女は地元の人間で、彼のほうは土地勘がない。で、スタンをカーディフ・フォールズまで連れていくように提案する。そこは峡谷を抜ける田舎道を走った先で、約一・五キロ離れた場所にコンビニエンス・ストアがあり、表に電話が二台設置されている。

二人を追っていき、スタンを殺したラリーが彼女と落ち合うつもりで現場を離れたら車を降り、バッグに忍ばせてきたキッチンナイフで、スタンのキャディラックのリアタイヤをパンクさせる（スペアタイヤはその日の朝に空気を抜いておく）。それからローレンスを置き去りにして店まで車を走らせ、警察に通報したら急いで帰宅する。ローレンスは峡谷で逮捕されるだろう。あそこを徒歩で抜けるには四十分、警察はすぐに駆けつけてくる。

完璧だ。

彼女の思いはふたたび、いま夫がいるヘリテージ・ホテルへと流れていった。

ベッドにいる二人を想像する。

夫のガールフレンドを頭に思いうかべる。ロレッタ・サンプルズ……ローリー……ぱっとしない女。どこにでも転がっていそうなブロンドの美人。キャロリンがモールまで尾行したとき、ローリーは黒のおかしな形のフロッピー・ハットをかぶり、スタンの肘に胸を押しつけるようにして歩いていた。二人は泣き叫ぶ妻の前で思わず立ちすくんだ。いや、キャロリンはそんなちょっとした騒ぎを楽しんでいた。

ローリー……。

この瞬間、二人はなにをしているのだろうと思いながら、キャロリンはレクサスのステアリングを指が攣《つ》りそうになるほどきつく握った。ワインを飲んでいるのか。夫が女の足にキスをしているのか。女の上に乗って、茶色の長髪を耳の後ろにかけているところか。

そのうちローレンスのモーテルが視界に飛び込んできて、彼女は急ブレーキを踏んだ。打ち合わせどおり、建物を過ぎたところで路肩に寄ると、彼が藪のなかから現れ、車が停まらないうちに乗りこんできた。

「さあ」

車はまた速度を上げた。

キャロリンとしては、彼が殺し屋の服装をしてくるのではないかと思っていた。たとえば特殊部隊の隊員のような。少なくとも黒いセーターにジーンズとか。ところが男はビジネススーツにごてごてした作りのトレンチコートを羽織った姿なのだ。黄色の小魚の柄がプリントされたネクタイ。俗悪な趣味。これで彼を裏切るのもなんとなく気が楽になった。

「亭主はまちがいなくホテルにいるのか？」

「電話をしてきて、食事をするから遅くなるって。ビル・マシソンと会ってるわ」

「ちがうんだろう？」

「食事の場所がロンドンじゃなければ。ビルは今週、むこうにいるの。彼のオフィスに確かめたけど」

ローレンスは苦笑した。「嘘をつくなら、ましな嘘をつけか」彼は腕時計を見た。「そのガールフレンドはどんな女なんだ？」

またも嫉妬の激しい熱が彼女の全身を駆けめぐる。「おっぱいが小さくて、鼻は手術しないと」

「やっぱり結婚してるのか？」

「ええ。スタンと一緒。金持ちのあばずれ。パパの遺産を相続して、なにしても許されると思ってるんだから。おたがいさまよ」

「なら、その彼女が先に部屋を出るように祈るとするか。目撃者がいては困る」彼はぴったりした綿の作業用手袋を両手にはめた。

「ゴムの手袋じゃないの？」

「ああ。布のほうがいい。内側に指紋が残らない。手袋までたどられても」

「そう」彼女はローレンス・アンダーソン・スミス、またの名をリンカーンの男、さらにまたの名を〝愛の達人〟が、よほど優秀な借金取りだったのだと思った。

彼はグラヴ・コンパートメントを開いて拳銃を取り出した。キャロリンはそれを横目で眺めた。銃はどれも同じに見える。黒くて危険な感じがする。

振り出された弾倉の六つの薬室に、六発の銃弾が装塡されていた。ローレンスが訊い

た。「拭くか？」

「いい。やり方がわからないから」

彼は笑った。「ただ……拭くだけさ」とダッシュボードにあったクリネックスを引き抜き、金属をていねいに拭っていった。

「あれよ。あそこ」

二人の前方にホテルが見えた。〈空室〉の赤い照明が人を誘うでもなく瞬いている。いかにも胡散《うさん》くさい場所だった（キャロリンは自分の愛人たちには、ベッド&ブレックファストへ連れていけとせがんだ。最低でもハイアットへ）。

彼女は駐車場を見わたせる通り沿いに車を駐めた。スタンのキャディラックがある。ローリーの車はどれなのか。

「そうよ、やるのに持ってこいの場所があるの」と彼女はいま思いついたように言った。「カーディフ・フォールズ。五八号線。ここから八キロくらいね。ほんとに人がいないのよ。メイプル・ブランチをまっすぐ一キロ半も行くと、モービルのスタンドがあるから左折。それが五八号線」

「いいだろう」男はうなずいて言った。「ここで待っててくれ。おれは茂みに身を隠す。むこうがキャディに乗ったところを襲って、そこまで運転させたら、道路脇に適当な場所を見つける。後ろからついてきてくれ」

キャロリンは大きく息を吸った。「わかった」

「そのあとは、おれをホテルで降ろして家に帰る。今夜のうちに、亭主が帰らないということで警察を呼ぶ。いいか、事情を知らされたときには大げさにするな。騒ぐよりも呆気にとられる。気を失いそうな感じだ」

「騒がず呆気にとられるのね」キャロリンはうなずいた。

そこで男は身を乗り出してキャロリンの首をつかむと、唇を自分のほうに引き寄せた。彼女も同じように激しい口づけを返した。手袋が首にあたる感覚がいやらしくて、思わず身悶えしそうになった。いつかはドンと二人で正装をして楽しむのだ。ほかの男でもかまわない。革ならどうかしら……。

彼女は手を放した男の目を覗きこんだ。「幸運を祈るわ」

男は車を降りると、そのかたわらにしゃがんで周囲に目をくばった。通りに人気《ひとけ》はない。彼は身を低くしたまま、ホテル脇の暗がりを走って黄楊《つげ》の木立に紛れた。

キャロリンは革のヘッドレストに頭をもたせると、ライトFMを点けた。

ここにきて、不安が冷たい雨のごとく降りそそいできた。夜の恐怖というものが体内にじわりとひろがり、彼女の両手はふるえだした。

わたしはなにをしているの？

出てきた答えは――ずっとまえに始末しなければならなかったこと。落ち着かない気分が、突如として怒りに変わった。こんな服は大嫌い、わたしはおしゃれをして美味しいワインとマティーニを飲みにいきたいの。あのスタンという馬鹿を人生から消して立

ち直りたいの。わたしは――

ホテルのほうから、鋭く破裂するような音が二度。

腰を浮かせ、駐車場に置かれたスタンのキャディラックのほうを見る。

さらに二発。どうやら銃声のようだった。

ホテルの窓にいくつか明かりが灯った。

キャロリンは自分の内側に、恐怖が冷たい石のようにあるのを感じた。

ちがうわ。あれはバックファイア。そうに決まってる。彼女は駐車場を見わたした。

また明かりが点く。ドアが開き、バルコニーに出てきた数人があたりの様子をうかがっている。

やがて右手に動きがあった。キャロリンはそちらに目をやった。

闇に隠れてローレンスが立っていた。目をむいたその顔は恐慌の色に染まっている。

彼は腹を押さえているのではないか。撃たれたのだろうか。はっきりしなかった。

「どうしたの？」キャロリンは叫んだ。

彼は怯えたようにあたりを見ると、逃げろという合図を必死で送ってきた。「行け……行け。早く帰れ」と口だけを動かし、また茂みに姿を隠した。

警備員か非番の警官に銃の携帯を見咎められたのか。スタンが銃を持っていたのか。

ホテルの支配人室から、ターコイズブルーのジャンプスーツに身をつつんだデブの女と、白い半袖シャツ姿の痩せた男が出てきた。二人は言葉を交わしながらU字形の建物

を眺め、バルコニーや一階の部屋の正面にあたる歩道から話しかけてくる声に耳をかたむけている。

キャロリンは、ローレンスが警告の言葉をささやいていた場所を振り返った。もはや彼の姿はどこにもない。

行かなきゃ。トラブルが起きたのだ。

彼女はアクセルを踏みこんだ。

だが車が前に飛び出したとたん、弾けるような音に続いて、パンクしたタイヤの路面を鞭打つ音が聞こえてきた。

ねえ！　やめて！　かんべんして……。

彼女は車をそのまま走らせた。ホテルの客や支配人室の二人が見守るなか、レクサスは通りを蛇行した。パンクした後輪からゴムの部分が脱落すると、車は縁石にぶつかって停まった。

「くそっ！　くそっ、くそっ！」彼女は叫びながら、ステアリングに拳を叩きつけた。

ルームミラーに回転灯――パトロールカーがホテルに急行しているのだ。

だめよ……。

若い警官たちはキャロリンの車を横目に見ながら通り過ぎると、その先で車を駐め、支配人室近くに集まる客たちのほうへ駆けていった。何人かが指さす一階の部屋に急いだ。

さらに二台の警察車輛と箱型の救急車が到着した。

逃げるか、残るか。

だって、わたしの車はすぐに正体が知れる。逃げたら余計に怪しまれる。

話をつくるのよ。夫に電話で迎えにきてくれと言われた。

夫がわたしと彼を会わせたがって……。

たまたま夫の車を目にして……。

警官たちが一〇三号室のドアをノックして、返事がないと見るや、白シャツの痩せた男が合鍵を使った。男が退くと、入れ代わりに警官たちは銃を抜いて部屋に踏みこんだ。一人が後ずさりしながら出てきて、救急隊員に話しかけた。彼らはゆっくり室内に入っていった。そこがスタンの部屋で、スタンが室内にいるとすれば、もう死んでいるとキャロリンは思った。

でも何があったの？　何が――

車の窓を叩く音。キャロリンは悲鳴をあげて振り向いた。大柄の警官が立っている。

彼女は茫然と相手を見つめた。

「すみません、車を動かしてもらえますか？」そのクルーカットの巨漢がていねいな口調で言った。

「あの――タイヤが。パンクして」

「何かあったんですか？」

「いいえ。そうじゃなくて。ただ……タイヤがパンクしてしまって」

「免許証と登録証を拝見してもよろしいですか？」

「なぜ？」

「いいですか？　免許証と登録証を」

「ええ、それは」と言いながら、キャロリンは男を、バッジを、無線機を見つめた。動こうとしなかった。

間があいた。「さあ」

「あの――」

「なんだか挙動が不自然ですね。車を降りてもらいましょう」

「それがね、おまわりさん……」彼女は笑顔をつくって身を乗り出し、両腕をそっと合わせた。相手の当惑した表情を見て、ようやく目を惹くはずの胸の谷間が、地味な紺のブラウスで隠れていたことを思い出した。

彼女は車を降り、書類を警官に差し出した。

「お酒を飲んでますか？」

「いいえ。その、二時間まえにビールを一杯飲みました。いえ、二杯」

「なるほど」

彼女は後輪のほうを見て顔をしかめた。どうやらタイヤの下に罠が仕掛けられていたらしく、釘の出た板を踏み抜いていた。

警官が彼女の視線に気がついた。「子どものしわざですよ。連中はああいうのをいたずらでやるんです。道に放っておもしろがるんだ。これが現住所ですか？」と免許証を顎で指した。

「はい」と彼女は気のない返事をした。ホテルの一室に目を注いだまま。ますますふえた警察の車はいまや一ダースにもなり、警報灯の青や赤のライトを点滅させている。スーツ姿でバッジを首からさげた二名の男が――一人はもじゃもじゃ頭で、一人は禿げている――到着して、一〇三号室に入っていった。

レクサスの後部にまわった警官はナンバープレートを確認した。穏やかで理性的な雰囲気だ。キャロリンの緊張は和らいでいた。とがめられたりはしない。そうよ。大丈夫。こちらが落ち着いてさえいれば、むこうが不審を募らせることもないはず。

そのとき、クルーカットの警官の無線機が音をたてた。「ヘリテージ・ホテルで複数殺人が発生。犠牲者はロレッタ・サンプルズ、白人女性、三十二歳、それからスタンリー・シアレリ、白人男性、三十九歳」

「なんだって？」と思わず口にした警官は、手にした免許証から顔を上げた。

「ああ、そんな」キャロリン・シアレリは言った。

「刑事！」交通警官は首からバッジをさげた禿頭の男に向かって叫んだ。「こっちに来てもらえますか」

五分後、彼女はパトロールカーの後部座席に座っていた――少なくとも手錠はされず

に――現場のほうが片づくまで待ってもらえないかと請われたのだった。

若い巡邏警官が一人、刑事たちのほうに走ってきた。彼が抱える大型のビニール袋には、ローレンスが逃走するときに落としたらしい銃が入れられている。

「何が手にはいった？」刑事の片方が訊いた。

「凶器でしょう」と若い警官は勢いこんで言った。それがマットとジェフの役割をになう老獪な刑事たちの苦笑いを誘った。

「見てみるか」禿頭の刑事が言った。「おい、チャーリー、潜在指紋は？」

ラテックス製の手袋をはめた警官が、細いネオン管のようなものを装着した箱を手にやってきた。そして拳銃に緑がかった光をあてて、慎重に調べていった。

「いや、渦巻きも稜線もなし」

よかった。ローレンスが指紋を拭き取っておいてくれたから。

「しかし」チャーリーはアイルーペをかけて言い添えた。「ここに何かがある。シリンダー・ラッチに青い繊維がはさまっている」彼はそれを吟味した。「そうだ、おそらくクリネックスだな」

ああ、だめ……。

彼女が背後に目をやると、クルーカットの警官がレクサスから何かを取って戻ってきた。「こんなものがありました」

警官はローレンスが銃を拭いてから丸めて床に落とした、青いクリネックスを指で示

した。

だからなに？　クリネックスなんて、国じゅうに何千何万とあるわ。それをどうやって――

チャーリーはクリネックスを用心しながらひろげた。その中央が三角に欠けていた。銃に残されていた断片が、ジグソーパズルの最後のピースのようにはまる。

別の警官がローレンスのはめていた布の手袋を持ってきた。今度はむさ苦しい髪形の刑事が、ラテックスの手袋をはめた手でそれを受け取った。手のひらの部分の匂いを嗅いで、「女性用の香水だ」

キャロリンにもその香りがわかる。オピウム。彼女は過呼吸におちいりかけていた。

「あの」また別の警官が声をあげる。「その凶器の登録者が判明しました。被害者のものです。スタンリー・シアレリの」

そんなはずはない！　あれは強盗が持っていた銃じゃない！　まちがいないわ。スタンの書斎から盗んだとでも？　まさか？

ふと気づくと、キャロリンは警官たち全員の視線を浴びていた。

「シアレリさん？」むさ苦しい頭の刑事が、ベルトの後ろから手錠を出して言った。「立ち上がって、ぐるっとまわってもらえますかね？」

「いいえ、ちがうの、これは誤解よ」と彼女は叫んだ。

刑事が被疑者の権利を読みあげ、キャロリンをふたたびパトロールカーの後部に乗せ

たとき、遠くからタイヤの軋る音がかすかに聞こえてきた。近づいてくる車を凝視しながら、彼女の心は別のところにあった。

そうよ、考えるのよ。たとえばローレンスと強盗が組んでいたとしたら。あの強盗は彼の仲間かもしれない。二人でスタンの銃を盗む。わたしはダニングでコーヒーを飲んでガソリンを入れる。尾行していれば、わたしが毎晩そこに寄ることはわかるわ。二人で強盗をでっちあげておいて、わたしはローレンスと寝る……。

でもなぜ？

何が目的なの？　彼は何者？

疾走してきた車が、すぐ近くにブレーキの音をひびかせて停まった。琥珀色のリンカーンだった。

ローレンスが車から跳び出すと、ドアをあけ放ったまま一〇三号室のドアに向かって走った。

「そんな！　女房は……」

警官に制止され、ドアから引き離されたローレンスはすすり泣いていた。「電話がきたから駆けつけたのに！　信じられない！　うそだ……」

ネイヴィブルーのしゃれたトレンチコートの肩に腕をまわした警官にうながされ、泣きじゃくる男は、同情の目で見つめる刑事たちの前に連れ出された。禿頭が優しく言った。「あなたがサンプルズさん？」

「そうです」彼は悲しみをこらえて言った。「ローレンス・サンプルズ」彼は喘ぐように、「つまり……彼女が私を裏切ったと？　女房が私を裏切ったんですか？　で、誰かが彼女を手にかけた？」

〝たとえあんたに動機があるにせよ、ちがう人間が罪を犯したように見せかけなきゃならない……〟

そこでほんの一瞬、ローレンスが警官たちには気づかれず、キャロリンに流し目をくれた。おもしろがっているとしか言いようのない表情で。彼女が怒りにまかせて絶叫しながら、縛られた手首を窓に叩きつけると、その目はまた霞んでしまい、彼はふるえる両手で顔を覆った。「ああ、ローリー……ローリー……信じられない！　うそだ……」

見解

EYE TO EYE

「もちろん協力したいよ」と若い男は言った。「でも、できないんだ」

「できないだと、ええ？」とボズは言った。若い男の前に立ちふさがり、男のつんと上を向いた茶色い前髪を見下ろした。「できないんじゃなくて、協力したくないんじゃないのか？」

相棒のエドが言った。「そうだ、おまえが何か知ってるのはわかってるんだからな」

「ああ、まちがいない」ボズはそう言うと、七十九ドル九十九セントの黒光りする輸入物の警棒に親指をかけた。

「そんなんじゃない、ボズ。知らないんだ。本当だ。信じてくれよ」

車のシリンダー・ブロックのように熱い夕暮れ。シェナンドア渓谷の八月。保安官事務所の取調室の窓の外を流れる大きな川も、うだるようなこの暑さを和らげてはくれなかった。これがよその町なら、暑さに殺気立った住人が何かしら事件を起こしていてもおかしくない。だが、ヴァージニア州カルドン——洞穴で有名なルーレイから十五キロほどのところにある人口八千四百人の小さな町——では、ここまで暑くなるとバイク乗りや町のごろつきやティーンエイジャーは、狭苦しい自分の家やトレイラーハウスに引っ込み、マリファナやビールで頭を麻痺させて、ＨＢＯやＥＳＰＮといったケーブルテレビの番組を日がな一日眺めることになる。この町では衛星放送受信アンテナが大きな犯罪抑止力になっていた。

だが、今夜はちがった。保安官助手は任務について四年めにして初めて起きた武装強

盗事件――正真正銘の現金輸送車ピストル強盗――で呆けた頭に活《かつ》を入れられた。保安官のエルム・タッピンはノースカロライナへの釣り旅行から呼び戻され、町に向かっているところで、さらに、夜遅くにはワシントンからＦＢＩの捜査官が到着することになっていた。

とはいえ、そのせいで二人の保安官助手の意気込みが萎えることはなかった。事件を自分たちだけで解決しようと、すでに容疑者を逮捕して、さらにいま、眼の前に目撃者を座らせていた。とはいえ、その男は目撃者であることを認めていなかったが。

エドはネイト・スポーダの真正面に座っていた。エドとボズはネイトのことを陰で〝小僧〟と呼んでいたが、実際にはネイトはもうそんなあだ名をつけられる歳《とし》ではなかった。二十代半ばで、二人の保安官助手より二つ年下なだけだ。三人ともナサニエル・ホーソン高校の出身で、ネイトが一年生で、エドとボズが三年生のときに一年間同じ学校に通っていた。ネイトは子どものころから電信柱のように細く、落ち窪んだ眼は連続殺人犯のように淀んでいた。そして、高校時代もいまも、町じゅうの住人から不気味がられていた。

「さあ、ネイト」とエドが穏やかな口調で言った。「おまえが何か見たのはわかってるんだ」

「やめてくれよ」ネイトは骨ばった膝をそわそわと指で叩きながら哀れな声を出した。「何も見てない。本当だよ」

肥ったお巡り、息切れしたお巡り、汗だくのお巡り。まさにそんな風体のボズが相棒の目配せを受けて、あとを引き継いだ。「ネイト、それはちがうんじゃないか？ おれたちは知ってるんだよ。おまえが自分の家のフロントポーチに座って、日がな一日ぼうっと過ごしてるってことをな。ただ座って、川を眺めてるだけ」ボズはいったん言葉を切り、額を拭うと、さも不思議そうに尋ねた。「なんだって、そんなことをしてるんだ？」

「別に理由なんかないさ」

とはいえ、この町の住人なら誰もがそのわけを知っていた。ネイトが中学生のときに、その川でボートに乗っていた両親が事故に遭い、溺れ死んだ。だから、ネイトは一日じゅう川をぼんやりと眺めているのだ。不気味な音楽を大音量でかけて、ときに本や雑誌――郵便局員のフランシスは、国家公務員として詳しくは話せないと言いながらも、ネイトは〝とんでもなく異常な〟雑誌を定期購読していると教えてくれた――を読んだりしながら。両親が死ぬと間もなくネイトの家に叔父がやってきて、一緒に暮らし始めた。ウェストヴァージニアからやってきたその叔父もこれまた気味の悪い男で、そんな二人が同居する理由は一つしかないと町じゅうの誰もが思っていた。ネイトは高校を卒業するまで叔父と暮らし、十八になると大学に進学して町を出ていった。四年後、エドとボズは兵役を終えて、自由の身になって町へ戻ってきた。そして、同じ年の六月、ふいに姿を現し、エドやボズや町の人々を驚かせた男がいた。そう、ネイトだ。彼は叔父を西

の町へ追い返すと、川を見下ろす陰気な家に一人で暮らし始めた。町じゅうの誰もが、ネイトは両親が残した貯金を食いつぶして生活しているのだろうと考えた。カルドンでは遺産と呼べるほどのものを残す者はいなかった。

高校時代、エドもボズもネイトのことを嫌っていた。服装も歩き方も、梳《と》かしたとは思えない髪――気味が悪いほど長い髪――も、何もかも目障りだった。友だちに異常なほど声をひそめて話すのも気に食わないし、女の子に話しかけるときにも陽気な声は出さず、冗談を言うことも、無駄口を叩くこともなく、静かな声でただ話をするだけなのも気に食わなかった。まるで催眠術をかけているようなおかしな話し方なのだ。おまけに、フランス語研究会の一員で、さらには、コンピュータークラブにも籍を置き、よりによって、チェスクラブにまで入っていた。もちろんスポーツなどするはずもなく。授業中でのネイトに関する記憶といえば、数学の時間に〝ミセス淫乱〟の出した問題を誰も解けずにいるときに、このダサいマスかき野郎――当時、飛び級で二年上のクラスに入っていた――が気取って黒板まで歩き、チョークの粉まみれになりながら女々しい字で正しい答えを書くことぐらいだった。それから生徒のほうを振り返ると、薄気味悪いその眼にクラスメートの忍び笑いが止まる。そうして、結局はいじめられるのだ。ネイトのケッズのスニーカーは放り投げられて高圧線に引っかけられる。誰がそうせずにいられる？　なんといっても、ネイトがみずから招いた災難のようなものなのだから。自宅のポーチに座り、本――たぶんポルノ――を読み、例の不気味な音楽――たぶん悪魔

の音楽だ、と別の保安官助手は言っていた――を聴いている……ああ、そうだ、異常としか言いようがない。

そして、性犯罪のニュースが流れるたびに、エドとボズの頭にネイトのことが浮かんだ。犯人だという証拠は何もなかったが、ネイトがときどき長いこと家をあけるのは事実で、その間にルーレイ近辺の森に潜み、若い女の部屋――もしかしたら若い男の部屋かもしれない――を窓から覗いていたにちがいない。二人はそう確信していた。〝覗き〟がネイトの趣味なのはわかっている。自宅のポーチには望遠鏡が置いてあり、ネイトはいつもその隣で母親の形見の椅子に座っているのだ。そう、それについても町の人々の意見は一致していた。異常だ。それ以外の何ものでもない。

そこで、カルドン保安官事務所の保安官助手は――少なくともエドとボズの二人は、職務を果たすチャンスをけっして見逃さなかった。ネイトをまっとうな人間にしてやるという職務を、高校時代とそっくり同じやり方で果たすことにしていた。ネイトが食料品を買っているのを見かければ、にやりと笑って言う。「手伝いが必要なんじゃないのか？」つまりは〝結婚したらどうだ、ホモ野郎？〟という意味だ。

あるいは、自転車でレイバーン・ヒルをのぼっているネイトを見つけようものなら、パトカーを後ろにぴたりとつけて、サイレンを鳴らし、マイクで叫ぶ。「邪魔だぞ！」一度など、驚いたネイトがクロイチゴの茂みに勢いよく突っ込んだこともあった。

それでもネイトは、二人の意図を理解する気配すらなかった。相も変わらず、一年じ

ゅう黒いトレンチコートを着て、恥ずべき人生を生き、町のメイン・ストリートでエドとボズに出くわすと、できるだけ二人に近づかないようにするだけ。ホーソン高校の廊下での行動と何一つ変わっていなかった。

そんなわけで、ネイトを取調室に閉じ込めておくのは最高の気分だ、とエドは認めないわけにはいかなかった。うだるように暑い夏の日にネイトを怯えさせ、緊張させ、困らせるのは。

「やつはおまえの家の前を通ったはずなんだよ」ボズがさっきと同じようにどすの利いた声で言った。「おまえはやつを見たに決まってる」

「そう言われても、見てないんだよ」

〝やつ〟とはレスター・ボッツのことだ。目下、同じ建物にある留置場のなかで悪臭をぷんぷん放って座っている髭づらの男。薄汚い三十五歳のそのごろつきはカルドンの保安官事務所がここ数年間、頭を悩ませてきた要注意人物だった。レスターはいままで一度も有罪の判決を受けたことはないが、近隣の郡で起きたちんけな犯罪に関わっているのはまちがいなかった。貧しい家庭で育った白人で、町の善良な若い女を舐めまわすような眼で見るばかりか、口先だけのクリスチャンでさえなかった。

いまのところ、そのレスターが夕方に起きた強盗事件の第一容疑者だ。犯行時刻である午後五時から六時の間のアリバイがなく、現金輸送車の運転手とその助手にはスキーマスクをしていた犯人の顔を見るチャンスはなかったものの、犯人がニッケルめっきの

コルトのリヴォルヴァーを持っていたのはわかった。酔ったレスターがアーヴの店でそれと同型の銃を振りまわしたのはついこの間のことだ。さらに先週、レスターそっくりの体格の男が〈アムンソン建設〉から二百グラムほどの含水爆薬《トーヴェックス》を盗んだという報告も入っていた。現金輸送車の後部ドアを吹き飛ばすのに使われたのはまさにその爆薬だった。午後六時三十分、エドとボズはレスターを逮捕した。レスターは汗だくで、いかにも犯罪者がしそうなことをしていた。家には申し分のないシボレーのピックアップトラックがあるというのに、三三四号線でヒッチハイクをしていたのだ。レスターによればピックアップトラックのエンジンがかからなかったということだったが、ためしにエドがキーをまわしたところ、車は一発で息を吹き返した。さらに、レスターは大きな狩猟用ナイフも持っていた。なぜそんなものを持っているのかと尋ねられると、口ごもった。

「だからさ、おれは、わかるだろ？　そういうタイプなんだよ」

保安官事務所の職務手引書には凶悪犯罪の捜査に関する心構え、方法、事例が事細かに記されていた。エドとボズは今回の事件にあたって、そのすべてを考慮した。事件は単純きわまりない。ああ、まちがいない、犯人はレスターで決まりだ。さらに、事件現場とレスターを逮捕した場所をまっすぐ結ぶと、その線上にネイトの家があり、ゆえにネイトは犯行後のレスターを見たにちがいない、そう信じて疑わなかった。

ボズは溜息をついた。「やつを見たと言えばいいんだよ」

「でも、見てないんだ。嘘はつけないよ」

高校時代もどうしようもないやつだったが、相も変わらずどうしようもない。まったくこの小僧は……。

「いいか、ネイト」ボズは五歳の子どもに話しかけるような口調で言った。「おまえはこれがどんな大事件なのかわかってないようだな。レスターは四号線の〈テキサコ〉の男子便所で用を足してた現金輸送車の運転手の頭をレンチで殴って、車のなかにいた助手の脇腹を銃で撃った——」

「えっ、嘘だろ？　撃たれた人は大丈夫だったのかい？」

「大丈夫なわけないだろ、脇腹に弾をくらったんだから」ボズは吐き捨てるように言った。「黙って、おれの話を聞け」

「悪かった」

「そうして、現金輸送車を運転してモートン・ウッズ・ロードまで行って、後部ドアを吹き飛ばして、金を別の車に積み替えて西へ向かった。まっすぐおまえの家のほうに向かったってわけだ。で、一時間後に、おれたちはおまえの家のそば——犯行現場とは反対側でレスターを捕まえた。逮捕された場所へ行くには、絶対におまえの家の前を通ったはずだ。さあ、ここまで聞いてどう思った？」

「たぶん……そうだな、たしかにそうなんだろうけど。でも、見てないんだ。悪いけど」

ボズはしばらく考えてから言った。「ネイト、おれたちの間には見解の相違があるよ

うだな」

「見解の相違？」とネイトは怪訝《けげん》そうに言った。

「おまえはおれたちとは別世界に住んでるんだ」とボズはいらだたしげに言った。「おれたちはレスターがどんな男か知ってる。おれたちは下水管のなかで暮らしてるんだから」

「下水管？」

「おまえは口をつぐんでればそれですむと思ってるようだが」今度はエドが言った。「でも、そういうわけにはいかないんだよ。おれたちはレスターを知ってる。やつがどんなことをするかってことも」

「どういう意味だい？」ネイトは精一杯男らしい声で尋ねた。が、握りしめた手は膝の上で震えていた。

「あのくそナイフでやつに襲われたら、どうする？」ボズが怒鳴るように言った。「まったく、おまえはほんとに何もわかっちゃいない、そうだろ？」

エドとボズはそれぞれ良い警官と悪い警官を演じていた。手引書にもそれに関する解説が長々と載っていた。

「たとえば、いまおまえがやつを指差さなかったら」とエドは穏やかに言った。「やつは無罪放免、釈放される。そのあと、やつがおまえを探し出すまでにどれぐらい時間がかかるかな？」

「つまり、そいつはおれを目撃者だと思ってるから、そういうことかい？」

「おまえを見つけて、腹を切り裂く」ボズが嚙みつくように言った。「まあ、たいした手間はかからないだろうな。それに、おれもどうでもよくなってきた」

「おいおい」エドは相棒をたしなめた。「まだまだ青いガキなんだから辛抱してやれよ」そう言うと、すっかり怯えているネイトを見た。「でも、あいつを武装強盗と殺人未遂で逮捕できたら……三十年は出てこられない。おまえは何も心配しなくていいというわけだ」

「世のなかのためになるならそうしたいよ」とネイトは言ったが、口ごもった。「でも……」

「ボズ、こいつは協力したがってるんだ。おれにはわかる」

「そうだよ」とネイトは素直に言うと、眼を固く閉じて、必死に考えた。「でも、嘘はつけない。そんなことはできない。父さんが……おれの父さんのことは知ってるだろ？父さんから嘘はつくなと言われたから」

完全なかなづちの情けない男。二人がネイトの父親について知っているのはそれだけだった。ボズは贅肉でだぶついた胸に張りついているシャツを引っ張って、腋の下の黒い汗染みを見た。それから、溜息をつくと、ゆっくりと歩いて、ネイトのまわりをまわった。

ネイトがかすかに身を縮めた。またスニーカーを取られるのではないかと心配してい

るように。

ややあって、エドが穏やかに言った。「ネイト、おれたちはよく喧嘩したよな」

「ああ、高校生のころ、よくいじめられたよ」

「やめてくれよ。ちょっとからかっただけじゃないか」とエドは真面目に言った。「本当に嫌いだったらあんなことはしないさ」

「ほんとに？」とネイト。

「でも、ときには」とエドは続けた。「やりすぎたかもしれない。どうしてだかわかるか？ おまえがあんまりにものらくらしてるからだ。奮い立たせてやろうと思ったんだよ」

ボズもエドも、痩せこけたサンショウウオみたいなこの男がいままでに一度でも奮い立ったことがあるとは思えなかった。まったく、男ならスポーツの一つもやるだろうが。

「なあ、ネイト、昔の喧嘩は水に流してくれないか」エドは片手を差し出した。「本当に悪かった。二度とあんなことはしないよ」

ネイトはエドのぶ厚い手を見つめた。

顔が真っ赤じゃないか、とエドは思った。ネイトはいまにも泣き出しそうだった。エドの目配せを受け、ボズが言った。「おれも約束するよ、ネイト」相手が態度を軟化させたら、悪い警官も態度を改め、良い警官のようにふるまうべし、手引書にはそう書かれていた。「すまなかった」

エドが言った。「さあ、ネイト。どうなんだ？　おれたちの見解の相違は棚に上げるとして」

ネイトは青白い顔を保安官助手の片割れに向け、それからもう一人に視線を移した。そうしてエドの手を取り、しっかりと握りしめた。ネイトが手を放すと、エドは思わず手を拭いそうになるのをなんとか抑え、笑みを浮かべて言った。「じゃあ、まわりくどい話は抜きだ。さあ、話してくれ」

「わかった。たしかに誰かを見た。でも、それがレスターだったとは言えない」

エドとボズは冷たい視線を交わした。

ネイトは慌てて言った。「待ってくれ。見たことを話すから」

ボズが記録を取ろうとノートを開いた。字の下手さかげんではボズもエドもいい勝負だが、ボズのほうが綴りを知っていた。

「おれはポーチに座って本を読んでた」

ポルノ雑誌だろう。

「音楽を聴きながら」

〝愛してる、サタン。連れっていって、連れていって、連れていって……〟

エドが励ますように笑みを浮かべて言った。「それから？」

「ああ。バーロー・ロードで車の音が聞こえた。なぜそんなことをいちいち覚えてるのかっていうと、うちからバーロー・ロードまではいくらか離れてるのに、その車の音が

すごくうるさかったからだ。きっとマフラーか何かが壊れてるんだろうと思った」

「それで？」

「それから……」ネイトの声がうわずった。「草っぱらを人が走っていくのが見えた。うちの前を通って川に向かってった。大きな白い袋のようなものを持ってるみたいだった」

ビンゴ！

ボズが言った。「そいつは洞穴のほうに行ったんだろ、なあ？」

ルーレイにある洞窟ほど立派ではないが、このあたりの洞穴も五十万ドルを隠すには充分な大きさだ。エドはボズをちらっと見てうなずくと、ネイトに尋ねた。「で、そいつは洞穴に入ってったんだな？」

「たぶん。黒いヤナギの老木が邪魔ではっきりとは見えなかったけど」

「そいつの特徴は？」とボズが尋ねた。顔は笑っていたが、内心ではもう一度悪い警官に戻りたいと思っていた。

「そこまではわからないよ、保安官助手」とネイトは哀れな声で言った。「本当に協力したいと思ってる。でも、草と木に隠れてほとんど見えなかったんだ」

ふにゃらけたホモ野郎が……。

それでも、ネイトからは思いどおりの証言を得られた。あとはレスターにつながる物証を見つければいい。

「ありがとう、ネイト」とエドが言った。「これだけわかれば充分だ。これからおれたちはちょっと出かけて、いくつか確認作業を行なってくる。おれたちが戻るまでおまえはここにいたほうがいい。そのほうが安全だ」

「ここにいなくちゃいけないのか？」ネイトはつんと立った前髪を撫でた。「家に帰りたいんだ。やらなくちゃならないことがたくさんあるから」

『プレイボーイ』と右手でか？　ボズは心のなかで尋ねた。

「いや、ここにいるんだ。長くはかからないから」

「待ってくれ」とネイトは不安げに言った。「レスターは外に出られるのか？」

ボズはエドを見た。「ああ、まあ、一応はあの留置場からは出られないことになってる」エドがうなずいた。

「一応って？」

「いや、大丈夫だ」

「もちろんだ、心配しなくていい」

「だけど――」

エドとボズは外に出て、パトカーへ向かった。コイン投げに勝ったボズが運転席に乗り込んだ。

「まちがいない」とエドが言った。「椅子に座ったレスターがほんの少し尻を動かしただけで、あの小僧はたっぷり冷や汗をかくだろうな」

「そりゃ、そうだ」ボズはそう言うと、パトカーを勢いよく道に出した。

エドとボズは驚いた。

二人はパトカーで現場へ向かいながら、ネイトは適当な話をでっちあげたに決まっていると話したばかりだった。早く家へ帰りたくてそうしたのだろう、と。だが、バーロー・ロードに入るとすぐに、新しいタイヤ痕が見えた。薄暗い光のなかでもそれははっきり見て取れた。

「なあ、あれを見ろよ」

パトカーをおりると、タイヤの跡をたどって、背の低いベイツガとセイヨウビャクシンの木立に入った。そうして手引書どおりに、拳銃を抜き、左右に分かれて、車高の低いポンティアックに近づいた。

「そう長いことここに停めてあるわけじゃないな」ボズがグリルに手を伸ばし、ラジエーターに触って言った。

「キーがついたままだ。エンジンをかけて、小僧が聞いた音とやらを確かめよう」

ボズがエンジンをかけると、マフラーから小型飛行機のような音が響いた。

「逃亡用にこんな車を用意するとはばかなやつだ」とボズは大きな声で言った。「レスターの頭には木が詰まってるんだろうよ」

「車をバックさせて、なかを確かめよう」

ボズはおんぼろ車をゆっくりとバックさせて、空き地に入れた。そこのほうが少し明るかった。そうして、エンジンを切った。

フロントシートにも、バックシートにも証拠になりそうなものはなかった。

「くそっ」グローブボックスをあさりながら、ボズが小さく毒づいた。

「おっと、これは、これは」トランクを調べていたエドが大きな声を出した。

エドはずっしりと重たい警備会社の大きな現金袋をトランクから地面に下ろすと、袋を開けて、百ドル札の束を取り出した。

「こりゃ、すげえ」エドが袋の中身をざっと数えて、言った。「一万九千ドルってところだ」

「ちくしょう、おれの年収と同じだ。残業手当は抜きだけど。そんな大金がこんなところにあるとはな。眼の前に」

「残りはどこにあるんだろう？」

「川はどっちだ？」

「あっち。向こうのほうだ」

二人は雑草やスゲやガマが茂るシェナンドア川の河原に分け入った。背の高い草のなかに足跡を探したが、見つからなかった。「足跡はあしたの朝探せばいい。いまは洞穴に行って、なかを見てみよう」

エドとボズは水際を歩きだした。ネイトの家が川を見下ろすように建っているのが見

えた。そう遠くないところに洞穴の入り口があった。

「すぐそこに洞穴がある。たぶんあのあたりの洞穴のどれかだろう」

二人は河原をもう少し歩いて、ネイトが言っていた樹皮が黒い華奢なヤナギのところまで行った。

二度めのコイン投げにはボズが負けて、四つん這いになると、熱くよどんだ空気をたっぷりと吸い込んでから、いちばん大きな洞穴に入っていった。

五分後、エドは地面に手をついて叫んだ。「大丈夫か？」

ふいに、洞穴のなかからキャンヴァス地の袋が飛んできて、エドは慌てて身をかわした。

「さあて、袋の中身はなんだ？」

数えてみると、八万ドル入っていた。

「それしかなかった」ボズが洞穴から這い出してきて、あえぎながら言った。「レスターのやつ、ほかの袋は別の洞穴に隠したんだろう」

「なんでそんなことをする？」とエドが不思議そうに言った。「ここで袋が一つ見つかったら、ほかの洞穴も探すに決まってるのに」

「だから、あいつの脳味噌は木でできてるんだよ」

二人はほかの洞穴も見てまわった。うだるような暑さに汗みずくの体がむず痒く、死んだナマズのにおいに吐きそうになりながら。だが、金はどこにもなかった。

そうして、最初の洞穴で見つけた袋を見下ろした。どちらも黙りこくっていた。エドはマサナッテンの山並みが描く稜線の向こうに広がる空を見た。満月に近い月が明るく、力強く輝いていた。二人は袋の両脇に突っ立ったまま、学校のダンスパーティで緊張している中学生のように体を揺すっていた。足元の泥は黒く、滑らかで柔らかかった。シェナンドア川の河原はどこもそうだ。いままでにエドとボズが釣りを楽しみ、ビールを飲み、ウエイトレスやチアリーダーと寝るのを夢想したどの河原ともちがわなかった。

エドが言った。「大金だな」

「そうだな」とボズはゆっくり言った。「何が言いたいんだ、エドワード?」

「つまり――」

「まわりくどい言い方はやめろよ」

「さっきから考えてたんだが、この金のことを知ってるのは二人だけだ。おれたちを除けば」

ネイトとレスターのことか。「だから?」

「それで、もし……言っとくが、いまから話すことはおれの独り言だからな。もし、あの二人が保安官事務所の取調室で鉢合わせしたら? もちろんちょっとした手違いで。で、たとえば、レスターが自分のナイフを取り戻してたら?」

「それも、ちょっとした手違いで」

「ああ、そうだ」

「そしたら、やつはネイトを刺して、洞穴のナマズみたいにその場に置き去りにするだろう」

「ああ、もし、そんなことになったら」とエドは続けた。「おれたちはレスターを撃たなけりゃならない、だろ？」

「当然だ。逃げた容疑者が武器を持ってるんだから……」

「そんなことになったら悲惨だな」

「でも、しかたがない」とボズは言った。「それにネイトのやつ、あいつも要注意人物だ」

「ああ、昔から不気味なやつだった」

「この一、二年のうちに郵便局を襲ったっておかしくない。サウスバング・バプテスト教会の塔の上からライフルをぶっ放したっておかしくない」

「たしかに」

「レスターのナイフはどこにある？」

「証拠保管庫だ。でも、ナイフはどういうわけか階上《うえ》にたどりつく」

「本当にやる気か？」

エドはキャンヴァス地の袋を開けて、なかを見た。ボズもそれに倣《なら》った。しばらく袋の中身を見つめていた。

「ビールでも飲むか」とボズが言った。

手引書では勤務中のアルコールは固く禁じられていたのだが。

「ああ、そうしよう」

一時間後、エドとボズは足音を忍ばせて裏口から保安官事務所に入った。ボズが証拠保管庫へ行き、レスターのナイフを見つけて、こっそりと階上《うえ》へ上がり、タッピン保安官がまだ戻っていないのを確かめてから、いちばん大きな取調室に入った。そうして、テーブルの上にナイフを置き——ファイルの下に隠したが、誰も気づかないほどきちんと隠しはしなかった——素知らぬ顔で廊下に出た。

エドがレスター・ボッツを取調室へ連れてきた。もちろん手錠はかけていたが、手は体の前にあった。それは明らかに手引書の記述に反していたが、そのまま部屋のなかに入れた。

「なんだっておれは勾留されなきゃならないんだ？」と筋ばったその男は言った。薄くなりかけた髪は脂ぎって、くしゃくしゃ。服は泥だらけで、何か月も洗っていないかのようだ。

「黙って座ってろ」とボズが吠えた。「勾留されてる理由を知りたいのか？　それはな、ネイト・スポーダが証言したからだよ。きょうの夕方、おまえが河原で警備会社の現金袋を隠してるところを見たってな」

「あのくそ野郎」レスターはうなるように言うと、立ち上がりかけた。

ボズがレスターを椅子に押し戻した。「ああ、おまえの刺青を見たと言ってる。ついでに言わせてもらえば、そんなに醜い女を彫った刺青を見たのはおれも初めてだ。それはおまえのお袋さんなのか？」

「ネイトの野郎」レスターは押し殺した声で言うと、ドアを見た。「おかま野郎が。あのガキ、この借りはきっちり返してやる」

「それだけしゃべれば充分だ」とエドが言った。「これからおれたちは五分ぐらい階下《した》に行ってくる。国選弁護人が待ってるんでな。弁護人はおまえと話がしたいと言うだろう。だから、おまえはここで待ってろ。騒ぐんじゃないぞ」

二人は部屋を出て、ドアに鍵をかけた。ボズは頭をかしげ、部屋のなかの音に耳を澄ました。鎖の音がテーブルに近づいていくのが聞こえると、エドに向かって親指を立てた。

まとわりつくような八月の暑さのなかで、ネイトは廊下のはずれにある自動販売機のそばで、壊れたフォーマイカのテーブルについて、コーラを飲みながら、トゥインキーズ(クリーム入りのスポンジケーキ)を食べていた。

「ちょっと一緒に来てくれ、ネイト。いくつか聞きたいことがある」

「先を歩けよ」とエドがネイトをうながした。

ネイトはトゥインキーズをもうひと口かじってから、二人の前を歩いて取調室へ向かった。エドはボズに耳打ちした。「ネイトは叫ぶだろうな。でも、おれたちはレスター

がことをしっかりとすませるまで待ってから、取調室に入るんだ」

「ああ、そうしよう。だけど、エド？」

「なんだ？」

「おれは人を撃ったことがないんだ」

「相手は人じゃない。レスター・ボッツだ。まあ、いい、二人で撃とう。同時に。それでどうだ？　少しは気が楽になったか？」

「まあな」

「それと、もしネイトが生きてたら、やつのことも撃つ。で、それは……」

「――事故だ」

「そういうこと」

取調室のドアの前で、ネイトは振り向き、トウィンキーズをコーラで流し込んだ。顎にトウィンキーズのクリームがついていた。いかにもだらしない男だ。

「そうだ、そういえば――」とネイトが言った。

「ネイト、長くはかからないよ。すぐに家に帰してやるから」エドがドアの鍵を開けた。

「さあ、入れ。おれたちもすぐに行く」

「わかった。でも、さっき――」

「ごちゃごちゃ言わずに入れよ」

ネイトは迷いながらも、ドアを開こうとした。

「ネイト」男の声がした。

エドとボズは振り返った。三人の男が廊下を歩いてくる。全員スーツ姿だった。この男たちがFBIの捜査官でなかったら、おれはエルヴィス・プレスリーの幽霊だ、とボズは思った。

「ああ、ビゲロウー捜査官」とネイトが明るく言った。

ネイトはこの男たちを知ってるのか？ エドの心臓が早鐘を打ち始めた。おれたちがいない間に、FBIの捜査官はネイトと話をしたのか？ だとしたら、いいか、落ち着いて考えろ。ネイトは何を言ったんだ？ おれたちはどうすればいい？

だが、エドは考えられなかった。

頭のなかに木が詰まっている気分だ……。

ネイトに声をかけた捜査官は背が高く、陰気な感じの男だった。頭頂部が禿げ上がり、小さな耳のすぐ上で金色の髪を修道士のように切りそろえていた。三人の男が身分証明書をすばやく提示し——まちがいない、FBIだ——、ビゲロー捜査官が尋ねた。「きみがボズワース・ペラー保安官助手で、きみがエドワード・ランキン保安官助手だね？」

「ええ、そうです」と二人は応えた。

ボズは思った。なんてこった、容疑者を厳重に監禁してなければ、おれたちが執行猶予付きの有罪判決をもらうことになる。

同じことを考えていたエドが、ネイトに向かって言った。「そうだ、ネイト、自動販売機のところに戻ろう。もう一本コーラを飲むか？」

「でなきゃ、トウィンキーズをもう一個どうだ？　あれはうまいよな」

「こっちのほうが涼しいよ」ネイトはそう言うと、レスターと研ぎ澄まされたナイフが待っている部屋に入った。

「よせ！」とボズが叫んだ。

「どうしたんだ、保安官助手？」と捜査官の一人が尋ねた。

「いえ、なんでもありません」とボズは慌てて言った。

エドとボズは気づくとそろってドアを見つめていた。ドアの向こうではいまこの瞬間にもネイトが刺し殺されているかもしれない。二人は必死になって捜査官たちに気持ちを集中させた。

さあ、どうやってこの難局を切り抜ける？　ああ、そうだ、レスターが部屋から飛び出してきたら……返り血を浴びて、ナイフを握っていたら、まだやつを仕留めるチャンスはある。あわよくば、捜査官もおれたちに手を貸してくれるかもしれない。

だが、妙なことに部屋のなかからは物音一つ聞こえなかった。レスターは不意をついてネイトの咽喉を切り裂いて、窓から逃げようとしているのかもしれない。

「われわれも入ろう」とビゲローが顎でドアを示しながら言った。「事件について話がある」

「いや、入らないほうが……」

「どうして？」と別の捜査官が言った。「ネイトは部屋のなかのほうが涼しいと言ってたじゃないか」

「先に入ってくれ」ビゲローはエドとボズをうながした。

二人は顔を見合わせると、そろって支給品のリヴォルヴァーに手をかけて、部屋のなかに入った。

レスターは椅子に座っていた。脚を組み、手錠のかかった手を膝の上に載せていた。テーブルをはさんで向かい側にはネイトが座り、保安官事務所の擦り切れた職務手引書をぺらぺらとめくっていた。ナイフはボズが置いた場所にあった。

助かった、これぞ神の思し召し……。

ボズは無言でエドを見た。エドが先にわれに返って言った。「どうして容疑者がここにいるのか不思議にお思いでしょう、ビゲロー捜査官。手違いがあったようで、そうだよな、ボズ？　国選弁護人がここにいると思ったんだよな？」

「そう、そうです。もちろん。手違いです」

「容疑者？」とビゲローが言った。

「ああ、その、そこにいるレスターです」

「いますぐにおれを告発するか、釈放するかしたほうがいいぞ」とレスターが怒鳴った。

ビゲローが尋ねた。「この男は誰だ？　ここで何をしてる？」

「夕方起きた強盗事件の容疑者としてこの男を逮捕したんです……」とボズが言った。

〝自分は何かを見落としてますか？〟と尋ねているような口調だった。

「逮捕しただと？」と捜査官は不満げに言った。「どうして？」

「それは……」ボズはそれ以上答えられなかった。ずさんな捜査でこの事件をめちゃくちゃにしたと言われてもしかたない。

四人めのＦＢＩ捜査官が部屋に入ってきて、ビゲローにファイルを渡した。ビゲローはじっくりとファイルに眼をとおし、うなずいてから、顔を上げた。「よろしい。相当の嫌疑を手に入れた」

ボズはほっとして身震いすると、にやりと笑いながらレスターを見た。「逃れられると思ったのか、ええ？　さあ――」

ビゲローが光る頭を縦に振ると、捜査官たちがいっせいにエドとボズから武器とベルトを取り上げた。ボズご自慢の高価な台湾製の警棒も。

「保安官助手、きみたちには黙秘権がある……」

ビゲローのくすんだ唇から被疑者の権利がゆっくりと発せられ、それが終わると、エドとボズは手錠をかけられた。

「どういうことですか？」とボズが叫んだ。

ビゲローは先ほど受け取ったファイルを軽く叩いた。「たったいま、逃走車の鑑識の結果が届いた。車にはいたるところにきみたちの指紋がついていた。それに、スポーダ

くんの家の近くの河原で無数の靴跡も発見された。警察の支給品と見られる靴――きみたちが履いているのと同じものだ」

「車を調べるためにバックさせたんです」とボズが抗議した。「それだけです」

「手袋もはめずに？　鑑識が到着するのも待たずに？」

「単純な事件だと思ったんですよ……」

「それに、どういうわけかきみの車のトランクから九万ドル以上の現金が見つかった、ランキン保安官助手」

「記録してる暇がなかったんです。だから、その――」

「興奮してたから」とボズが言った。「本当です」

エドが言った。「現金の袋を調べてください。レスターの指紋がべったりついてるはずだから」

「もう調べたよ」とビゲローはマクドナルドの店員のようにそっけなく言った。「そんなものはなかった。見つかったのはきみたちの指紋だけだ。それにきみの車のグローブボックスにはクロムめっきした三八口径が入っていた。弾道学的に強盗で使われた銃と一致する。ああ、それからスキーマスクも見つかった。現金輸送車のなかで発見された繊維と同じものだった」

「待ってくれ……はめられたんだ。それだけじゃ裁判には持ち込めない。状況証拠だけじゃ！」

「いや、それだけではない。目撃者もいる」

「目撃者？」ボズは廊下のほうをちらっと見た。

「ネイト、きょうの午後、強盗事件の直後にきみの家の近くの河原を歩いていたのはこの二人だね？」

ネイトはボズを見て、それからエドを見た。「はい、そうです。この二人です」

「でたらめ言いやがって！」とエドが叫んだ。

「そのときも制服を着ていたんだろう？」

「ええ、いま着てるのと同じものを」

「いったいどういうことだよ？」とボズが吐き捨てるように言った。

エドは一瞬息を止めてから、憎しみを込めてネイトをにらんだ。「おまえってやつは卑怯な――」

ビゲローが言った。「いいかな、これからきみたちをアーリントンの連邦拘置所に護送する。そこから弁護人に連絡をとることができる」

「ネイトの話は大嘘だ」とボズが叫んだ。「こいつはおれたちに茂みのなかにいたのが誰かわからなかったと言ったんだ」

ビゲローはいよいよ苦笑いを浮かべた。「それは、きみたちを見たとは言いにくかったからじゃないのか？　二人の乱暴者が銃と警棒を持って眼の前に立ってたんだから。あまりに怯えていて、ネイトは私たちにさえなかなか本当のことを話せなかったぐらい

だ」

「そうじゃない、聞いてくれ」とエドが懇願するように言った。「あんたたちはわかってないんだよ。こいつはおれたちに復讐しようとしてるんだ。高校時代にいじめられたのをいまだに根に持ってて」

ビゲローの隣にいた捜査官が蔑《さげす》むように笑った。「お粗末な言い訳だな」

「二人を車に乗せろ」

エドとボズが部屋から連れ出されると、ビゲローは部下にレスターの手錠をはずすように言った。「帰っていいぞ」

痩せぎすの男は卑屈な眼で部屋のなかを見まわしてから、いかにももったいぶった足取りで出ていった。

「帰っていいかな?」とネイトが尋ねた。

「ああ、もちろんだ」ビゲローはネイトと握手した。「さぞかし長い一日だったろう」


ネイト・スポーダはプレイヤーにCDをセットして、再生ボタンを押した。

夜遅くにはたいていドビュッシーかラヴェルを聴く。なんとなく気持ちが落ち着くのだ。けれども、今夜はセルゲイ・プロコフィエフにした。荒々しく、気持ちが高揚する音楽。それはネイトのいまの気分そのものだった。

普段、ネイトは一日じゅう、フロントポーチに据えつけた千ドルのスピーカーから流

れるクラシック音楽を聴いていた。そうして、町の誰かがその音楽を〝悪魔の音楽〟と言っていたのを耳にしたときのことを思い出しては、一人で大笑いしていた。悪魔を祝う音楽とはどんなものを指すのかはわからなかったが、噂を立てた穀物業者が立ち聞きしたのはラフマニノフだった。

ガース・ブルックスじゃなくて悪かったな……。

ネイトは家のなかの電気を消して歩いた。ミロとジャクソン・ポラックの絵を照らしている照明を除いてすべて。それもまた、いまの気分に合わせてのことだ。数日後にはパリに行かなくてはならない。美術商をやっている友人がピカソの小さな作品を二点手に入れて、まずはネイトに選ばせてくれる約束だった。ジャネットのことも恋しかった。彼女とはもう一か月も会っていなかった。

ネイトはポーチに出た。

真夜中近かった。母親のロッキングチェア——ケネディ大統領が愛用したものと同型のもの——に座り、空を見上げる。この時期、シェナンドア渓谷の空にはたいていもやがかかっていて、夜空がきれいに見えることはほとんどない。町の名前をカルドンではなく大釜《カルドレン》にしたほうがいいというジョークまであるぐらいだ。だが、今夜は黒い森は黒い楽園に変わり、頭上には輝く星をちりばめた天蓋が広がっていた。ネイトはしばらく空を見上げ、月と星座の世界を堪能した。

すると、足音が聞こえ、ややあって、一つの人影が小径をのぼってくるのが見えた。

「おお」とネイトが声をかけた。

「ああ」とレスター・ボッツが応じた。レスターは息を切らせて階段をのぼると、灰色のポーチの上に重そうなキャンヴァス地の袋を四つ下ろした。それからいつものように座った。椅子にではなく、柱を背もたれにしてポーチに腰を下ろした。

「九万ドル以上置いておいたんだな」とネイトが言った。

「すまない」レスターが身を縮めて、ボスにへつらうように言った。「数えまちがえちまって」

ネイトは声をあげて笑った。「それがかえって良かったのかもしれない」洞穴と逃走車のなかに三、四万ドル残しておけば、エドとボズは食いついてくるにちがいないとネイトは考えていた。年収の二倍、しかも非課税の金を眼の前でちらつかせれば、十中八九相手を意のままに操ることができる。だが、これだけ大きな仕事となれば、餌を余分に撒いておいても損はない。

それでも、ネイトとレスターの手元にはまだ四十万ドルほど残っていた。

「しばらくは使わないほうがいいよな？　現金だけど」とレスターが言った。

「ああ、この件はとくに慎重を要する」とネイトは言った。本当なら、ヴァージニアでは仕事はしないというのがルールなのだから。仕事をするのはニューヨークやカリフォルニアやフロリダと決めていた。だが、ワシントンDCの仲間から、この町の警備会社が現金をルーレイの新しい銀行に輸送すると聞かされては我慢できなかった。ネイトに

は警備員が脳無しで、町工場の給料日に小切手の現金化を監視する作業ぐらいしかしていないのはわかっていた。もちろん金にもそそられた。だが、最終的にこの仕事をしようと決めたのは、計画に軽率な二人の協力者が必要だったからだ。法の執行に関わる者ならそれこそ持ってこいだった。誰をカモにするかで迷うことはなかった。学生時代の恨みは、自分をふった女同様、簡単に忘れられるものではない。

「撃つしかなかったのか？」とネイトは尋ねた。〝警備員を〟という意味だ。よほどの理由がないかぎり銃は撃たないというのもルールの一つだった。

「あの警備員はまだガキだったから。尻からグロックを抜くような素振りを見せた。でも、慎重にやったから大丈夫。肋骨が一、二本折れただけだろう」

ネイトは空を見上げながらうなずいた。流れ星を探したが見つからなかった。

「あいつらに悪いことをしたと思ってるのか？」とややあってレスターが尋ねた。

「あいつら？　警備員か？」

「エドとボズだよ」

ネイトはしばらく考えた。音楽。夏の終わりの夜気のにおい。リズミカルなシンフォニーを奏でる虫とカエルの鳴き声。そういったものがネイトを哲学的にした。「ボズが言ったことを考えてたんだ。あの二人とおれの見解の相違ってやつを。ボズは事件の話をしてたわけだが、でも、あいつが本当に言いたかったのはおれの人生とあいつらの人生についてだったんだろう。あいつがそれを意識してたにしろ、してなかったにしろ」

「そこまで頭がまわるとは思えないがな」

「でも、そういうことだったんだ」ネイトは考えた。「すべては見解の相違に尽きる。おれとあいつらのちがいは……おれには見解の相違を受け入れられたってことだ。あの二人が、高校時代も、卒業後もおれにかまわず自分たちの世界で生きていてくれさえすれば。でも、あいつらにはそれができなかった。ああ、これっぽちも。何かにつけて見解の相違を見つけては、ほじくりだした。そのばちがあたったんだな。自業自得だよ。」

「まあ、今回の件については見解が合わなかったのが功を奏したというわけだ」とレスターが感慨深げに言った。「見解の相違に乾杯だな」

「見解の相違に乾杯」

二人はビールの缶を掲げてから、中身を咽喉に流し込んだ。

ネイトは身を乗り出して、現金をきっちりと二つの山に分けていった。

三角関係

TRIANGLE

「ボルチモア、行こうかな」

「え……？」彼女が彼を見る。

「今度の週末のこと。ここでクリスティのウェディング・シャワーをやるんだろ」

「じゃ……」

「ぼくはダグに会いに行くよ」彼は答えた。

「ほんと？」モー・アンダーソンは、真っ赤なマニキュアを塗った爪を丹念に点検していた。彼はその色をきらっていたが、何も言わなかった。モーが続けた。「女ばかり大勢集まるから……あなたにはたぶん退屈よ。メリーランド旅行のほうがずっといいと思う。きっと楽しいわ」

「そうだね」ピート・アンダーソンは答えた。ウェストチェスター郡郊外に建つ中二階付きの自宅の玄関ポーチに、モーと向かい合って座っていた。六月の空気は、モーが春の初めに植えたジャスミンの香りに満ちている。以前はその香りが好きだった。しかしいまは、吐き気さえもよおす。

モーは塗ったばかりの爪の表面に刷毛《はけ》の跡が残っていないか確かめながら、彼がダグに会いに出かけると聞いてもまるで関心がないようなふりをしていた。ダグはモーの会社の上司、東海岸地区全体を統括する〝重要人物〟だ。モーとピートは、そのダグから田舎の別荘に誘われていたが、ちょうどその週末、モーは姪《めい》の結婚祝いのパーティを計画していた。すると、ダグはピートに言った。「じゃあ、きみ一人で来たらどうかな？」

ピートは、考えておくと答えた。

彼が一人で行くつもりだと聞いても、モーはまったく興味がなさそうな顔をしていた。だが、大根役者もいいところだった。本心では小躍りしているのが見えみえだ。その理由もわかっている。しかしピートは、蛍を目で追っただけで、黙っていた。何も気づいていないふりをした。モーとちがって、彼はちゃんと芝居ができる。

沈黙が続いた。それぞれ飲み物を口に運ぶ。プラスチックのグラスのなかで、氷がくぐもった音を立てた。夏の始まりの一日だった。前庭を飛び交う蛍は、千匹はいそうだ。

「週末はガレージを整頓する約束をしてたね」彼は軽く顔をしかめて言った。「だけど――」

「いいのよ、それはまた今度にして。ぜひ行ってらっしゃいよ、メリーランドに」

そうだろう、ぜひとも行ってもらいたいんだろう。ピートはそう思ったが、口には出さなかった。このところ、思うだけで口に出さないことが増えている。

汗が出た。暑さからというより、興奮から。ナプキンを取って、額と短く刈った金髪を拭った。

電話が鳴った。モーが出た。

モーはすぐに戻ってきた。「お父さんから」いつもどおりの苦々しげな声。腰を下ろして、それきり口を開かない。無言でグラスを取ると、爪の点検を再開した。

ピートは立ち上がってキッチンに行った。父はウィスコンシン州のミシガン湖のほと

りの町に住んでいる。父のことは愛していた。もっとそばで暮らせればいいのにと思う。しかしモーは父を心底きらっていて、ピートが父のところに泊まりに行こうとしようものなら、文句たらたらだった。ピートには、モーと父のそりが合わないわけはいまひとつ理解できない。しかし、父を冷淡に扱っておいてその理由をきちんと説明しないモーの態度には、猛烈に腹が立った。

ピートを盾にするような態度にも腹が立つ。父親なんかがいて申し訳ないと言いたくなることさえあった。

父と話をするのは楽しかったが、たった五分で電話を切り上げた。父と話すのをモーがいやがっているのがわかったからだ。

ピートはポーチに出た。「土曜日。土曜日にダグに会いに行くよ」

モーが言った。「そうね、土曜日ならちょうどいいと思うわ」

ちょうどいい《ファイン》……。

二人は家のなかに入り、しばらくテレビを眺めた。十一時になると、モーは腕時計を確かめて伸びをした。「もう遅いわ。ベッドに入る時間よ」

モーがベッドに入る時間だと宣言したら、ベッドに入るしかない。

その夜、モーが眠ったころあいを見計らって、ピートは一階の書斎に下りた。造り付けの書棚に並んだ本の奥に手を差し入れ、封をした大きな封筒を取り出す。

地下の工作室に行き、封筒を開けてなかの本を抜き出した。タイトルは『三角関係』。近所の古本屋の犯罪実録もののコーナーで、現実に起きた殺人事件について書かれたノンフィクションを二十冊近くぱらぱらとめくったあと、これを見つけた。これまで万引きしたことなど一度もなかった。だがその日にかぎっては、店内を見まわすと、本をウィンドブレーカーの下に隠し、何食わぬ顔で店を出た。盗むしかなかった。すべてが計画どおりに進んだ場合、彼がこの本を買ったことを古本屋のレジ係が記憶していて、警察がそれを証拠とするかもしれないと怖れたからだ。

『三角関係』は、コロラドスプリングスのある夫婦の実話だった。妻はロイという名の夫がありながら、別の男ハンクとも関係を持っていた。ハンクは地元の大工で、夫婦とは家族ぐるみのつきあいがあった。妻の不倫を知ったロイは、ハンクが山にハイキングに出かける機会を待って、背後から忍び寄ると、ハンクを崖から突き落とした。ハンクは木の根にしがみついたが、やがて力尽きた――あるいは、ロイがその手を打ち砕いたのかもしれない。真相はいまだ判明していなかった。ハンクは三十六メートル下の谷底の岩に叩きつけられて死んだ。ロイは家に帰り、妻と酒を飲みながら待った。ハンクの死を伝える電話を。不倫相手の死を知った瞬間の妻の反応を。

ピートは犯罪にはまるで詳しくない。せいぜいテレビや映画から得た知識があるだけだ。テレビや映画に出てくる犯罪者はそろってあまり利口でなく、かならず善玉に捕まった。善玉のほうも、頭の回転という点では悪党とさほどちがいがなさそうな場合でも

だ。しかし、コロラドで起きた事件は、利口な犯罪だった。凶器はない。手がかりもほとんど残していない。ロイが逮捕されたたった一つの理由は、目撃者の有無を確かめるのを忘れたせいだった。

——殺人者がもし、ほんのわずかな時間を割いて周囲を見まわしていたら、キャンプに来ていた人々に気づいたことだろう。彼らがいあわせた場所からは、絶壁に必死にしがみついているハンク・ギブソンの姿がよく見通せた。悲鳴をあげながら落ちていくところも、そして、崖の縁に立って見下ろしていたロイの姿も……。

『三角関係』はピートのバイブルとなった。隅から隅まで舐めるように読んだ——ロイがどのように犯行計画を立てたかを知り、警察はどういった捜査を行なったかを学ぶために。

今夜、モーが眠っている間に、ピートは『三角関係』を再度通読した。下線を引いた箇所にはとくに注意を払った。それから一階の書斎に戻ってスーツケースの底に本をしまい、スーツケースをソファの上に置くと、もやにかすんだ夏の星空を窓から見上げながら、今回のメリーランド旅行についてあらゆる角度から考察した。

捕まりたくないからだ。ロイのように、この先一生を塀のなかで暮らすなどごめんだからだ。

むろん、リスクは付き物だ。そのことは理解している。だが、どんなことがあろうと実行するつもりでいた。

ダグは死ななければならない。

もう何か月も前から、モーがダグと出会った直後から、心のどこか奥のほうで、ずっとそう考えていたことにあらためて気づく。

モーはある製薬会社のウェストチェスター支社で働いていた。ダグはその同じ製薬会社で営業部長をしていて、オフィスはボルチモアに置かれた本社にある。二人が知り合ったのは、ニューヨーク支社で開かれた販売会議にダグが出席したときのことだった。ピートがあやしいと思い始めたのは、モーが〝会社の人〟と食事をすると話しただけで、相手の名前は言わなかった。モーは、ピートがあやしいと思い始めたのは、モーがちょっと気になる上司がいると女友だちに電話で話しているのが聞こえてしまったときからだった。モーは、ピートが話し声の届くところに立っていることに気づくと、すぐに話題を変えた。

それからの数か月、モーは上の空でいることが多くなり、ピートに対する関心は少しずつ薄れていった。それに反比例するように、ダグの名前が出る回数は増えた。

ある晩、ピートはダグのことを尋ねた。

「ダグ？」モーはいらだった口調で答えた。「会社のボスよ。いいお友だちでもあるわ。それだけのこと。友だちを作っちゃいけないとでも？　そのくらい許されるでしょう？」

モーが電話やインターネットを使っている時間はしだいに長くなった。ボルチモアにかけているのか、電話の請求書で確かめようとしたが、モーが隠したか捨てたかしたら

しく、見つからなかった。モーの電子メールものぞき見ようとした。しかし、モーはパスワードを変更していた。しかし、コンピューターの扱いはお手の物だ。ピートはやすやすとモーのアカウントに侵入した。ところが、いざ電子メールを読もうとすると、メインサーバーからすべて削除されていた。

頭に血が昇った。コンピューターを叩き壊しかけたほどだった。

やがて、モーはダグが出張でウェストチェスター支社に来た折りに自宅へ夕食に招くようになった。ピートはそのたびに困惑させられた。ダグはモーより年上で、どちらかと言えば太りぎみの体形をしていた。人当たりはよかった——ただし、ピートの意見では、不愉快な種類の愛想のよさだった。まったく、最悪だ……三人で食卓を囲み、おそらくダグはモーからピートの関心事を聞いているのだろう、彼の歓心を買おうとコンピューターやスポーツについてあれこれ尋ねる。だが、雰囲気はぎこちなく、ダグがピートのことなどこれっぽっちも気にかけていないのは明らかだった。ダグはピートが見ていないと思って、モーのほうにちらちらと目を走らせてばかりいた。

そのころには、朝から晩までモーの行動にアンテナを向けるようになっていた。友だちとスポーツ観戦に出かけたふりをして、予告したより早く帰宅してみると、モーも外出していたことが何度もあった。そういう日、モーは夜の八時とか九時とかに帰ってきて、彼が家にいるとは思っていなかったのだろう、あわてた顔で残業してきたと言い訳をした。しかし、モーはたかだか事務員にすぎない。ダグと知り合うまでは、五時を過

ぎても仕事をしていることなどほとんどなかった。一度、モーが会社で残業していたと言い張ったとき、ボルチモアのダグの番号にかけてみたことがある。留守番電話の応答メッセージによれば、ダグは出張中で、帰りは数日後になるということだった。

変化は日常のあらゆるところに表れた。モーとピートは夕食は毎日一緒にとったが、食卓の空気は前とはちがっていた。ピクニックに行くこともなくなったし、夜の散歩の習慣もなくなった。ポーチに並んで腰を下ろし、蛍を眺めたり、旅行の計画を練ったりすることもなくなった。

「どうも好きになれないな」ピートは言った。「ダグのことだけど」

「やきもちならやめて。ダグはいいお友だちよ。それだけ。彼は私たちといると楽しいと言ってくれてるわ」

「いや、ぼくのことはきらってる」

「まさか、きらってなんかいないわよ。心配しないの」

しかしピートは心配した。先月、彼女の財布の内側に貼られたポストイットを見つけてからは、いよいよ心配になった。ポストイットには、こう書かれていた――〝D・G日曜　モーテル　午後二時〟。

ダグの姓はグラントだ。

問題の日曜の朝、モーが「ちょっと出かけてくるわね」と言ったとき、ピートはつとめて無表情をよそおった。

「どこに？」

「買い物。五時までには帰るから」

どこの店に行くのか問い詰めようかとも考えたが、やめておいたほうが無難だと思い直した。モーに警戒されるかもしれない。そこで、ほがらかに送り出した。「わかった。じゃ、またあとで」

モーの車が私道から出ていくなり、ピートは一帯のモーテルに端から電話をかけ、ダグラス・グラントの部屋につないでくれるよう頼んだ。

〈ウェストチェスター・モーター・イン〉のフロント係が「お待ちください。すぐにおつなぎします」と応じた。

ピートは急いで電話を切った。

十五分後には当のモーテルにいた。やっぱり。部屋の一つの前に、モーの車が停まっていた。ピートは忍び足で部屋に近づいた。カーテンが引かれていて、明かりは灯っていなかったが、窓が少しだけ開いていた。会話の断片が漏れ聞こえてくる。

「そいつは興ざめだな」

「何のこと……？」モーの声だ。

「その色だよ。マニキュアは赤がいい。セクシーだからね。いまつけてるその色は興ざめだ。何色って言うんだ？」

「ピーチ」

「真っ赤がいい」ダグが言う。

「わかった。今度からね」

笑い声が聞こえた。次に長い沈黙が続いた。ピートは室内をのぞこうとしたが、何も見えなかった。しばらくして、モーの声が聞こえた。「相談があるの。ピートのこと」

「あれは何か勘づいてるな」ダグが言った。「まちがいない」

「最近じゃ、まるでスパイよ」その声には、ピートの大きらいなあのとげとげしい調子が感じ取れた。「絞め殺してやりたくなることがあるくらい」

その言葉を聞いて、ピートは目を閉じた。二度とまぶたが開かないのではないかと思うほど、きつく。

缶を開ける音がした。ビールだろう。

ダグの声。「もしばれたら？」

「ばれたら？　いま誰かとつきあってることがばれたら、扶養手当がどうなると思う？　いっさいもらえなくなるのよ。だから用心しなくちゃ。生活レベルを落としたくないの」

「じゃ、どうする？」

「いろいろ考えたんだけど。あなたが彼をどうにかすべきだと思う」

「どうにかする？」ダグの声にもとげとげしさが忍びこんだ。「天国への片道切符でもやれってのか……？」

「よして」

「悪かった、ベイビー。冗談だよ。しかし、どうにかするって、たとえば……？」

「仲よくなるのよ」

「おいおい、勘弁してくれよ」

「あなたはただの上司だってことを証明してみせるの」

ダグは笑った。そして低いささやくような声で言った。「どうだ、こんなことをされてもただの上司だって言い張るか？」

モーも笑った。「やめてよ。まじめな話なんだから」

「で、何をすればいい？　野球観戦にでも誘うか？」

「そんな程度じゃだめ。あなたの別荘に招待して」

「ふん、そいつはさぞかし楽しいことだろうな」モーがときどき使うのと同じ、皮肉な口調だった。

モーが続けた。「そうだ、いいことを思いついた。わたしたち二人を誘ってちょうだい――姪のウェディング・シャワーを開く週末を指定して。わたしは行かれないけど、ピートは一人で行くかもしれない。あなたたち二人で盛大に遊ぶといいわ。ついでに恋人がいるお芝居でもしておいて」

「そんなことしても信じないだろう」

「ピートはね、コンピューターとスポーツのこと以外は何もわからないの。それ以外で

はただのおばかさんなのよ」

ピートは両手を握り締めた。親指を捻挫しそうになった――バスケットボールの試合中に突き指したときのように。

「つまり、彼を好きだというふりをしなくてはならないわけか」

「そうよ、まさにそう。たいしたことじゃないでしょ？」

「なあ、別の週末にしよう。きみも一緒に来られるときに」

「だめ」モーが言った。「あなたといて、他人行儀になんてとてもしていられないもの」

短い沈黙。やがてダグの声が聞こえた。「ふう。しかたないな。誘ってみるか」

ソーダの空き缶が三つ転がった黄色く枯れた芝生の上にうずくまっていたピートは、怒りに全身を震わせた。叫びだしそうになるのを意志の力を結集してこらえた。

急いで家に帰ると、書斎のソファに倒れこみ、試合中継を眺めた。

モーが帰ってきたときは――約束の五時をとうにまわって六時半になっていた――うたた寝をしているふりをした。

その晩、決意を固めた。翌日、古本屋に出かけて、『三角関係』を盗み出した。

土曜日、モーに送られて空港に行った。

「二人で思いきりはじけてきてね」

「もちろん」ピートは上機嫌に答えた。本当に上機嫌だったからだ。「きっと愉快だろ

うな」

——事件当日、妻と浮気相手がマウンテン・ヴュー・ロッジの部屋でワインを味わっているころ、ロイは同僚と昼食をとっていた。匿名を希望するこの同僚によれば、ロイは珍しく上機嫌だったという。ふだんの憂鬱な様子は消えて、もとの快活さを取り戻したように見えた。

愉快《ファイン》、愉快、愉快……。

モーがキスをして、きつく抱き締めた。ピートはキスは返さなかったが、名優ぶりを発揮しなければならないことを思い出して、抱擁には応えた。

「ね、楽しみになってきたんでしょ」モーが訊いた。

「そうだね、楽しみだよ」ピートは言った。それは事実だった。

「愛してるわ」モーが言う。

「ぼくも愛してる」ピートは答えた。これは事実ではなかった。彼女が憎かった。飛行機が定刻どおりに出発してくれることを祈った。必要以上にここで彼女と一緒に待っていたくない。

金髪の美人フライトアテンダントが何かとピートの世話を焼いた。ピートにとってはいつものことだった。どこへ行っても女性にちやほやされる。キュートだとか、ハンサムだとか、チャーミングだとかいった褒め言葉はもう聞き飽きるほど聞かされている。女性たちは、彼のほうに身を乗り出してきてはそう言う。腕に触れて、あるいは肩に手

を置いて。しかしきょうのピートは、フライトアテンダントの質問にも、すべてイエスかノーでそっけなく答えた。そして『三角関係』を読み続けた。下線を引いた箇所をおさらいする。記憶に刻みつける。

指紋について学んだ。証人に対する事情聴取について。足跡や微細証拠物件について。理解できないことも多かったが、警察がどれだけ利口であるかはわかったし、ダグを殺して捕まらずにすませたいなら、よほど慎重にならなければいけないこともわかった。

「そろそろ着陸です」フライトアテンダントの声がした。「シートベルトを締めてくださいね」そう言って彼に微笑みかける。

ピートはベルトを締めると、すぐに読書に戻った。

――ハンク・ギブソンは、およそ三十六メートル落下した。右体側から着地し、人体に二百以上ある骨のうち七十七本が折れた。折れた肋骨が主要臓器を貫通し、頭骨の片側半分がつぶれた。

「ボルチモアへようこそ。当地の現在時刻は十二時二十五分です」フライトアテンダントのアナウンスが聞こえた。「飛行機が完全に停止して、シートベルト着用サインが消えるまで、ベルトをお締めになったまま、お席をお立ちにならぬようお願い申し上げます。ご搭乗まことにありがとうございました」

――検死医の推測によれば、ハンクは時速およそ百三十キロで地面に衝突し、ほぼ即死したものと思われる。

ボルチモアへようこそ……。

空港でダグが出迎えた。握手を交わす。

「どうだ、調子は？」ダグが訊いた。

「まあまあだよ」

不思議な気分だった。モーは知り尽くしているが、ピートはほとんど何も知らない相手と、週末を一緒に過ごす。

ほとんど何も知らない相手と、ハイキングに行く。

ほとんど何も知らない相手を、殺す……。

ダグと並んで歩きだした。

「ビールとカニで一杯やりたい気分だな」車に乗りこむと、ダグが言った。「腹減ってるだろ？」

「ぺこぺこだ」

ウォーターフロントに向かい、古びた食堂に入った。いやな臭いがした。レトリーバーの仔犬のランドルフがカーペットに粗相をしたときにモーが使う洗剤みたいな臭いだった。

ダグはテーブルに案内されもしないうちからウェイトレスに口笛を吹いた。「よう、ハニー。大の男二人が相手だぞ。覚悟しな」そう言って、モーにも何度か向けたことの

あるいやらしい笑みを浮かべた。ピートは目をそらした。ばつが悪いだけではなかった。心の底から軽蔑を感じた。

食事が運ばれてくると、ダグはいくらかおとなしくなったが、それは食べるのに忙しかったからというより、ビールを飲んだせいだろう。夜、ワインをグラス三杯飲んだころのモーと同じだった。

ピートはほとんど口を開かなかった。ダグは快活にふるまおうとしている。ひたすらしゃべり続けているが、内容はどこまでいってもくだらない。ピートは聞き流すことにした。

「そうだ、あとでガールフレンドに電話してみよう」ダグが唐突に言った。「きみに会いたがるかもしれないからな」

「ガールフレンド？　名前は？」

「ええっと、キャシーだ」

ウェイトレスの名札にはこうあった――〝いらっしゃいませ、キャサリンです〟。

「ぜひ会いたいな」ピートは言った。

「そうだ、この週末は旅行に行くようなことを言ってたっけ」ダグはピートの目を見ようとしなかった。「まあ、とにかく電話するだけしてみよう」

――コンピューターとスポーツのこと以外は何もわからないの。それ以外ではただのおばかさんなのよ……。

ようやくダグが腕時計を見て訊いた。「さてと、このあとは何をしようか」

ピートはちょっと考えこむをふりをした。「ハイキングができるようなところはあるかな」

「ハイキング？」

「このへんにハイキングコースみたいなものは？」

ダグはビールを飲み干し、首を振った。「ないな。知ってるかぎりでは、この近くにはない」

ふたたび猛烈な怒りがわきあがった。両手が震える。血が頭に駆けのぼる音が聞こえるようだった。それでも、表情にはいっさい出さず、考えた。さあ、どうする？　ダグはこっちの提案に諾々と従うものと思っていた。理想的な断崖があるものと思っていた。

――ハンクは時速およそ百三十キロで地面に衝突し……。

しかし、ダグの返事にはまだ先があった。「アウトドアで何かしたいなら、狩りに行くっていうのはどうだろう」

「狩り？」

「大物のシーズンじゃないがね」ダグは答えた。「野ウサギやリスでよければ年中無休だ」

「そうだな――」

「銃もちょうど二丁ある」

ピートは一瞬迷ったが、すぐにうなずいた。「わかった。狩りに行こう」

「射撃の経験は？」ダグが尋ねた。

「あんまり」

実際には、ピートは射撃の名手だった。弾のこめかたや銃の手入れ、扱いかたなどは、父から教わった（〝撃つつもりがないときは、絶対に銃口をものに向けてはいけない〟）。しかし、ピートは銃に詳しいことをダグに知られたくなかった。そこで二二口径のちっぽけな銃を使ったダグの講釈に黙って耳を傾けた。弾のこめかた。スライドを引けば撃鉄が起きること。安全装置のありか。

ぼくはモーなんかよりずっと優秀な役者だからね。

そこはダグの別荘だった。なかなか豪華だった。森のなかの邸宅で、石の壁とガラスが多用されている。家具は、モーとピートの家にあるような安物ではない。ほとんどがアンティークだ。

そのことがピートをなおも憂鬱にさせた。怒りをあおりたてた。モーがお金が大好きなこと、たとえダグのような薄っぺらな男であろうと、金を持っている人間が好きなことを知っているからだ。ダグの美しい別荘を一目見た瞬間、もしモーがこの建物を見たら、ますますダグに夢中になるだろうと確信した。そして、モーはもうここに来たのだろうかと思った。数か月前、ピートは泊まりがけでウィスコンシンに住む父やいとこた

ちに会いにいった。ひょっとしたらあのとき、モーはここに来てダグと夜を過ごしたのかもしれない。

「よし」ダグが言った。「用意はいいか？」

「狩りはどこで？」ピートは訊いた。

「ここから二キロと行かないところに、手ごろな野原がある。狩猟禁止の掲示はない。獲物がいれば、自由に撃てる」

「いいね」ピートは言った。

車に乗りこむ。ダグが運転して通りに出た。

「シートベルトをしたほうがいいぞ」ダグが警告するように言った。「おれの運転は荒いので有名だ」

ピートは広大な野原を見まわしていた。

人っ子一人いない。

「どうした？」ダグが訊いた。ピートの様子をじっと観察していたらしい。

「静かだって言ったんだ」

しかも人はいない。目撃者はいない。『三角関係』のロイの計画をだいなしにしたような目撃者はいない。

「誰も知らない野原だからな。おれ一人でここを見つけた」ダグはいかにも誇らしげだ

った。まるで癌の治療法を発見したとでもいうように。「さてと」ライフルを持ち上げ、引き金を絞る。

ぱん……。

十メートルほど先に転がっていた缶を狙ったが、弾ははずれた。

「ちょいとなまってるな」ダグは言った。「けど、なあ、なかなか楽しいだろ？」

「そうだね」ピートは答えた。

ダグはまた発砲した。三発。最後の弾が缶に命中した。缶が高く跳ね上がる。「当たったぞ！」

ダグは弾をこめ直した。二人は丈の高い草や茂みをかきわけて歩きだした。

五分ほど歩いた。

「あの石」ダグが言った。「あそこのあの石に当てられるか？」

ダグは六メートルほど先の白い石を指さしていた。ピートは楽勝だと思ったが、わざとはずした。クリップが空になるまで撃った。

「悪くない」ダグが言う。「最後の何発かは惜しかったな」それが当てこすりだということはピートにもわかった。

弾をこめ直し、さらに草のなかを歩いた。

「ところで」ダグが言った。「モーは元気かい？」

「元気《ファイン》だよ。元気だ」

モーが落ちこんでいるとき、ピートが大丈夫かと尋ねると、モーはいつも答えた。

「平気《ファイン》よ、平気」

それは文字どおりの返答ではなかった。あなたには何も話したくないという意味だった。あなたに隠し事をしてるの。もうあなたを愛してないの。

倒木を何本かまたいで、斜面を下り始めた。草の間に青い花やデイジーが咲いていた。モーの趣味はガーデニングで、よく植木屋に苗を買いにいく。たまに何も持たずに帰ってくることがあって、ピートは疑い始めた。実はダグに会いにいっているのではないか。またしても怒りがこみあげた。両手が汗ばむ。思わず歯ぎしりをしていた。

「車は修理したのか？」ダグが訊いた。「トランスミッションがいかれたようなことを聞いたが」

どうしてそんなことを知ってるんだ？　車が故障したのは、ほんの四日前のことだった。ダグが町に来ていたのに、ピートは気がつかなかったということか？　ダグはピートにちらりと目をやって、質問を繰り返した。

ピートは目をしばたたかせた。「ああ、車ね。もう直ってる。修理に出したんだ」

そう答えた瞬間、ふと心が軽くなった。モーとダグはきのうは話をしていないということではないか。話をしていれば、車を修理したことを知っているはずだ。

いや、しかし、ダグが嘘をついているとも考えられる。実際には話をしたのに、修理

の件を聞いていないふりをしているのかもしれない。

ダグの肉づきのいい顔を見つめた。信じていいのかどうかわからない。悪気のなさそうな人物に見えるが、そういう人物こそもっとも罪深い場合もあることを、ピートは経験から学んでいた。『三角関係』の夫ロイは、教会の聖歌隊を指導していたという。本に掲載された写真のにこやかな微笑みを浮かべた顔は、とても殺人者のものとは思えない。

本のことを考える。殺しのことを考える。

ピートは野原に目を走らせた。いいぞ、あれだ……十五メートルほど先のあそこ。フェンスがある。高さは一メートル半ほど。ちょうどいい。

ちょうどいい《ファイン》。

元気《ファイン》。モー……。

モーはピートよりもダグを愛している。

「何を探してる？」ダグが訊いた。

「撃つもの」

内心で訂正した。目撃者だ。ぼくが探してるのは、目撃者だ。

「あっちに行ってみよう」ピートはフェンスのほうに歩きだした。

ダグは肩をすくめた。「いいだろう」

ピートは近づいてくるフェンスを観察した。二メートル半ごとに打たれた杭。その間

に、錆びた針金が五本張られている。

乗り越えるのは簡単ではなかったが、これまで見かけたものとちがって、有刺鉄線ではない。それに、乗り越えるのが簡単すぎてはかえって不都合だ。彼は考えていた。計画を練っていた。

——ロイは何週間も前から殺人計画を練っていた。目を覚ましている時間はずっとそのことを考えていた。地図や図面を描き、細部に至るまで綿密に計画した。少なくともロイの頭のなかでは、それは完全犯罪だった……。

ピートは訊いた。「ガールフレンドの仕事は？」

「おれのガールフレンドのことか？　ボルチモアで働いてる」

「へえ。何をして？」

「事務をしてる。大きな会社の」

「へえ」

フェンスはもう目の前だ。ピートは尋ねた。「離婚したんだって？　モーから聞いた」

「そうだ。ベティとは二年前に別れた」

「いまでも会うのかな」

「誰と？　ベティとか？　いや。お互い別々の道を歩んでるってやつだな」

「子どもは？」

「いない」

当然だろう。子どもがいれば、子どものことを考えなければならない。しじゅう自分のことばかり考えているわけにはいかない。

ダグみたいに。

モーみたいに。

ピートはまたあたりに視線をめぐらせた。リスを探して。野ウサギを探して。目撃者を探して。

そのとき、ダグが立ち止まった。同じように周囲に目を走らせている。何をしているのだろうとピートは首をかしげた。が、まもなくダグはナップザックから瓶ビールを取り出すと、一息に飲み干し、瓶をそのへんに捨てた。

「何か飲むか？」ダグが訊く。

「いらない」ピートは答えた。発見されるとき、ダグが少々酔っ払っていてくれると助かる。警察は血液を調べるはずだ。本のなかでは調べていた。遺体の残骸（何と言っても、時速百三十キロで地面に激突したのだ）が運びこまれたコロラドスプリングスの病院で、事件当時ハンクが飲酒していたことが判明したのは、だからだった――血中のアルコール濃度を検査したからだ。

フェンスまであと五メートル。

「あ、あそこ」ピートは言った。「あそこだ。ほら」フェンスの向こう側の草むらを指さした。

「何だ?」ダグが訊いた。

「野ウサギが何匹か見えた」

「ほんとか? どこだ?」

「ほら、あそこだ。行こう」

「よし。行こう」ダグが言った。

フェンスに歩み寄った。突然、ダグが手を伸ばしてピートのライフルをつかんだ。

「フェンスを乗り越える間、持っててやろう。そのほうが安全だ」

くそ……ピートは戦慄に凍りついた。ダグは、こちらが考えていたまさにそのとおりのことをしようとしている。ピートの計画では、ピートがダグのライフルを持っていてやろうと申し出ることになっていた。そしてダグがフェンスのてっぺんまでのぼったところで、撃つ。ダグが銃を持ったままフェンスを乗り越えようとして過って取り落とし、銃が暴発したように見せかける。

――ロイは、事故と思われる出来事はおそらく事故であるという、警察の古くからの常識を利用しようとしていた……。

ピートは動かなかった。ダグの目に奇妙な光を見たような気がした。悪意を帯びたあざけり。それはモーの表情を思い起こさせた。その目を見ただけで、ダグがどれほど彼を憎み、どれだけモーを愛しているかを痛感した。

「ぼくに先に行けって?」ピートは訊いた。その場から動こうとしなかった。逃げるべ

きかを考えていた。

「ああ、先に行けよ」ダグが答えた。「きみが向こう側に下りたら、二丁とも渡す」ダグの目はこう言っていた。フェンスを越えるのが怖いのか？　おれに背を向けるのが怖いのか、え？

そうだ、ダグもあたりを見まわしていた。ピートと同じように。

目撃者を探していたのだ。

「行けよ」ダグがうながす。

恐怖から両手を震わせながら、ピートはフェンスをのぼり始めた。考える。おしまいだ。撃たれる。先月のあのモーテルの会話にはきっとまだ先があったんだ！　ダグとモーは、あのあと計画を話し合ったんだ。別荘にぼくを誘い、愛想よくふるまっておいて、ぼくを撃ち殺す計画を。

狩りに行こうと言いだしたのは、そう、ダグだった。

もしここで逃げたら、追いかけてきて撃つだろう。撃たれたのが背中でも、警察には事故だと申告するだろう。

――ロイの弁護士は陪審団に対し、被告人は確かに被害者と山道で出会い、もみ合いになったが、ハンクが転落したのは事故だったと主張した。最悪でも過失致死罪でとどめるよう説得を試みた……。

一番下の針金に足をかける。体重を乗せる。

二段め……。

心臓は一分につき百万回の速さで打っている。いったん止まって掌の汗を拭わなければならなかった。

ささやき声が聞こえたように思った。ダグが独り言をつぶやいているかのように。

脚を持ち上げて、てっぺんの針金をまたぐ。

そのとき、銃の撃鉄が起こされる音がした。

ダグがかすれた声でささやいた。「死ね」

ピートは息を呑んだ。

ぱん！

二二口径のライフルの、短く乾いた音が野原に響き渡った。

ピートは絞り出すような悲鳴を漏らして周囲を見まわした。あやうくフェンスから転げ落ちそうになる。

「くそ」ダグが小声で言った。銃口はフェンスとはまるでちがう方角に向けられていた。

ダグは木立のほうにうなずいた。「リスがいた。あと五センチのところで逃がしたよ」

「リス」ピートは上ずった声でおうむ返しに言った。「逃がした」

「ああ、あと五センチのところでな」

震える手でフェンスを乗り越え、反対側の地面に下りた。

「大丈夫か」ダグが訊いた。「何だか様子が変だぞ」

「大丈夫《ファイン》」

大丈夫、大丈夫、大丈夫……。

ダグは銃を二丁ともピートに渡すと、フェンスをのぼり始めた。ピートはためらった。しかしすぐに自分のライフルを地面に置くと、ダグの銃をしっかりと握った。フェンスに近づく。ダグの真下に立つ。

「見ろよ」てっぺんにのぼったダグが言った。フェンスをまたいでいる。右足はフェンスの片側に、左足は反対側にある。「ほら、そこ」すぐ近くを指さす。

ほんの五メートルほどのところに、大きな灰色の垂れ耳の野ウサギがうずくまっていた。

「やれ！」ダグが小声で言った。「いまがチャンスだぞ！」

ピートはライフルを肩に当てた。銃口は、ウサギとダグの間の地面に向けられていた。

「早く。逃げられちまう」

――ロイは第一級謀殺で有罪となり、終身刑を宣告された。とはいえ、あと一歩で完全犯罪を成し遂げるところだったのだ。運命がちょっとしたいたずらをしかけていなければ、ロイの犯罪が暴かれることはなかっただろう……。

ピートは野ウサギを見て、ダグを見た。

「どうした、撃てよ」

そうだな、あんたがそう言うなら。

ピートは銃口を持ち上げると、一度だけ引き金を引いた。

ダグがあえいだ。胸に空いた小さな穴を手で押さえた。「そんな……そんな……どうして！」

ダグはフェンスから後ろ向きに落ちて、乾いた土の上に転がった。そのままぴくりとも動かなかった。銃声に驚いた野ウサギは、草の間をぴょんぴょんと跳ねて茂みの奥に消えた。クロイチゴの茂みだった。見分けられたのは、モーが裏庭に同じ木を山ほど植えていたからだ。


飛行機は巡航高度から下降を始め、空港に向けてゆっくりと優雅に進んでいた。

ピートは渦巻く雲や、機内誌や機内販売品カタログをめくるほかの客を眺めた。退屈していた。読む本はもうない。『三角関係』は、ダグの死に関連してメリーランド州警察の事情聴取を受ける前に、くず入れに放りこんだ。

——陪審団がロイを有罪とした理由のひとつは、家宅捜索の結果、ロイの自宅から証拠隠滅について解説した書籍が複数押収されたことだった。ロイはそれについて合理的な説明をすることができず……。

小型飛行機は滑るように空を離れると、ホワイトプレーンズ空港に着陸した。ピートは前の座席の下からナップザックを引っ張り出し、飛行機を降りた。背の高い黒人のフライトアテンダントと今回のフライトについて話をしながら、タラップを下る。

ゲートでモーが待っていた。呆然としているように見えた。サングラスをしている。きっと泣いていたのだろう。手にはクリネックスを握り締めていた。

爪はもう真っ赤に塗られてはいなかった。ピーチに染められてもいなかった。ただ素の爪の色をしていた。

フライトアテンダントがモーに近づいた。「ジル・アンダーソンさんですね？」

モーがうなずいた。

フライトアテンダントが一枚の紙を差し出す。「サインをお願いできますか」

モーは差し出された文書をぼんやりと受け取ると、サインした。

それは非同伴小児運送申込書だった。子どもを一人きりで飛行機に乗せる場合、この申込書に保護者のサインが必要となる。迎えに来た保護者も、同じ書類にサインをしなければならない。両親が離婚したあと、ピートはウィスコンシンに住む父親の家とホワイトプレーンズに住む母親の家の間を何度も往復していたから、子どもが一人で飛行機に乗る際の手続きは熟知していた。

「これはお世辞ではなくて」フライトアテンダントがピートに笑いかけながらモーに言った。「こんなにしっかりしたお子さんのお世話をしたのは初めてです。ねえ、あなたいくつなの、ピート？」

「十歳です」ピートは答えた。「来週には十一歳になります」

フライトアテンダントはピートの肩をぎゅっと握った。それからモーに視線を向けた。

「お悔やみ申し上げます」穏やかな声だった。「ピートを空港に送ってきた州警察の方から聞きました。おつきあいなさってた男性が、狩猟中の事故で亡くなられたとか」

「いえ」モーは声を絞り出すようにして答えた。「恋人というわけではありませんでした」

だが、ピートは考えていた。何言ってるんだ、恋人だったくせに。でも、裁判所に知れたら困るんだろう？　扶養手当がもらえなくなるから。だからモーは、ダグは〝ただのお友だち〟なんだとピートに思わせようと必死になっていたのだ。

――友だちを作っちゃいけないとでも？　そのくらい許されるでしょう？

だめに決まってる。ピートは思った。パパを捨てたのとはわけがちがうんだ。子どもを捨てて許されるわけがない。

「ねえ、帰ろうよ、モー」ピートはできるだけ悲しげな顔をして言った。「あんなことになって、すごく悲しいんだ」

「そうね、帰りましょう、ハニー」

「モー？」フライトアテンダントが不思議そうな顔をした。

窓の外を見つめながら、モーが答えた。「本名はジルです。この子が五歳のとき、わたしの誕生日に〝Mother〟と書いたカードをくれようとしたの。でも、M－o までしかスペルがわからなかったらしくて。それ以来、モー《Mo》がニックネームになったんです」

「まあ、かわいらしいお話」フライトアテンダントは言った。自分のほうがいまにも泣きだしそうな顔をしていた。「ピート、またうちの飛行機を利用してちょうだいね」

「わかった」

「来週のお誕生日には何をする予定なの？」

「まだ決めてない」ピートは答えた。それから母親を見上げた。「ハイキングはどうかな。コロラドに行こうよ。二人きりで」

この世はすべてひとつの舞台

ALL THE WORLD'S A STAGE

火ともし頃から四時間が過ぎ、夫妻は人の行き交いがないサウス・ロンドンのいかがわしい地区を抜け、劇場からテムズの船着き場まで戻ろうとしていた。

本来なら、チャールズとマーガレットのクーパー夫妻はもう家にいて、幼い子供たちやペストで連れ合いを亡くし、チャリング・クロスの小さな住まいに同居するマーガレットの母親と団欒しているはずである。それがチャールズ・クーパーの友人、ウィル・シェイクスピアを訪ねたグローブ座で時間をとられてしまった。かつてシェイクスピアの家族とチャールズの家族は、エイヴォン川沿いに隣りあって敷地を持ち、祖先たちは隼《はやぶさ》を使った狩りに連れ立って出かけたり、ストラトフォードの居酒屋でパイントを愉しんでいたのである。一年のこの時期、劇作家は忙しい――王室が避暑に出るあいだは閉鎖になるロンドンの多くの劇場とはちがって、グローブ座は常打ちの小屋だった――とはいえ、クーパー夫妻とヘレス・シェリーやクラレットを飲《や》りながら、近ごろの芝居について語る暇などは見つかるものなのだ。

夫妻は暗い道を急ぎ足で進んだ――南岸にはきちんと蠟燭をともす人間がいないので、どうしても足もとに注意を向けることになる。

夏の外気は涼しく、マーガレットはきつめのボディスに、背中がゆったりした厚手の麻のガウンを羽織っている。結婚してからは胸が隠れるような裁断で服をこしらえていたけれど、年輩の人妻たちの習慣になっていたフェルト帽やビーバー帽は避け、髪には絹のリボンと硝子細工の飾りだけをあしらった。チャールズは膝丈の地味なズボンにブ

ラウス、革の胴着という服装であった。

「愉快な夜だった」ふたりして狭い道で行き逢った賤《しず》をかわしながら、夫の腕にしがみついたマーガレットが言った。「お礼を申しあげますわ、旦那さま」

夫妻は大の芝居好きなのだが、チャールズの葡萄酒輸入をあつかう商会は近ごろ上がりが出はじめたばかりで、己れの娯楽に投ずる金などなかった。実のところ今年まで、一ペニー払って平土間にはいり――小屋中央の安席で観衆に混じるのがせいぜいだったのである。しかし、最近チャールズの商売が上向きになったこともあり、今夜の夫はクッションのきいた三ペンスの桟敷席を妻に用意して、木の実とはしりの梨を仲良く分け合ったのだった。

突然の叫び声にぎょっとしてチャールズが後ろを振り返ると、十五ヤードほど離れたあたりで、黒いベルベットの帽子にだぶついた襤褸《ぼろ》のダブレット姿の男が、早馬を避けようとしていた。男は通りを急いで渡ろうとする一心で、駆けてくる馬に気づかなかったのだ。それはチャールズの空想だったか、はたまた明かりのいたずらかもしれないが、その歩行者は顔を上げてチャールズの視線を認めると、慌てて横町のほうに曲がっていった。

だからといって妻を脅かしたくはないので、チャールズはその男のことは口に出さず話をつづけた。「来年はきっとブラックフライアーズ座に行くぞ」

マーガレットは笑った。たしかにあの劇場で六ペンスを払うのは厭だという仲間もい

るが、場所は小さく贅沢だし、みずから最高級の実力をもって任ずる俳優たちがそろっている。「きっとね」と妻は疑わしげに言った。

チャールズはまた後方に目をやったが、帽子をかぶった男の気配は消えていた。

だが船着き場に至る道へと曲がろうとしたとき、すぐ隣の横町から件《くだん》の男が現れた。迂回した道を走ったらしく、息も絶えだえに前へと進み出た。

「どうか旦那さま、奥さま、一分だけお時間を」

物乞いがひとりか、とチャールズは推した。とはいえ、硬貨を出さないと危険な目に遭うということも間々ある。チャールズは腰から短剣を抜き、妻とこの男の間に立った。

「おお、猪狩りなど無用のこと」男は短剣に顎をしゃくった。「この豚めは武器を持ってはおりません」彼は空の両手を掲げてみせた。「すなわち剣などあるはずもなく。手にするは真実のみ」

奇妙な生き物だった。目が落ちくぼみ、身体に貼りついた肌には黄疸が出ている。おそらく何年もまえに、娼婦か身持ちの悪い女から瘡《かさ》をもらったにちがいなく、病気はもはや最後の痛みを男にもたらそうとしていた。チャールズが肥った男から盗んだものと思いこんでいたダブレットは、間違いなく本人のもので、このところの羸痩《るいそう》で弛んでしまったのである。

「おまえは何者だ？」とチャールズは詰問した。

「あなたの今宵の観劇も、葡萄の果汁を授けるという生業《なりわい》も、この素晴らしき街に暮ら

すことも、われらがあってこそ」男はこの工業地区に充満する、硫黄臭の混じった不快な空気を吸うと玉石の上に唾を吐いた。

「そちらから私を跟《つ》けた理由を述べないならば、そうだ、声をあげて治安官を呼ぶことになるぞ」

「そんな必要はありませんぞ、クーパーの若旦那」

「私を知っているのか？」

「もちろん。あなたのことはよく存じあげております」男の黄色い眼に不安が宿った。

「ではこちらからあけすけに、もはや判じ物めいたことは申しますまい。私の名はマール。悪党の人生を送り、悪党の死を甘んじて受け入れるつもりでおりました。それが二週間まえ、夢枕に立ったわれらが神から、栄えある天の宮殿の入口で門前払いされぬように罪を悔い改めよと戒められました。正直、私が悔い改めるには人生二度は必要なほど、しかして残る命がいくばくもないとなれば、犯したうちでいちばんに気がかりな行ないを選び、いちばんに害した方を捜し出すほかなく」

　チャールズは弱った男を見て剣をしまった。「で、おまえはいかに私を害したというのか？」

「申しましたとおり、私と――いまはもうみな、ペストと悪疫の地獄に堕ちておりましょう仲間たち数人が――遠い昔、ストラトフォード近くの田園で静かな生活を送られていたあなたを、この災厄の街に連れ出すきっかけをつくったのです」

「なんとそれは本当か？」

「どうか、あなたの身に降りかかった大きな悲劇のことをお話しください」

チャールズにしてみれば、思い返すまでもなかった。「わが愛する父を奪われ、土地を没収されたこと」

十五年まえ、ストラトフォード近傍の執行官により、リチャード・クーパーはハバシャー男爵、ウェストコット卿の領地において鹿の密猟をしたと告発を受け、逮捕にやってきた執行官補佐人の一行に矢を射かけた。一行は追っ手を繰り出し、格闘のすえに相手を刺し殺した。リチャード・クーパーは地主であり、鹿の密猟をする必要もなかったことから、その事件は大きな誤解から生じたものと一般には信じられた。しかし地元の法廷は貴族階級に好意的で、クーパー家の土地はウェストコットに帰属するものとし、売却した男爵はかなりの富を得たのである。この悪党から二ペンスの金ももらわなかったチャールズの母は、やがて悲しみのなかで息を引き取った。ひとり残された十八歳のチャールズは、仕方なく徒歩でロンドンに出て生きる途を探った。彼は力仕事を何年かやってから葡萄酒卸商に奉公し、時を経てギルドの一員となったのだが、その悲劇についてはもう長く頭から振り払ってきた。

マールが気味悪い唇を拭うと、反吐《へど》を吐く赤子のように歯のない口を開いて言った。

「これがあなたの答えであると、私は存じておりました」男はあたりを見てささやいた。

「まこと私には、あの悲しい日に何が起きたのか、しかと覚えがあるのでございます」

「つづけなさい」チャールズは命じた。

「昔もいまも、ウェストコットはしょせん貴族」マールは言った。「分不相応な暮らしをして、気づけば借金の山」

これはフリート街発行の冊子を読んだり、居酒屋の噂話に耳をかたむけていれば自明のことである。貴族の多くは家財や土地を切り売りしながら、その法外な費《つい》えというものを賄《まかな》ってきたのだった。

「そんなウェストコットの前に、ロバート・ムルタという卑しい悪漢が現れた」

「その名前は知っている」とマーガレットが言った。「なぜか思い出せないけれど、たしか良からぬ関係があるとか」

「まさに奥さま、そのとおりで。ムルタは世襲貴族とはいえ下級の騎士、みずから地位を手にしたのです。やつは借金にどっぷり浸かった貴族を捜し出す商売を興しました。そしてあれこれ策を弄し、連中が土地や資産を不法に受け継ぐように計らう。本人は相当の歩合を取るという寸法だ」

チャールズが慄《おのの》いたように声をひそめた。「すると、父はそうした計画の犠牲になったというのか？」

「まさしく。私と先に申しました悪党どもが、ご自分の土地にいたお父上を待ち伏せのうえ縛りあげ、ウェストコット卿の地所まではこびました。そこへまえもって取り決めていたとおり、執行官補佐人の一行が到着してお父上を手にかけたのです。死んだ牡鹿

に弓と箙《えびら》を冷たくなった亡骸のそばに置き、いかにも密猟をしたように見せかけました」

「お父さまは殺されたのね」マーガレットが低声で言った。

「おお、天におわします慈悲深き主よ」チャールズの瞳は憤怒に燃えた。いま一度抜いた剣の刃をマールの首に押しつけた。悪党はすこしも動じなかった。

「いいえ、旦那さま、それはなりません。どうか」マーガレットは夫の腕をつかんだ。

男は言った。「実際がところ、私は補佐人が人を殺《あや》めるなど、つゆほども知りませんでした。それこそ山出しの者らしく、釈放を見返りにお父上から賄賂をせびろうという、ただそのような魂胆かと。あの日の出来事に死がもたらされ、私ほど吃驚《びっくり》した人間はおりません。さりながら、この忌むべき罪科に対しては責めを負い、お慈悲を乞うつもりもございません。もしも神が私のなしたことへの報いとして、旦那さまの手で私の喉を掻っ切るというのなら、さあれかし」

あの辛い夜の記憶が洪水となって押し寄せる——執行官により亡骸が荷車に乗せられ、家まではこばれてきた際の恥辱、母の慟哭、やがて露わになった母の衰え、貧窮、ロンドンという仮借なき都市で暮らしを立てんがための奮闘。だがチャールズには、この哀れな生き物をわが手で誅《ちゅう》することはできなかった。ゆっくり下ろした抜身を腰の鞘にもどした。じっと見つめたマールの顔に懺悔の一念を読み取り、この男が真実を語っているらしいとわかったが、そこでなおも訊ねた。「もしもムルタがおまえの言うとおりの

男なら、多くの人間に蔑まれるというものだろう。ただ虐げられたからとこのような話をぶちまけ——まさしくおまえの名のごとく——その男の評判を失墜《マール》せしめようというのでは？」

「神かけて、私は真実を申しあげているのです。ムルタ卿に対しては含むところなく、ただいま打ち明けたような背信行為により、己れの魂を堕落させたのはあくまで自分自身。しかしながら、私を駆り立てた理由を僻目《ひがめ》でご覧になるのなら、ひとつ証拠の品をお見せいたしましょう」

　マールはポケットから金の指環を取り出すと、それをチャールズの掌にのせた。

　葡萄酒商は息を呑んだ。「これは父の認印が付いた指環だ。ほら、マーガレット、引っくりかえされた頭文字が見えるか。私は晩になるとよく父とともに座り、父が書簡の封をするのに、この指環を薔薇色の蠟に浸すところを見ていたのだ」

「私はこれを報酬の一部として受け取りました。仲間たちはお父上の財布にあった硬貨を分けあいましたが。私は思ったものです、やつらのように金を使い、己れの行ないを思い出させる縁《よすが》を消してしまえば、罪が溶鉱所の石炭のごとくわれを灼くこともなかったのだろうと。このちっぽけな金の塊には苛まれましたが、つくづく持っていてよかった。人間の殻を捨て去るまえに、その正当なる所有者にようやくお返しすることができたのだから」

「父が、いや、私が正当なる所有者か」とチャールズはぼんやり口にした。指環がのっ

た手をぎゅっと握った。かたわらの石壁にもたれ、怒りと悲しみに身をふるわせた。やがて妻の手が重ねられると、指環を握りしめるその凄まじい力は引いていった。

マーガレットが言った。「裁判所に行かなくては。ウェストコットとムルタはその身に正義の笞《むち》を受けるのよ」

「いやはや、奥さま、それは無理というもの。ウェストコット卿は死して五年。その放蕩息子は遺産を一ペンス残らず使い果たし、土地は税として王に納められたのです」

「ならばムルタは？」とチャールズが質《ただ》した。「健在なのか？」

「ああ、それはもう。息災にて居をロンドンに構えておりますが、正義の手は天国のウェストコット卿以上に届きにくいものかと。というのは、ムルタ卿は公爵をはじめ宮中の高官たちに大層引き立てられてございます。借金を減らすのに、その悪漢に用立てさせているという始末で。おそらく王座裁判所の判事どもは訴えに耳を貸すどころか、これらの罪を公けにすれば、あなたの自由ばかりか生命までもが危機にさらされましょう。今宵の私の望みは、あなたを無謀なる仇討ちの旅へと送り出すことではないのです。わがあやまちの償いをと思ったまでで」

チャールズはしばらくマールを睨んでから言った。「おまえは邪《よこしま》な者、私は善きキリスト教徒でありながら、おまえを赦すすべを心中に見出すことができない。それでも、おまえの魂のために祈ろう。神はおそらく私より情け深いであろう。では行くがいい。今度おまえが目の前を横切ろうものなら、私の剣を握る手は物見をすることなく、おま

えは思うが早いか、天の聖なる宮殿で申し開きをしている自分に気づくはずだ」

「わかりました。ではそのように」

ふとチャールズは、自分の指にはまるかもしれない指環に注意を向けた。ふたたび顔を上げたときには、もはや路地に人影はなかった。無法者は音もなく夜陰に紛れたのである。


翌日の火ともし頃になって、チャールズ・クーパーは倉庫の扉を閉じると、友人のハル・ペッパー宅を訪《おとな》った。ペッパーはチャールズと変わらぬ年輩だが裕福な男で、街の好もしい地区に部屋をいくつも相続して、そこからかなりの儲けをあげていた。

ふたりに合流したのが、悠長な物腰の偉丈夫である。男の本名は自身の歴史のなかに消え、スタウトとしてのみ知られるのは、その胴回りを指しているのではなく——むろんそうした含みもあるにせよ——黒エールを好物にしていたからだった。彼とチャールズが知り合ったのは何年もまえ、葡萄酒商がスタウトの商品を買ったのがきっかけである。樽を作って売っていたスタウトは、よく自分は商いが樽屋《クーパー》だが、チャールズは生まれながらのクーパーだと冗談を言っていた。

三人が親しく交わるようになったのは、共通した趣味があったからである——カードに居酒屋、なかんずく芝居好きで、彼らはまめにテムズ南岸に渡ってはスワン座、ローズ座、グローブ座に足をはこんでいた。またペッパーは、ロンドンで多く劇場を建てた

ジェイムズ・バベージと仕事上の取引をすることもあった。チャールズはというと、役者になりたいとの思いをなかば公然と胸にいだいていた。スタウトは芝居への子供じみた憧れ以上のものはなかったけれど、それがロンドンの労働者階級から外界へ通じる入口と信じていたふしがある。樽板に鉋《かんな》をかけたり、真っ赤に焼けたたがを鍛冶の鎚で叩きながら、シェイクスピアやジョンソンの最新の作品やら、近ごろ流行の故キッドとマーロウの古典から科白《せりふ》を暗誦していた。彼は観た芝居からその言葉を諳《そら》んずるのであって、活字からではない。読むのが不得手だったのである。

チャールズはふたりに、マールが語った話を伝えた。友人たちはリチャード・クーパーの死の顚末に動揺した。彼らが何を訊ねようにも、チャールズはこう言って会話を打ち切った、「こんな真似をしでかした者を、かならずわが手にかけてやる」

「しかしだ」とスタウトが言った。「ムルタを殺めたら、その嫌疑は間違いなく、父上に対する卑劣な行ないに傷つけられたおまえに向かうぞ」

「そうだろうか」とチャールズは答えた。「父の土地を奪ったのはウェストコット卿だ。ムルタはその便宜を図ったにすぎない。いや、この盗人はあちらこちらで悪事をたくらんできたから、殺す理由のある人間を全員調べあげるのにまる一年もかかるにちがいない。きっと復讐を遂げ、妻とふたりして逃げられるだろう」

財があるだけに、宮中のやり方にも通暁しているハル・ペッパーが言った。「わかってないな。ムルタには、彼の死を喜ばない高位の友人たちがいる。腐敗はヒュドラだ、

多頭の怪物だ。頭ひとつを切り落としても、それが生えかわってくるまえに、別の頭がきみを毒する――それは疑いのないことだ」

「かまうものか」

スタウトが言った。「でも細君はどうなんだ？　友よ、そりゃ気に病むに決まってる。子供たちだって、父親が腸《はらわた》を引き出され、四つ裂きにされたら厭なんじゃないか？」

チャールズが顎で指したのは、暖炉上に飾られたフェンシングの剣であった。「ムルタと決闘すればいい」

ハルが答えた。「やつは手練の剣士だぞ」

「だが勝てるかもしれない。若さではこちらが上、ことによると力も上だ」

「相手を負かしたところでどうなる？　王座裁判所で陪審とおしゃべり、その後は死刑執行人のもとへ」ハルは憎々しげに腕を払った。「くそっ……よくてせいぜいジョンソンと同じ運命をたどるぞ」

役者兼作家であったベン・ジョンソンは数年まえに決闘で相手を殺し、処刑をまぬかれない状況に追いつめられた。ジョンソンは免罪詩――詩篇第五十一篇一節――を暗誦して聖職者の特権を請い、かろうじて命を長らえた。だが彼に下された罰は、罪人の焼印を押すという厳しいものだった。

「ムルタを殺す方法を見出してみせる」

ハルはあくまで諫《いさ》めようとした。「しかし、やつの死がおまえに何の得をもたらすと

いうのだ？」

「正義が手にはいる」

ハルの顔が皮肉な笑みにゆがんだ。「ロンドンの街で正義だと？　そんなのはお伽話の一角獣みたいなものだ。みな話には聞いても見た者はいない」

スタウトが木細工師のごつい手に小さな陶製パイプを取ると、最近とみに流行しているアメリカ産の香り高い葉を詰めた。燃える葉を火皿に持っていき、深々と吸いこんだ。すると煙がたちまち天井あたりを漂う。彼は悠揚としてハルに語りかけた。「おまえの冷笑を的はずれとは言わないが、おれの単純な頭は、正義はロンドンの住人の間でさえ、まるっきり無縁じゃないと告げている。おれたちの観る芝居はどうだね？　正義があふれてるぞ。フォースタス博士の悲劇……それから二週間まえにグローブ座で観た、われらが友ウィル・シェイクスピアの手になるリチャード三世の物語。出てくる人物は悪に染まっている——でも、ヘンリー・チューダーが〝残忍な犬め〟を屠《ほふ》ってみせたように、正義は勝つんだ」

「そのとおり」チャールズがつぶやいた。

「だが、あれは作り事だ」とハルが駁《ばく》した。「その実態は、キット・マーロウやウィルが娯楽をものしたインキ以上のものじゃない」

チャールズはそれでも意志を曲げなかった。「ムルタのことで何か知らないか？　やつが興味をもっているのは？」

ハルが答えた。「他人の女房と他人の金」

「ほかには何か？」

「さっきも言ったが、剣士であるとか、剣士を気取っているとか。それとロンドンを離れて地方へ赴くときには、かならず猟犬を連れていく。いまや有頂天で、他人のおだてには簡単には乗らない。宮殿にいる面々のご機嫌取りに余念がない」

「住まいは？」

スタウトとハルは、友の剣呑な意図に気圧《けお》されて沈黙を通した。

「どこだ？」チャールズは迫った。

ハルは溜息をつくと、スタウトのパイプから出た紫煙の雲を振り払った。「とんでもない臭いの煙草だな」

「これがまた落ち着くんだ」

ハルはようやくチャールズに向き直った。「ムルタが持っている部屋は日雇いの職人あたりがお似合いで、狭くてとても自慢できるような代物じゃない。だが場所がストランド街に近く、おかげで自分より力も富もある連中と誼《よしみ》を通じている。土手のそばのホワイトフレアーズにある」

「で、日々をすごす場所は？」

「確かなことは知らないが、どうやら宮中に控える番犬よろしく、毎日ホワイトホールの宮殿に上がっては噂話から陰謀説まで、当たるをさいわいと探っているらしい。女王

がグリニッジにいるいまも」

「そうすると、やつが部屋から宮殿へ上がる道筋はどうなっている？」チャールズはスタウトに訊ねた。スタウトは商売柄、ロンドンの迷宮のごとき街路に明るい。

「チャールズ」とスタウトは切り出した。「そんな考えはよしたがいい」

「道筋は？」

男はしぶしぶ答えた。「馬で土手を西へ、川の曲がったところで南へ行き、ホワイトホールだ」

「その道沿いの埠頭で、もっとも人通りが少ないのは？」チャールズは訊いた。

「いちばん寂《さび》れているのがテンプル波止場だろう。法曹学院の規模が大きくなるにつれ、あのあたりは倉庫が減ってきてる」そしてスタウトはあてつけるように言い添えた。

「しかも、近くには囚人たちを水の来る高さで鎖に繋ぎ、潮の満ち干を身をもって味わわせる場所がある。もしかするとチャールズ、おまえ自身が重罪によってそこで縛《いまし》めをうけ、それで王の訴追人の手間を省いてしまうことになるかもしれんのだぞ」

「親愛なる友よ」ハルが口を開いた。「お願いだから、その心に秘めた疚《やま》しいくわだてを脇へ捨て置いてくれ。とてもじゃないが――」

しかし、その言葉はふたりの友人の揺るぎないまなざしに遮られた。チャールズは親友のひとりからひとりに視線を移して言った。「一軒の小屋《しょうおく》に出た火が隣家の草葺きに飛び火して、紅蓮《ぐれん》の炎と化して横丁を焼きつくしたように、父の死とともに数多《あまた》の命が

燃やされ灰となった」彼は片手を出し、昨日マールからわたされた認印つきの指環を示した。ハルの家のランタンが放つ光を捉えた金は、チャールズの胸にある激情によって火がついたように見えた。「おれはひとりの善良な男をこのちっぽけな金属の破片に変えた、さもしい錬金術に復讐せずには生きられない」

ハルとスタウトの間で目配せが交わされ、その図体の大きなほうがチャールズに語りかけた。「どうやら心は決まっているらしい。ならば親愛なる友よ、おまえがどのような断を下そうと、おれたちはおまえを支える」

ハルがつけたした。「おれとしては、マーガレットと子供たちの面倒をみよう——万が一そんな羽目になったらな。こちらで養うからには、なんの不自由もさせやしない」

チャールズはふたりと抱擁を交わすと陽気に言った。「では諸君、夜はこれからだ」

「どこへ出かける？」とスタウトが不安そうに訊いた。「今宵は殺しの機も熟していないのでは？」

「そうだ、友よ——悪漢と対峙するのは一、二週間の準備をした後のこと」チャールズは財布を探り、その夜のもくろみに足る硬貨を見つけだした。「いまはひとつ小屋へと繰り出し、芝居がはねたあとにわれらが友人、ウィル・シェイクスピアを訪ねたい気分でね」

「それに乗ったぞ、チャールズ」三人して表に出るとき、ハルはそう言って声を落とした。「しかし、もしおれがおまえのように、神に対してじかに愚痴をこぼそうという気

なら、こちらは慰みごとのまえに教会へ走り、大いに悔い改めたこの唇で卑しい口づけをせんと牧師の尻を探すだろうよ」

法曹学院付近の河岸を持ち場とする治安官は、その人生に至極満足していた。たしかに、道端で男に遊女をあてがおうという牛太郎もいれば、人殺しに掏摸《すり》、詐欺師に無頼漢もいる。だが粗悪品を売る店のならんだ騒がしいチープサイドや、南岸の狂った地区とは異なり、彼の権限は概《おおむ》ねまっとうな紳士淑女におよび、警報もなく一日、二日と過ぎていくことも間々あったのである。

今朝の九時、ずんぐりしたその男は自室に陣取り、巨漢の治安官補佐人レッド・ジェイムズとロンドン橋にさらされている生首の数について議論していた。

「あれを入れたら三十二だ」とレッド・ジェイムズがつぶやいた。

「だからあれも入れて、だいたいおまえが間違えているのだ、間抜け《グース》め。二十五がいいとこだ」

「こちらは夜明けにかぞえたんだから、ああ、数は三十二だった」レッド・ジェイムズは蠟燭に火をともすと、一組のカードを取り出した。

「蠟を燃やすな」治安官は叱正した。「その費えは、われらの手当から持ち出すことになるんだぞ。遊ぶならお天道様の下でやる」

「いやしかし」レッド・ジェイムズはぼそりと言った。「こっちはおっしゃるとおりの

鷲鳥ですからな、いまさら猫になれるはずもなし、闇には目が利かぬもので」彼はまた一本蠟燭に火をつけた。

「何様のつもりか？」治安官は親指を嚙む侮辱のしぐさを見せ、腰を浮かして火を吹き消そうとしたとき、職工の身なりをした若者が窓辺に走り寄ってきた。

「いますぐ、治安官さまにお目通りを！」若者は息を切らして言った。

「もう目通りは叶っているぞ」

「私はヘンリー・ロウリングズと申し、一大事を告げに参りました！　凄まじい暴行が起きています」

「おまえは何を訴えるつもりなのだ？」治安官がざっと検分したかぎり、男はまったくの無傷である。「剣や棍棒で襲われた形跡もないようだが」

「いいえ、傷つくのは私ではなく、別の者がいまにも。それも深手になるかと。ここより遠くない土手の倉庫に向かって歩いていたところ――」

「どうした、大切なことだぞ」

「――ある紳士が私を引きとめ、下のテンプル波止場のほうを指したのです。そこに見えたのは、剣を手に睨みあうふたりの男で、そのうちに若いほうが相手を殺すと名乗りをあげ、言われた相手が助けを乞うといった具合。それで決闘がはじまりました」

「どうせ女の値段のことで、牛太郎と客が揉めてるんだろう」レッド・ジェイムズが倦《う》んだ声を出した。「興味がない」とカードを切りはじめた。

「いいえ、そうではありません。ひとりは——年上の、どう見ても不利なほうは——世襲貴族でした。ロバート・ムルタ」

「ムルタ卿、市長の友人にして公爵のお気に入り！」仰天した治安官は席を立った。

「そのとおりです」と通報者がまくしたてた。「それで私は叫びをあげ、追跡逮捕をおねがいしようと急ぎ参ったのでございます」

「補佐人！」治安官は呼びかけると、大小の剣を腰に差した。「補佐人、行くぞ！」

今朝の睡眠、昨夜の葡萄酒という厄介な組み合わせに頭をぼんやりさせたまま、ふたりの男が塒《ねぐら》と隣りあった居室からよろめくように出てきた。

「テンプル波止場で刃傷沙汰だ。急行する」

レッド・ジェイムズは武器のなかから槍を選んで手にした。

男たちが涼しい朝に駆け出し、テムズめざして南に折れると、その一帯は子羊の毛さながらの靄が厚く垂れこめている。五分のうちにテンプル波止場を見おろす場まで至ると、通報者が請けあったとおり、まさに恐ろしき果たし合いがくりひろげられていた。

ムルタ卿と激しく争っているのは若い男である。卿も健闘してはいたが、その装いはいかにも豪華で重厚、トルコを主題にした金のローブ、羽根付きのターバンという宮殿で流行していたもので、その動きにくさから若い殺し屋に対して劣勢を強いられていた。悪漢が間合いを開き、騎士に斬りかかろうとするところへ治安官が呼ばわった。「ただちに闘いを中止せよ！　武器を置け！」

ところが、穏便におさまるかに思われた事態が意想外の悲劇へと転じたのは、治安官の怒号に驚いたムルタ卿が相手の攻めをうけていた腕を下ろし、声のしたほうを見あげたからである。

躊躇なく突進した攻め手の刃が、哀れな騎士の胸を狙った。男の一撃はダブレットをつらぬきはしなかったが、後ろざまに飛ばされたムルタ卿は手すりにぶつかった。卿は壊れた木の欄干とともに、四十フィート下の岩場まで落下した。白鳥を散りぢりにしながら土手を転がっていったその身体は川面に浮かび、やがて淀みのない流れに呑まれていった。

「あの男を逮捕しろ！」と治安官がわめくと、三名の補佐人は茫然とする悪漢に立ち向かい、レッド・ジェイムズが逃げる間もあたえず棍棒で打ち据えた。人殺しは気絶して彼らの足もとに伏した。

補佐人たちは梯子を降り、汀《みぎわ》まで行った。だがムルタ卿の姿はもはやどこにもない。

「殺人が起きたのだ！　それも私の管轄で」と治安官は険しい顔で告げたのだが、内心はいち早く悪党を捕まえたことでもたらされる報酬と名声を想い、胸躍らせていたのだった。

関節炎を患っている禿頭の四十男、ジョナサン・ボールトは検察の長として、ロバート・ムルタを殺したチャールズ・クーパーを裁きにかけることとなった。

ホワイトホール宮殿近くの風通しのいい執務室にて、テムズからムルタの死体が揚がった翌日の十時、ボールトはムルタのごとき輩の殺人は追及する益もないと考えていた。だが己れの愚と不品行から浮かびあがるため、ムルタのような悪党にすがっていた貴族たちから、ボールトは葡萄酒商チャールズ・クーパーを見せしめにせよと忠告されていた。

その一方で検察官は裁きを進めるにあたり、ムルタの法に触れる商売の数々を公けにしないようにと戒められている。そこでクーパーは裁判所ではなく、ヘンリー八世の世に起源をさかのぼる私的な法廷、星室庁で裁かれることになったのだ。

星室庁には死刑宣告の権限はなかった。しかし、罪はふさわしく与えられるものとボールトは思っている。殺しの下手人に対する有罪判決となれば、星室庁の面々はクーパーの耳を削ぎ落とし、烙印を押したうえで所払い――おそらく国外追放でアメリカに流され、その一生を惨めな乞食としてすごすことになる。家族は所有した地所をすべて没収され、そこは街路に変えられてしまう。

これには言わずもがなの教訓がある。現存する貴族の庇護者たる者を煩わすことなかれ。

治安官と事件の証人――ヘンリー・ロウリングズという名の通報者――から事情を聞くと、ボールトは執務室を出て、ウェストミンスターの官庁街へと向かった。

建物の内奥に隠された控えの間で、六名の弁護人とその依頼人が出廷の順番を待って

いたが、クーパーの件は事件表の冒頭にまわされており、ジョナサン・ボールトは他者をさしおき星室庁にはいった。

枢密院《すうみついん》に近いその薄暗い間は、名だたる悪評とは裏腹に狭く質素な部屋だった。せいぜい蠟燭がともされ、女王陛下の肖像画が飾られた程度で、星の模様を散らした天井が裁判所らしからぬ名前の由来となっている。

ボールトは被告席に着いた囚人を観察した。チャールズ・クーパーは顔色は青白く、こめかみに膏薬を貼っていた。背後には大柄の守衛官二名が控える。星室庁への一般大衆の出入りは禁じられていたが、貴族たちは慈悲を示し、妻マーガレット・クーパーの出廷を許したのである。普段はおそらくは凜とした女性であろうに、その顔は夫と競うように蒼白で、赤く泣きはらした目をしていた。

弁護側の席には、ボールトも見知っている法曹学院出身の優秀な弁護人ともうひとり、五十代後半のどことなく見憶えのある男が座っていた。細身で頭頂部を除いて茶色の髪を伸ばし、シャツに膝丈のズボン、編み上げの半長靴という出立ちである。おそらく性格証人なのであろう。この件の事実を踏まえれば、クーパーが有罪をまぬかれ得ないのはボールトにもわかる。むしろ弁護人は刑期の軽減に心血を注ぐつもりなのだ。するとボールトの主たる目標は、そんな戦術を確実に挫くということになる。

ボールトは自身の証人のかたわらに座を占めた——腰を下ろした治安官と通報者は、心配そうに両手を握りあわせていた。

扉が開き、鬘《かつら》にローブを着けて入場してきた五名の男は、枢密院から数名――この日は三名――それに王座裁判所の判事二名からなる星室庁の面々だった。男たちは席に着くと、目の前に置かれた書類の整理をはじめた。

ボールトは満足した。面識ある各人の目を見るかぎり十中八九、国家の意向をくんでいることがわかる。いったいこのうち何人が、借金を帳消しにするというムルタの辣腕の恩恵をうけたというのか。おそらく全員だ。

枢密院の一員でもある大法官が書類を読みあげた。「エリザベス女王陛下の支配の下に召しだされた、この特別衡平法裁判所をただいまから開廷する。当法廷に関わる者はみな名乗り出、申し立てをするように。神よ女王を救いたまえ」そして被告席の囚人に視線を据え、厳粛な声で言葉を継いだ。「国家は汝チャールズ・クーパーを、騎士および世襲貴族であるところのロバート・ムルタ卿を、女王陛下の治世四十二年目の六月十五日、挑発もよほどの切羽詰まった理由もなく襲い、死にいたらしめた謀殺の罪で告発するものである。これから審問担当官に、ここに集った大法官、裁判官に対して陳述をさせる」

「どうかこの高貴な方々がお喜びになりますように」とボールトは切り出すと、「本件の概要は実に明快であり、みなさまのお時間を余計に拝借するまでもありません。葡萄酒商チャールズ・クーパーは目撃者の面前で、いまだ判然としない憎悪に駆られてロバート・ムルタ卿をテンプル波止場にて襲い、殺害しました。このいわれなき暴力沙汰の

目撃者がおります」

「目撃者を前へ」

ボールトのよこした合図に通報者のヘンリー・ロウリングズが立ち上がると、宣誓をして証言をはじめた。「私がテンプル波止場へ向かっていますときに、ある男に早くこっちへと声をかけられました。いわく、『見ろ、大変なことが起きている。あれはロバート・ムルタ卿だぞ』と。まさに私たちの目の前で、被告人が剣を手にムルタ卿に挑んでいたのです。やがて被告人は不幸な卿に向かっていき、とんでもない脅しの言葉を口にしました」

「で、その言葉というのは？」

「こんなふうに頭ごなしに、『悪党め、死ぬがいい！』と。そこから決闘がはじまりました。ムルタ卿は『助けて！　助けてくれ！　人殺しだ、人殺しだ！』と叫びました。ですから、私は治安官を探しに走ったんです。それで補佐人まで連れてもどったところ、ちょうど被告人が哀れなムルタ卿を一撃したんです。卿は手すりを越えて落ちて亡くなりました。なんとも恐ろしく辛い光景でした」

法廷は弁護人に反対尋問を許したが、クーパーの代理人はロウリングズに何かを質そうとはしなかった。

そこでボールトは治安官を証言台に立たせ、同じ話をさせた。それが終わっても、クーパーの弁護人はやはり尋問を辞退した。

ボールドが言った。「もはやこの件に関し、申し述べるべきこともございません」彼は着席した。

弁護人が席を立って言った。「もしこちらの方々に差し支えなくば、被告人の口から事件について述べさせる所存にて、最優秀なる大法官、このうえなく高貴な判事閣下におかれましては疑いようもなく、これがとてつもない誤解であると瞠目されることでしょう」

裁判官席にならんだ男たちが、皮肉まじりの目でおたがいを見交わすなか、大法官がチャールズ・クーパーに宣誓を行なわせた。

王座裁判所の判事が訊いた。「この告発について言い分は?」

「あれはなにぶん誤りでございます。ムルタ卿の死は悲惨な事故にすぎません」

「事故だと?」枢密顧問官が笑いながら言った。「よくも剣もて人を襲い、転落死せしめたのを事故と言えるものだ。凶器は土手の岩かもしれないが、そのきっかけはそなたが卿を突いたこと、卿は真っ逆さまに落ちて避けがたく岩と抱擁した」

「そうだ、不運なムルタ殿は転落せずとも、そなたが豚のように串刺しにしたであろう」

「失礼ながら申しあげますが、私は卿を害するつもりなどありませんでした。なぜなら私たちは闘っていたのではなく、稽古をしていたのですから」

「稽古?」

「はい、閣下。私には芝居の役者になるとの大望がございます。生業のほうはすでにお聞きおよびのとおり、葡萄酒を商っております。テンプル波止場にはフランス産クラレットの配達のことで参ったのですが、時間が余ったので、役の上での剣捌きを磨こうと考えました。その稽古に熱中していたところへ、たまたまホワイトホール宮殿に上がられるムルタさまが通りかかられたのです。剣の使い手であったあの方が――寂しいことに、過去の言い方をしなくてはなりませんが――つかの間私の動きを見て、ずばり真実を――おまえは剣の才に欠けると看破されたのでございます。お話を伺うなかで、私のほうから、もし本物の突きと受けをご披露いただけるのなら、舞台の端役でもご紹介してさしあげましょうと申しました。するとずいぶん心惹かれたご様子で、決闘での浅からぬ経験をお示しくださったのです」被告人はその視線を治安官にやった。「すべてが上首尾にいくはずのところを、あの男が邪魔にはいり、ムルタ卿は足の運びを乱しました。私はただ剣先でダブレットを軽く突いただけなのです、大法官閣下、それで卿がよろけてぶつかった手すりが不幸にして崩れた。私にとっては、善人が身罷《みまか》られて胸塞《ふた》がる思いでございます」

この話に道理はある、とボールト審問官は気も重く考えた。裁判に先立つ段階でクーパーのことを多少なりと調べたのだが、彼がテムズ南岸の芝居小屋に足繁く通っていたのは事実である。あまつさえ人を殺す真の動機も見つからなかった。クーパーはギルドの組合員であり、強盗を犯す必要も、またそんな性向もない。ロンドンでは大方、ムル

タのごとき無粋な男の死を慶《よろこ》んでいる。だが貴族たちが迅速なる訴追を望んでいることもあり、ボールトにはもはやクーパーとムルタの関係を掘り下げていく時間はなかった。

あの騎士が孔雀のような自惚れ屋であったのは周知のことで、政府の高官を前にして舞台に立ち、見得を切るという役どころに憧れたことは間違いない。

しかし、たとえクーパーが真実を語っているにせよ、貴族たちはムルタの死が事故によるものであろうとなかろうと殺した人間を罰することを求めており、裁判官席の五名にしても、被告人の言葉にいささかも動じた様子はなかった。

クーパーはつづけた。「そこにいる通報者が話していた怒りと脅しの言葉ですが。私が発したのではありません」

「では、誰の言葉であったのか?」

クーパーが目をくれた弁護人が席を立った。「どうか、われわれの側には本件に関し、宣誓証言をしようという証人がおります。許されるならば、どうぞウィリアム・シェイクスピアを前に」

なるほど、それが証人の正体かとボールトは思った。名高い劇作家であり、チェンバレン卿一座の演出家。ボールト自身、ローズ座やグローブ座でこの男の芝居を観たことがあった。いったい何が起きようとしているのか。劇作家が法廷の前に進み出た。

「シェイクスピア師、そなたはこの場で正直かつ真実なる証言をすると、聖なる主に誓えるか?」

「そのように誓います、閣下」

「本件に関して、何を述べようというのだ？」

「それは大法官閣下、すでにお耳に入れられた証言に、私から付けたりをするためでございます。何週間かまえ、チャールズ・クーパーが私のもとを訪ねきて、日ごろから役者の技を愛好する者として一度舞台に立ってみたいと申します。そこで私自身の手になる科白を諳んじさせ、一節を演じさせてみたところ、それがことのほか優雅なものでございました。

いまはおまえの出る幕はないと告げる一方、私は目下執筆している戯曲の草稿を本人に手わたし、稽古しておけと命じました。秋に王家がお帰りになるころ、役をつけてやらないでもないと励ましたのです」

「それがいったい本件となんの関わりがあるというのか、シェイクスピア師？」

劇作家は革袋から文字が記された大判の羊皮紙の束を抜き出し、それを読んでいった。

「キャシオー登場……。**ロダリーゴー**　歩き方でわかる、やつだ。悪党め、死ぬがい！……　ロダリーゴー、キャシオーに剣で突きかかる……。キャシオー、自分の剣を抜き、ロダリーゴーに傷を負わせる……。**ロダリーゴー**　ああっ、殺される！……　イアーゴー、後ろからキャシオーの足を傷つけ、退場する。**キャシオー**　永遠に自由が利かぬ。助けてくれ！　人殺しだ！　人殺しだ！」

シェイクスピアは頭を垂れた。「閣下、不肖ながら私の言葉でございます」

「『悪党め、死ぬがいい……助けてくれ、人殺しだ！……』これは」と大法官は言った。「いくらかの修正はあるにせよ、証人が耳にした被告人とムルタ卿のやりとりそのものである。そなたの戯曲からの引用か？」

「そのとおりです、閣下。いまだ上演はされておらず、現在のところ推敲中ではありますが」シェイクスピアはそこで一息つくと、「この秋、女王陛下ならびに王族方がおもどりになった際、お慰みに上演したてまつることを陛下にお約束申しあげた芝居でございます」

枢密院の顧問官が眉根を寄せた。「そなたは、私の思い違いでなければ、陛下のお覚えもめでたいとか」

「滅相もない、私はたかだか芝居書きでございます。とは申せ、陛下からは折りにふれ、私の仕事に対しお喜びの仰せがあることに、なんの誇張もございません」

なんということ、と審問官は思った。たしかにシェイクスピアは女王陛下に寵愛されている。これはよく知られた事実であった。来年、再来年のうちに陛下が、この男の一座を唯一の王立劇団に任ずるという噂も流れている。いまや審理の流れは明らかだった。クーパーを有罪とするには、シェイクスピアの証言との関連を裁判官に否定させなくてはならない。女王の耳にはいれば、何事もなしではすまなくなるだろう。ボールトはこんな言葉を思い出していた、「百人の公爵がひとりの女王に敵すれば、草原に百の柩が残る」と。

大法官が残りの面々に向かい、あらためて協議が行なわれた。やがて大法官は宣言した。「以上提出された証拠に照らし、当衡平法裁判所は、ロバート・ムルタ卿の死の原因をいずれの人間の故意によるものでもないと判断し、これによりチャールズ・クーパーは放免、本件におけるさらなる追及は今後受けないものとする」大法官は痛烈な視線を審問官に浴びせた。「それからジョナサン卿、当法廷の名誉のためにあえて苦言を呈するが、審理が時間の無駄とならぬようせいぜい証拠を吟味し、被告人の取調べを行なうように」

「相努めます、閣下」

判事のひとりが身を乗り出すと、劇作家が袋にしまおうとしていた羊皮紙の束を顎で指して訊ねた。「ひとつ質問してよろしいか、シェイクスピア殿、その戯曲の題名は？」

「最終の題名はしかと決めたわけではありませんが。いまは『ヴェニスのムーア人、オセロー』と呼んでおります」

「本日耳にした証言から察するに、観衆はこの作品で見事な立ち回りを期待してよさそうだが？」

「ええ、まさに、閣下」

「よろしい。私は喜劇よりもそちらが好みでな」

「無礼を承知で申しますと、きっと本作をお愉しみいただけるものと自負してございます」ウィリアム・シェイクスピアはそう言い置くと、暗い部屋を出ていくクーパー夫妻

のあとを追った。

その夜の火ともし頃、チャリング・クロスの居酒屋〈一角獣と熊〉では、エールのジョッキを前に三人の男が腰を下ろしていた。チャールズ・クーパー、スタウト、そしてウィリアム・シェイクスピアである。

戸口に影が射し、男がひとり居酒屋にはいってきた。

「見ろ、波止場にいた謎の紳士だ」とチャールズが言った。

合流したハル・ペッパーにも、エールがはこばれてきた。

チャールズがジョッキを掲げた。「よくやってくれた、友よ」

ハルは長々とあおると、その賛辞を誇らしく受けいれた。ウィリアム・シェイクスピアとチャールズ・クーパーが共同で執筆した大胆な芝居では、ハルの演じた役が重要な意味をもっていた。チャールズが法廷で述べたようにムルタを埠頭で呼び止め、舞台に上げるという話で騎士の興味をかき立てたあとは、ころあいを見て通行人を騙し、偽の決闘のきっかけで交わされるチャールズとムルタのやりとりを聞かせるのがハルの役目だった。ハルは話に乗ってきたロウリングズに半ソブリンをわたして通報させたが、この治安官まで引きずりこんで決闘の証人に仕立てようと思いついたのが、主だった筋を描いたシェイクスピアである。

シェイクスピアは真顔でチャールズを見つめて言った。「法廷でのおまえの演技だが

ね、友よ、役者としては少々修練が必要だが、全体からして」――ストラトフォード出身の男は笑みを堪《こら》え切れなかった――「無事に大厄《たい》を終えたと言っていいだろう」

ウィル・シェイクスピアは好きな地口にとらわれるあまり、話を脱線させることも多い。だが言葉遊びなら、チャールズ・クーパーもまるで無縁というわけではない。すばやく応酬した。「ああ、でも悲しいかな、おれの法廷で証言する才など、おまえの小亭で広言する題にはとてもかなわない」

「参った」とシェイクスピアが声をあげ、男たちは大いに笑った。

「それからおまえにもだ、友よ」チャールズはスタウトとジョッキを打ち合わせた。

樽職人の道具と技でテンプル波止場の手すりを緩め、普通には外れず、ムルタがぶつかったときに落ちるよう細工したのはこの大男の手柄であった。

シェイクスピアやチャールズほど頭の回転が早くないスタウトは、気の利いた返事をするつもりもなく、ただ認められたことへの喜びに頰を真っ赤にした。

そしてチャールズはシェイクスピアを抱擁した。「でもウィル、おまえが要《かなめ》だったよ」

「シェイクスピアは言った。「おまえの父上はおれや家族によくしてくれた。これからも片時も忘れない。その父上の死の弔いに、ささやかな役を担うことができて光栄だ」

「おれのために危ない橋を渡り、骨を折ってくれたことに、どうお返しをしたらいいのか」

劇作家は答えた。「もうお返しはもらった。物書きの巧みに手を出した者には、また

となるソネットをひとない贈り物を授けてくれた」

「それはなんだい、ウィル?」

「着想さ。われわれの立てた計画が産婆になって、ちょうど一時間まえにソネットをひとつ書きあげたんだ」彼は上着から紙片を抜き出した。集った男たちを見まわすと厳かに言った。「ムルタが己れの死の理由を知らないというのも哀れに思えた。おれの芝居では、最後に真実は表に出る――登場人物はいいとしても、少なくとも観客には真実が明かされなくてはならない。ムルタが復讐と知らずに死んだことが、おれの筆を走らせたんだ」劇作家はソネットを吟じた。

悪党に

荒野に隼を見ると

私は命をあたえてくれた男のことを思う、

若い息子を束縛なく愛し

妻には愛情を注いだ。

空飛ぶ禿鷲を見ると

おまえのことしか思いつかない

あの災いの晩、私たち家族の歓びを盗み

父の身体と魂とを切り離した。

佳き運命という黄金の鋏が
人の地上にある時を決める。
しかし父の息子として、私は待てなかった
悪の魂が地獄に埋められるまで。
私の成した正義は劣ることなく、
ただ神と私の胸だけに留めおかれる。

「素晴らしいぞ、ウィル」ハル・ペッパーが声をあげた。

チャールズは劇作家の背中を叩いた。

「これはチャールズのことかい？」スタウトが紙を覗きながら訊いた。その唇が言葉を作り出そうとゆっくり動いた。

「心のなかでは、そうだ」シェイクスピアはその詩を翻し、大男が行を正しく追えるようにした。それから穏やかな声音で、「でもちがうな、上級裁判所が証拠にするほどじゃないぞ」

「しかし、まだ出版はしないほうがいいだろう」とチャールズが戒めるように言った。

シェイクスピアは笑った。「ああ、友よ、いまはまだな。いずれにせよ、この詩を受け入れる市場はいまはない。ロマンス、ロマンス、ロマンス……近ごろ売れるのはそんな詩歌ばかりでね。言ってみれば、それがなにしろ腹立たしい。ああ、ちゃんと人目に

つかないようにしまっておき、いずれ世間がロバート・ムルタのことを忘れたころに取り出すとしよう。さて、そろそろ火がともるんじゃないかね？」

「もうすぐだ」スタウトが答えた。

「よろしい……では、われわれの現実の物語に幕をおろしたら、今度は架空のものに目を向けようじゃないか。今夜は私の『ハムレット』が上演されるんだが、客を集めなきゃならないんでね。チャールズ、おまえの魅力的な細君を迎えにいったら、船でグローブ座に渡ろう。さあ干したまえ、諸君、いざ出発だ！」

釣り日和

GONE FISHING

「行かないで、パパ」

「朝だよ、起きなさい、お嬢さん」

「おねがい」

「いったい可愛いジェシー＝ベッシーは何を心配してる？」

「わからない。なんだか」

アレックスはベッドの端に腰を下ろし、娘を抱きしめた。身体の温かさとともに、子どもが起きたばかりの不思議と胸ふくらむ匂いにつつまれる。

キッチンでフライパンがかたかた鳴る。水が流れる。冷蔵庫のドアが閉じる。日曜日の朝の音だ。六時半、早い。

娘は目をこすった。「せっかく……きょうは動物園のペンギンのお部屋に行けると思ったのに。もうすぐ行けるって、パパが言ったのに。それに湖に行かなくちゃいけないなら、どうしてもっていうんなら、かわりにセントラルパークに行って、まえみたいにボートを漕げばいいじゃない。おぼえてる？」

アレックスは不快をよそおって身ぶるいした。「パパがあっちで、どんな魚を釣ってると思う？　目が三つあって、闇にうろこが光る気味悪い魚だ」

「釣りなんか行かなくていい。ボートを漕いで、アヒルに餌をやればいいじゃない」

窓からはハドソン川ごしに、ニュージャージーの地平が灰色に沈んで見える。州全体が眠っていたようだ。たぶんいまも眠っている。

「おねがい、パパ。一緒に家にいて」

「きのうは一日遊んだじゃないか」きょうは一人でも平気だろうとなだめるような調子である。むろん、子どもと大人の理屈が嚙みあわないことはわかっているが、それでも彼は続けた。「〈FAOシュウォーツ〉とロックフェラー・センターに行って、地下鉄のとこのヘンリの店でホットドッグを二個、二個も買ってあげたんだぞ。そのあとに〈ランプルマイヤー〉だ」

「でも、それはきのうよ！」

子どもたちの理屈には、とにかく抗しがたいものがあるのだ。

「で、きみは〈ランペルシュティルツキン〉で何を食べた？」

理屈が通じないときには、話をそらすこともいとわない。

八歳の娘はナイトガウンを引っぱった。「バナナ・スプリット」

「ほんとに？」彼は驚きの表情を浮かべた。「うそだ！」

「ほんとよ、知ってるくせに。一緒にいたわ」

「大きさは？」

「知ってるくせに！」

「ぼくはなにも知らないし、なにも憶えてない」彼はきついドイツ訛りで言った。

「こーんなに大きかった」娘は両手をひろげた。

「ありえないな。きみは風船みたいに破裂するぞ。バン！」娘は父親のくすぐりに笑い

だした。

「起きるぞ。朝ごはんを一緒に食べたら出かけるから」

「パパ」娘はなおも食いさがってきた。だがアレックスは娘の部屋から逃れた。

彼は釣り道具を玄関にまとめると、キッチンへ行った。フライパンでパンケーキを焼くスーのうなじにキスをして、両手をまわした。

三人ぶんのオレンジジュースを注ぎながら、アレックスは言った。「きょうは行かせたくないらしい。いままで文句を言ったことなんかなかったのに」

この一年は月に一日、二日の休暇をとっては、ニューヨーク市郊外へ釣りに出かけている。

妻がパンケーキを積んだ皿をオーヴンに入れて温めた。彼女が視線をやった先の廊下で、紫色の恐竜バーニーのスリッパを履いた娘が、バスルームにふらふらと入ってドアをしめた。

「ジェシーがこのあいだ、テレビを見てて」とスーが言った。「わたしは家事をやってたから気にしてなかったんだけど。あの子が泣きながら部屋を飛び出してきたのよ。番組がわからないから、TVガイドで調べてみたわ。テレビ映画みたいで、父親が誘拐されて人質になる話なの。誘拐犯はその父親を殺してから、今度は妻と娘を狙うわけ。かなりどぎついシーンがあったんじゃないかしら。話をしてみたら、ずいぶんショックを受けてたわ」

アレックスはゆっくりうなずいた。彼はホラー映画や撃ち合いがやたらに多い西部劇を観て育った。実際、土曜のマチネーは父の虐待を受けずにすむ逃避の場だった。成人してからは、映画やテレビで描かれる暴力について考えたこともなかった――が、自分が人の親になると、たちまちジェシカの見る番組に目を光らせるようになったのだ。娘がこの世に死や攻撃が存在すると知るのはかまわない。彼女の目にふれさせたくないと思うのは、なんのてらいもなく公然と、凄惨な大量殺戮のシーンを織りこむような人気番組である。

「ぼくが釣りをしてるときに誘拐されるんじゃないかって、それを心配しているのかな」

「あの子は八歳よ。外には大きくて悪い世界があるのよ」

子どもと接するのはむずかしい、とアレックスはつくづく思う。知らない人に気をつけろとか、本当に危ないことがあると諭しながら、怖がらせるあまり当人に影響が出てもいけない。現実と偽りのちがいを見抜くのは大人でもたいへんなのだから、子どもにはなおさらのこと。

五分後には家族でテーブルをかこむと、アレックスとスーは日曜版のタイムズ紙に目を通し、興味を惹いた記事を読みあげたりした。ジェシカは縫いぐるみのクマのラウルと一緒で、順序よくまずはベーコン、次にパンケーキと食べて、それからシリアルにとりかかった。

娘はラウルにスプーンでシリアルを食べさせる真似をすると、考えこむような調子で訊いた。「どうして釣りが好きなの、パパ？」

「リラックスするんだ」

「ふーん」シリアルのかけらが漫画の主人公の形をしている。ニンジャ・タートルズか。

「あなたのパパは休みが必要なのよ。お仕事が忙しいのは、あなたも知ってるわよね」マディソン・アヴェニューの広告代理店でクリエイティヴ・ディレクターの職につくアレックスには、つねに週六十時間から七十時間の勤務がある。

スーが続けた。「なにからなにまでA型タイプの人間だから」

「秘書がいるんでしょ、パパ。タイプは打ってくれないの？」

両親は吹き出した。「そうじゃなくて」とスーが言った。「一所懸命に働くっていう意味よ。やること全部が目標に近づくために必要なことで、ほかは興味がないの」彼女はアレックスの筋肉質の背中をさすった。「だからパパの広告は優秀なのよ」

「コーラ・コアラ！」ジェシカの顔が明るくなった。

アレックスは以前、ペプシとコークの市場シェアを切りくずしたいと願う顧客の商品宣伝のために製作したアニメーションのセル画を、娘のプレゼントに持ち帰ったことがある。その可愛らしいキャラクターの絵は娘の部屋の壁に、有名な『X－メン』のサイクロプスとジーン・グレイとならんで飾られている。ほかにスパイダーマンも、パワーレンジャーズもいた。

「釣りをするとリラックスできる」アレックスはスポーツ欄から目を上げて、同じ答えを繰り返した。

「ふーん」

スーがランチをつつみ、水筒にコーヒーを入れた。

「パパ？」娘がまたふさぎ込んでスプーンに目を据え、それをボウルのなかに沈めた。

「どうした、ジェシー＝ベッシー？」

「パパは喧嘩したことある？」

「喧嘩？　おいおい、ないよ」彼は笑った。「そうだな、ハイスクールのころにしたな。でも、それからしてない」

「男の人を殴ったの？」

「ハイスクールで？　徹底的にね。パトリック・ブリスコーを。パパのランチ代を盗んだ。だからとっちめたんだ。左のジャブと右フックで。三ラウンドでＴＫＯさ」

娘はうなずき、ニンジャ・タートルズの群れというか固まりを呑みこむと、またスプーンを置いた。「いまでも人を殴れる？」

「喧嘩なんて考えたこともないな。大人は喧嘩なんてしないんだ。意見がちがったら話し合うんだよ」

「でもだれかが、強盗とかが追っかけてきたら？　パパは殴り倒せるの？」

「この筋肉を見てごらん。シュワルツェネッガーみたいだろ、ほら？」アレックスはア

バクロンビーのチェックのハンティングシャツの袖をまくりあげ、力こぶをつくってみせた。娘は感心したように眉を上げた。

スーも同じようにした。

アレックスは年間二千ドル近くを払い、ミッドタウンのスポーツクラブの会員になっている。

「いいかい……」アレックスは身を乗り出すと娘の腕を取った。「きみがテレビで見てる、ああいう映画なんかはみんな作りごとなんだ。本当の人生があんなふうだなんて考えたらだめだ。人間ていうのはね、もともとは善良なんだよ」

「きょうは出かけてほしくないのに」

「それはどうして？」

娘は外を眺めた。「太陽が出てないから」

「そうか、でも、こういう日こそ釣り日和なんだ。魚は近づくこっちの姿が見えないし。じゃあ、こうしよう……なにか買って帰ろうか？」

娘の顔が輝いた。「ほんと？」

「ああ。なにがいい？」

「わからない。待って、そうだ。なんかコレクションになるものがいい。このまえみたいに」

「よし、わかった。まかせて」

去年、アレックスはカウンセリングを受けた。働きすぎの重役、ロースクールに通う学生の夫、父親、そして虐げられた息子（酒に呑まれることが多く、荒れ放題の実父は、アレックスがその費用をかろうじて工面できるぐらいの高級な精神病院に入院していた）という役割を必死で果たそうとして、精神を病む寸前までいった。セラピストからは純粋に自分のためだけに——趣味でもスポーツでもやるべきだと助言された。最初はくだらないと一笑に付していたのだが、医者はこのまま気を休めるということをしないでいると、絶えざる不安に苛まれて数年のうちに命を落とすと警告してきたのである。

あれこれ考えたすえ、アレックスは淡水の釣り（都会から離れられるので）と収集（家にいて続けられるので）を始めた。ジェシカは釣りという〝汚い〟スポーツには興味を示さなかったが、収集部門では共犯者となった。アレックスが品物を持ち帰ると、娘がコンピューターに記録したうえで、その収集品をならべたり飾ったりするのだ。最近の二人は時計に凝っている。

アレックスは娘に訊ねた。「さあ、お嬢さん、夕食の獲物を釣りに出かけていいかな？」

「いいけど」少女はそう言いながら、魚を食べる場面を想像して鼻にしわを寄せた。だがアレックスは娘の青い瞳に安堵の色を見ていた。

娘がコンピューターをいじりにいくと、アレックスはスーを手伝って皿を洗った。

「あの子は大丈夫。これからは見せるものに、おたがいもっと気をつけるようにしよう。

問題は――嘘と現実がごっちゃになってることだ……。おい、どうした？」

険しい表情の妻が、すっかり乾いている皿をしきりと拭き続けていたのだ。

「ああ、べつに。ただ……あなたが一人自然のなかへ出かけていくなんて、まえは思ってもみなかったから。だって、都会で強盗に遭ったら、まわりの誰かが助けてくれるだろうって考える人だったわ。警官なら何分もしないうちに駆けつけてくるって」

アレックスは妻を抱いた。「そんな未開の奥地じゃあるまいし。北へ二、三時間行くだけじゃないか」

「わかってる。ジェシーがなんか言いだすまでは、心配なんてしたことなかったんだけど」

彼は後ろに一歩退くと、妻に指を突きつけた。「いいかい、奥さん。きみも今後はテレビ禁止だ」

スーは笑って夫の尻を叩いた。「早く帰ってきて。それから魚の腸《わた》は抜いてくるのよ。このまえのひどいありさま、憶えてるでしょう？」

「かしこまりました」

「ねえ、ハイスクールのころ、本当に喧嘩をしたの？」

夫はジェシカの部屋を横目で見ながらささやいた。「三ラウンドのこと？　あれはどっちかっていうと三秒だね。こっちがパットを押して、押し返されて、それで二人とも校長から親宛ての手紙を持たされたんだ」

「あなたとジョン・ウェインに共通点があるなんて思えない」妻の頬笑みが消えた。

「無事に帰って」彼女は実家で代々使われてきた、いとまを乞うときの言葉を口にした。そしてもう一度夫に口づけをした。

アレックスはハイウェイを出ると、パスファインダーを四輪駆動に切り換え、未舗装路をアディロンダック山脈にある深く大きな湖水、ウルフ・レイクめざして走らせた。鬱然とした暗い森を進むにつれ、娘は正しかったと思うようになった。単調な田舎の風景には太陽の光が必要だ。三月の灰色の空には風が吹きすさび、葉のない木々は未明の雨に黒く濡れそぼっている。落ちた枝や丸太が、みすぼらしい森に石化した骨のごとく堆積していた。

アレックスはいつもの胃がねじれるような不安をおぼえた。緊張とストレス――それが命取りになりかねない。ゆっくり息を吸って、つとめて妻や娘のことを考えながら気持ちを鎮めようとした。

いいか、ここにはリラックスしにきたんだ。それが肝心だ。リラックス。

さらに木深いなかを一キロ足らず走った。

人気がない。

気温は低くなかったが、雨の気配が週末の釣り人たちの足を遠のかせたのだろう。このあたりで見かけた車といえばたったの一台、泥をかぶり、あちこち凹んだピックアップである。アレックスはあと五十メートルを走り、道路がとぎれた場所に車を駐めた。

かろやかな水の香りに誘われ、彼は片手に道具入れとスピニングロッドを、反対の手にランチと水筒を持って歩いた。ストローブ松に杜松《ねず》、栂の木立を抜け、苔生《こけむ》した丘を越えていく。七羽の大きな鳥がとまる木を過ぎた。裸の枝の下を通るときにはその視線を感じた。木立を抜けると、岩だらけの斜面を湖に向かって降りた。

　アレックスは狭い入り江の岸に立ち、水に目をやった。優に一キロ半の幅がある湖は灰色でも微妙な色合いの変化を見せ、中央に向かって小波を立てていたが、それが水際に近づくにつれリネンさながらの滑らかな湖面に変わっていく。荒寥とした雰囲気に寂しさが募るわけではないけれど、やはり不安は消えない。目を閉じて深呼吸すると、落ち着くどころか体内を激しい動揺が――どこか生々しい、電気のような恐怖が駆け抜け、誰かに見られているという思いにとらわれたアレックスはあたりに気を配った。人影などあるはずはなかったが、自分ひとりという確信ももてない。森はとにかく鬱蒼として、渾然としていた。監視をしようと思えば、目につかない場所はいくらでもあった。

　リーラーッークース、と言葉を引き延ばして口にしてみる。街も、仕事の問題も、緊張もストレスも捨ててきた。みんな忘れろ。ここに来たのは心を鎮めるためなんだ。

　彼は一時間ほど釣りに没頭して、スプーンを投げ、それからジグを使った。ポッパーに換えて何度か水面を叩いてみたものの、魚はいっこうに掛からない。カエルに似た緑色のルアーを遠投したとき、背後で枝の折れる音がした。痛いほどの寒けが背筋を這いのぼる。すばやく振り向いて森を睨んだが、誰もいなかった。

アレックスは別のルアーを選びながら、完璧に仕分けられた釣り具入れのなかに、染み一つなく研ぎ澄まされたフィッシングナイフを見つけた。ふと父の記憶がよみがえってくる。その昔、ズボンから引き抜いたベルトを拳に巻いた父が、若きアレックスにジーンズを下ろして尻を出せと命令した。「おまえはねじ回しを外に置きっぱなしにしたな。工具は大事にしろと口を酸っぱくして言ったはずだ。錆びたら油を差す、反ったら乾かす、ナイフは剃刀のように研いでおく。いいか、ねじ回しを粗末にしたおまえに五発をやる。行くぞ。ひとつ……」

父親がどのねじ回しのことを言っていたのか、アレックスにはわからずじまいだった。たぶん、そんなのはなかったんじゃないか。だがその後の少年アレックス、大人になったアレックスは油を差し、乾かし、研ぐようになった。とはいえ、父のそんな方法は明らかにまちがっている。自分ならジェシー―ベッシーに対して腹を立てたり、ぶったり、怒鳴ったり――トラウマを一生残すようなやり方をしなくても、生きるすべを教えることができる。

しばらく落ち着いていたのに、父のことを考えるうちにまた不安に襲われた。娘と交わした会話――喧嘩のこと、校庭でのいじめのこと――を思い出し、ますます焦燥にかられた。アレックスは自分がずっと感情に蓋をしてきたと思っている。もしも父親に面と向かって本音をぶつけることができていたら、こんなふうに緊張やストレスで苦しまずにすんだのだろうか。アレックスにはとかく対決を避け、安易な道に逃げようとする

ところがあった。

殴り合い……新しい自助のコンセプトか、と彼はひとり笑った。

心ここにあらずで何度かキャスティングをしてから、ルアーをリールのベイル部分に引っかけ、彼は岸辺に沿って東へと歩きだした。下を見て滑りやすい足場に気を留めながら、岩から岩へと伝っていく。一度は足もとの油をふくんだ水に映じた、一気に流れる灰色の雲に見とれて、あわや冷たい黒い水に落ちそうになったりした。

そうして足のほうにばかり目を配っていたために、わずか三、四メートルに距離が詰まるまで男に気づかなかった。アレックスは歩を止めた。しゃがみこんでいたのは、おそらくピックアップの運転手だった。

男は四十代なかば、ジーンズにワークシャツという服装をしている。細くやつれた狐を思わせる面立ちが、二、三日伸ばした無精ひげで余計にめだつ。右手は亜鉛メッキしたパイプを頭上で支え、左手はあばれるウォールアイ・パイクの尾びれをつかみ、青光りする魚を岩に押しつけるようにしていた。男はアレックスが着ていた、高価なデザイナー物のアウトドア用ウェアに目をとめると、魚の頭にためらいなくパイプを振りおろして殺した。それをバケツに放りこみ、竿とリールを手にした。

「どうも」

男はうなずいた。

「調子はどうです？」

「まああだ」男はまた服に目を向けると、岸辺に寄ってキャスティングを始めた。

「こっちは坊主です」

男は黙っていた。ロッドを振り、遠い湖面にルアーを泳がせた。「何を使ってる？」

男はおもむろに訊ねてきた。

「ポッパーを。リードは三十センチ。ラインが十五ポンドで」

「ふむ」それが釣れない理由といわんばかりで、男は口を開かない。アレックスは鳥の翼のように不安が翻るのを感じた。釣り人というのは、気さくという面ではおよそスポーツマンのなかでも最右翼で、ルアーでもポイントのことでもよろこんで教えてくれるのが普通なのだ。なんだか湖全体で一尾の魚を釣る競争をしてるみたいじゃないか、とアレックスは思った。

行儀をよくするというのは、なんとむずかしいことなのか。かりに人々が正しく、彼がジェシーに諭しているようにふるまえば、世界は変わる——憎しみも怒りもなくなるし、怯える少女もいなくなる。父親を恐れる少年も、不安につきまとわれる大人に成長する少年もいなくなる。

「時間はわかりますか？」とアレックスは訊いた。

男はベルトのコンパスと一体型になっている時計を見た。「十二時半。だいたい」

アレックスは近くのピクニックベンチに顎をしゃくった。「ここで飯を食ってもいいですか？」

「好きにしな」
アレックスは腰を下ろしてバッグを開き、サンドウィッチとリンゴを出した。手がなにか別のものにふれる——一枚の画用紙、四つにたたまれている。それを開くと、アレックスは感情がほとばしるのを感じた。先月、誕生日に買ってやった色鉛筆で描かれたジェシカの絵だった。四角い顎のひげをきれいに剃った、黒髪のふさふさした男——ぼくが身体の十倍もあるサメを釣りあげている。サメのびっくりした顔。その下に、ジェシカが書いていた。

おさかなさん気をつけて……パパが行くわよ！！！

——ジェシカ・ベッシー・モラン

もう一度家族に思いをやると怒りも消えた。彼はミートローフ・サンドウィッチをゆっくりとほおばった。それから水筒をあけた。そのとき、例の釣り人がこちらの様子をうかがっているのに気づいた。「よかったら、コーヒーでもどうです？　妻が淹れたのは格別ですよ。フレンチ・ローストで」
「飲めないんだ。腹のほうが」と笑顔もなく目をそらした。礼のひと言もなく。男は道具をまとめて木の切り株のほうへ行った。地面から一メートルの高さに伐《き》られ、ちょうどテーブルのようになった切り口には古い血が染みていた。男は下ろしたバケツから魚

を出し、長い鋭いナイフですばやく頭を断ち落とし、なめらかな腹を割くと指で腸を掻き出した。それを三メートルぐらい離れて待っていた鳥の群れのほうに投げると、さっそく濡れて粘りつく臓物をめぐる争いが始まった。男はきれいにした身の部分を、血の溜まるバケツに戻した。

アレックスの見るかぎり、完全に二人きりだった。聞こえるのは水の寄せるかすかな音、それに狂った鳥の啼き声だけである。サンドウィッチをかじってはみたものの、鳥がてらてら光る腸をちぎっていく光景に胸が悪くなり、食べかけをしまった。

そこで初めて地面に落ちている紙に目がいった。ピクニック場の掲示板から風に飛ばされたか、雨ではがれたかしたのだろう。気になってそれを拾いあげた。水でにじんでいたが読むことはできる。どうも漁業狩猟管理局からの通達ではないらしい。郡保安官が出したものだった。

その飾りのない文章を目で追ううち、身体の内側に不快な感じがこみあげてくるのがわかる。通達の中身は、この六か月にウルフ・レイク州立公園周辺で起きた四件の殺人について情報を求む、報酬は五万ドルというものだった。被害者はいずれも刺殺されているが、強盗が明確な動機ではない——貴重品は数点しかなくなっていなかった。この殺害犯は先月、コネティカット州立公園で二名のハイカーを殺した犯人と同一人物とみられている。目撃情報はほとんどないが、四十代なかばで痩せ型という証言もある。

アレックスの肌が火照った。釣り人のほうを見上げた。

いなくなっていた。

だが道具はそのまま残っている。男はすべてを置き去りにして森に隠れたのだ。ほぼすべてを。アレックスは男がナイフを持っていったことに気づいた。

保安官事務所からの手配書が手から落ちた。アレックスはまた森をずっと見わたした。姿もない。音もない。

味のしないコーヒーを飲み干し、大きく息をつく。落ち着けと自分にきつく言い聞かせる。落ち着け、落ち着け、落ち着け……。

「行かないで、パパ……。おねがい」

水筒の蓋を閉める手がひどくふるえていた。枝の折れる音がしたか？　よくわからない。頭のなかで不安が音をたてている。アレックスは岩を縫って森へ入る小道を歩きだした。

進んだのはわずか数メートル。

三百ドルもしたＬＬビーンのブーツが花崗岩の表面ですべり、彼は浅い谷間に落ちた。倒れた道具入れの蓋が開いて、その中身が水を吸った地面にぶちまけられる。アレックスは足から落ちたがその勢いで岩に突っ込み、あおむけに転がって脚を抱えた。悲鳴をあげていた。

身体を揺すりながらうめく、「うう、痛い……。ああっ……」

そこにぎこちない足音。痩せた釣り人が岩越しに彼を見つめていた。腸を抜いたとき

の血が点々とこびりついたその顔。後ろで鳥が狂ったように啼いている。

「足首をやった」アレックスは声を絞り出した。

「助けてやろう」男は間延びした口調で言った。「動くなよ」

ところが、アレックスが落ちたわずかな距離を降りてくるはずが、男は高く突き出した岩のむこうに姿を消した。

アレックスはまたうめき声をあげた。男を呼びかけて口を閉じた。耳をすませても音はしない。が、すぐに男の足音が後方から聞こえてきた――まわりこんで、巨岩にはさまれた隙間のほうからやってくるのだ。

両手で脚を抱えたまま、アレックスは極度の不安に胸が早鐘のように鳴るのを意識していた。彼は男と向き合えるように身体をまわした。

足音が近づく。

「おい？」アレックスは喘ぐように叫んだ。

返事はない。

砂を嚙むブーツの音が岩を踏みしめる音に変わり、風貌を乱した男が近づいてくる。左手には小さな金属の箱を持っていた。

彼は立ちどまるとアレックスを真上から見おろし、そして言った。「あいにくトラックに昼飯を取りにいってたもんだから」男は金属の箱を顎で示した。「そこの岩はウナギより滑るって教えてやれたのに。回り道するほうが安全なんだ。ま、大丈夫。こっち

も心得があるから。足首を見せてみな」男はしゃがむと言い添えた。「宇宙人でも見るような目つきをして悪かった。人殺しが起きてこのかた、ここにやってくる連中をじっくり観察するようになっちまったんだ」

パパは喧嘩したことある？

「心配はいらない」男はアレックスの脚に目を注いだ。「すぐに良くなる」

いや、パパは喧嘩は嫌いだ……相手の不意をつくほうが好きなんだ……。

アレックスはいきなり立つと自分のナイフを抜いた。唖然としている釣り人の背後にまわり、首を押さえた。不潔な髪に汚れた服、魚の腸の刺激臭が鼻を刺す。彼は男の腹に鹿角の柄がついたナイフを突き立てた。男の絶叫は長く尾を引いた。

痙攣する男の胸骨までじっくりと刃を進めながら、アレックスは、ここやコネティカットの被害者のときと同じで、彼らが死んだとたん、内にたぎっていた不安が雲散霧消するのを知ってほっとした。しかも怪我した釣り人を演じるのが、犠牲者の心を開かせるのにいまだ効果的であることも確認できた。しかし、保安官事務所の手配書のことは気になっている――以前の殺しのときに、姿を見られてしまったのだ。でも、それも新しい釣り堀を見つければすむことさ、と彼は一人ジョークを口にした。そろそろジャージーを試すのもいい。

ふるえている男を地面に横たわらせてから道路を見やっても、やはり公園には人っ子一人いない。しゃがんで男を眺めまわすと、アレックスの顔に満足の笑みが浮かぶ。い

や、まだ男は死んでいないが、いずれ息絶えれば鳥たちが後始末をはじめるだろう。息絶えるまえかもしれないが。

アレックスは小道を戻り、二杯めのコーヒーを飲んだ——今度はその味を堪能した。スーはエスプレッソの達人なのだ。それからナイフに付いた血をきっちり落とした。そこには犯行と結びつく証拠を残さないという配慮もあったけれど、以前に学んだ教訓のせいもあった。油を差し、乾かし、研ぎ澄ませる。

その夜遅く、アレックス・モランが帰宅してみると、ジェシカとスーがポップコーンの大きなボウルをはさんでカウチに座り、『60ミニッツ』を見ていた。さいわい番組は政府関連の業者の不正行為を暴くもので、殺人とかレイプとか、娘をとまどわせるような内容ではなかった。アレックスは妻子を抱き寄せた。

「やあ、ジェシー——ベッシー、世界一の娘のご機嫌はいかが？」

「さびしかったわ、パパ。きょうはママと二人でジンジャーブレッド・ボーイとガールを焼いて、わたしは犬をつくったの」

スーにウィンクすると、彼女は夫の上機嫌を察してよろこんでいる様子だった。そのうえ釣った魚が基準以下で、全部水に返してきたと話すとさらにうれしそうだった。スポーツ好きな彼女でも、魚となると、これは冷えた白ワインをたのしみながら、黒服の男が骨を取って出してくるのを待つ料理《アントレ》のほうなのである。

「なにか買ってきてくれた、パパ？」とジェシカが照れながら訊いて小首をかしげると、長いブロンドの髪がその肩に落ちた。

アレックスはいつもの思いにとらわれた。この子は男を泣かせるようになるぞ。

「もちろんさ」

「コレクションになるもの？」

「ああ」

彼はポケットに手を突っ込み、娘にプレゼントをわたした。

「なんなの、パパ？　あっ、すごく冷たい！」時計を手にした娘を見て、アレックスの心は満足に打ちふるえた。「見て、ママ、ただの時計じゃない。磁石がついてる。ベルトにも付くよ。かっこいい！」

「気に入った？」

「わたし、これを入れるとくべつの箱をつくる」と娘は言った。「おかえりなさい、パパ」

娘がぎゅっと抱きついたところに、スーがダイニングルームから、夕食の支度ができたわ、こっちへ来て座りなさいと二人に声をかけてきた。

ノクターン

NOCTURNE

夜更けのマンハッタン、ウェスト・サイド。

チャンネル9の気象予報士によれば一雨来るはずなのに、雨雲はいったいどこに行ったのだろうと首をかしげながら、年若い警察官が湿っぽい春の夜気に包まれたセントラルパーク沿いを歩いていた。

パトロール警官トニー・ヴィンチェンツォは公園を過ぎたところで西に向きを変えた。制服のシャツの肩に留めたモトローラ製無線機のマイク兼スピーカーが黒いレインコート越しに立てる雑音を聞くともなく聞きながら、コロンバス・アヴェニューを渡って、さらにブロードウェイを横切った。

腕時計を確かめる。まもなく十一時だ。「くそ」彼は独りつぶやいて歩を速めた。今夜は勤務時間の大方を署にこもって過ごしたせいか、気がふさいでいる。通りすがりにネックレスをひったくった若者の逮捕報告書をタイプで仕上げたあと、薬物過量摂取で昏倒した同じ容疑者に付き添ってベルヴュー病院に急行するはめになったのだ。おそらく、窃盗に加えて違法薬物所持まで起訴状に書き加えられてはたまらないと、隠し持っていたドラッグを逮捕寸前に一気に飲み下したのだろう。というわけで、若者はヘロインだかクラックだかの違法所持で告発されることが確定しただけでなく、チューブを体に差し入れられて内臓の隅々まで掃除してもらうことになった。まったく。ああいった連中の考えることといったら。

そんなこんなで、トニー・ヴィンチェンツォは今夜、毎日のパトロールの最大の楽し

みを奪われた。

いつもなら、パトロールの最後の一時間、偶然をよそおって西七十丁目あたりのブロックをゆっくりとまわる。そこはたまたま、前世紀に建築された褐色の大劇場、ニューヨーク・コンサート・ホールがあるブロックだった。防音に優れているとは言えない建造物だ。窓のすぐそばに立てば、なかの演奏がよく聞こえる。トニーはこれをパトロール警官ならではの役得と考え、また自分にはそれを楽しむ権利があると信じていた。物心ついたころからずっと警察官に憧れてきたが、警察官なら何でもいいというわけではない。刑事になるのが昔からの夢だった。しかし、まだやっと二十代の半ばにさしかかったところだ。近年では、その年齢の若造にとって金のバッジ——刑事の証——は、よほどの運に恵まれないかぎり、高嶺の花だった。刑事への昇進候補にトニーの名前が挙がるのは、早くてもまだ四、五年は先だろう。それまでは、退屈なパトロールを地道にこなすしかない。

そんな事情もあって、トニーは、パトロール警官に甘んじて過ごす期間は、せめて自分の好きなように巡回するつもりでいた。ちょっとした特典付きで。お代いらずのドーナツやコーヒーではない。彼が求めたのは、音楽だった。

トニー・ヴィンチェンツォは、警察官という仕事と同じくらい深く音楽を愛していた。ジャンルにはこだわらない。スクウィーエル・ナット・ジッパーズのＣＤはみんな持っていた。五〇年代のトニー・ベネットのＬＰや、四〇年代のジャンゴ・ラインハート

のアルバムもある。ダイアナ・ロスのEP盤も、ファッツ・ウォーラーのSP盤も。ビートルズの『ホワイトアルバム』に至っては、現存するすべてのフォーマットでそろえていた。CD、LP、8トラック、カセットテープ、オープンリールテープ。もしも自動ピアノ用ロールが販売されていれば、きっとそれも彼のコレクションに加わっていただろう。

クラシック音楽も好んで聴いた。子どものころからの習慣だった。ブルックリンのベイリッジで育った少年にとって、それはいささか物騒な趣味だった。悪ガキどもに知れようものなら、学校帰りに駐車場でこてんぱんに殴られる危険をはらんでいた。それでもトニーはクラシック音楽を愛し、そのことを隠そうとしなかった。音楽好きは、両親から受け継いだ遺伝子だった。母親は、初めての子ども、トニーの三人の兄のうち一番上を授かるまで、葬儀場のオルガン奏者として働いていた。出産を機に仕事は辞めたものの、それからは家族を聴衆に、ベイリッジの四番街に面した自宅テラスハウスの居間に据えたアップライトピアノを弾き続けた。トニーの父親も音楽に通じていた。コンサーティーナやツィターの演奏ができたし、手持ちのLPレコードはおそらく一千枚を超えていただろう。その大部分が、オペラやイタリアの伝統歌謡のものだった。

今夜、トニーがいつもの指定席、劇場の非常階段をめざして歩きだしたちょうどそのとき、交響曲のフィナーレが聞こえて、熱のこもった拍手と喝采がそれに続いた。ポスターで確かめると、出演はニュー・アメリカン交響楽団、演目は全曲モーツァルトだっ

た。トニーは舌打ちをした。聴きそこねたのが悔やまれる。モーツァルトは好きだった。父は昔、『ドン・ジョヴァンニ』のLPをすり切れるほど繰り返し聴いていたものだ(父は音楽に合わせて頭を振り、「モーツァルトはいいね、モーツァルトはいいね」とつぶやきながら、居間を歩きまわった)。

帰り支度をすませた聴衆が続々と劇場から出てくる。トニーは近く予定されているコンサートのちらしを一枚取った。それからふと、楽屋口にまわってみようと思いついた。運がよければ、オーケストラのメンバーと言葉を交わせることがある。せめてこの憂鬱を晴らせるかもしれない。

ところが、建物沿いをのんびり歩いて角を右に折れたとたん、ピストル強盗の現場に遭遇した。

五、六メートル前方に、スキーマスクで顔を隠し、スウェットスーツにランニングシューズを履いた若い男が見えた。黒のスウェットシャツの前ポケットのなかで握った銃を、タキシードを粋に着こなした長身の紳士に突きつけている。オーケストラの奏者の一人だろう。年齢は五十五歳前後か。強盗は、紳士の手からヴァイオリンを奪い取ろうとしていた。

「よせ」紳士が叫んだ。「これはだめだ。勘弁してくれ!」

トニーは制式のグロックを抜いて腰を落とすと、無線のマイクに口を近づけた。「パトロール三八八四より本部。七十七丁目とリヴァーサイド・ドライヴの交差点で強盗事

件発生。至急応援を要請します。容疑者は武装している模様」

その声が強盗と紳士にも聞こえたらしく、二人が同時に振り返った。

地面に片膝をついて両手で銃を構えた警察官の姿に気づいて、強盗が目を見開いた。

「手を上げろ！」トニーは大声で命じた。「早く！　両手を上げるんだ！」

強盗はパニックを起こした。一瞬その場に凍りついたものの、すぐに紳士を自分の前に引き寄せて盾にした。長身の紳士はヴァイオリンをひしと抱き締めている。

「頼む！　これは渡せない！」

トニーは震える手で強盗の頭に銃口を向けようとした。しかし、わずかにのぞく強盗の肌はスキーマスクと同じように黒く、通りに落ちた影に溶けこんでいる。どこに狙いを定めていいかわからない。

「動くな」若い男がしゃがれ声で言った。「こいつを殺すぞ」

トニーは体を起こすと、掌を前に向けて左手を上げた。「わかった、わかった。いいか、きみはまだ誰にも怪我させていない。いまならまだ考え直せる」

かなたでサイレンが響いた。

「そいつをよこしな！」若い男がヴァイオリニストに怒鳴る。

「これは渡せない！」長身の紳士は唐突に体の向きを変えると、拳を固めて強盗の頭に殴りかかった。

「よせ！」トニーは叫んだ。次の瞬間には、乾いた銃声が聞こえ、紳士が路上にくずお

れるものと確信して。そうなれば、こちらも若者を撃つしかなくなる。警察官になって初めて、人を殺すことになる。

しかし、強盗は発砲しなかった。ちょうどそのとき楽屋口の扉が勢いよく開いて、オーケストラのメンバーが半ダースほど出てきたからだ。彼らはすぐに異常事態に気づき、顔色を変えて逃げまどった。何人かがよりによってトニーと強盗の間を横切った。その隙に強盗は紳士の手からヴァイオリンをもぎ取るようにして奪うと、きびすを返して走りだした。

トニーはその後ろ姿に銃口を向けて叫んだ。「止まれ！」

若者は止まらなかった。トニーはその背中を狙い、引き金にかけた指にじりじりと力をこめた。しかし、まもなくあきらめて銃を下ろした。一つ溜息をつき、あとを追って走り始めたが、すでに犯人の姿は消えていた。まもなく車のエンジンが始動する音が聞こえ、古ぼけた灰色の車——ナンバーも車種も見分けられなかった——がタイヤをきしらせて歩道際を離れ、北へと走り去った。トニーは容疑者の逃走を無線で本部に報告したあと、被害者の紳士に駆け寄り、抱きかかえるようにして立ち上がらせた。

「大丈夫ですか」

「いや、ちっとも大丈夫じゃない」紳士は嚙みつくように言うと、胸を押さえた。苦しげに背を丸めている。頰は紅潮し、額から汗が流れ落ちていた。

「まさか、撃たれたんですか」トニーは尋ねた。強盗の銃が二二口径か二五口径だった

としたら、銃声が聞こえなくてもそう不思議ではない。

しかし、大丈夫でないというのは体のことではなかった。

紳士が上体を起こす。その目は怒りに細められていた。「あのヴァイオリンはね」抑揚のない声で言う。「ストラディヴァリウスなんだよ。時価五十万ドルは下らない」紳士は射抜くような目をトニーに向けた。「いったいどうしてあいつを撃たなかった？ え、どうしてだ？」

最初に現場に駆けつけたのは、トニーの直属の上司、ヴィク・ウェーバー巡査部長だった。次に分署の刑事が二名到着した。そのあと、指揮者であり作曲家でありニュー・アメリカン交響楽団の第一ヴァイオリン奏者であるエドワール・ピトキンが強盗の被害に遭い、値がつけられないほど貴重な楽器を奪われたと聞きつけた市警本部の刑事が四人、現れた。もちろん、マスコミも。それも雲霞《うんか》のごとく。

ピトキンは、タキシードのスラックスにかぎ裂きができているのを除けば、あいかわらず隙のない身のこなしで腕を組み、憤懣やるかたなしといった風情で額にしわを寄せていた。息をするのも苦しげな様子だったが、うるさい蝿を払うような手つきで救急隊員を追い払った。それから、ウェーバーに向かって言った。「とてもじゃないが納得できませんな」

警察の巡査部長というより陸軍の軍曹と呼んだほうが似合いそうなごま塩頭のウェー

バーは、説得を試みていた。

「ピトキンさん、今回の盗難事件はまことに残念――」

「盗難？　まるで奪われたのがマスターカードか何かみたいな言い方だな」

「――でしたが、ヴィンチェンツォ巡査は最善を尽くしました」

「あの若造は私を殺そうとしていた。なのにこの巡査は」ピトキンはトニーのほうに顎をしゃくった。「犯人を取り逃がした。それも私のヴァイオリンごと。世界中どこを探したって、あれに匹敵する名器は見つからないというのに」

それはどうかな――夕食のテーブルで、母親は自慢のトルテリーニを、父親は音楽にまつわる雑学を皿にたっぷり盛るような家庭に育ったトニーは、考えた。アントニオ・ストラディヴァリの手になるヴァイオリンのうち現存しているのは、イタリアの名匠が生涯に製作した総数の半分、およそ六百だと妻や子どもたちに話して聞かせる父のおごそかな声が耳に蘇る。しかし、その豆知識をヴァイオリニストといまここで分かち合うのはやめておくことにした。

「巡査の行動はすべて規則にかなっています」ウェーバーは、盗まれた品物の比類なき価値には無頓着な様子で続けた。

「では、規則のほうを変更すべきだね」ピトキンがぴしゃりと言い返す。

「あれでは狙おうにも狙えなかった」市民相手に自己弁護しなければいけないことに憤りを覚えながら、トニーは言った。「容疑者を背中から撃ってはならないと定められて

いるんです」

「あの若造は犯罪者だぞ」ピトキンが言う。「それに、そうだ、あれは……その、黒人だったじゃないか」

ウェーバーの顔から表情が消えた。四十代の丸顔の刑事課長のほうを見やる。刑事課長はあきれたように目をぐるりとまわしてみせた。

「ああ、いまのは失言だった」ピトキンは慌てて繕った。「恐ろしい体験だったと言いたかっただけだ。脇腹に銃口を突きつけられたんだから」

「ちょっと」集まった記者のなかから声が上がった。「市警のコメントをいただけませんか」

トニーは口を開きかけたが、刑事課長が先んじて答えた。「現時点ではノーコメント。三十分後に署長が記者会見を行ないます」

別の刑事がピトキンに歩み寄った。「犯人の特徴を何か覚えていらっしゃいますか」

ピトキンはしばらく考えこんだ。「そうだな、身長は百八十センチくらい——」

「百八十五センチ」トニーは言葉をはさんだ。「あなたよりも背が高かったですから」

百七十センチとやや小柄なトニーは、身長に関しては観察眼が鋭い。

ピトキンが先を続けた。「がっしりした体つきの」ウェーバーのほうをちらりと見て続ける。「アフリカ系アメリカ人だった。黒いスキーマスク、黒いスウェットスーツ」

「それに赤と黒のナイキ・エア・スニーカー」トニーが付け加えた。

「高価そうな腕時計をしていた。ロレックスだ。どこで誰を殺して手に入れたんだか」今度はトニーをねめつける。「あの男はまた強盗を繰り返すだろうな。今回もまんまと逃げおおせたわけだから」

「ほかには？」刑事が事務的な口調でうながした。

「ああ、そうだ。もう一つ思い出した。両手に粉がついていた。白い粉だった」

刑事たちが目配せを交わした。一人が口を開く。「たぶんドラッグだな。コカイン。ひょっとするとヘロインかもしれない。おそらく、クスリを買う金が必要になったところへ、あなたが運悪く来合わせてしまったんでしょう。ありがとうございました、ピトキンさん。参考になりました。捜査のとっかかりができましたよ。さっそく当たってみましょう」

刑事たちは急ぎ足で黒いフォードに乗りこみ、猛スピードで走り去った。

それと入れ違いに、赤いワンピースを着た若い女がウェーバーとトニー、それにヴァイオリニストに近づいてきた。「ミスター・ピトキン。市長室の者です」女はそう自己紹介した。「市長から、ニューヨーク市民を代表して心からお詫び申し上げたいとの伝言を預かってまいりました。かならずヴァイオリンを無事に取り戻し、犯人を塀の向こうに送りこむとお約束します」

ピトキンの怒りはいささかもおさまらなかった。「こんなところ、来るんじゃなかった……」そう吐き捨てるように言って劇場のほうにうなずいたが、ひょっとしたら、街

全体を指していたのかもしれない。「これからはスタジオの仕事以外は断ることにしよう……ステージで演奏することに何の意味がある？　聴衆は丸太みたいにぼんやり座っているだけだし、咳はする、くしゃみはする。そのうえ昔とちがって、きちんとした身なりさえしてこない。Tシャツにジーンズ姿の観客の前で、ブラームスを演奏する気持ちが想像できるかね？……そのあげくにこんな事件に巻きこまれるとは！」

「可能なかぎり手を尽くします、ピトキンさん」女が言った。「お約束します」

しかし、その言葉はヴァイオリニストの耳には入らないようだった。「あのヴァイオリンは……ボストンのタウンハウスより高かったんだ」

「ですから――」女が言いかけた。

「一七二二年に製作されたものでね。パガニーニもあれを弾いた。ヴィヴァルディも五年ほど手元に置いていた。『ラ・ボエーム』の初演にも、あのヴァイオリンはピットのなかで立ち会ったんだ。カルーソーやマリア・カラスの伴奏もしたし、ドミンゴに誘われてアルバート・ホールで演奏したとき、私が使ったのもあれだった……」ピトキンはふいに目を上げてウェーバーを見つめ、まぎれもない好奇心とともにこう尋ねた。「きみ、いまの私の話を理解できているかね？」

「いや、ほぼ全滅ですな」巡査部長は快活に答えた。それからトニーのほうを向いた。「ちょっと来てくれないか。相談がある」

「音楽には詳しいんだろう。ありゃいったい何者だ？」非常階段の下に出たところで、ウェーバーはそう尋ねた。雨はまだ降りだしていなかったが、夜気は湿り気を増し、街は冷たい濃霧に包まれていた。

「ピトキンですか？　指揮者で、作曲家です。そうですね、たとえばバーンスタインみたいな」

「誰だって？」

「レナード・バーンスタインですよ。『ウエスト・サイド物語』の作曲家」

「ああ。要するに有名なんだな」

「ま、クラシック界のミック・ジャガーと思ってください」

「弱ったな。世界の目がわれわれに向いているというわけか」

「ええ、おそらく」

「ここは正直に答えてくれ。現場で容疑者を逮捕するのは本当に不可能だったんだな」

「はい」トニーはうなずいた。「容疑者がこっちを向いていたときは、狙いを定めることができませんでしたし、容疑者の背後の様子も確認できませんでした。弾が何に当たっても責任は持てないといった状況だったんです。そのあとは、狙えるのは容疑者の背中だけでした」

ウェーバーは溜息をつき、眉間のしわがいよいよ深くなった。「そうか。となると、覚悟を決めるしかない」腕時計に目を落とす。午前零時になろうとしていた。「おっと、

勤務時間はおしまいだぞ。報告書を書いて、今夜は上がれ」

トニーは片手を上げた。「お願いがあります」

「何だ？」

「書式一一一八の件で……」

刑事課への異動願いだ。目下は、同じ趣旨のざっと三千通の紙の山のどこかに埋もれている。いや、へたをすれば、三千通の山の一番下にあるかもしれない。老獪な巡査部長はたちまち察してにやりと笑った。異動願いを一気に山の頂きへと浮上させるには、注目の大事件の犯人を挙げるしかない――たとえば連続殺人犯や警官殺し、修道女殺し。

あるいは、時価五十万ドルのヴァイオリンを強奪し、市長に冷や汗をかかせた犯人。

「ははあ、捜査に加わりたいわけか」ウェーバーが言う。

「いえ」トニーはにこりともせず答えた。「捜査をまかせていただきたいんです」

「おいおい、専任させるなんてのは無理だよ。私にやれるのは、そう、せいぜい四時間だ。勤務時間の半分だな。残業はなし。それから、刑事課の指示を仰ぐこと」そう言ってから、巡査部長はトニーの目を見つめて溜息を漏らした。「刑事課とは別に動きたいわけだ」

「そうです」

ウェーバーはためらった。「わかった、いいだろう。だがいいか、ヴィンチェンツォ、

犯人を逮捕しなければ意味がないぞ。ヴァイオリンを取り返しただけではだめだ」市長室の女のほうにうなずく。「誰かを磔《はりつけ》にするまで、連中は黙らない」

「わかってます」

「なら、行け。時間がないぞ」

トニーは分署のある東に向かって歩きだした。しかしすぐに立ち止まり、ピトキンと市長室の女のそばに戻ると、ヴァイオリニストを見上げた。「一つうかがいたいことが。さっきパガニーニのお話をなさってましたね」

面食らったようなまばたき。「ああ、したよ。それが何か？」

「パガニーニのおもしろい逸話がありまして。あるとき、パガニーニの友人が、彼をちょっとからかってやろうと考えて……ちなみに、これはうちの親父から聞いた話です。友人たちは、絶対に誰にも弾きこなせるはずのない複雑なヴァイオリン曲を用意したんだそうです。人間の手はそんなふうには動かない、というような曲をね。そしてその楽譜を譜面台にさりげなく置いて、パガニーニを招きました。パガニーニは部屋に入ってくるなり楽譜にざっと目を走らせ、片隅に置かれたヴァイオリンを手に取って音を合わせました。そして、いいですか、彼は友人たちを見まわしてにやりと笑ったかと思うと、その難曲を完璧に演奏してみせたというんです。それも二度と譜面を見ることなしに。友人たちの完敗でした。ね、すごい話でしょう？」

ピトキンは冷ややかな目でトニーを見つめた。「きみはあの男を撃つべきだったたな、

巡査」そしてトニーに背を向けると、リムジンに乗りこんだ。「〈シェリー・ネザーランド・ホテル〉まで」車のドアは大きな音を立てて閉じた。

トニーは署からジャン・マリーに電話をし、帰りを待たずに先に休んでいてくれと伝えた。特別捜査をまかされたからと。

「危険な仕事じゃないでしょうね、トニー？」

「心配ないよ。捜査に手を貸してくれって頼まれただけだ。被害者が音楽界の大物なんだよ」

「ほんと？　すごいじゃないの」

「先に寝ていてくれ。愛してる」

「愛してるわ、トニー」

それから私服に着替え、私有の車でアップタウンに向かった。ジーンズとスニーカーを選んだ理由は、そのほうが楽だからだった。どうせ目的地は、服装で身分をごまかそうとしてもごまかしきれない場所だ――最初に入ったビリヤード場、百二十五丁目の〈ジョニーB〉の客のなかに白人はほかに一人もいなかった。いかにも〝警察官でございます〟といった顔をしているのも、トニー一人だった。しかし、そのことは問題ではなかった。そもそも身分を偽るつもりは初めからない。パトロール警官としての経験から、ただ質問しても何も答えない相手から情報を引き出す手段は一つしかないことを、

トニーはよく知っていた。買い、売るしかない。むろん、一介の制服警官でしかない彼に情報料の予算など与えられていないが、それでも金銭に代わる軍資金に心当たりがあった。

「やあ、サム」彼はバーカウンターに歩み寄った。

「よう、トニーじゃねえか。何の用だ、こんな夜中に？」白髪の老バーテンダーがしゃがれた声で尋ねた。「ビリヤードをしに来たか」

「いや、くそ野郎を捜しにだよ」

「ふん。ここになら売るほどいるぜ」

「いや、ぼくの捜してるやつは、どこかにひそんでるはずだ。今夜、ぼくの目の前で強盗を働いて、まんまと逃げた」

「個人的な恨みを晴らそうって腹か、ええ？」

トニーは答えなかった。「ところで、弟はどうしてる？」

「ビリーか？　どうしてるも何も、三メートル四方の独房に四年も閉じこめられてるんだ、想像がつくだろ？　しかも、刑期はまだ四年もある」

「ぼくなら耐えられないな。だけど、騒ぐと撃つぞと脅された窓口係にもなりたいとは思わない」

「ま、そうだな。けど、結局ビリーは撃たなかった」

「なあ、残り四年が三年に短縮されたら、ビリー・ボーイは何と言うだろう」サムはト

ニーにビールを注いだ。トニーは一息に半分飲み干した。

「さあな」サムが言う。「四年が一年になりゃ喜ぶだろうけどな」

トニーは少し考えた。「一年半では？」

「おまえさん、パトロールだろ。そんなことできるのかい？」

この件に限っては市長の後ろ盾を当てにしても大丈夫だろうとトニーは値踏みした。何と言っても、文化の街ニューヨークの危機なのだ。「ああ。できる」

「しかしな、やばい連中を密告したせいでこっちの身まで危なくなるなんてのは、おれだってごめんだぜ」

「ぼくは犯人を見た。心配ないよ。共犯はいない。あいつは組織の手下じゃないよ。それに、被害者は大物だ。捕まれば相当の刑期を食らう。シンシン刑務所から帰ってくるころには、白髪の年寄りになってるさ」

「ならいい。名前はわかってんのか」

「わからない」

「面《つら》は？」

「ぼくがスキーマスクを透視できるように見えるかい？」

「そりゃ無理だな」

「身長は百八十五センチくらい。がっしりした体つき。黒いスウェットスーツに黒と赤のナイキ・エア。そうだ、ロレックスの腕時計をしてた。ただし偽物の」

三千ドルの腕時計をつけたまま仕事をするような間抜けな強盗がいるとは思えない。壊したり、失くしたりするのが落ちだ。

「それから、よくビリヤードをしてる」

「確かか？」

「確かだ」

市警本部の刑事たちがどう思ったにしろ、トニーはピトキンが目撃したという犯人の両手についていた白い粉は、キューの先端に塗るチョークにちがいないと確信していた。ぱっと見てわかるほどの量のコカインやヘロインをこぼすような、手元のおろそかな売人や中毒者がいるとは思えない。トニーがこうしてビリヤード場を訪れた理由は、それだった。強盗事件を起こす直前にチョークの粉が手についたのだとしたら、犯人はよほどのビリヤード好きだろう。ニューヨークのアップタウンには多数のビリヤード場があるが、熱心なプレーヤーが集まる店は数軒に限られ、しかも熱心なアフリカ系アメリカ人のプレーヤーが集まる場所となると、その数はさらに絞られる。

バーテンダーは長いこと考えこんでいたが、やがて無念そうに首を振った。「そいつなら見たぞと言ってやりたいところだが、覚えがないな」

「そうか。ありがとう、サム」

トニーは出口に向かいかけた。

「おい、トニー。ちょっと待て……〈アップタウン・ビリヤード〉は知ってんだろ」

「レキシントン・アヴェニューの？」

「そう」サムがうなずく。「今夜、あそこでトーナメント戦があった。優勝賞金は五百ドル。大勢が参加したって聞いてる。イズって男を探せ。奥のほうでぶらぶらしてる小柄な男がそうだ。おれの知り合いだって言いな。話してくれるだろう」

「わかった。上首尾にいったら、矯正局に話をつける。ビリーの刑期を負けさせるよ」

「悪いな。おい、ビールをもう一杯どうだ？」

「まだスモーキー・ロビンソンは入ってるんだろう？」トニーはジュークボックスのほうにうなずいて見せた。

サムは厳《いか》めしい顔つきをした。「あたりめえだろ」

「そうか、それならいいんだ。ビールはまた今度にするよ」


アップタウン・ビリヤードではいっそう冷ややかな歓迎を受けたものの、イズはすぐに見つかった。たしかに小柄で、たしかに奥のほうにいたが、ぶらぶらはしていなかった。心ここにあらずといった風情ながらエイトボールをあっさりポケットに落とし、生意気そうな青年ハスラーから札束を巻き上げていた。イズは金をポケットにおさめ、敗者ががっくりと肩を落として店をあとにするのを見送ってから、ようやくトニーのほうを振り返り、むしられてほとんど毛の残っていない眉毛を吊り上げた。

トニーは身分を明かし、サムの紹介で来たと告げた。

イズがのっぺらぼうの壁を眺めるような目を向ける。トニーは続けた。「ある男を捜してる」そう前置きして、犯人の特徴を話して聞かせた。

イズは無言で背を向けると、どこかへ電話をかけた。トニーの耳に届いた会話の断片から察するに、サムに身元照会をしているらしい。

やがてビリヤード台に戻ってくると、ボールをラックに並べ始めた。

「知ってるよ」イズはぼそりと言った。「そいつなら、今夜来てた。ロレックスを覚えてる。外してカウンターに置いたまま試合してたから、偽物だとわかった。なかなかの腕前だったが、二回戦で負けた。肩に力が入っててな。あんなんじゃ勝てっこない。勝とうと思い始めたら最後、負けたも同然だ」

「そいつはよくこの店に来るのかな」

「ときどき来る。近所で見かけたこともある。たいがい一人でいるな」

「名前は？」トニーは二十ドル札五枚に別れを告げた。

イズはカウンターに行くと、手垢のついたよれよれの書類の山をめくった。トーナメント戦の参加者名簿だろう。「デヴォン・ウィリアムズ。うん、こいつにまちがいない。ほかの名前はみんな知ってるから」

新たな百ドルが持ち主を変えた。「住所もわかるかな」

百三十一丁目、わずか四ブロック先だった。

「ありがとう。恩に着るよ。じゃ、また」

イズは答えなかった。ブレークショットでハイボールとローボールが一つずつ落ちた。イズは「思案のしどころだ、思案のしどころだ」とつぶやきながら、台の周囲をひとまわりした。

トニーは店を出てレキシントン・アヴェニューに立ち、選択肢を天秤にかけた。応援を要請すれば、事情を察した刑事たちが抜け目なく押し寄せてきて、あっというまにトニーの手から事件をさらっていくにちがいない。手柄を横取りされれば、刑事課への異動の可能性を一気に押し上げようというトニーのもくろみはふいになる。

よし。一人で乗りこもう。

そう心を決め、グロックと、足首にストラップで固定した予備のリヴォルヴァーを援護に、トニー・ヴィンチェンツォはハーレムの住宅街の奥へと分け入った。この界隈では霧も空気も濃密で、大都会の喧噪さえくぐもって聞こえた。まるで別の時、別の場所にいるようだった——森や山のなかに。静かだった。ひどく静かで、不気味だった。ある言葉がふと心に浮かんだ。いつだったか、音楽の話をしていて父がふと口にした言葉。ノクターン。意味は知らないが、夜に関係があることはわかる。しかも、何か安らかなものを指す言葉だという気がした。

それにしても妙なものだ。武装した凶悪犯のもとにたった一人で乗りこんで逮捕を試みようというときに、安らかな音楽のことが頭をよぎるとは。

ノクターン……。

五分後、トニーはデヴォン・ウィリアムズの住む安アパートの前にいた。

モトローラ製のスピーカー兼マイクの音量を下げ、革ジャケットの襟にピンで留めた。こうしておけば、たとえ撃たれて倒れても、10－13、至急応援を要請すと本部に連絡することができる。次に警察バッジを表が見えるようにしてジャケットのポケットに差し、グロックを抜いた。

忍び足でロビーに入り、居住者案内板を確かめた。一階の部屋の一つにウィリアムズという名前があった。いったん外に出て、非常階段をのぼる。窓は開いているが、カーテンが引かれていた。室内の様子はぼんやりとしかわからない。しかしキッチンらしき部屋に入っていくウィリアムズの姿がちらりと見えた。ビンゴ！

ウィリアムズはヴァイオリンケースを手にしていた。さっきと同じスウェットスーツ姿だ。とすると、銃もまだ身につけたままだろう。

深呼吸を一つ。

さて、どうする？　応援を呼ぶか？

いや……一生に一度のチャンスだ。一人で突入し、金色のバッジを手に入れよう。

または、あっけなく殺されるか。

その可能性は頭から締め出せ。

何も考えるな！

トニーは物音を立てないようにしながら窓を乗り越え、小さな居間に入った。腐敗し

た食品の臭い、汚れた衣類の臭い。そろそろと廊下を進み、キッチンのすぐ手前で立ち止まった。銃を握るほうの手の汗を拭う。

よし、行こう。

一……。

二……。

次の瞬間、トニーは凍りついた。

キッチンから、音楽が流れだした。

ヴァイオリンの音色だった。

ひっかくような音、きしるような音。蝶番《ちようつがい》の錆びたドアが開閉するような音。しかし、演奏者が幾度か音階を試すうち、まもなくその音色はなめらかでよく響くものへと変わった。トニーは壁に背中をつけた。鼓動が激しい。ジャズのリフが聞こえた。

つまり、相手は二人ということだ。下手をすると、それより多いかもしれない。ウィリアムズの仲間の故買屋か。ストラディヴァリウスを買おうとしている人物か。そいつも銃を持っているだろうか。

さて、応援を呼ぶべきか？

いや、もう遅い。こうなったら、何が何でも一人で逮捕するしかない。

戸口に振り向きざまに腰を落とし、目の高さに銃を構える。

「動くな！　全員、動くな！」

しかし、全員はどこにもいなかった。キッチンにいたのは、ヴァイオリンを顎に当て、右手で弓をかまえた、長身で童顔のデヴォン・ウィリアムズ一人きりだった。突然のトニーの出現に息も止まるほど驚き、口をぽかんと開け、目をしばたたかせている。

「ひゃあ、おどかすなよ」ウィリアムズはゆっくりと肩を落とし、深い息をついた。「あんたか。さっきのおまわりだよね」

「デヴォン・ウィリアムズだな？」

「そうだよ」

「そいつを下ろせ」

ウィリアムズはヴァイオリンをそろそろとテーブルに置いた。

「ポケットのなかのものを出せ」

「なあ、ちょっと声を低くしてくれねえか。奥の部屋に子どもがいる。眠ってるんだ」

トニーは若者の命令するような口調に苦笑した。

「ほかに誰かいるのか」

「子どもたちだけだ」

「この状況で嘘をつくとどうなるかわかるな」

「わかってる」ウィリアムズはうんざりしたように溜息をついた。「嘘じゃねえって」

「ポケットのものを全部出せ。二度と言わせるな」

ウィリアムズが言われたとおりにする。

「まだあるだろう」

「何が？」

「しらばっくれるな。銃だよ」

「銃？　銃なんか持ってねえ」

「さっきこの目で見たぞ。劇場の前で」

ウィリアムズは身振りでテーブルを示した。「そいつを使ったんだよ」そう言ってセロファンに包まれた葉巻形の風船ガムを指さす。「それをポケットのなかで握ってたんだ。前に映画で見たトリックでさ」

「出まかせを言うな」

「出まかせじゃねえよ」ウィリアムズはスウェットパンツのポケットやシャツの前ポケットを裏返した。空《から》だった。

トニーは手錠をかけたあと、若者をとっくりと観察した。「年は？」

「十七」

「ここに住んでるのか」

「ああ」

「一人で？」

「いや、さっきも言ったろ、小さな子どもがいる」

「おまえの子どもか」

ウィリアムズが笑った。「弟と妹だ」

「両親は？」

また笑い声。「どこにいるのか知らないけどさ、ここじゃねえことは確かだな」

トニーは少年に手錠をかけ、被疑者の権利を読み上げた。その間も考えていた。容疑者は捕まえた。楽器も取り返した。怪我人も出さなかった。これで次の異動の季節には、ヴィンチェンツォ刑事の誕生だな。

「なあ、デヴォン。故買屋の名前を吐けば、おまえは協力的だったと地方検事に報告してやるぞ」

「故買屋なんか知らねえよ」

「ごまかすな。故買屋もいないで、どうやってブツをさばくつもりだった？」

「自分で使いたくて盗んだんだ。ほら、自分で弾こうと思って」

「おまえが？」

「そう言ってんだろ。地下鉄の駅で弾いて小銭を稼ごうと思った」

「嘘つけ」

「ほんとだって」

「刑務所行き覚悟で？　おいおい、買えばすむ話じゃないか。何もＢＭＷを買おうっていうんじゃない。そのへんの質屋に行けば、ヴァイオリンくらい二、三百ドルで手に入るだろう」

「そう言うけどさ、その三百ドルがどこにあるんだよ？　親父は消えちまったし、おふくろはどこの馬の骨だかわからない男を作って出てっちまうし、弟や妹には食い物と着る服と毎日の世話が必要だ。どうやってヴァイオリンを買えってんだよ、おまわりさんよ。金なんかねえんだ」

「弾きかたはどこで習った？　学校か？」

「そう、学校で。これでもけっこううまかったんだぜ」ウィリアムズはそう言ってにやりとした。金歯がきらりと輝いた。

「で、何だ、働くために学校をやめたのか」

「親父がいなくなったときにな。二年くらい前か」

「それがふとまたヴァイオリンでも弾いてみようと思い立ったわけか。賭けビリヤードよりよほど稼ぎがよさそうだから。そうだな？」

ウィリアムズはまばたきをした。それから、住所を探り当てられた経緯を察したのか、笑いだした。「A&Pの倉庫係の給料じゃ——とにかく食ってけねえんだよ」目を閉じ、苦笑を漏らす。「そっか、おれはムショ行きってわけだ……まいったな。まさか自分が刑務所に入ることになるとは思わなかったよ。それだけは避けたかったんだけどな。おばさんを呼ぶ金を稼ぎたかったんだ。ノースカロライナからここへさ。弟たちの世話を手伝ってもらおうと思って。行ってあげたいのはやまやまだけど、お金がないのよって言われちゃってね。引っ越しに二千ドルかかるって」

「世間じゃよく言うだろ。服役できないのなら、罪を犯すな」

「くそ」ウィリアムズはヴァイオリンにじっと視線を注いでいる。好奇心をたたえたような目。焦がれるような目。

トニーは少年の黒い瞳を見つめた。「よし、こうしよう。しばらく手錠をはずしてやるから、少し弾いてみたらどうだ。最後にもう一度だけ」

弱々しい笑み。「いいのか？」

「いいさ。だが言っておく。ぼくの気に入らない方向に一センチでも動いたら、そのけつに一発ぶちこむ」

「大丈夫、わかってるって」

トニーは手錠をはずしてやると、グロックを相手に向けたまま一歩下がった。

ウィリアムズはヴァイオリンを手に取り、さっきとはまた別のリフを鳴らした。勘を取り戻し始めているらしい。音色は先ほどよりもしっかりとして、豊かだった。民謡の『ゴー・テル・アント・ローディ』を弾き、さらにそのヴァリエーションを奏でた。次にクラシックの練習曲を弾く。バッハらしき曲。『エイント・ミスビヘイヴィン』。それから、トニーが幼いころに母親が弾いていた覚えのある曲がいくつか続いた。やがてウィリアムズは手を止めて溜息をつくと、ヴァイオリンをケースに無造作に放りこみ、そちらに顎をしゃくった。「まったく笑い話だよな。何か月も何か月も盗もうかどうしようか迷ったあげく、ついに意を決して実行したと思ったら、こんな傷だらけのおんぼろ

をつかまされるなんて」

トニーの視線もヴァイオリンに吸い寄せられていた。木目についたへこみ、ひっかき傷、すり減ったネック。

——あのヴァイオリンはボストンのタウンハウスより高かったんだ。

「よし、そろそろ行こうか」トニーはテーブルから手錠を拾い上げた。「児童福祉相談所に連絡しよう。弟や妹たちの世話を引き受けてくれるはずだ」

ウィリアムズの顔から笑みが消えた。寝室のほうに目を泳がせる。「まいったな」小さくつぶやく。「まいったな」


バーのサービスタイムの長さとロビーの内装に占めるクロムめっきの割合でホテルの格を判断するトニー・ヴィンチェンツォの目には、〈シェリー・ネザーランド・ホテル〉はいささか殺風景に過ぎると映った。しかし、ここは裕福な人間の縄張りだ。トニーには金持ちの趣味はわからない。

それに、ホテルは小さかった。大勢の記者やら警察官やらが殺到したいまは、なおさらせまく見える。市長室の者だという赤いワンピースの女も来ていた。ウェーバー巡査部長もいるが、午前二時に電話でベッドから引っ張り出されたうえ、有名人だか何だか、ボストンからやってきたいばり屋のつまらない売名ショーにつきあわされるとあって、見るからに不機嫌そうな顔をしている。

トニーはヴァイオリンケースを脇に抱えてロビーに入っていった。ウェーバーの前で立ち止まる。ウェーバーはいつも消えない眉間のしわをわずかに深くすると、質問を浴びせかける記者連中を手を振って黙らせた。

髪をきちんとなでつけ、真夜中だというのにスーツにネクタイという出で立ちのエドワール・ピトキンがエレベーターから姿を現し、まばゆいライトのなかにこやかに歩み出た。ヴァイオリンを受け取ろうと大股に近づいてくる。しかしトニーはヴァイオリンを差し出そうとしなかった。代わりに、ヴァイオリニストが差し出した手を無言で握った。

ピトキンは虚をつかれたようだったが、マスコミを意識してのことだろう、すぐにまた笑みを浮かべた。「お礼の言葉もないよ、巡査。本当にありがとう」

「何がです？」

また一瞬の間。「その、私のストラディヴァリウスを取り返してくれたことにだが」

トニーは短い笑いを漏らした。ピトキンが眉を曇らせた。トニーは人垣のはずれに立つ人物に声をかけた。「来いよ、遠慮はいらない」

スーパーマーケットA&Pの制服を着てワークブーツを履いたデヴォン・ウィリアムズが、記者の森からおずおずと進み出た。

ピトキンがウェーバーのほうを振り返った。「なぜ手錠をかけていない？」怒りを露わにそう訊く。

巡査部長はトニーを見やり、暗黙のうちに同じ質問を投げかけた。

トニーは首を振った。「あなたのヴァイオリンを取り返してくれた市民に、手錠をかけなければいけないとおっしゃるわけは？」

「この男が……何だって？」

「いきさつを話してください」記者の一人が声を張り上げた。

ウェーバーがうなずき、トニーは三日月形を描いて集まった記者たちの前に進み出た。咳払いをしたあと、口を開く。「私は盗まれた楽器を持っている男を百二十五丁目で発見し、追跡しました。それをたまたま見ていたこちらの青年、デヴォン・ウィリアムズがみずからの危険を顧みず加勢して、犯人を取り押さえてくれました。おかげで楽器は無事に取り戻すことができました。しかし、犯人はふたたび逃走しました。私は追跡しましたが、残念ながら見失ってしまいました」

いかにもリハーサル済みの台詞のように聞こえたらと心配だった。実を言えば、入念な稽古の成果だったが。しかし、まあ、世間も警察官のものの言いかたには慣れている。ふつうの市民のように話せば、かえって怪しまれるだろう。

ピトキンがつぶやいた。「しかし……一目見て思ったんだが、その……彼は犯人に似ているような……」

トニーは言った。「私はスキーマスクをはずした犯人の顔を見ました。こちらのウィリアムズさんと犯人は……」ピトキンを一瞥する。「アフリカ系アメリカ人であること

を除けば、まるで特徴が一致しません。ウィリアムズさんに来てもらったのは、しかるべき報賞を受け取る資格があると思ったからです。彼は固辞しましたが、私がぜひにと勧めました。良き市民は、その、讃えられるべきですから」

記者の一人が尋ねた。「報賞金はいくらです、ピトキンさん？」

「えっと、それはまだ……えっと、五千ドルです」

「それだけ？」トニーは睨みつけるようにしながら小声で聞き返した。

「ヴァイオリンが無傷なら、一万ドルとしましょうか」ピトキンが慌てて言い直す。

トニーはヴァイオリンケースをピトキンに手渡した。ヴァイオリニストはふいに一同に背を向けると、フロントデスクに近いテーブルに歩み寄った。ケースを開けて丹念にヴァイオリンを調べる。

トニーは大声で訊いた。「傷はありませんね？」

「ええ、ええ。無事なようです」

ウェーバーが指を曲げてトニーを呼び寄せた。そのままロビーの片隅へ誘う。「いったいどういうことだ？」巡査部長がぼそりと訊いた。

トニーは肩をすくめた。「さっき説明したとおりですよ」

ウェーバーが溜息をつく。「犯人は逮捕できなかったのか」

「ええ、逃げられました」

「犯人がいなけりゃ、異動願いの足しにはならんぞ」

「ええ、でしょうね」

ウェーバーはトニーをじろじろと見たあと、訳知り顔で続けた。「それどころか、この事件にかぎっては、勤務評定に書かれるのも困るってところか」

「ええ、そんなところです」

「ついてないな」

「ええ、ついてません」

「すみません、ウィリアムズさん」記者が声をかける。「ウィリアムズさん」

ウィリアムズはきょろきょろと周囲を見まわした。〝さん〟付きで呼ばれるのに慣れていないのだろう。「あ、はい？」ようやく自分のことだと気づいて返事をする。

「こちらに来て、質問に答えてくださいますか」

「えっと、はい、わかりました」

ウィリアムズは、いよいよ人数が増える一方の記者団のほうへとおっかなびっくり歩いていきかけた。トニーは身を乗り出してその腕をつかむと、大きな笑みを浮かべた。

ウィリアムズは立ち止まり、腰をかがめてトニーの口元に耳を寄せた。「デヴォン、ぼくはもう帰らなくちゃいけないが、その前に念のため……おばさんが無事にこっちへ越してきた暁には、お手製の薫製ハムとコラードグリーンのスープをご馳走してくれるって約束、忘れるなよ」

「期待しててくれ。おばさんの料理は最高だから」

「それから、報償金の残りは、弟たちの口座を作って預金するんだったな？」

また金歯がきらめいた。「もちろんだよ、巡査」二人は握手を交わした。

カメラの放列の前に立つウィリアムズの後ろ姿を見送りながら、トニーはレインコートを羽織った。回転ドアの前でふと足を止め、振り返る。

「ウィリアムズさん。音楽はお好きですか」

「あ、ええ、音楽は好きです」

「お気に入りはラップ？」

「いえ、ラップ・ミュージックはあまり」

「楽器は何か弾けますか」

「ピアノとギターが少々」

「これを機にヴァイオリンを始めてみようとは思いませんか」

「ああ、それはいいな」ウィリアムズはそう答えてから、エドワール・ピトキンのほうをちらりと見やった。ヴァイオリニストは異星人を見るような視線を返した。そのピトキンの視線をとらえたまま、ウィリアムズは続けた。「他の人が弾いているところを見るかぎりでは、そうむずかしそうには思えないし。いえ、これはぼくの個人的な意見ですけど」

「ウィリアムズさん、もう一つだけ……」

トニー・ヴィンチェンツォは夜の街に足を踏み出した。霧は晴れ、ついに雨が降り始

めていた。絶え間なく、冷たく、そして奇妙に静かな雨。安らかな夜だった。ジャン・マリーはもう眠っているだろう。それでも彼は家に飛んで帰りたかった。ビールを注いで、ＣＤをかける。聴きたいものは決まっていた。モーツァルトがいい。いや、今夜はスモーキー・ロビンソンのほうがもっと似合いそうだ。

被包含犯罪

LESSER-INCLUDED OFFENSE

「今度ばかりは勝ち目はないと思え」

「ほう、勝ち目はありませんか」ダニー・トリボウ検事はデスクチェアの背に体重を預け、発言の主をじっと見返した。

年齢で十五歳、体重でざっと二十キロまさる被告人レイモンド・ハートマンが重々しくうなずく。「そうさ、どうあがいたって勝てっこねえよ。わかりきったことだ」

ハートマンのかたわらの男が、そのくらいにしておけというようにクライアントの腕に手を置いた。

「少々叩かれたって、この男にはこたえねえさ」ハートマンは自分の弁護士に言った。「第一、おれは事実を指摘したまでだ」ハートマンは紺色のスーツの上着のボタンをはずした。夜の海原のように青く艶やかな生地。

実のところ、少々叩かれたところで痛くもかゆくもないのは確かだった。この手の輩には、言いたいように言わせておけばいい。ハートマンが傲慢な態度を取ろうと涙ながらに悔恨の情を示そうと、公判に強気で臨む構えに変わりはない。

とはいえ、三十五歳の生え抜きの検察官には、挑発されて黙っているつもりはなかった。そこでハートマンの目をまっすぐに見据えると、穏やかな声で言った。「私の経験から申し上げれば、ある人物の目に明らかな事実が、別の人物の目には正反対に映ることは、そう珍しいことではありません。陪審は事実を私と同じように解釈すると確信しています。つまり、負けるのはあなただということになります」

ハートマンは肩をすくめ、ロレックスの金の腕時計にちらりと目を落とした。時間なんかこれっぽっちも気にしていないくせにとトリボウは心中で思った。言外にこう匂わせているだけだ――この宝飾品一つでおまえの年俸分くらいにはなるんだぞ。ダニー・トリボウの腕時計はカシオ製だ。そしてその腕時計にちらりと目を向けたところで、言外に伝わるのは、この会合はたっぷり三十分の時間の無駄遣いだったということだけだ。

地区検事長のオフィスにしては想像以上にせまく殺風景な部屋には、被疑者とその弁護士、それにトリボウのほかに、二人の人物が同席していた。トリボウの左側には、助手のチャック・ウーがいる。二十代の几帳面な――潔癖すぎると評されることもある――青年だ。いまウーはデスクに身を乗り出し、いつも持ち歩いている使い古しのラップトップコンピューターに向かって、この会合の議事録をタイプしている。被告人はたいがいそのあわただしいキーの音にいらだちをつのらせるが、レイ・ハートマンの神経には少しも障らないらしい。

五人組の最後の一人は、アデル・ヴィアモンテ、一年ほど前から凶悪犯罪部のトリボウの下で働いている検事補だった。年齢はトリボウよりも十歳近く上で、第一のキャリア――いまはティーンエイジャーに成長した双子の息子の子育て――で成功を収めたあと、法務に関心を持って勉強を始めた。

ヴィアモンテの頭脳と舌鋒は鋭く、しかもそれに釣り合った度胸も備わっている。ヴ

ィアモンテの目はハートマンの小麦色の肌や贅肉のない腹、銀色を帯び始めた髪、がっしりとした肩、太い首をねめつけた。それから、ハートマンの弁護士に顔を向けた。「では、ハートマン氏および彼のエゴとの交渉は、決裂したと考えてよろしいかしら」

ハートマンは苦笑をもらした。授業中に当てられた生徒が的外れな答えを言ったときのクラスメートのように。トリボウの見たところでは、ハートマンは女性だからというだけの理由でヴィアモンテを見下しているらしい。

弁護士がまた同じ台詞を繰り返した。「私のクライアントは、実刑を受ける可能性のある司法取引には応じない」

トリボウのほうも同じ台詞を返す。「こちらはそれ以外の条件を提示する気はありません」

「では、法廷で決着をつけるとしましょう。こちらは無罪を勝ち取る自信がありますから」

無罪か、そいつは怪しいなとトリボウは思った。レイ・ハートマンは、去る三月の日曜の午後、ある人物の頭部を撃ち抜いて殺害した。物的証拠はそろっている――弾道は一致し、ハートマンの手からは射撃残渣が検出された。殺害現場近くでハートマンが被害者を探している姿を目撃した証人も複数いる。また、犯行に先だってハートマンが被害者を脅していたとか、被害者に危害を加えると公言していたという証言がいくつも寄せられていた。動機もある。ふだんのダニー・トリボウは、担当する裁判のなりゆきを楽観することをよしとしないが、それにしても、これほど有罪の証拠が完璧なまでにそ

ろった事件は珍しい。

そこで、もう一度だけ説得を試みた。「故殺を認めるなら、求刑は十年にとどめますが」

「冗談じゃねえ」ハートマンは何をばかなというようにせせら笑った。「おれの弁護士の話を聞いてなかったらしいね、あんた。おれはムショには行かねえ。罰金なら払ってもいい。そうとも、金ならいくらでも払うぞ。地域奉仕だってやる。だが、ムショには絶対に行かねえ」

ダニエル・トリボウは痩せ形の体つきをしていて、つねに冷静さを失わず、どんな局面でも口調は柔らかで、ボウタイにサスペンダーといった服装がいかにも似合いそうな検事だった。「ハートマンさん」トリボウはハートマンのほうを向いてじかに話しかけた。「私は謀殺の容疑であなたを起訴するつもりです。この州では、謀殺は特殊事情による犯罪に該当します。言い換えれば、死刑を求刑することも可能であるということです」

「おれに言わせれば、このつまらねえ会合に何の意味があるのかさっぱりわからねえな。悪いが、おれは人と昼飯の約束をしてるんでね。あんたらお坊ちゃんお嬢ちゃんがたは、せいぜい法律の勉強でもしといてくれ――おれをムショに送りこむつもりなら、よくよく予習しておいたほうがいい」

「そうおっしゃるなら、しかたがありませんね」トリボウは立ち上がった。弁護士とは握手を交わしたが、ハートマンの手は握らなかった。アデル・ヴィアモンテは、釣り銭

をごまかそうとしたレジ係を見るような目を弁護士と被疑者の両方に向けただけで、立ち上がりもしなかった。その顔は、危うく口から飛び出しかけた言葉を懸命に呑みこもうとしているかに見えた。

来客が帰ったあと、トリボウはゆったりと座り直した。椅子の向きを変え、窓の向こうに広がる郊外のなだらかな丘を見晴らす。丘は初夏らしいさわやかな緑色に輝いていた。トリボウの手は、オフィスに置かれた唯一の装飾品をぼんやりともてあそんでいた——ふつうならベビーベッドの上に吊るしてあるような、だがその代わりに彫刻の施された書棚のてっぺんに吸盤で取り付けられた『くまのプーさん』のモビール。それは本来は——かつては息子の持ち物だった。今年十歳になる息子が赤ん坊のころ見上げていたものだ。ダニー・ジュニアがモビールに関心を失ったあと、父親としては捨てるのは忍びない気がして、結局自分のオフィスに持ってきた。妻はいつもの気まぐれ、トリボウの悪名高き悪ふざけや、息子のパーティに奇妙な変装をして現れたりするのと同じようなものと決めつけている。その玩具を仕事の場に持っていった本当の理由を、妻には一度も打ち明けていなかった。公判の準備をし、あるいは公判が開始されて忙しい日々が続いて、家族と呼べる人々は判事や陪審や刑事や同僚たちだけになってしまったような気がし始めたとき、モビールに触れると、妻や息子の存在を実感できるからだということは話していない。

トリボウは窓の外に視線を向けたままつぶやいた。「こちらは特殊事情による殺人に対して、十年の実刑ですむ故殺を認めるよう提示した。なのに、危険を承知で公判に臨むという。なぜかな」

ヴィアモンテが首を振る。「わからない。まるで筋が通らないわ。十年の実刑なら、七年程度で仮釈放になる。でも、特殊事情による殺人で有罪を宣告されたら——十中八九されるでしょうけど——おそらく死刑よ」

「なぞなぞの答えを教えてやろうか」戸口から男の声がした。

「いいね」トリボウは椅子を勢いよくまわすと、郡警察の刑事リチャード・モイヤーにうなずいてオフィスに入ってくるよう誘った。「しかし、どんななぞなぞか、問題のほうを先に教えてくれ」

モイヤーはヴィアモンテとウーに挨拶代わりに軽く手を振って椅子に腰を下ろすと、大きなあくびをした。

「入ってくるなりもうぼくらに飽きましたか、リチャード」ウーが渋面を作った。

「いやいや、ただの寝不足だ。捕まえなくちゃいけない悪党が多すぎてね。ま、それはともかく、通りがかりにたまたまきみらの話が聞こえた——ハートマンの話だろ。あの男が取引に応じない理由なら知ってるぞ」

「どんな理由だ？」

「スタフォードに行くわけにいかないからだよ」

スタフォードは郡最大の刑務所だ。ダニエル・トリボウ起訴有罪学校の卒業生が数多く輩出している。

「誰だって刑務所に行くのはいやに決まってるわ」ヴィアモンテが指摘した。

「ちがう、ちがう。行くわけにはいかないんだよ。なかの連中が、いまからスプーンの柄をとがらせたり、ガラスのナイフを研いだりして、やつが来る日を指折り数えてる」

モイヤーは説明を続けた。ハートマンが密告した二つの犯罪組織のボスがスタフォードで服役中だという。「ハートマンは一週間ともたないだろうって噂だ」

そうか、ハートマンが今回の事件の被害者ホセ・バルデスを殺害した真の動機はそれか。気の毒な被害者は、ハートマンの起こした恐喝事件のただ一人の証人だった。もし恐喝罪で有罪になれば、最短で半年——または同僚服役囚に殺されるまで——スタフォードに滞在することになる。バルデスを冷酷に殺した理由は、それで説明がつく。

とはいえ、ハートマンが刑務所でどんな歓迎を受けようと、トリボウには関係のないことだった。トリボウは、自分の使命をごく単純に理解していた——郡民の安全を守ること、それだけだ。彼のその姿勢は、多くの検察官とは大きくちがっていた。ほかの検察官は、ならず者どもの犯罪に被害者意識さえ抱き、怒りを原動力にして執念深く追いつめる。しかしダニー・トリボウにとって検察官の務めとは、犯罪者と決闘して相手を倒すことではない。郡の住民が安全に、安心して生活できる環境を実現することだった。平均的な検事長と比べて、トリボウは積極的に地域社会に関わっていた。たとえば議員

や裁判所と協力して法を整備し、配偶者の暴力の被害者に保護命令を出す条件を緩和したり、あるいは過去に二度有罪判決を受けて三度めの犯罪を犯した者や銃を携帯して学校や教会に近づいた者、飲酒運転で死亡事故を起こした者は、自動的に重犯罪容疑で裁かれるという条項を設けたりした。

レイ・ハートマンを地域社会から排除するための努力は、トリボウが全身全霊を傾けて築こうとしている法と秩序の城壁に、また一つ新しい煉瓦を積む行為にすぎなかった。とはいえ、この男の有罪判決は、ひじょうに重みのある煉瓦になるだろう。ハートマンは過去に何度か裁判所命令によるセラピーを受け、そのたびに正常との診断が下されてきたが、担当した医師たちは、ハートマンは社会病質者との境界線上にいる――すなわち人の命を取るに足りぬものと考えているという所見を付していた。

その性質は、ハートマンの犯罪の手口にも明らかに表れていた。ハートマンは組織の用心棒であり、商店主などにみかじめ料を要求したり、ホセ・バルデスのような新来の移民を脅して金を巻き上げたりするやくざ者だった。自分に不利な証言をしそうな人物が現れれば、迷わず脅すか殺すかすることだろう。

「ハートマンはヨーロッパに大金を蓄えている」トリボウは刑事に言った。「高飛びしかねない。誰か張りつけてあるんだろうね」ハートマンは二百万ドルの保釈金を積んでいる（その大金を苦もなく支払った）し、パスポートは没収されている。しかし、ついさっき見た、〝おまえの負けだ〟と言い放ったときのハートマンの自信に満ちた目をト

リボウは思い出していた。あの瞬間、ハートマンは、多額の保釈金をあきらめてでも逃げるつもりだということを、無意識のうちに暴露したとは考えられないだろうか。

しかしモイヤー刑事は、トリボウの妻がときおり夫に持たせるクッキーを勧められもしないのに勝手につまみながら答えた。「心配はいらんよ。通常じゃ考えられない態勢で見張ってる。フルタイムで二人張りつけてあるんだ。郡の境界線を一歩でも越えたり、空港に足を踏み入れたりした瞬間、かしゃん！　やつの両手首には手錠がかかってるって手はずさ。ところで、このオートミールのやつは美味いな。レシピをもらえないか」

刑事はそう言ってまたあくびをした。

「クッキーなんか焼けないくせに」トリボウは答えた。「それより、コニーに頼んであんた用に一箱分焼いてもらおう」

「ああ、そいつは名案だ」刑事はのんびりとした足どりで部屋を出ていき――犯罪者を捕まえにふたたび街に出ていくのか、一眠りしに行くのか――チャック・ウーとヴィアモンテは、予備尋問すなわち陪審選任手続きの準備を徹夜覚悟で始めるために、彼女のオフィスに引き上げていった。

トリボウは正式起訴状案に向き直り、公判の準備を再開した。

バルデス殺害事件の事実を整理し、ハートマンを三つの罪状で起訴する方針を固めていた。起訴状の柱は――トリボウがもっとも有罪を勝ち取りたい訴因は――第一級謀殺だ。これは予謀をもって行なわれた殺人と定義され、有罪となれば死刑宣告もありえる。

トリボウも死刑を提示するつもりでいた。しかし、これを立証するのはむずかしい。ハートマンがバルデス殺害をあらかじめ計画し、被害者を探し、一時的な激情や激怒状態からではなく、冷静に犯行を行なったということを、合理的な疑いの余地なく明らかにしなければならないからだ。

しかし、起訴状にはほかにも訴因が並んでいる。第二級謀殺と故殺だ。この二つは、いわばすべり止めだった。正式には〝被包含犯罪〟と呼ばれている。これらは第一級謀殺に比較して楽に立証できる。たとえば、被告人はあらかじめバルデス殺害計画を立てていたわけではなく、衝動的に殺したのだと陪審が判断しても、第二級謀殺で有罪とすることができる。第二級謀殺では死刑を宣告することはできないが、仮釈放なしの終身刑を科すことは可能だ。

三番めの故殺を起訴状に含めたのは、最後の砦とするためだった。故殺では、未必の故意ないし認識ある過失から、あるいは激怒状態からバルデスを殺害したことだけを立証すれば足りる。三つの訴因のなかでは証明がもっとも簡単で、陪審はこれについてはまちがいなく有罪の評決を下すはずだ。刑は謀殺の場合ほど重いものにはならないだろうが、トリボウの頭には、さっきリッチ・モイヤーから聞いた話があった——実刑を伴う判決は、ハートマンにとっては死刑宣告に等しいのだ。

三名から成る検察チームは、陪審員候補にする質問をその週末の間にまとめ上げ、翌週は、予備尋問の場でハートマンの精鋭ぞろいの弁護団と前哨戦を闘った。ようやく金

曜日に陪審員の選任手続きが終わり、トリボウ、ウー、ヴィアモンテはオフィスに戻ると、週末を費やして証人と証言のリハーサルをし、証拠物件や証拠資料の準備を整えた。

疲れを感じるたび――仕事を中断して家に帰り、ダニー・ジュニアの相手をしたり、妻とゆっくりコーヒーを飲んだりしたいと考えるたび――トリボウはホセ・バルデスの未亡人の顔を心に浮かべ、あの女性はもう二度と夫と一緒に過ごすことはできないのだと思った。そしてそう思うたびに、レイ・ハートマンの尊大な目つきが脳裏によみがえった。

今度ばかりは勝ち目はない……。

ダニー・トリボウは白昼夢を振り払い、ふたたび公判の準備に没頭した。

ロースクールの学生だったころ、トリボウは、いかめしい顔つきをした過去の判事たちの肖像画がずらりと並び、底光りする鏡板が張られ、厳粛な正義の香りを漂わせるゴシック様式の裁判所の検察席に座る日を夢見ていた。

しかし、実際に彼が弁舌をふるう場となったのは、やけに明るい電灯に照らされた、天井の低い、黄みがかった薄茶色の木材とベージュのカーテンと趣味の悪い緑色のリノリウムからなる郡の法廷だった。

公判初日、午前九時ちょうどに、トリボウは検察席に腰を下ろした。片側にはアデル・ヴィアモンテが座り――手持ちのなかでもっとも黒っぽいスーツともっとも白いブ

ラウス、それにもっとも自信に満ちた表情で武装していた――反対側にはチャック・ウーが愛用のおんぼろラップトップを前に座っている。さらに数百ページに上る書類と証拠資料、法律書の山が三人を取り囲んでいた。

通路をはさんだテーブルには、レイ・ハートマンが座っている。その周囲を守るように、ハートマンが雇った法律事務所の目の玉の飛び出るような報酬を取るパートナーが三人とアソシエートが二人座り、さらにその前には四台のラップトップコンピューターが並んでいた。

しかし、両チームの釣り合いがまるでとれていなかろうと、トリボウはまったく気にしていなかった。自分は不法行為をなした犯罪者を法に照らして断罪するためにこの世に遣わされたのだと信じて疑わなかった。犯罪者たちの一部は、つねにこちらより潤沢な資金を持ち、人的、物的資源にも恵まれている。それがこのゲームの常識だった。過去に名検事と呼ばれた人々と同様、トリボウもそれを現実として受け入れていた。世の中は不公平にできていると嘆くのは、弱い、あるいは能力の不充分な検事だけだ。

トリボウはレイ・ハートマンの視線を感じた。唇の動きだけで何か言っている。何と言っているのか、読み取れなかった。

ヴィアモンテが通訳した。「〝おまえの負けだ〟そうよ」

トリボウは短い笑いをもらした。

背後に目をやった。傍聴席は満員だ。トリボウは何年もハートマンを追ってきたリチ

ャード・モイヤーに軽くうなずいた。被害者の未亡人カーメン・バルデスにもうなずき、かすかに微笑んで見せた。彼女の目は、この冷酷非情な男に裁きをと無言で訴えていた。最善を尽くしますよ――トリボウも無言でそう応じた。

そのとき、廷吏が法廷に入ってきて、朗々たる声で告げた。「静粛に、静粛に。これより開廷。訴える理由のあるすべての者の主張は聞かれるであろう」その言葉を聞くたび、トリボウの全身の肌は粟立つ。古めかしい開廷宣言が現実に通じる扉を閉ざし、その場の全員を荘厳で神秘的な刑事法廷へといざなおうとしているかに思えた。

いくつかの予備的聴聞をすませると、あごひげをたくわえた判事はトリボウに顔を向け、始めなさいとうなずいた。

トリボウは立ち上がると、ごく短い冒頭陳述を行なった。ダニー・トリボウは、刑事法廷で正義の水脈を指し示す占い棒の役割を何よりも効果的に果たすのは、美辞麗句をちりばめた弁論ではなく、陪審の前に提示する事実から導き出される真実であると固く信じていた。

そこでそれからの二日間、トリボウは次々と証人を呼び、証拠物件や表やグラフを示した。

〝弾道検査を専門にして二十二年になります……ええ、被告人の銃で試射した銃弾三発の検査を行ないました。被害者の命を奪った銃弾は、被告人の銃から発射されたものにまちがいありません……〟

〃その銃を、そこに座っている男——被告人のレイ・ハートマンに売りました……〃

〃被害者のバルデス氏は、被告人に脅されたと警察に相談しました……はい、それがそのときの調書です……〃

〃警察に任官したのは七年前です。現場に最初に到着し、被告人レイ・ハートマンの手からそこにある銃を取り上げて……〃

〃被告人レイ・ハートマンの手から射撃残渣が検出されました。量と成分から、被害者が射殺されたのと同時刻ごろ、銃を発射した人物のものと考えて矛盾はありません……〃

〃被害者はこめかみを一発撃たれていました……〃

〃はい、事件当日、被告人を見かけました。バルデス氏の店の前の通りを歩いていました。通行人を何度か呼び止めて、バルデス氏の居場所を知らないかと尋ねていました……〃

〃はい、そのとおりです。バルデス氏が殺された日、被告人を見ました。どこに行けばバルデス氏と会えるかと訊いていました。コートの前が開いていて、銃を持っているのが見えました……〃

〃一月ほど前、あるバーに行ったとき、被告人の隣の席に座りました。被告人は、バルデスという人を〃始末《ゲット》する〃つもりだ、それで問題はみんな解決すると話していました……〃

トリボウはこういった証言を積み重ねて、ハートマンにはバルデス殺害の動機があったこと、事前に殺害の意志を固めていたこと、被害者が射殺された当日、銃を用意したうえで被害者を探していたこと、被害者を襲い、銃を発射すれば、無関係の市民にも重傷を負わせる恐れがあることを予見しながら無謀な行為におよんだこと、そしてハートマンこそバルデスの死の直接の原因であることを示した。

「裁判長、検察側の立証を終わります」

トリボウはテーブルに戻った。

「一丁上がり」チャック・ウーがつぶやいた。

「しーっ」アデル・ヴィアモンテがささやく。「悪運を招くわ」

ダニー・トリボウは運など信じていなかった。それでも、まだ孵《かえ》らぬひなを数えるなという格言は信じていた。そこで背もたれに体を預け、弁護側の陳述の開始を見守った。

ハートマンの弁護団のなかでもっともやり手の弁護士――トリボウのオフィスで行なわれたものの不調に終わった司法取引の交渉に立ち会った弁護士――は、まず銃砲所持許可証を提出し、ハートマンが自衛のために銃を持ち歩く許可を得ていたことを示した。

ここまではよし。トリボウも許可証の存在は知っていた。

しかしハートマンの弁護士が最初の証人――ハートマンの住む建物のドアマン――に質問を始めるや、トリボウの胸に不安が芽生えた。

「三月十三日の日曜の朝、あなたは被告人を見かけましたか」

「はい」

「そのとき被告人は銃を持っていましたか」

「持っていました」

なぜそんな質問を？　トリボウは自問した。検察側の主張を裏づける証言ではないか。隣のヴィアモンテにちらりと目を向ける。ヴィアモンテは首を振った。

「では、その前日には被告人を見かけましたか」

「はい」

そういうことか。まずいな。トリボウは弁護人の意図を察した。

「そのときは銃を持っていましたか」

「ええ、持っていました。スラム地区のギャングと何やらもめているとかで——ハートマンさんは青少年センターを開設しようと奔走していましたが、ギャングの抵抗に遭って。繰り返し脅迫されていたようです」

青少年センターだって？　トリボウはウーと苦い顔を見合わせた。ハートマンが青少年センター開設に関心を抱く理由は、ドラッグの卸し先として以外に考えられない。

「被告人はどのくらいの頻度で銃を持って出かけましたか」

「毎日です。あそこでドアマンをして三年になりますが、その間、毎日持っていました」

三年の間、毎日、銃を持っていることに目を留めるのは不自然だ。この証人は嘘をつ

いている。ハートマンに買収されているにちがいない。

「問題発生ですね、ボス」ウーがささやいた。

ウーの言う問題とはこうだ。ハートマンが日常的に銃を持ち歩いていたという証言を陪審が信じれば、バルデス殺害のため、事件の日にかぎって銃を持ち出したというトリボウの主張は説得力を失う。そうなれば陪審団は、被告人は犯行をあらかじめ計画していたのではないと判断し、予謀の要件は排除される。結果、第一級謀殺は成立しなくなる。

ドアマンの証言が第一級謀殺の足をふらつかせたとすれば、次の証人――上質そうなビジネススーツの男――は、その息の根を完全に止めた。

「あなたは被告人とは面識がありませんね」

「はい。接点は何もありません。会ったこともありません」

「被告人から金品を受け取ったこともありませんね」

「ありません」

嘘だ――トリボウの直観がそう叫んだ。証人は観劇レストランの大根役者みたいに台詞を棒読みしている。

「先ほどの検察側の証人の証言をお聞きになりましたね。ハートマンさんは、被害者を〝始末《ゲット》するつもりだ、それで問題はみんな解決する〟と話したという証言ですが」

「ええ、聞きました」

「その発言が行なわれたとされるとき、あなたは被告人と証人の近くにいらした。そう

ですね？」

「はい」

「その場所は？」

「ワシントン大通りの〈シベラ〉というレストランです」

「実際のやりとりは検察側証人が証言したとおりでしたか」

「いいえ、ちがいました」証人は弁護人に答えた。「検察側の証人は意味を取りちがえています。私は隣のテーブルに座っていましたが、私が聞いたのはこうでした。〝バルデスに頼んで《ゲット》、ラテンアメリカ系住民との間に入って問題解決に尽力してもらおう〟」

「なるほど」弁護人は如才なく要約した。「バルデス氏に仲介役を頼みたいと話していたわけですね」

「そうです。続けてハートマン氏はこう言いました。〝あのホセ・バルデスは見上げた男だ。おれは尊敬してる。おれの計画は住民のためを思ってのものだと、あの男からみなに説明してもらいたい〟」

チャック・ウーが口の動きだけで悪態をついた。

弁護人はさらに踏みこんだ。「つまり、ハートマン氏はラテンアメリカ系住民社会の発展を願っていたわけですね」

「そうです、まさにそのとおりです。ハートマン氏はバルデスに寛容に接していました。バルデスがあんな噂を立てたのに」

「噂とおっしゃいますと？」

「ハートマン氏とバルデスの奥さんの噂ですよ」

トリボウの背後で、未亡人が驚いて息を呑む気配がした。

「どういった噂でしょう？」

「どうしたことか、バルデスは、ハートマン氏が自分の女房と浮気していると思いこんだんです。いや、そんな事実はないんですがね、バルデスはそう信じていた。あの男は、その、少々いかれたところがありましたから。ほかにもいろんな男が女房と通じていると思っていたようです」

「異議あり」トリボウは語気鋭く言った。

「質問を変えましょう。バルデス氏は、ハートマン氏と奥さんのことについて、あなたに何と言いましたか」

「不倫の件でハートマンとけりをつけてやると——まあ、不倫の事実はなかったわけですが」

「異議あり」トリボウはふたたび言った。

「伝聞法則の例外」判事が宣言した。「異議を却下します」

トリボウがちらりと振り返ると、バルデスの未亡人は涙ぐみ、ゆっくりと首を左右に振っていた。

弁護人はトリボウに声をかけた。「反対尋問をどうぞ」

トリボウは男の証言を切り崩そうと手を尽くした。われながらよくやったと思った。しかし男の証言の大部分は、憶測や個人的見解からなっていた。たとえば不倫の噂がそうだ。証言に不信を抱かせるまでには至らなかった。トリボウは自席に引き上げた。

焦るな——トリボウはいらいらともてあそんでいたペンをテーブルに置いた。第二級謀殺はまだ元気にぴんぴんしている。ハートマンがバルデスを殺したということと——これについては、すでにトリボウが証明した——実行の寸前に決断したということを陪審団に納得させればいいのだ。

弁護人が次の証人を呼んだ。

ラテンアメリカ系の男だった。優しいおじいちゃんといった雰囲気だ。薄くなりかけた髪、丸みを帯びた体。ひとなつこい表情。名前はクリストス・アブレゴ。被告人との関係を尋ねられて、親しい友人と答えた。

トリボウはこの返答を一考し、陪審団は、アブレゴが偏った証言をするのではないかという恐れと、ハートマンには少数民族《マイノリティ》社会に〝親しい友人〟がいるらしいという事実を天秤にかけた結果、後者をより重視するだろうという判断を下した（むろん、後者は真っ赤な嘘だろう。ハートマンは、マイノリティを友人だなどとは思っていないはずだ。恐喝のカモ、高利貸し業の上得意としてしか見ていない）。

「悲劇的な事件の当日、ハートマン氏がバルデス氏を探していたという検察側の証人の証言をお聞きになりましたね」

「悲劇的、だって？」ウーが小声でつぶやいた。「まるで事故だったとでも言いたげじゃないか」

「はい」証人が弁護人の質問に答えた。

「事件当日、ハートマン氏がバルデス氏を探していたという証言にまちがいはないでしょうか」

「ええ、それは本当ですよ。ハートマンさんはたしかにバルデスを探していた」

トリボウは身を乗り出した。いったいどこに話を持っていこうとしている？

「その日起きたこと、あなたが目撃されたことを話していただけますか」

「ええ、ええ、いいですとも。私はハートマンさんと教会で会って――」

「ああ、ちょっとすみません」弁護人が口をはさんだ。「教会、ですか」

「ええ、同じ教会に通ってますからね。いや、私なんかよりハートマンさんのほうが、よっぽど熱心に通ってる。少なくとも週に二度は行ってるそうですよ。三度行くこともあるとか」

「やってくれるじゃないの」アデル・ヴィアモンテがつぶやいた。

陪審席に目を走らせると、陪審の四人の首に十字架のネックレスがかけられていた。その四人のなかに、被告人の信仰心が無意味に強調されることによって示唆された真の意味を解して皮肉に眉を吊り上げた陪審員は、一人としていなかった。

「先を続けてください、アブレゴさん」

「レイと一緒に〈スターバックス〉に寄ってコーヒーを買い、屋外の席に腰を下ろしました。レイはそのへんにいた人たちに、バルデスを見なかったかと訊いていました。バルデスはよく〈スターバックス〉に来ていましたから」

「被告人がバルデス氏を探していた理由をご存じですか」

「バルデスのせがれのために買ったゲーム機を渡すためでした」

「え？」トリボウの背後で、未亡人が意外そうにつぶやいた。「嘘よ、嘘、嘘だわ……」

「贈り物です。ハートマンさんは子ども好きですからね。それで、バルデスに預けてせがれに渡してもらおうとしてた」

「バルデス氏に贈り物をする理由は？」

アブレゴが答えた。「バルデスとの関係を修復したかったからです。自分とバルデスの女房の仲が疑われてるのを察してて、もし子どもが噂を聞きつけて信じてしまったらたいへんだと心配してたんですよ。それで、子どもに贈り物でもと思いついたんですな。ついでにバルデスと話をして、誤解を解こうとしてました」

「お話を続けてください。それからどうなりました？」

「ハートマンさんは、バルデスが自分の店の前にいるのに気づいて、席を立ってそっちへ歩いていきました」

「そして？」

「レイはバルデスに手を振って、やあとか何とかと声をかけました。〝どうだい、調子

は〃だったかな。とにかく親しげに声をかけた。そして贈り物の袋を差し出したんですが、バルデスはそれを払いのけるようにして、怒鳴り始めました」

「何と言っていたか聞こえましたか」

「わけのわからないことをわめいてましたよ。〃もう何年も前からうちの女房と浮気してるだろう、知ってるんだぞ〃とか。それはばかげた言い草ですよ。だって、バルデスがこの街に越してきたのは、去年なんですから」

「嘘よ！」未亡人が叫んだ。「みんな嘘です！」

判事が小槌を叩いた。だが、その音は、判事の未亡人への同情を示すような控えめなものだった。

トリボウは嫌悪の溜息をついた。弁護側はいまのやりとりを通じて、事件当日、ハートマンではなくバルデスのほうこそ相手に喧嘩をふっかける動機を抱いていた可能性を提示したのだ。

「ええ、私も嘘だと思いますよ」証人は弁護人のほうを向いて言った。「ハートマンさんがそんな不埒なことをするとはとても思えませんからね。あんなに信心深い人なんですから」

大天使レイモンド・C・ハートマンへの言及は、これで二度めだ。

弁護人が質問を続けた。「そのあと何が起きたかごらんになりましたか」

「はっきりとは見えませんでしたが、バルデスが何かをつかんだのは見えました。パイ

プか、角材か、そんなようなものです。それでハートマンさんに殴りかかりました。ハートマンさんは後ろに下がろうとしましたが、よけきれなかった。せまい路地でしたからね。あのままではハートマンさんは頭をかち割られてたでしょうよ。ハートマンさんはついに銃を取り出しました。まあ、脅そうとしただけのことですが――」

「異議あり。被告人の意図は被告人にしかわからないはずです」

弁護人は質問のしかたを変えた。「アブレゴさん、あなたの目には、ハートマンさんは何をしようとしているように見えましたか」

「バルデスを脅そうとしているように見えました。バルデスはまた何度かパイプを振り下ろしましたが、ハートマンさんはそれでもまだ撃ちませんでした。そのうちにバルデスがハートマンさんの腕をつかんで、銃の奪い合いになりました。ハートマンさんはみんな伏せろと叫び、バルデスに怒鳴りました。〝よせ！　手を離せ！　誰かに弾が当ったらどうするんだ！〟」

つまり、トリボウが立証しようとしている故殺の要件である無謀な行為とも激怒状態ともほど遠かったというわけだ。

「ハートマンさんはとても勇敢でしたよ。いや、だって、自分だけ逃げることだってできたのに、通りがかりの人たちの心配をしたんですから。そういう人なんですよ。いつも周囲を気遣う。とくに幼い子どもをね」

この台本を書いたのは誰だろうか。おそらくハートマン自身だろう。

「私も地面に伏せました。もしバルデスが銃を奪えば、めちゃくちゃに撃ち始めるだろうと思って、怖くなったんです。まもなく銃声が聞こえました。私が起き上がったときには、バルデスは死んでました」

「そのとき、被告人は何をしていましたか」

「地面にひざをついて、バルデスの応急手当をしていました。大声で助けを呼びながら、止血しようとしているように見えました。ひどく動揺しているようでしたよ」

「質問は以上です」

トリボウはアブレゴの証言にも穴を探した。しかしのらりくらりとはぐらかされ（「何せあっという間のことでしたから」「いや、どうだったかな」「ええ、そういう噂でしたよ」）、証人の話の疑わしい点を具体的に指し示すことはできなかった。ハートマンから金を受け取ったことはないか、アブレゴ自身あるいは家族が脅されてはいないかといった質問を繰り返し発して、陪審の心に疑念の種を植えつけるのがやっとだった。しかし、もちろん証人はトリボウの質問にいいえと答えた。

次の弁護側の証人は医師だった。証言は短く簡潔だった。

「先生、検死医の報告書では、被害者は側頭部を一発撃たれたとされています。しかし先ほどの証人は、被告人と被害者は向かい合って争っていたと証言しました。どのようにして側頭部を撃たれたんでしょう」

「簡単なことです。被害者はハートマン氏を撃とうとして引き金に力を加えると同時に、

銃から顔をそむけようとしていた。そう考えれば、矛盾はありません」

「言葉を換えれば、バルデス氏は自分で自分を撃ってしまったと」

「異議あり！」

「認めます」

弁護人が続けた。「先生は、被害者自身が顔をそむけながら銃の引き金を引き、結果的に自分を射殺してしまった可能性があると指摘されているわけですね」

「そのとおりです」

「弁護人からは以上です」

トリボウは、バルデスが自分で銃を撃ったとすれば、バルデスの手から射撃残渣が検出されるはずなのに検出されず、一方でハートマンの手からは検出されているのはなぜかと質問した。医師はこう返答した。「単純なことです。ハートマン氏はバルデス氏の手を覆うように押さえていたので、残渣はハートマン氏の手に付着したんです」

判事が証人を下がらせ、トリボウは検察側のテーブルに戻った。被告人の無表情な顔をうかがうと、むこうもトリボウを見つめていた。

おまえの負けだ……。

ついさっきまでは、自分が負けるとは微塵も思っていなかった。しかしいまやハートマンが無罪となる可能性は大きく育ち始めていた。

弁護人は、最後の証人を呼んだ――被告人レイモンド・ハートマン。

ハートマンの証言はほかの証人たちの証言と一致し、自分の無罪を主張するものだった。日ごろから銃を持ち歩いていたこと、バルデスはなぜかハートマンと自分の女房の仲を疑っていたこと、バルデスの息子に贈り物を買ったこと。バルデスに仲介してもらってラテンアメリカ系住民社会に投資したいと考えていたこと、争いは証人の話したとおりの状況で起きたこと。そして最後に一つとっておきの話を加えた。バルデスにマウス・トゥ・マウスの人工呼吸を試みたというのだ。

そしてハートマンは、ラテンアメリカ系四名、アフリカ系三名の陪審員にちらりと目をやって続けた。「マイノリティのコミュニティに貢献しようとしたがために面倒に巻きこまれた経験は何度もあります。なぜだか知りませんが、警察や市や州は——マイノリティに関わろうとするとかならず邪魔をしてくる。そのうえ……私は自分が力になろうとしている人々の一人を事故で傷つけてしまいました」ハートマンはそう言って床に目を落とした。

アデル・ヴィアモンテの溜息は、法廷のどこにいても聞こえただろう。判事がじろりとねめつけた。

弁護人はハートマンに礼を言い、トリボウに顔を向けた。「反対尋問をどうぞ」

「絶体絶命ですよ、ボス」ウーがささやいた。

トリボウは、この公判のために骨身を削って働いた同僚二人の顔を見やった。それから振り返り、傍聴席のカーメン・バルデスの目を見つめた——証言台から傲慢な目で検

察チームや傍聴人を見下ろしている男によって、人生を狂わされてしまった未亡人を。

チャック・ウーのラップトップコンピューターを引き寄せ、青年がタイプした公判の記録をスクロールした。しばらく記録に目を走らせていたが、やがてゆっくりと立ち上がると、ハートマンに歩み寄った。

トレードマークともなっている丁寧な言葉遣いで、トリボウは尋ねた。「ハートマンさん、一つ教えていただきたいことがあります」

「何でしょう？」殺人者は同じように丁寧に答えた。弁護士たちの訓練のたまものだろう。証言台ではけっして狼狽したり腹を立てたりしてはいけないと叩きこまれているにちがいない。

「バルデス氏の息子さんに買ったというゲーム機のことです」

ハートマンの目が光った。「ゲーム機がどうかしましたか」

「どんなものでした？」

「携帯型のテレビゲームです。ゲームボーイですよ」

「高価なものでしたか」

好奇心をそそられたような笑み。「ええ、かなり値が張ります。しかし、ホセとあの子が喜んでくれるならと思いましてね。ホセはあんなでしたから、子どもが気の毒だと——」

「質問に答えるだけにしてください」トリボウはさえぎった。

「値段は五十ドルか六十ドルくらいでした」

「どちらで購入されましたか」

「ショッピングモールのなかのおもちゃ屋です。店の名まではちょっと」

トリボウは自分はかなり性能の良い嘘発見機だと思っている。その嘘発見機が、ハートマンの話は嘘だと告げていた。おそらくは今朝、たまたまゲームボーイの広告を目にしただけだろう。しかし、陪審団にその嘘が見抜けるかどうかは疑わしかった。陪審員の目には、ハートマンは検事に協力する姿勢を見せ、いくぶんとっぴと聞こえる質問にも礼儀正しく答えているとしか映っていないにちがいない。

「そのゲーム機では、どんなゲームができるんでしょう？」

「異議あり」弁護人が声を上げた。「質問の意図は？」

「裁判長」トリボウは説明した。「被告人と被害者がどのような関係だったか明らかにしたいだけです」

「そういうことなら、続けてください。ただし、その玩具がどんな箱に入っていたかまで知る必要はないと思いますがね」

「実は、裁判長、次の質問はそれでした」

「別の質問にしてください」

「わかりました。ハートマンさん、そのゲーム機ではどんなゲームができるんでしょう」

「さあ――宇宙船を撃ち落とすとか」

「バルデスさんに渡す前に、ご自分で試してごらんになりましたか」

ヴィアモンテとウーが困惑顔を見合わせるのが視界の隅に映った。ボスの意図をはかりかねているのだ。

「いいえ」ハートマンが答えた。証言台に座ってから、初めていらだたしげな表情を見せていた。「ゲームの類は好きではありませんから。第一、贈り物に買ったものです。子どもに渡す前に開けてみようとは思いませんでした」

トリボウは、片方の眉を吊り上げてうなずいてから、次の質問を発した。「さて、ホセ・バルデス氏が射殺された日の朝の話ですが、ご自宅を出たとき、そのゲーム機を持っていらっしゃいましたか」

「ええ」

「ゲーム機は袋に入っていましたか」

ハートマンは一瞬考えた。「ええ。袋ごとポケットに入れていました。さほど大きなものではありませんから」

「とすると、手には何も持っていらっしゃらなかった?」

「ええ。おそらく」

「ご自宅を出たのは何時でしょう」

「十時四十分ごろです。ミサは十一時からでした」

「どちらの教会に行かれましたか」

「聖アンソニー教会です」

「教会には自宅からまっすぐいらしたんですか。ゲーム機をポケットに入れたまま?」

「ええ、そうです」

「すると、教会にいる間もゲーム機を持っていらした?」

「そうです」

「しかし、ポケットに入れていたのだとすると、目撃した人はいないでしょうね」

「ええ、いないでしょう」丁寧な言葉遣い。まだ平静を保っている。

「教会を出たあと、先ほど証言したクリストス・アブレゴ氏と並んでメープル・ストリートを歩き、〈スターバックス〉に向かったわけですね」

「はい、そうです」

「そのときもまだゲーム機はポケットのなかでしたか」

「いいえ」

「ちがう?」

「ちがいます。そのときはポケットから出して袋を手に持っていました」

トリボウはハートマンのほうに素早く振り返ると、鋭い語調で訊いた。「教会にはゲーム機を持って入らなかったのではありませんか」

「いいえ」ハートマンは戸惑ったようにまばたきをしたが、答える声は変わらず冷静で穏やかだった。「それはちがいます。朝からずっとゲーム機を持ち歩いていました。バル

デスに襲われたときまでずっと」

「教会を出たあと、いったん自宅にゲーム機を取りに戻り、それから車で〈スターバックス〉に行ったのではありませんか」

「いいえ。ミサのあとでゲーム機を取りに戻る時間はありませんでした。ミサが終わったのは正午です。その十分後には〈スターバックス〉にいましたから。先ほど話したとおり、自宅から教会まではたっぷり二十分かかるんです。何なら地図で確かめてください。私は聖アンソニー教会からまっすぐ〈スターバックス〉に行きました」

トリボウはハートマンから目をそらし、陪審員の顔を一人ずつ見つめた。それから傍聴席の一番前に座って声を出さずに泣いている未亡人を見た。検察側のテーブルには、困惑顔が二つ並んでいる。傍聴人は互いに目を見交わしている。法廷の誰もが待っていた——トリボウが華々しく爆弾を炸裂させてハートマンの証言を木っ端微塵に打ち破り、こいつは大嘘つきの殺人者だと暴露する瞬間を。

トリボウは深呼吸をした。「反対尋問を終わります、裁判長」

短い沈黙があった。判事さえ眉を寄せ、本当にいいんですねと確かめるような表情を浮かべた。しかしすぐに思いとどまると、弁護人に尋ねた。「証人は以上ですか」

「はい。弁護側の弁論を終わります」

陪審員の存在理由は一つ。人は嘘をつくからだ。

もしこの世の誰もが本当のことを話すのなら、判事がレイモンド・C・ハートマンに、ホセ・バルデス殺害をあらかじめ計画し、実行したのかとずばり尋ねるだけでいい。ハートマンはイエスまたはノーと答え、裁判はそれで終わりだ。

しかし、言うまでもなく、人はかならずしも真実を語らない。そこで司法制度は、証人の目や口や両手や姿勢を目で確かめ、言葉に耳を澄まし、何が真実で何が真実ではないかを判断する役割を陪審員に委ねている。

州対ハートマン事件の陪審団が評議室に入って二時間が経過したころ、トリボウと部下二人は裁判所の向かいの建物にあるカフェテリアで時間をつぶしていた。誰も口を開かない。沈黙の理由の一つは、ハートマンの申告によれば被害者の息子のために買ったというゲーム機についてのトリボウの不可解な質問の数々に起因する、あからさまな困惑とまではいかないまでも、小さな動揺だった。部下二人はおそらく、経験豊かな検事でも慌てふためいてボールをキャッチしそこなうことはあるだろうし、今回のようにもはや勝ち目のなくなった公判中にそういったことが起きても無理はないと考えているのだろう。

ダニー・トリボウは目を閉じ、どぎついオレンジ色をしたファイバーグラス製の椅子の背にもたれた。頭のなかでは、ハートマンの落ち着き払った態度や、ハートマンに脅されたり買収されたりなどしていないという証人たちの主張を反芻していた。証人たちは全員、金を受け取ったか脅されたかしたことはまちがいないが、顔つきといい話しぶ

りといい、なかなか本物らしく見えたことは認めなくてはなるまい。おそらく陪審員の目にも同様に映っただろう。しかしトリボウは陪審制度や陪審員に深い信頼を寄せていた。こうしている間にも、裁判所の裏に設けられた小さな評議室では、ハートマンの話は嘘で、証人たちにも嘘を強要したという結論があっさり出されているかもしれない。第一級謀殺で有罪という評決も。

しかし目を開いてアデル・ヴィアモンテとチャック・ウーの落胆した顔を見た瞬間、今回の裁判では正義が行なわれる確率はかなり低いであろうことをあらためて悟った。

「どうやら予謀による殺人では勝てそうもない、と」ヴィアモンテが口を開いた。「それでもまだ被包含犯罪が二つあるわ。最悪でも故殺は認められることは確実よ」

確実？――陪審の評決が確実に予想できたためしはないとトリボウは思った。弁護団は、バルデスの死は純粋な事故だったという論理をみごとに展開した。

「奇跡が起きることもありますよ」ウーが若々しい熱意をこめていった。

そのとき、トリボウの携帯電話が鳴った。陪審団が戻ってきたことを伝える廷吏からの連絡だった。

「ずいぶん早いですね――吉兆かな、凶兆かな」ウーが訊く。

一般に、審議が短ければ無罪という法則がある。しかも今回はトリボウの経験上、もっとも短時間での評決だ。

トリボウはコーヒーを飲み干した。「さっそく確かめにいくとするか」

「陪審の皆さん、評決に達しましたか」

「はい、裁判長」

陪審長――格子柄のシャツに黒っぽい色のスラックスを穿《は》いた中年の男性――が紙片を廷吏に渡し、廷吏が判事に手渡した。

トリボウはハートマンの目をじっと見つめていたが、殺人者は落ち着き払った顔で回転椅子に座っている。やがてクリップを使って爪の掃除を始めた。評決に不安を感じているにしても、表向きにはわからない。

判事は黙って紙片に目を走らせたあと、顔を上げて陪審団のほうを向いた。

トリボウは判事の表情を探ったが、何も読み取れなかった。

「被告人は起立」

ハートマンと弁護人が立ち上がった。

判事は紙片を廷吏に渡した。廷吏が読み上げる。「州対レイモンド・C・ハートマン。第一訴因、第一級謀殺、評決は無罪。第二訴因、第二級謀殺、評決は無罪。第三訴因、故殺、評決は無罪」

法廷は一瞬、水を打ったように静まり返った。まもなく、ハートマンのささやくような声――「ようし！」――が静寂を破った。勝ち誇ったように拳を天に突き上げる。

判事は見るからに判決に不満そうな表情で小槌を叩き、「はしゃぐのはそのくらいに

しておきなさい、ハートマンさん」と注意した。それからそっけない声で続けた。「廷吏からパスポートの返却と保釈金の払い戻しを受けるように。将来あなたがふたたび裁判を受けるときは、私が担当できることを祈るのみです」また腹立たしげに小槌を叩く。「これにて閉廷」

法廷に百もの会話が一斉に湧き起こった。そのどれもが不満と怒りを帯びていた。ハートマンは批判と視線をいっさい黙殺した。弁護士たちと握手する。同類どもが数人集まってきてハートマンと抱き合った。ハートマンと教会仲間のアブレゴが笑みを交わした。

トリボウは儀式ばった身ぶりでヴィアモンテとウーの手を握った。無罪であれ有罪であれ、評決が出て裁判が終わったときのいつもの習慣だった。それから、カーメン・バルデスに歩み寄った。未亡人は静かに泣いていた。トリボウは彼女の肩を抱いた。「力がおよばなくて申し訳ない」

「いいえ、検事さんはよくやってくださったわ」未亡人はそう言ってハートマンを見やった。「ああいう人は、ああいう本物の悪党は、法律を何とも思ってないのね。でも、そうとわかっていてもどうすることもできない。ときにはむこうが勝ってしまうこともある」

「次はわかりませんよ」トリボウは言った。

「次があればね」未亡人は悲観したようにつぶやいた。

トリボウはモイヤー刑事のほうを向き、二言三言ささやいた。顔を上げたとき、ハートマンは法廷の正面扉から出ていこうとしていた。トリボウは急ぎ足で追いかけて行く手に立ちふさがった。「ちょっとお待ちを、ハートマンさん」トリボウは言った。「残念だったな、検事さん」本日の英雄は少し間を置いて続けた。「な、言ったとおりだったろ。あんたに勝ち目はねえってさ」

弁護士の一人がハートマンに封筒を差し出した。ハートマンは封を開け、パスポートを取り出した

「あれだけ何人も証人を買収したのでは、さぞお金がかかったでしょうね」トリボウは快活に言った。

「おれはそんなことはしねえ」ハートマンが眉間にしわを寄せた。「そいつは犯罪だ。あんた、検事さんなんだから、そのくらいよく知ってるだろうに」

ヴィアモンテが指を突きつけて言った。「あんただっていつかへまをするわ。そのときは私たちが真っ先に駆けつけてあげるから」

ハートマンは澄ました顔で答えた。「南フランスまで追っかけてくるつもりかい？おれは来週にでも引っ越す予定だ。そうだ、ぜひ遊びに来てくれよな」

「サントロペの少数民族コミュニティに貢献するために？」チャック・ウーが皮肉たっぷりに言った。

ハートマンは笑みを浮かべ、扉に向かって歩きだそうとした。

「ああ、ハートマンさん」トリボウが呼び止めた。「もう一つだけ」

殺人者が振り返った。「何だよ？」

トリボウはモイヤー刑事にうなずいた。刑事は一歩前に踏み出すと、冷ややかな目でハートマンをにらみつけた。

「何かご用ですか、刑事さん？」殺人者が訊いた。

モイヤーはハートマンの腕をぐいとつかむと、手錠をかけた。

「おい、何するんだ」

アブレゴとハートマンのボディガード二人が前に出ようとしたが、そのときにはトリボウとモイヤーのかたわらにほかの警察官が集まってきていた。ちんぴらどもは即座に退散した。

ハートマンの弁護士が人をかきわけて現れた。「何の騒ぎかね、これは」

モイヤーは弁護士の問いには答えなかった。「レイモンド・ハートマン、州刑法第一八条三一B項違反で逮捕する。おまえには沈黙を守る権利がある。弁護士の立ち会いを要求する権利がある」被疑者の権利を最後まで暗誦した。

ハートマンは弁護士に嚙みついた。「おい、何をぼんやり見てるんだ！　高い金を取ってるくせに——何とかしろよ！」

弁護士は依頼人の態度を快くは思わなかったらしい。それでも抗議はした。「彼はたったいま無罪になったんだ」

「ところが、すべての訴因で無罪になったわけではない」トリボウが言った。「起訴状には書かれていなかった被包含犯罪が一つある。第一八条三一項だ」

「そりゃいったい何だ？」ハートマンがわめく。

弁護士は首を振った。「わからん」

「あんた、弁護士だろうが。わからんってのはどういうことだよ」

トリボウが解説した。「装塡された銃器を生徒のいる学校の半径百メートル以内に持ちこむことを重罪とする条文だ。この場合の学校には、日曜学校も含まれる」控えめな笑みとともに、もう一つ付け加える。「実は私が州議会と協力して通過させた法案で」

「なるほど、そういうことか……」弁護士がつぶやいた。

ハートマンは不機嫌な顔で脅すように言った。「おれを逮捕するなんてできるわけがねえ。手遅れだろ。裁判はもう終わったんだ」

弁護士が言った。「いや、可能なんだよ、レイ。別の罪状だからね」

「それにしたって、証明できねえだろうが」ハートマンががみがみと言った。「誰も銃を見てねえんだ。証人はいねえ」

「いや、証人はちゃんといる。しかもその証人を買収したり脅したりするのは不可能だ」

「その証人ってのは？」

「きみ自身だよ」

トリボウはチャック・ウーが証言の大部分を書き留めたコンピューターに歩み寄った。

画面を見ながら読み上げる。〝いいえ。ミサのあとでゲーム機を取りに戻る時間はありませんでした。ミサが終わったのは正午です。その十分後には〈スターバックス〉にいましたから。先ほど話したとおり、自宅から教会まではたっぷり二十分かかるんです。何なら地図で確かめてください。私は聖アンソニー教会からまっすぐ〈スターバックス〉に行きました〟

「それがどうした？　ゲーム機とこれと、何の関係がある？」

「ゲーム機は関係ない。肝心なのは、教会を出てスターバックスに行く前に、いったん自宅に戻る暇はなかったと話している点だ。つまり、きみは銃を持ったまま教会に入ったということになる。そして教会のすぐ隣には、日曜学校がある」トリボウは手短にまとめた。「要するに、きみは宣誓したうえで第一八条三一項違反を認めたわけだよ。この公判記録は新たな公判の証拠として認められる。すなわち、自動的に有罪が確定する」

ハートマンが降参した。「わかった、わかったよ。罰金でも何でも払うから、ここから出してくれ。いますぐ払うよ」

トリボウはハートマンの弁護士の顔を見た。「第一八条三一項の後半部分は、あなたから説明なさいますか」

弁護士はまいったなと首を振りながら言った。「これは重罪なんだよ、レイ」

「どういうことだ？」

「かならず実刑が科されるということだ。最短で六月、最長で五年」

「何だと？」ハートマンの目に恐怖が広がった。「いや、おれは刑務所には行かれねえ」弁護士に向き直り、腕をつかむ。「そう言っといたろうが。行けば殺される。冗談じゃねえ！　何とかしろよ！　たまには報酬分の働きをしてみせろってんだ！」

しかし弁護士はハートマンの手を振り払った。「いいか、レイ。新しい弁護士にも私にしたのと同じ話を聞かせてやるんだな。私は上等なクライアントしか相手にしない主義なんだ」弁護士はくるりと背を向けると、スイングドアを押して出ていった。

「おい、待てよ、こら」

モイヤーと二人の警察官が抗議の言葉をわめき散らすハートマンを連行していった。残った警察官や傍聴人からひとしきり祝福を受けたあと、トリボウと彼のチームは検察側のテーブルに戻り、本や書類やコンピューターの片づけにかかった。その量は膨大だった。法とは、結局のところ、言葉の蓄積なのだ。

「それにしてもボス、みごとな手際でしたね」チャック・ウーが言った。「あいつ、ゲーム機に気を取られて、銃のことをすっかり忘れてたわけだ」

「ほんと。ついにおかしくなっちゃったのかと心配したけど」ヴィアモンテがためらいがちに言う。

「まあ、たとえそうでも、ぼくらだけの秘密にしておくつもりでしたけどね」ウーは笑った。

ヴィアモンテが言った。「そうだ、さっそく祝杯を上げにいきましょうよ」

トリボウは誘いを断った。しばらく妻や息子とゆっくり過ごしていなかった。このまま駆けて家に帰りたいくらいだった。トリボウは裁判資料を黙々と鞄に詰めた。

「ありがとうございました」女性の声がした。トリボウが振り返ると、ホセ・バルデスの未亡人が立っていた。トリボウはうなずいた。未亡人はほかに言うべき言葉を探している様子だったが、やがて黙って検事の手を握ると、年配の女性とともに人気《ひとけ》のなくなった法廷をあとにした。

トリボウはその後ろ姿を見送った。

——ああいう人は、ああいう本物の悪党は、法律を何とも思ってないのね。でも、そうとわかっていてもどうすることもできない。ときにはむこうが勝ってしまうこともある。

そして、ときには負けることもある。

トリボウは一番重いブリーフケースの取っ手を握った。三人の検察官は、そろって法廷をあとにした。

宛名のないカード

THE BLANK CARD

些細なこと。

たとえば、五時にオフィスを出ているのに、妻の帰宅がときどき六時二十分を過ぎること。

妻は車を飛ばすので、その時間帯なら家までは四十分ほどで着くはずだ。それなら、あとの時間をどこで費やしているのだろう？

些細なことと言えば、電話もそうだ。

彼が家に戻ると、メアリが電話をしていることがある。たしかに、メアリは笑って部屋の向こうから投げキスをおくってくるけれど、彼の姿を目にしたとたん、声色が変わるような気がする。そして、そそくさと電話を切ってしまう。だからデニスはシャワーを浴びにいき、洗いたてのタオルを出し忘れたふりをする。そしてタオルを持ってきてくれ、頼むよ、ハニー、とメアリに頼む。妻がランドリールームに姿を消してしまうと、彼はキッチンへ行き、一分かそこら考えたのち、ままよ、とばかりに再ダイヤル・キーを押す。電話は近所の家につながることもあれば、メアリの母親が出ることもある。しかし、誰も出ないこともあった。以前、スパイ映画か何かでこんなシーンを見たことがある。ある男が仲間に電話をする。呼び出し音を二度鳴らしてから切る。それからかっきり一分後に折り返しの電話がかかってくる。これで男は出ても安全な電話だとわかるのだ。デニスはダイヤル音から電話番号をつきとめようとしたが、速すぎて聞きとれなかった。

なんだってこんなひどいパラノイアみたいなことをしているんだ、とデニスは己の行動を恥じることもあった。しかし、また別の些細なことが、ふたたび彼の猜疑心を煽った。たとえばワインのこと。彼はときどき、ウェストチェスター郡にあるコロニアル様式の広々とした自宅の玄関先に立ち、メアリを出迎えることがある。彼は妻に足早に近づいて、いきなり熱烈なキスをする。彼女はさも驚いたふりをし、ありったけの情熱をもって応える。けれども、彼は妻の吐息にワインの芳香を嗅ぎつけることがある。パティあるいはキットの家で、教会の基金集めの集まりがあったの、とメアリは言い張る。だけど、教会の集まりでワインを飲んだりするだろうか？　デニス・リンデンはそうは思わなかった。

デニスが妻に抱いた疑念は、中年の危機に因《よ》る面もあった。しかし、筋はきちんと通っていた。デニスは人がよすぎる質で、これは彼自身の問題なのだが、これまでつきあった女たちは、そんな彼をさんざん利用した。知的で野心家で、人に依存しないビジネスウーマンのメアリが、そんなことをするとは考えてもいなかった。しかし、五年前、結婚してからまだそれほど年月が経っていなかったのだが、デニスは妻の心がわからなくなり始めた。それほど大げさなことではないが、用心だけはしておこうと思った。人生、ときには賢くならなければならない。

とはいえ、デニスには何一つ確証がなかった。三か月ほど前の九月下旬に、ホワイトプレーンズで親友のシド・ファーンズワースと一杯やるまでは。

「なんとなく、彼女が別の男と会っているような気がするんだ」デニスはぼそっとつぶやき、ウォッカトニックのグラスに覆い被さるように背を丸めた。

「彼女って？　メアリか？」シドはかぶりを振った。「何を言いだすんだ。彼女はおまえを愛しているよ」シドとは大学時代からのつきあいで、彼はデニスが胸襟を開いてつきあえる数少ない友人の一人だった。

「先週、彼女のサンフランシスコ出張の件で大喧嘩になったんだ」

「大喧嘩って？　メアリは行きたがっていなかったのか？」

「いや、彼女はどうしても行きたいと言ったんだよ。でも、ぼくにはどうもそれがいいとは思えなくて」

「いいと思えない？」シドには意味がのみこめなかった。「いったい、どういうことだ？」

「メアリがトラブルに巻きこまれやしないか、心配だったんだ」

「どうしてそう思うんだ？」

「もちろん、メアリが美人だからに決まっているだろう、ほかにどんな理由がある？　誰もがきまって彼女にちょっかいを出してきて、言い寄ろうとする」

「メアリに？」シドは笑い声をあげた。「おいおい、男なら誰だって女にちょっかいを出すものだよ。何もしないやつはゲイか死人だ。でも、メアリはまったく相手にしたりはしていない。彼女はただ……感じがいいんだ。誰にでも笑顔を振りまいているから」

「男はそれを勘違いするんだよ。そして、バン！　問題発生になりかねない。だからメアリに言ったんだ、出張には行ってほしくないって」

シドはビールをひと口飲み、親友に慎重なまなざしを注いだ。

「あのな、デニー、女房の行動を束縛するようなことは口にすべきじゃない。そういう態度はよくないよ」

「ああ、そうさ、わかってるよ。ぼくだって行くなとまでは言ってない。ただ、行ってほしくないというような言い方をしたんだ。それなのに、彼女はすっかり腹を立てちゃって。どうして行かなくちゃならなかったんだ？　いったい何がそんなに重要だったんだ？」

「おいおい……メアリはシニア・マーケティングマネージャーなんだから、出張する必要はあるんだろう？」シドが皮肉まじりに訊いた。

「でも、西海岸は彼女の担当じゃない」

「うちの会社は国内のどこでだって会議をやるよ、デニー。おまえの会社だってそうだろう。担当地域なんて関係ないさ……おまえ、彼女が誰かに会いにいくとでも思ったのか？　愛人とかに？」

「ああ、そうさ、それを心配してたんだよ」

「何ばかなことを言ってるんだ」

「毎晩ホテルに電話を入れていたら、十一時ごろになっても部屋に戻っていないことが

二、三度あったんだ」

シドは目玉をくるりとまわした。「なんだ、門限があったのか？　メアリは仕事で行ってたんだろう、いい加減にしろよ。おまえ、自分が外出するときは何時に家に帰る？」

「それとこれとは話が別だ」

「ああ、そうかい、話が別か。それで、どうして彼女が不倫してると思うんだ？」

デニスはこう答えていた。「ただの勘だよ。つまり、彼女が不倫する理由は何も思い当たらない。だって、ぼくを見てみろよ。まだ四十五だし、身体だって引き締まってる。ほら、腹なんて板みたいにかたいだろう。髪の毛だって白髪は一本もない。高給取りだし、メアリを外食や映画にも連れていってやってる……」

「いいか、ぼくにわかっているのはこれだけだ。ぼくはドリスを好きなようにさせている。ドリスは女房で、ぼくは彼女を信頼しているからだ。だから、おまえもメアリにそうしろよ」

「おまえにはわからないんだよ」デニスは無愛想に言い返した。「うまく説明できないけど」

「ぼくにわかっているのは」と、シドは笑いながら続けた。「メアリはホームレス連合でボランティア活動をしていて、教会員に名前を連ね、パーティを開けばカリスマ主婦のマーサ・スチュワートにも引けをとらないってことさ。しかもフルタイムで働いてい

る。まさに聖人だよ」

「聖人だって罪を犯す」デニスはぴしゃりと言い返した。

シドは声を落として言った。「なあ、そこまでメアリのことが気がかりなら、調べてみろよ。行く先だとか外出している時間だとか、彼女の行動を監視するんだ。領収書も調べろよ。些細なことを探るんだ」

「些細なことか」デニスはその言葉を繰り返した。彼の顔に笑みが広がった。デニスはその言葉が気に入った。

「言っておくがな、デニス、あとで自分がばかみたいに思えるぞ。メアリは浮気なんかしていないんだから」


ところが皮肉なことに、シドの忠告はメアリへの疑惑を少しも晴らしてくれなかった。夫の頭の中からは。それどころか、デニスは些細なことに気がついたのだ。オフィスから必要以上に時間をかけて帰宅していること、電話でのおかしな声遣い、吐息に混じるワインの香り……そうしたことすべてが、真実を知りたいという彼の強迫観念を煽った。

そして今宵、クリスマスまであと二週間と迫った雪のちらつく夕べ、デニスはついに大発見をした。

時刻は五時半だった。メアリはまだ仕事中で、今夜は帰りが遅くなるらしい。彼女が言うには、クリスマスの買い物をしたいからだった。それは彼にとっても都合がいい。

構わないよ、ハニー、ゆっくりしてこいよ。というのも、デニスは夫婦の寝室をひっかきまわしている真っ最中だった。一日じゅう、彼の心を苛んでいたある物を捜していたのだ。

その日の朝、デニスは仕事に出かける間際にこっそりと靴を脱ぎ、メアリが身支度をしている寝室の前を忍び足で通りすぎた。振り返ってデニスがそっと部屋をのぞきこむと、メアリはブリーフケースから小さな赤いものを取り出し、化粧箪笥の一番下の引き出しに素早く隠した。彼はしばらく間をおき、それから寝室に踏みこんで、大声でこう尋ねた。「このネクタイはどう?」彼女は跳びあがって驚き、慌てて振り返った。「びっくりするじゃないの」と、彼女は言った。しかし、すぐに落ち着きを取り戻し、笑みを浮かべた。開けっ放しのブリーフケースや化粧箪笥には目もくれずに。

「すてきよ」メアリはそう言ってネクタイの結び目を整え、クローゼットに向き直って支度を終えた。

デニスはオフィスへ向かった。仕事らしい仕事はほとんどせずに、化粧箪笥の一番下に隠された赤いものに思いをめぐらせ、日がな一日悶々としていた。来週、ボストンで顧客との打ち合わせがあるんだが、デニス、きみは出席できるか?と、上司から尋ねられても、どうにも意気が上がらなかった。デニスはメアリのサンフランシスコ出張を思い出し、彼女の出張も任意だったのではないかと疑いを持った。出張に行く必要などまったくなかったのではないか。デニスは早々と退社して家に戻った。二階に駆けあが

り、化粧簞笥の引き出しを力まかせに開けた。

彼女が隠したものが何だったにしろ、それは消えていた。

持って出かけたのだろうか？クリスマス・プレゼントとして愛人に渡したのか？

いや、持って出かけてはいなかった。それから三十分かけて、寝室の中で思いつくかぎりの隠し場所を捜しまわったすえに、デニスは朝、目にしたものを見つけた。それはクリスマスカード用の赤い封筒で、封がしてあった。彼が家を出たあと、彼女は引き出しから出して、黒いシルクのバスローブのポケットにしまったのだ。表には宛名も宛先も書かれていなかった。

封筒をそっと手に取ると、そのカードが熱せられた鋳塊《インゴット》のように感じられた。指先が痛くて、持ち上げるのもむずかしい。厚手の四角い紙がやけに重たく感じられた。彼は浴室へ行き、万が一、メアリが早く帰宅した場合に備えて、ドアに鍵をかけた。手の中で何度も封筒をひっくり返してみる。十回も二十回も。そうして慎重に調べた。メアリは糊のついた封筒の折り返し部分を端から端まできちんと舐めていなかったらしく、指で引っ張ると大部分が剝がれた。しかし、しっかりと糊付けされている箇所があり、開けようとすると紙が破れそうだった。

デニスは洗面台の下にある戸棚に頭を突っこんで、使い古しのカミソリの刃を見つけると、それから三十分もかけて封筒の折り返し部分についた糊を入念に削り落とした。六時半になり、残りもあと五、六ミリになったとき、電話が鳴った。メアリから帰り

が遅くなると言われてこんなにうれしいと思ったのは、このときが初めてだった。モールでばったり友人に会ったので、帰りに一杯やっていくという。デニス、あなたも来ない？　と、彼女は尋ねた。

デニスは疲れているから、と断ってから電話を切り、急いで浴室に引き返した。二十分後、最後の糊を削りとると、震える手で封を開けた。

それからカードを引き出した。

表にはヴィクトリア朝風の装いをしたカップルが描かれている。手を取り合い、雪化粧をした庭を眺める二人を囲むように、キャンドルが灯っている。

彼は大きく息を吸い込んでから、カードを開いた。

何も書かれてない。

デニス・リンデンは、恐れていたことがすべて現実だったと悟った。何も書いてないカードを誰かに贈る理由は一つしかない。メアリとその愛人は、浮気が発覚するのを怖れて何も書けなかったのだ。当たり障りのない言葉でさえも。なんてことだ。そう考えてみると、何も書いてないカードのほうが、何か書いてあるものよりよっぽど質が悪い。二人の愛と情熱はそれは深いものだから、その思いは言葉ではとても伝わらないというメッセージが読み取れるからだ。

些細なこと……。

彼の頭の中で何かがかちっと音を立てた。メアリはまちがいなく他の男と会っている。

それも、おそらく数か月前から。

相手は誰だ？

会社のやつにちがいない。九月のサンフランシスコ出張で誰が彼女に同行したか調べるにはどうしたらいいだろうか？　航空会社の社員になりすまして会社に電話を入れ、出張記録を訊き出せるだろうか？　それとも会計士にあたってみるか？　あるいは社員電話帳に記載された男性職員に電話してみるか……？

ふつふつと怒りがこみあげてきた。

デニスはカードを細かく千切って部屋中にまき散らした。それからベッドに仰向けに倒れ込んで、天井を三十分ほどにらみつけていた。落ち着け、と自分に言い聞かせながら。

けれども、気持ちは静まらなかった。メアリが浮気して彼を裏切ったにちがいないありとあらゆる機会が、次々に脳裏をよぎった。教会の手作り菓子販売会、車での通勤、ランチタイム、パティと一緒に（そう、相手はパティだと言ってメアリは譲らなかった）ショッピングや観劇のあとに街で過ごした夜……。

電話が鳴った。メアリからだろうか？　彼は受話器に飛びついた。「もしもし？」

一瞬の間があった。それからシド・ファーンズワースの声がした。「デニー？　おまえ、大丈夫か？」

「いや、ぜんぜん大丈夫じゃないさ」彼は見つけたもののことを話した。

「え……何も書いてないって？」

「ああ、まちがいない」

「宛先も、宛名もなかったのか？」

「そう、そこなんだ。そこが最悪なんだよ」

沈黙が流れた。しばらくしてシドが口を開いた。「いいか、デニー……おまえはいま、一人でいないほうがいいかもしれない。どうだ、ぼくとドリスと一緒に一杯ひっかけに行かないか？」

「酒なんか飲みたくない。ぼくは真実が知りたいんだ！」

「よし、わかったよ」シドが早口に言った。「でも、おまえ、ちょっと様子がおかしいぞ、デニー。そっちに行ってもいいか？　テレビでスポーツ観戦でもしよう。それとも〈ジョーイの店〉まで行くか？」

メアリときたら、よくもぼくにこんな仕打ちができたもんだ。あれほど尽くしてやった結果がこれか？　メアリには食べる物も、住む場所も与えてきた。レクサスだって買ってやった。ベッドでも満足させている。癇癪を起こさないよう我慢もしてきた。一度、手を上げたことはあったが……それがなんだ、すぐに謝って、埋め合わせにあの車を買ってやったじゃないか。何もかも彼女のためにやったのに、あいつはこれっぽっちも感謝していないのか。

二枚舌の売女め……。

どこだ？　あいつはいま、どこにいる？

「どうなんだ、デニー？　返事をしろよ。いいか、ぼくはもうそっちへ向かって――」

デニスは受話器を見てから、それを架台に置いた。

シドの家からは十分もかからない。行くならいまだ。シドと顔を合わせたくない。やらなくてはならないことを、友人からよせと説得されるのはごめんだ。

デニスは立ち上がった。自分の化粧簞笥から、しばらく前に隠しておいたものを取り出した。三八口径のスミス&ウェッソンのリヴォルヴァーだ。

ダウンジャケットを着て、銃をポケットに滑り込ませた。このジャケットは、十月に誕生日プレゼントとしてメアリから贈られたものだったが、もしかしたら、愛人に会いにホテルへ行く途中で買ったのかもしれない。家を出て、ブロンコに乗り込むと、彼はドライブウェイを猛スピードで走っていった。

デニス・リンデンは抜け目のない男だった。

彼はメアリのオフィスと自宅の間にあるすべてのバーの場所を知っていた。いかにも妻が愛人と落ち合いそうな店の場所を。それればかりか、モールの帰りに立ち寄りそうな店もわかっていた（彼女が来ているかどうか確認するためだけに、デニスはそのうちの多くの店に定期的に立ち寄っていた）。いまのところまだ尻尾をつかんでいなかったが、今夜は自分につきがあるような気がした。

勘は正しかった。

メアリの黒いレクサスが〈ハドソン・イン〉の前に駐まっていたのだ。

デニスは車を道路のど真ん中で横滑りさせながら停め、すぐさま飛び降りた。出口方向に車を走らせていたカップルが、何とか彼をかわしてからクラクションを鳴らした。デニスはその車のボンネットに拳を叩きつけ、「地獄へ堕ちろ！」と罵声を浴びせた。カップルは眼を丸くして震えあがった。彼はポケットから銃を引き抜き、窓へ近づいて店の中をのぞきこんだ。

いたぞ、メアリだ。金髪に、ほっそりとした身体つき、ハート型の顔。その隣に座っているのが愛人か。

男はメアリより十歳は年下にちがいなかった。男前ではないし、腹も出ている。なんだってあんな男と会っているんだ？　いったいどうして？　安物のやぼったいスーツを着ているところからして、金があるようには見えない。いや、あんな男でも会う理由が一つだけある……きっとベッドで女を喜ばせるのが上手いんだ。

デニスの口の中に、金気を含んだおなじみの怒りの味が広がった。

そのとき、メアリが濃紺色のドレスを着ていることに気がついた。あれは去年のクリスマスに買ってやった服だ！　すれ違う男たちに胸元をちらつかせないよう、わざわざハイネックのドレスを選んだのだ。そこで彼は気づいた。彼女はきょう、ぼくをこけにしようと内輪のジョークのつもりであの服を選んだのだと。デニスはそのぶよぶよの小

太りの男がゆっくりとドレスのボタンをはずし、丸みを帯びた指を布地の下に滑り込ませるさまを想像した。そして、メアリが何かささやくさまを。何も書いてないクリスマスカードを見るたびに、この豚野郎の耳に、彼女のささやきがよみがえるにちがいない。

デニス・リンデンは絶叫したかった。

くるりと窓に背を向け、店の入り口へ大股で突き進んだ。ドアを押し開けて店内に入り、行く手にいたウェイターを突き飛ばした。そのウェイターは床に倒れた。

銃に気づいた店主は息を呑み、後ずさりした。他の客たちも同様の反応を示した。

彼の姿を目にとめたメアリは、小太り男とのおしゃべりにまだ口元をほころばせていた。が、すぐにその顔から血の気が引いた。「デニス、ハニー、あなたいったい——?」

「ここで何をしているのかって?」デニスは皮肉たっぷりに喚いた。

「うわ、銃だ!」メアリのボーイフレンドが両手を挙げた。後ろへよろめいたはずみで、バースツールが倒れた。

「ぼくがここに来たのは、ずっと前にやるべきだったことを片づけるためだよ、ハニー」と彼はメアリに怒鳴った。

「デニス、いったい何の話をしているの?」

「こいつは誰だ?」恐怖に眼を大きく見開き、小太り男が訊いた。

「わたしの夫なの」メアリが小声で言った。「デニス、お願いだから、銃を置いて!」

「おまえの名前は?」デニスが男に向かって声を張りあげた。

「ぼくは――フランク・チルトンだ。ぼくは――」

チルトンだと？　デニスはその男に見覚えがあった。パティの夫だ。パティはメアリと一緒に教会員をやっている。妻の大親友だ。メアリは友人まで裏切っていたのだ。

デニスは銃を持ち上げた。

「よせ、頼む！」フランクが懇願した。「ぼくたちを撃たないでくれ！」

メアリはデニスの前に立ちはだかった。「デニス、だめよ！　お願いだから銃をしまって。頼むから！」

彼はつぶやいた。「浮気をして誰かを裏切ったら、その代償を支払うことになるんだよ。かならずね」

「浮気ですって？　いったい何を言ってるの？」メアリの中の女優は、子どものように罪のない表情を見せた。

すぐそばで女の悲鳴があがった。「フランク！　メアリ！」

デニスがバーカウンターのほうへ顔を向けると、化粧室から出てきた若い女が恐怖におののきながら立ちすくんでいた。女はフランクに駆け寄り、彼に抱きついた。

何が起こっているんだ？

デニスは当惑した。女はパティだった。

眼を大きく見開き、メアリはあえぐように言った。「デニス、わたしがフランクと浮気してると思ったの？」

彼は答えなかった。

「モールでパティとばったり会って」と、彼女は説明した。「あなたにもそう話したでしょ。一緒に飲みにいくことになって、それでパティがフランクに電話したのよ。わたしもあなたを誘ったわ。でも、あなたは来たがらなかった。それがいったいどうして――」メアリは泣いていた。「どうしてなの――」

「うまい言い訳だが、きみが何をしてたか、ぼくは知っているんだよ。もしかしたら相手はその男じゃないかもしれない。だが、誰かいるはずだ」デニスは妻に銃口を向けた。「食いちがいが多すぎるんだよ、ハニー。つじつまが合わないことが多すぎるんだよ、ハニー」

「ああ、デニス、あなたが何のことを言っているのか、ちっともわからない。わたしは誰とも浮気なんかしていない。あなたを愛しているんだもの！　今夜、出かけてたのは、あなたのクリスマス・プレゼントを買うためよ」そう言って、メアリはショッピングバッグを持ち上げてみせた。

「ぼくへのカードも買ったのか？」

「カード――」

「ぼくへのクリスマスカードは買ったのか？」彼は金切り声を出した。

「買ったわよ！」さらに涙が溢れ出た。「もちろん、買ったわよ」

「ほかのやつの分もか？」

彼女はすっかり困惑しているようだった。「わたしたち夫婦で出す分だけよ。友だちとか、わたしの家族に……」

「クローゼットに隠していたカードは何なんだ？」

彼女は眼をしばたたいた。「バスローブに入れたカードのこと？」

「そうだよ！　あのカードは誰のだ？」

「あなたのよ！　あれはあなたへのカードよ」

「だったら、どうして何も書かずに封をしたんだ？」デニスはしてやったりとばかりに笑みを浮かべながら尋ねた。

涙がおさまると、今度は怒りがメアリの顔に広がった。こんな顔を見たのは、これまでにたったの二度しかない。メアリの職場復帰に彼が異を唱えたときと、サンフランシスコ出張を取りやめるよう頼んだときだ。

「封をした覚えはないわ」とメアリがぴしゃりと言った。「昨日、カードを買って、〈ホールマーク〉の店を出たとき、雪が降っていたの。それで封筒の折り返し部分の糊が雪に濡れてくっついた。わたしはそのうち剝がすつもりで、あなたの眼に触れないよう隠しただけよ」

彼は銃を下ろした。頭の中であれこれ考えた。やがて彼は冷ややかな笑みを浮かべた。

「まったく、口の達者な女だ。だが、ぼくはだまされないぞ」デニスは銃口を彼女の胸部に向け、引き金を引きかけた。

「やめて、デニス、お願い！」彼女は、なすすべもなく両手を挙げて叫んだ。

「動くな、そのままだ！」男の声が轟いた。

「武器を捨てろ！　いますぐに！」

デニスが振り返ると、ニューヨーク州警察の警官二人が目の前にいて、それぞれ銃口を彼に向けていた。

「いやだ、おまえたちになんかわかるもんか」デニスは話し始めたが、口を動かすと、スミス＆ウェッソンが無意識に警官たちのほうを向いた。

二人の警官はほんの一瞬だけためらったのちに、引き金を引いた。


デニスは拘置所の病院に三週間入院して、怪我の回復に努めた。その間、数人の精神科医が徹底的な精神鑑定を行なった。医師たちは、裁判の前に、彼が精神障害と認められるかどうかを判断する審理を開くようにと助言した。

審理が開かれたのは二月のよく晴れた寒い日で、鬱病、自制のきかない気質、偏執病的な行動についての、デニスの長い歴史が明らかにされた。検察官でさえもデニスを裁判の場に立たせようという考えを捨て、責任能力の欠如を認めた。だが、彼をどの種の病院に収容するかで、ちょっとした意見の食いちがいがあった。地方検事は厳重警備精神病院への無期収容を要求したが、デニスの弁護士は警備なしの精神病院に半年間の収容、もしくは同じく半年間の保護観察を求めた。

デニスは誰かを実際に危険にさらしたわけではない、というのが、弁護側の主張だった。というのも、彼が所持していた銃は撃針がはずされており、発砲できないことが判明したからだ。デニスはそのことを知っていたので、まわりを脅かしたかっただけなんです、と弁護士は説明した。

ところが、弁護士がそう指摘したとたん、デニスが勢いよく立ち上がり、大声で叫んだ。ちがう、ぼくはあの銃がちゃんと撃てると思っていた、と。

「おい、その撃針がこの事件全体の鍵になるんだぞ！」

弁護士は溜息をついた。デニスを黙らせることができず、彼はうんざりした様子で腰を下ろした。

「証人として宣誓させてもらえませんか？」デニスは判事に尋ねた。

「これは裁判ではありませんよ、リンデンさん」

「でも、話しても構いませんか？」

「いいでしょう、どうぞ」

「ぼくはずっと考えつづけてきたんです、判事」

「そうですか、いまもですか？」うんざりした顔で判事が尋ねた。

「はい。それでついにわかったんです」デニスは説明を続けた。メアリは誰かと不倫関係にありました。相手は上司ではないようですが、誰かいたことは確かです。彼女はその相手と密会するために、サンフランシスコ出張の手配をしたんですよ、と。

「些細なことを探っていって、それがわかったんです。友人がそうするように助言してくれたので、そうしたんですよ」

「些細なこと、ですか？」判事が聞き返した。

「はい！」デニスは語気を強めた。「それがまさしくぼくの始めたことでした。ところがですよ、メアリはぼくに証拠を見つけてもらいたがっていたんです」

彼の説明によれば、メアリは、彼が自分を殺そうとするのがわかっていたという。そんなことをすれば、彼が逮捕されるか撃たれるかすることも。「だから、妻はぼくの銃から撃針を抜いていたんです。ぼくははめられたんです」

「何か証拠はありますか？　リンデンさん？」と判事が尋ねた。

もちろん、証拠はあった。彼が気象情報を調べたら、事件の前日は雨も雪も降っていないと判明したのだ。

「それがどうして関係あるのですか？」判事はそう尋ねながら、デニスの弁護士をちらりと見た。弁護士はお手上げとばかりに両眉をそびやかした。

デニスが笑った。「封筒の折り返し部分が濡れていたんですよ、判事」

「というと？」

「やっぱりメアリが封筒の折り返しについた糊を自分で舐めていたってことです。妻は雪で濡れたと言っていましたが、そうじゃなかったんですよ」

「封筒というのは？」

「メアリはぼくがそれを愛人へ贈るカードだと思い込むように、自分で封をしたんです。ぼくが取り乱すように。そして封筒を隠した、ぼくに見られているのを承知の上で」

「なるほど、わかりました」そう言いながら、判事は次の審理の資料に目を通し始めた。

その後もデニスの長広舌が続き、彼は何も書かれていないメッセージが持つ意味について べらべらとまくし立てた。言葉にされないことのほうが、言葉にされることよりいかに悪質である場合が多いか、と。「そのようなメッセージ――いや、非メッセージというべきか――は、妻とその愛人の殺害を明確に正当化するのです。そう思いませんか、判事？」

その時点で、判事はデニスを退廷させ、彼に対して、次のような裁判所の判断を下した。犯罪歴のある精神障害者のためのウェストチェスター郡最厳重警備施設への無期収容を命ずる。

「いつまでもだまし通せると思うなよ！」法廷の後方に着座し、涙に頬を濡らす妻に向かってデニスは絶叫した。二人の廷吏が彼を扉の外に力ずくで引きずり出した。逆上したデニスの喚き声が、いつ果てるともなく法廷に響き渡った。

それから八か月後、精神病院の娯楽室の監督を務める雑役係が、地元新聞に載ったデニスの前妻が再婚するという短い記事をたまたま目にした。相手は投資銀行勤務のシド・ファーンズワースだった。

記事によると、二人はサンフランシスコへ新婚旅行に行く予定だという。〝大好きな街〟で、「シドと初めて本格的なデートをした街ですから」というメアリの言葉が引用されていた。

雑役係はデニスにこのニュースを伝えようかと考えたが、患者が動揺すると困るのでやめておいた。それに患者はいつもどおり、自分の製作プロジェクトに没頭していたので、邪魔されたくないだろうと思ったのだ。このところ、デニスは作業台の前に陣取り、赤色の工作用紙でグリーティングカードを作成して、大半の時間を過ごしていた。雑役係はできたカードを渡され、投函してくれと頼まれるのだが、もちろん一度も投函したことはない。患者は施設から郵便物を送ることを許可されていないのだ。でも、いずれにしろ、雑役係はカードを出せなかった。カードにはいつも何も書かれてないからだ。デニスがカードにメッセージを書いたことは一度もなかった。封筒の表に宛名や宛先を書いたことも、一度としてなかった。

クリスマス・プレゼント

THE CHRISTMAS PRESENT

「で、いつから行方不明なんだ？」

だぶつきぎみの体つきをしたロン・セリットーは――減量計画は休暇シーズンを迎えて頓挫していた――肩をすくめた。「いや、だから、そこがある種、問題でね」

「どんな？」

「いや、そこがある種――」

「それはもう聞いた」リンカーン・ライムはニューヨーク市警の刑事にそう指摘せずにはいられなかった。

「ざっと四時間。四時間弱」

コメントを返す気にもならなかった。成人が行方不明と見なされるのは、最低でも二十四時間が経過してからのことだ。

「しかし、いろいろ事情があってね」セリットーが言い添えた。「誰のことを言ってるか、わかるだろう」

そこは急ごしらえの科学捜査研究室――マンハッタンのセントラルパーク・ウェストにあるライムのタウンハウスのリビングルーム――だったが、急ごしらえのまま数年が経過したものの、機器類の充実ぶりは、小都市の警察をしのいでいた。

窓はどれも常緑樹の葉のリースでセンスよく飾られ、走査型電子顕微鏡には金銀のモールがかけられている。ステレオからは、ベンジャミン・ブリテンの『キャロルの祭典』の清らかな音色が流れていた。きょうはクリスマスイブだ。

「いや、そのいい子なんだ。カーリーのことだがね。そのカーリーの母親が、娘が訪ねてくると知ってたのに、電話をかけてくるでもなく、伝言を残すでもなく、家にいない。急に留守にするときは、かならずそのどっちかをするのに、だ。母親――ちなみにスーザン・トムソンというんだが――は几帳面な女性でね。連絡一つなく消えるというのはあまりにも妙だ」

「娘のクリスマス・プレゼントでも買いに出たんだろう」ライムは言った。「びっくりさせようと思って連絡しなかった」

「しかし、車はガレージに置きっぱなしなんだよ」セリットーは窓のほうに顎をしゃくった。数時間前から、紙吹雪のようなぼたん雪が降り続いていた。「この雪のなか歩いて出かけるとは思えないだろう、リンカーン。近くの知り合いの家にも行ってない。近所にはもうカーリーが問い合わせた」

左手の薬指と両肩と頭だけでなく、体のほかの部分も動かすことができたなら、ライムはセリットー刑事に向かっていらだちを表現するしぐさをしてみせていただろう。急かすように手で円を描くとか、両手を天に向けて持ち上げて見せるとか。だが、体は動かない。言葉に頼るしかなかった。「で、その半行方不明事件がどうしたと言うんだ、ロン？　どうやらよきサマリア人を演じてきたらしいな。ところで、善行に関する格言を知っているかね？　〝善行はかならず罰せられる〟だ……加えて、その善行の責任は、ある種、私の双肩にかかろうとしているらしい。ちがうかね？」

セリットーは勧められるのを待たず、手作りのクリスマス・クッキーをまた一つ取った。それはサンタクロースの形をしていたが、アイシングで描かれた顔はグロテスクだった。「なかなか美味いぞ。一つ食うか？」

「いや、けっこう」ライムはうなるように答えた。それから、視線を書棚にさまよわせた。「しかし、ちょっとしたクリスマスのご馳走があると、きみのセールストークにもいくらか楽しくつきあえるかもしれないな」

「ご馳走……？　ああ。よし、待ってろ」セリットーは研究室の奥へ行ってマカランのボトルを下ろすと、タンブラーを取って気前よく注いだ。ストローを差し、ライムの車椅子のホルダーにタンブラーを置く。

ライムは酒をすすった。おお、極楽だ……介護士のトムと、ライムのパートナーのアメリア・サックスは、買い物に出ている。もし二人がこの場にいたら、ライムのタンブラーに注がれているのはおそらく美味い飲み物ではあるだろうが、現在時刻を考慮すると、アルコールが入っていないものであろうことはまちがいない。

「さてと。事情ってのはこうだ。スーザンと娘は、レイチェルの友人なんだ」

要するに、家族ぐるみの友人に捧げるサマリア人的好意というわけか。レイチェルはセリットーの恋人だ。ライムは言った。「その娘の名前はカーリー、と。な、私だってちゃんと人の話を聞いているんだ、ロン。それで？」

「カーリーが――」

「年齢は？」

「十九歳だ。ニューヨーク大学の学生でね。専攻は経営学だそうだ。ガーデンシティに住んでるボーイフレンドがいて――」

「それは事件と関係のある情報なのか？　年齢はともかくとして？　年齢でさえ関係があるかどうかわからんがね」

「一つ訊いていいか、リンカーン。クリスマスが近づくと、いつもそんなに上機嫌になるのか？」

　スコッチをまた一口。「先を続けろ」

「スーザンは離婚して、ダウンタウンの広告会社で働いてる。住まいは郊外だ。ナッソー郡の――」

「ナッソー？　ナッソーだと？　ふむ、管轄権はある種、向こうの警察にあるのではないのかね？　きみだって仕組みは理解してるだろうに。警察アカデミーで、管轄権に関する講義も受けただろう？」

　リンカーン・ライムと仕事をするようになって長い。そのうえセリットーは、犯罪学者の癇癪をさりげなく受け流す優れた才能に恵まれていた。ライムの茶々を無視して先を続ける。「自宅の飾り付けをすると言って、二日ほど休暇をもらった。レイチェルの話では、スーザンと娘は、思春期にありがちな問題を抱えてる――まあ、要するに、うまくいってないんだな。だが、スーザンは努力してる。娘のためにといろいろ手を尽く

してるんだ。クリスマス当日に盛大なパーティを計画したりな。それはともかく、カーリーのほうはグリニッチ・ヴィレッジの大学の近くにアパートを借りて住んでる。ゆうべのうちに母親に連絡して、届けたいものがあるから、きょう、ボーイフレンドの自宅に遊びに行く前に母親の家に寄ると伝えた。スーザンは楽しみに待ってる、コーヒーでも一緒に飲みましょうとか何とか答えた……ところがいざカーリーが行ってみると、スーザンはいない。しかし――」

「車はガレージに残ってた」

「そうだ。そこでカーリーは、しばらく待ってみた。スーザンは帰ってこない。カーリーは地元警察に通報したが、少なくとも二十四時間経過するまでは捜索願は受理できないと言われた。で、おれのことを思い出したわけだな――警察官の知り合いはおれ一人だから。それでレイチェルに電話をよこした」

「しかし、この世の全員に善行を施すのはむりというものだよ。いくらクリスマスだからといってもな」

「なあ、若い者にクリスマスの贈り物をやろうじゃないか、リンカーン。いくつか質問をして、家のなかを見てまわるだけでいい」

……ライムは渋面を作ったが、その実、関心を抑えきれずにいた。退屈には我慢できない――それに、クリスマスをまたぐ休暇シーズンが来ると、不機嫌になりがちなのは事実だ。この季節がめぐってくると、ニューヨーク市警やＦＢＩが、科学捜査官（警察用語

で言えば〝犯罪学者〟であるライムに捜査顧問を依頼してくるような刺激的な事件がぱたりと途切れるからだ。

「な……カーリーは動揺してる。気持ちは理解できるだろう」

ライムは肩をすくめた。それは、数年前にある犯行現場を検証中に起きた事故が原因で四肢麻痺となったライムに許された、数少ない身ぶりの一つだった。ライムはたった一本だけ動く指をタッチパッドの上で滑らせ、車椅子の向きを変えてセリットーと向かい合った。「母親はいまごろ家に帰ってきているかもしれない。しかし、おまえがどうしてもというなら、その娘に電話してみるとしよう。事実を把握したうえで、意見を言うよ。その程度ならかまわない」

「恩に着るよ、リンカーン。じゃ、ちょっと待ってくれ」大柄な刑事は歩いていってドアを開けた。

おいおい、何が始まるんだ?

十代の娘が入ってきた。おずおずと室内を見まわしている。

「ライムさん。初めまして。カーリー・トムソンです。会ってくださってありがとうございます」

「なるほど、外で待機していたわけか」ライムは言い、刑事をひとにらみした。「友人のロンがそのことを伝えてくれていれば、入ってもらって、紅茶でもお出ししたんだが」

「あ、いいえ、おかまいなく」

セリットーは愛想をふりまくように眉を持ち上げると、若い娘に椅子を勧めた。

カーリーは金色の髪を長く伸ばしている。体つきはスポーツ選手のように引き締まっていた。輪郭の丸い顔には、ほとんど化粧っ気がない。ＭＴＶで目にするような流行の服装だ——裾の広がったジーンズに黒いジャケット、厚底のブーツ。だが、ライムに言わせれば、カーリーのもっとも際立った特徴は、その表情だった。ライムの障害のある体を目の当たりにしても、何らの反応も示さなかった。人によっては、当惑して黙りこんだり、反対に無意味なおしゃべりを始めたりする。あるいは視線をライムの目に固定したきり、焦りばかりをつのらせたりする——まるで、ライムの体に一瞬でも視線を向けるのは、今世紀最大の無礼だとでもいうように。そういった反応は、ライムにとってはどれも猛烈に腹の立つものだった。

カーリーが微笑んだ。「その飾り、すてきですね」

「飾り？」ライムは訊き返した。

「その椅子の背についたリース」

犯罪学者は振り向いたが、何も見えなかった。

「おい、リースがついてるのか？」セリットーに訊く。

「ついてる。何だ、知らなかったのか？　ついでに、赤いリボンも下がってるぞ」

「くそ、私の介護士の特別サービスだな」ライムはうめくように言った。「またこんなことをしてみろ、即刻、元介護士にしてやる」

カーリーが切り出した。「ほんとなら、ミスター・セリットーやあなたにご迷惑をおかけするような……いちいち騒ぎ立てるようなことではないんでしょうけど、でも、母がこんなふうに消えてしまうなんて、あまりにも奇妙で。こんなこと、いままでは一度もありませんでしたから」

ライムは言った。「行方不明事件の九十九パーセントは、何らかの行き違いだったと判明するものだ。犯罪とは無関係だとね……それに、まだ四時間だろう？」セリットーにちらりと目を向ける。「心配するようなことではないと思うが」

「でも、うちの母は、いつもちゃんと連絡をくれるんです」

「最後に話をしたのは？」

「ゆうべの八時ごろだと思います。あした、パーティを開く予定があって、その相談をしました。それで今朝、母の家に寄る約束になっていたんです。買っておく品物のリストとお金を受け取って、ジェイク——私のボーイフレンドです——と遊びに行くついでに、買い物をすませるはずでした」

「きみの携帯電話につながらなかっただけのことかもしれない」ライムは思いつきを口にした。「きみのボーイフレンドはいまどこにいる？　お母さんが彼の家にメッセージを残したとは考えられないかね？」

「ジェイクの家に？　いいえ、ここに来る途中でジェイクとは話をしましたけど、何も」カーリーは悲しげに口の端を持ち上げた。「母はジェイクを気に入ってくれてます」

落ち着かない様子で長い髪を指先でねじってもてあそぶ。「でも、大の親友というわけではなくて。彼は……」そりの合わない理由を詳細に説明するのは控えることにしたらしい。「とにかく、母がジェイクに連絡するとは思えません。彼のお父さんが……ちょっと気むずかしい人で」

「お母さんはきょう、休暇をとっていたそうだね」

「ええ」

そのとき、玄関が開いて、アメリア・サックスとトムが入ってくる気配がした。紙袋のかさかさという音が聞こえてくる。

ジーンズにボマージャケットという出で立ちの、長身の女性が戸口からのぞきこんだ。赤い髪と肩に雪片が散っている。ライムとセリットーに笑いかけた。「メリー・クリスマス」

トムは紙袋を抱えて廊下を奥へと歩いていった。

「ああ、サックス、ちょっと入ってくれ。セリットー刑事が市民への無料奉仕を申し出たようでね。こちらはアメリア・サックス。こちらはカーリー・トムソンだ」

二人が握手を交わした。

セリットーが訊く。「クッキーはいかがかな」

カーリーは遠慮した。サックスも首を振った。「それ、デコレーションしたのはわたしなのよ、ロン。わかってる、サンタがまるでボリス・カーロフよね。クッキーは当面、

見るのもいや」

トムが戸口に現れ、カーリーに自己紹介したあと、キッチンに向かった。キッチンからはまもなく軽食が運ばれてくることだろう。ライムとはちがい、介護士はクリスマス・シーズンが大好きだった。最大の理由は、ほぼ毎日、よく気のつくホスト役を演じられるからだ。

サックスはジャケットを脱いでハンガーにかけ、ライムはその間に状況を説明し、カーリーの話を要約して伝えた。

サックスはうなずきながら聞いていた。彼女もまた、成人がその程度の時間行方不明になっても、騒ぐ必要はないという意見だった。ただ、ロンとレイチェルの友人のためなら、喜んで力になると言った。

「もちろんだ」ライムの口調に皮肉を聞き取ったのは、サックス一人だった。

――善行はかならず罰せられる……

カーリーが続けた。「今朝八時半ごろ、母の家に着きました。母はいませんでした。でも、車はガレージにありました。近所には残らず問い合わせました。どこにもお邪魔してないし、誰も母を見かけていません」

「ゆうべのうちに家を出たとは考えられないかな」セリットーが訊いた。

「それはないと思います。母は今朝、コーヒーを淹れてるんです。ポットはまだ温かいままでした」

ライムが言った。「職場で何かあって出勤することになったが、車を運転したくなかったから、タクシーを呼んだとか」

カーリーは肩をすくめた。「そうかもしれません。それは考えてなかったわ。母は広告会社に勤めていて、このところかなり忙しかったみたいです。倒産した大手インターネット会社の仕事がどうとかで。すごくばたばたしてて……でも、よくわかりません。あたしにはあまり仕事の話はしなかったから」

セリットーはダウンタウンの若手刑事に指示して、グレンホロウ周辺の全タクシー会社に問い合わせさせた。しかし、その朝、カーリーの母の家にタクシーは呼ばれていなかった。スーザンの勤務先にも連絡し、出勤していないか確認したが、従業員の誰もスーザンを見かけておらず、個人オフィスには鍵がかかったままだった。

ちょうどそのとき、ライムの予想どおり、白いシャツにジェリー・ガルシアのクリスマス仕様のネクタイを締めた華奢な体つきの介護士が、コーヒーと紅茶のポットと、ペストリーやクッキーが並んだ巨大なプレートが載ったカートを押して現れた。全員の分の飲み物を注いでいく。

「イチジクのプディングはないのか？」ライムは当てこするようにつぶやいた。

サックスがカーリーに尋ねた。「お母さんのことだけど、最近、悲しそうにしていたり、気分が変わりやすかったりしているようなことはなかった？」

少し考えたあと、カーリーは答えた。「今年の二月に祖父が――母の父が亡くなりま

した。祖父はとてもいい人でしたから、母はしばらく落ちこんでいました。でも、夏になるころには、立ち直ってたわ。いま住んでるすごくすてきな家を買って、楽しそうにあちこち手を加えていました」

「お母さんのお友だちや恋人は？」

「仲のいいお友だちは何人かいました」

「名前や電話番号を知ってる？」

カーリーはふたたび黙りこんだ。「名前だけ知ってる人なら何人か。どこに住んでるかまではわかりません。電話番号も」

「恋人はいなかった？」

「一月くらい前に別れたはずです」

セリットーが口をはさんだ。「その恋人は面倒を起こしそうなタイプの男だったかな。ストーカーだったとか。別れたことを恨んでたとか」

「いいえ、別れを切り出したのは相手のほうだと思います。いずれにしろ、ロサンゼルスだったかシアトルだったか、西海岸に住んでる人でした。だから、何と言うか、さほど真剣なつきあいじゃなかったんです。母は最近になって別の人とつきあい始めたそうです。二週間くらい前かしら」カーリーはサックスを見つめていたが、やがて床に目を落とした。「母を愛してはいるんです。でも、あまり仲よくはなくて。父と母は七、八年前に離婚しました。それを境にいろんなことが変わってしまって……母のことをちゃ

んと知らなくてごめんなさい」

ふむ、強固な絆で結ばれた家族か――ライムは皮肉をこめて考えた。それがパーク・アヴェニューの精神科医を富豪にし、世界中の警察の電話を二十四時間鳴らし続けている。

「その調子でいいのよ」サックスが励ました。「で、お父さんはどこに？」

「ニューヨークです。ダウンタウンに住んでいます」

「お父さんとお母さんは頻繁に会ってるのかしら」

「もう会っていません。父はよりを戻したかったみたいですけど、母にはその気がなくて、父はあきらめたんだと思います」

「あなたはお父さんによく会ってる？」

「ええ。でも、父は旅行してることが多くて。貿易会社に勤めてて、海外の取引先によく出張に行くんです」

「でも、いまはニューヨークにいらっしゃる？」

「はい。クリスマスに、母のパーティのあとで会う約束をしています」

「電話してみましょうか。お母さんから連絡がなかったか確認したほうがいいわ」サックスは言った。

ライムがうなずき、カーリーは父親の電話番号を伝えた。ライムが言う。「私から連絡しよう……さっそく行ってくれ、サックス。スーザンの家だ。カーリー、きみも一緒

に行きなさい。急いで」

「行くわ、ライム。でも、どうして急ぐの？」

ライムは窓の外を見やった。白一色の景色のどこかに、答えが浮かんでいるとでもいうように。

サックスは困惑して首を振った。ライムはときおり、他の人々が自分ほど頭の回転が速くないことに気づいてじれったそうにすることがある。「今朝、スーザンの家で何があったか、雪が教えてくれるかもしれないからだよ」そう説明したあと、これもまたしばしばするように、芝居がかった結びの言葉を添えた。「しかしこの降りかたでは、読むべき物語はすでに残されていないだろう」


三十分後、アメリア・サックスは、ロングアイランドのグレンホロウの閑静な並木道に乗り入れた。真っ赤なカマロをスーザン・トムソンの自宅から三軒手前の住宅の前に停める。

「あの、母の家はあそこですけど」カーリーが指さした。

「ここに停めたほうがいいわ」サックスは言った。犯行現場への侵入経路と脱出経路は、それ自体が犯行現場の一部になりうるということ、そこから貴重な情報を得られる可能性があることを、ライムから叩きこまれていた。そのため、現場を汚染しないようつねに心がけている。

母親の車がまだガレージにあることに気づいて、カーリーが表情を曇らせた。

「ひょっとしたらと思ってたのに……」

サックスはカーリーの顔に目をやった。そこにははっきりと不安が現れていた。サックスにはその不安が理解できた。この母娘はむずかしい関係にある。それは明らかだ。しかし、親と子の絆が完全に断ち切られることはない。断ち切ることは不可能だ。そして、母親が行方知れずになるということほど、本能的な不安をかきたてるものはない。

「きっと無事に見つかるわ」サックスはささやくように言った。

カーリーはかすかに微笑み、ジャケットの襟もとをかき合わせた。ファッショナブルでいかにも高価そうなジャケットだが、防寒の役にはまるで立ちそうにない。サックスにはファッションモデルの経験があったが、その当時でも、ランウェイを歩くときと撮影の最中を除けば、『ヴォーグ』がどんな流行を紹介していようと、現実の人間らしい服を選んで着た。

スーザンの家を見やる。新築の、不規則な形をしたコロニアル風の建物。敷地は広くはないが、庭の手入れは行き届いている。ライムに電話をかけた。正式の捜査なら、モトローラの無線で本部に連絡してライムに転送してもらうところだ。しかし、これは非公式の捜査だった。そこで、ハンズフリーのイヤフォンマイクを携帯電話につないで使うことにした。携帯電話はベルトに下げる。数センチの距離をおいて、グロックのオートマチックのホルスターが並んでいた。

「家に着いたわ」サックスはライムに伝えた。「その音楽、何?」

一瞬の間があって、『天《あめ》にはさかえ』がやんだ。

「失礼。トムが聖霊とともに過ごしたいと言い張るものでね。で、何が見える、サックス?」

サックスは自分のいる位置と、敷地のレイアウトを説明した。「こっちは雪はそう降ってないけど、あなたの言ったとおりだわ。あと一時間もすれば、足跡や何かはみんな消えてしまう」

「人の通り道を踏まないようにしながら、監視の形跡の有無を確かめろ」

「了解」

サックスはカーリーに、どれが彼女の足跡か尋ねた。カーリーは、車をガレージの前に停めて——雪の上にタイヤの跡が残っているのが確認できた——キッチンの勝手口からなかに入ったと言った。

カーリーの先に立って、サックスは敷地の周囲をひとまわりした。

「裏庭にも側庭にも何もない。あるのはカーリーの足跡だけ」ライムに報告する。

「目に見える足跡はないということだな」ライムが訂正した。「かならずしも何もないと同義ではない」

「そうね、ライム。それが言いたかったの。ふう、寒いわ」

家の正面に戻った。通りと家を結ぶ通路に積もった雪の上に、足跡がいくつか見つか

った。歩道際に車が一台停まった形跡がある。そこから家に向かう足跡が一組、車に戻る足跡が二組。おそらく、運転していた人物は、スーザンを迎えに来たのだろう。サックスはライムに発見を伝えた。するとライムは訊いた。「足跡から何かわかるか？　靴のサイズ、靴底の模様、体重のかかり具合」

「どれもわからない」身をかがめようとして顔をしかめた。寒さと湿気のせいで、関節痛持ちの節々が不平を漏らしている。「だけど、一つ不自然なことが――二人はやけにぴったりくっついて歩いてるわ」

「一方がもう一方の体に腕をまわしていたかのように」

「そう」

「愛情の表れかもしれない。脅迫の結果かもしれない。とりあえずは、二組めの足跡はスーザンので、何があったにしろ、まだ死んではいないと仮定しよう――いや、そう期待しようじゃないか。少なくとも数時間前までは生きていたと」

そのとき、サックスは、通りに面した窓の下に積もった雪に、奇妙なくぼみがあることに気づいた。誰かが歩道をそれて、そこに膝をついてしゃがんだような跡だった。その窓からは、リビングルームとその奥のキッチンの様子がはっきりと見える。サックスはカーリーに先に行って玄関を開けておいてくれるよう頼むと、マイクロフォンに口を近づけ、小声で言った。「どうやら問題発生よ、ライム……誰かがしゃがんで窓から家のなかをのぞいてたみたい」

「ほかに証拠物件は、サックス？　識別できる足跡、吸い殻、何らかの跡、微細証拠物件」

「何もない」

「家のなかを調べろ、サックス。ものはついでだ、なかで犯罪が進行中のつもりでいこう」

「犯人がいるとは思えないけど」

「いいじゃないか、ゲームだと思ってつきあってくれ」

サックスは玄関の前に立ち、とっさに銃をつかむことができるよう、レザージャケットのジッパーを下ろした。カーリーは玄関を入ってすぐのところに立って、室内に目を走らせていた。何の気配もない。電化製品の軽やかな音や低いモーター音だけが聞こえている。電灯はつきっぱなしだ。真っ暗だったほうがまだ安心できただろう。明かりがそのままなのは、スーザンがあわてて家を出たことを示しているからだ。電灯を残らず消してまわってから誘拐される被害者はいない。

サックスは自分から離れないようカーリーに伝えると、家の奥へと進み始めた。遺体を発見することになりませんようにと祈る。だが遺体はなかった。スーザンがいそうな部屋はすべて確かめた。誰もいない。争った形跡もなかった。

「何一つ異常はないわ、ライム」

「ふむ、まあ、それはそれで一つの手がかりだ」

「簡単にグリッド捜索してみるわね。スーザンがどこに行ったのか、ヒントが見つかるかも。何かあったら連絡する」

リビングルームの炉棚の前で足を止め、額に入った写真を眺めた。スーザン・トムソンは、長身のがっしりとした体格の女性で、短く切った髪をふわりと後ろに流している。親しみを感じさせる笑顔。並んだ写真の大多数に一緒に写っているのは、カーリーか、またはおそらくスーザンの両親だろう、年配のカップルだった。屋外で撮影されたものが多い。ハイキングやキャンプ旅行中のスナップらしい。

カーリーとともに、スーザンの居場所を推測する手がかりを探した。サックスはキッチンの電話のそばのカレンダーを調べた。きょうの枠に書きこまれた予定は一つ——〝C来る〟。

カーリーは悲しげに笑った。Cという頭文字とそっけない表現は、カーリーが想像する、母親の娘に対する見かたを象徴しているものなのだろうか。サックスは母娘の間にどんな問題があるのだろうかと考えた。サックス自身と母親との関係も、昔から複雑だった。ライムにはそれを〝忍耐力を試されるような〟と表現した。

「スケジュール帳とか電子手帳はない?」

カーリーが室内を見まわした。「ハンドバッグがなくなってます。スケジュール帳はいつもハンドバッグに……もう一度携帯に電話してみます」そう言って電話をかけた。落胆と困惑の表情が、応答がないことを物語っていた。「留守番電話になってるわ」

　サックスは家にあった三台の電話の〝リダイヤル〟ボタンをすべて押してみた。二台は番号案内に、残り一台はノースショア銀行の地元支店にかかった。サックスは支店長を呼んでもらい、スーザン・トムソンの行方を捜していることを説明した。支店長によると、スーザンは二時間ほど前に来店したという。

　サックスはカーリーにそのことを伝えた。カーリーはほっとした様子で目を閉じた。

「そのあとどこに行ったのかしら」

　サックスは支店長にその質問を中継した。わからないという答えだった。続けて支店長は、ためらいがちな口調で尋ねた。「あの、具合が悪そうだったことと何か関係があるんでしょうか」

「どういうことでしょう？」サックスは訊いた。

「いえ、いらしたとき、顔色が悪いご様子でしたので。一緒にいた男性が……ずっとこう、腕をまわしていらして。それで、どこか具合でも悪いのかなと思ったものですから」

　サックスは、支店に行って話を聞かせてもらってもいいかと尋ねた。

「どうぞ。私でお役に立てるなら」

　サックスは支店長から聞いた内容をカーリーに伝えた。

「具合が悪そうだった？　男性が一緒だった？」カーリーは眉をひそめた。「誰かしら」

「行けばわかるかも」

玄関に向かいかけて、サックスは立ち止まった。「ああ、一つお願いがあるんだけど」

「何かしら」カーリーが訊いた。

「お母さんのジャケットを借りてきてちょうだい。あなたを見てると、こっちまで寒くなっちゃう」


銀行の支店長はサックスとカーリーに説明した。

「地下の貸し金庫室に行かれたあと、小切手を現金化されました」

「貸し金庫室で何をしたかまではわかりませんよね」サックスは尋ねた。

「ええ。お客様が貸し金庫を開けるとき、私どもは席をはずす規則になっていますので」

「一緒にいた男性のことですが。誰だかご存じありませんか」

「いいえ、まったく」

「特徴を教えてください」

「大柄な人でした。百八十五センチか、百九十センチ近くありそうでしたね。髪が薄くなりかけていました。ほとんど笑いませんでした」

サックスは問いかけるようにカーリーを見やった。カーリーは首を振った。「母がそういう男性と一緒にいるところは見たことありません」

小切手を現金化した窓口係からも事情を聞いたが、スーザンは現金に替えてほしいと

伝えた以外、何も話していなかった。

「金額はいくらでした？」サックスは訊いた。

支店長はためらった。プライバシーの保護という文言が頭をよぎったのだろう。しかし、カーリーが懇願するように言った。「お願いします。母が心配なんです」

支店長は窓口係にうなずいた。「千ドルでした」

サックスは一同から少し離れたところで、携帯電話でライムに連絡した。銀行で得た情報を報告する。

「ますますわからなくなったな、サックス。たった千ドルが強盗や誘拐の動機になるとは思えないが、金の価値は相対的なものだ。ひょっとしたら、その男にとっては大金なのかもしれん」

「現金のことより、貸し金庫が気になるわ」

ライムが応じた。「いい着眼点だ。スーザンは男の目当てのものを貸し金庫に保管していたのかもしれない。しかし、何だろうな。スーザンは娘を持つ会社員にすぎない。ルポライターとか、警察官だとかいうのとはちがう。それに、もし男の欲しがっていたものを金庫から取り出したのだとすれば、悪いニュースと言えるぞ。男は目当てのものを手に入れたわけだからな。スーザンはもう必要ないと考えるおそれがある。そろそろナッソー郡警察に連絡したほうがよさそうだ。もしかすると……待て、まだ銀行にいるんだな？」

「ええ」

「ビデオ！　監視ビデオを確認しろ」

「ああ、窓口を撮影してるビデオね。でも――」

「ちがう、ちがう、ちがう」ライムが鋭い口調でさえぎった。「駐車場のだよ。どこの銀行も、駐車場に監視カメラを設置している。二人が駐車場を利用したなら、男の車がテープに写っているはずだ。うまくいけば、ナンバーがわかるかもしれない」

サックスは支店長のところに戻った。支店長は警備主任を呼び、警備主任は裏手のオフィスに引っこんだ。まもなく警備主任が三人をオフィスに招き入れ、録画テープを再生した。

「あ、いまの！」カーリーが叫んだ。「母です。ほら、男の人が一緒だわ。見て、まだ母をしっかりつかまえてる。一時も離そうとしない」

「かなり怪しい雰囲気だわね、ライム」

「車は見えるか」犯罪学者が訊く。

サックスは警備主任に頼んで静止画にしてもらった。「車種は――」

「シェヴィのマリブですね」警備主任が言った。「今年のモデルだ」

サックスはライムに車種を伝え、画面にじっと目を凝らして続けた。「色は暗めのワイン色。ナンバーの最後の二桁は、7、8。その前は、3か8ね。いえ、6かしら。ちょっと判別がつかないわ。ニューヨーク州のプレート」

「いいぞ、サックス。よし。ここから先は、警察の仕事だ。ロンに緊急ナンバー手配をしてもらおう。ナッソー郡、サフォーク郡、ウェストチェスター郡、ニューヨーク市の五区。ニュージャージーもだな。最優先にしてくれるよう頼もう。ああ、ちょっと待ってくれ……」誰かと言葉を交わしている気配。まもなく電話口に戻ってきた。「スーザンの元夫がこっちに向かってる。娘を心配して、会いたいと言っているそうだ」

サックスはカーリーにそのことを伝えた。カーリーの表情が明るくなった。サックスは付け加えた。「こっちでできるのはここまでだわ。マンハッタンに戻りましょう」

アメリア・サックスとカーリー・トムソンがライムのタウンハウス内の研究室に戻った直後、アンソニー・ダルトンが到着した。トムに招き入れられたダルトンは、娘の姿を見つけて足を止めた。「やあ、ハニー」

「パパ！　来てくれてうれしいわ！」

ダルトンは両の目に愛情と気遣いを同時に浮かべて娘に歩み寄ると、きつく抱き締めた。

四十代後半のダルトンは引き締まった体格をしていて、ごま塩の髪は少年のようにくしゃくしゃしていた。ストラップやフラップがあちこちについた、やたらに複雑な構造をしたスキージャケットを着ている。その様子は、ライムが大学の法学部で科学捜査の講義を行なうときなどにたまに一緒になる、大学の教授たちを思い起こさせた。

「何かわかりましたか」そう尋ねるまで、ライムが車椅子に乗っていることには気づいていなかったようだ——そして気づいたあとも、特別に意識するようなこととは思わなかったらしい。ライムは娘に続いてアンソニー・ダルトンにも高得点を与えた。

何があったか、これまでのところどんな事実が判明したか、ライムは説明した。

ダルトンは困ったように首を振った。「しかし、それだけでスーザンが誘拐されたと決めつけるのはどうかと」早口に言う。

「ええ、ええ、そのとおりです」セリットーは言った。「われわれとしては、どんなささいな危険も冒したくないと用心しているだけでしてね」

ライムは尋ねた。「スーザンに恨みを抱きそうな人物に心当たりは？」

ダルトンは首を振った。「私にはわかりません。この一年、スーザンには一度も会っていませんし。結婚していたころのことを考えても……スーザンは誰にでも好かれていました。スーザンが担当していたクライアントが何やらいかがわしいことをしたときも、スーザンを個人的に非難した人はいませんでしたよ。スーザンが担当するクライアントにかぎって、厄介事を起こすようなところはありましたが」

ライムは頭を悩ませていた——スーザン・トムソンの身に迫った危険以外の理由で。問題は、これが正式な捜査ではないという点だ。知り合いのよしみで調査を引き受けたにすぎない。これは、セリットーの言ったとおり、クリスマスの贈り物だった。だが、解決のためにはもっと事実が必要だ。もっと大がかりな科学捜査が必要だ。ライムにし

てみれば、捜査には百十パーセントの力を注がないかぎり、何もしていないのと同じだった。

　トムがコーヒーの新しいポットを持って入ってきて、醜悪なクッキーを皿に補充した。ダルトンは介護士にうなずき、礼を言った。それからポットを取って自分でコーヒーを注いだ。「飲むかい？」カーリーに尋ねる。

「そうね、もらおうかな」

　ダルトンは娘の分を注いでから訊いた。「ほかのみなさんは？」

　誰も手を挙げなかった。しかし、ライムの目は棚の上のマカランに飛んだ。驚いたことに、トムが一言の異議も唱えずにボトルを下ろして、ライムのストーム・アローに近づいた。

「妙ですね。しかし、タンブラーの蓋を持ち上げたところで、眉を寄せ、鼻を近づけた。ゆうべ、ちゃんと洗ったはずなのに。どうやら忘れたらしいな」皮肉めいた口調で付け加える。

「完璧な人間はいないさ」ライムは言った。

　トムは数フィンガー分を注いで、タンブラーをホルダーに戻した。

「ありがとう、ベルタサル。いまのところは首にしないでおくとしよう――私の椅子に雑草をぶら下げたことには目をつぶる」

「おや、気に入りませんでしたか。クリスマスの飾りつけをすることは言っておいたでしょう」

「家は飾ってもかまわない。私は飾ってもらわなくてけっこう」

「で、これから何を？」ダルトンが訊いた。

「待ちます」セリットーが答えた。「陸運局がいま、ナンバーの一部が一致するマリブをリストアップしています。よほど幸運に恵まれれば、パトロール中の警察官が発見するかもしれない」椅子にかけてあったコートを羽織る。「しばらくビッグ・ビルディングに行ってる。何かあったら電話をくれ」

ダルトンはセリットーに礼を言い、それから腕時計を確かめると、携帯電話を取り出して会社に連絡し、職場のクリスマスパーティには出席できそうもないと伝えた。前妻の行方不明事件を警察が捜査していて、いまは娘についていてやりたいからと説明している。娘を一人にしておくわけにはいかない。

カーリーは父親を抱き締めた。「ありがとう、パパ」目を上げて窓の外を舞う雪を見つめる。長い沈黙があった。カーリーは部屋のなかのほかの人々にちらりと目をやってから、父親に向き直り、低い声で言った。「ママとパパが離婚してなかったら、いまごろどうなってただろうって考えることがあるの」

ダルトンは笑い、髪をかきあげた。ますますくしゃくしゃになった。「私も考えたことがあるよ」

サックスはライムに目配せした。二人は反対方向を向いて、父と娘の会話にわずかながらプライバシーを与えた。

「ママがデートした人たち、みんなそこそこいい感じだったわ。でも、恋人と呼べるような人はいなかった。誰とも長続きしなかったの」

「ぴったりの相手を見つけるのはむずかしいものさ」ダルトンが言った。

「たぶん……」

「何だ？」

「あたし、ママとパパがよりを戻してくれたらいいのにって、どこかでずっと祈ってたんだと思う」

ダルトンは言葉を失ったようだった。「努力はしたよ。おまえも知ってるだろう。しかし、おまえのママは、耳を貸さなかった」

「だけど、パパは二年くらい前に努力をやめてしまったわね」

「むだだとわかったからだよ。人間は前に進まなくちゃいけない」

「でも、ママはパパを恋しがってた。見てればわかるわ」

ダルトンは笑った。「いや、それはどうかな」

「ほんとよ。ママにパパのことを訊くとね、いつもパパはとてもすてきな人だったって答えるのよ。おもしろい人だったって。いつも笑わせてくれたって」

「そういう時期もあった」

「パパと何があったのって訊いたこともある。そしたら、たいしたことじゃないって言ってた」

「まあ、そうだな」ダルトンはコーヒーをすすりながら答えた。「あのころの私たちは、どうすれば夫婦になれるかわかっていなかったんだ。若すぎたんだよ」

「いまはもう若くはないわ……」カーリーは頬を赤らめた。「ごめんなさい、ひどい言いかたよね」

だがダルトンは言った。「いや、おまえの言うとおりだよ。あれから私も大いに成長した」

「ママもすごく変わったわ。昔はあんなに無口だったのに。一緒にいてもちっとも楽しくなかった。だけど、いまはいろんな趣味を持ってるの。キャンプやハイキングに行ったり、ラフティングをしたり。アウトドアに凝ってるのよ」

「へえ」ダルトンが言った。「アウトドア好きだったとは意外だな」

カーリーはつかのま、遠くを見るような目をした。「あたしが小さかったころ、パパはよく海外に長期出張してたじゃない？　香港とか、日本とか」

「海外支社の立ち上げのためにね」

「どうせならみんなで行きたかったわ。パパと、ママと、あたしとで……」コーヒーカップをもてあそぶ。「でもママはいつもこう言った。〝家でやることがたくさんあるから〟とか〝水を飲んだだけでも病気になるような土地よ〟とか。結局、家族で旅行に出かけたことは一度もなかったわよね。旅行らしい旅行には」

「私も家族そろって行きたいといつも思っていたよ」ダルトンは悲しげに首を振った。

「一緒に行きたくない、おまえを連れていきたくないと言われたときは、腹が立った。だが、スーザンはおまえの母親だし、母親の仕事は、子どもを守ることだ。スーザンは、おまえの安全を最優先に考えたんだよ」そう言って微笑む。「一度、東京から電話したことがあったね。そうしたら——」

そのときライムの電話が鳴って、ダルトンの話は尻切れになった。ライムは車椅子に取りつけられたマイクに向かって言った。「コマンド、電話に出る」

「ライム刑事？」スピーカーから雑音まじりの声が聞こえた。

その肩書きは過去のものだ——いまとなっては〝元〟刑事にすぎない。それでもライムは答えた。「そうだが」

「ニューヨーク州警察のブロンソンと言います」

「用件は？」

「ワイン色のマリブの緊急ナンバー手配を受けました。そちらで捜査中の事件に関連して」

「ああ、手配した」

「該当車両を発見しました」

カーリーが息を呑む気配がした。ダルトンは娘に寄り添うようにして立ち、肩に腕をまわした。どんな報告なのだろう？　スーザン・トムソンの遺体を見つけたと知らされるのか？

「それで？」

「現在、西に向けて走行中です。ジョージ・ワシントン・ブリッジに向かっているものと思われます」

「乗っているのは？」

「二名です。男女各一名。それ以上のことは確認できません」

「よかった。生きてるんだ」ダルトンが安堵の息をついた。

ニュージャージーに向かっているらしいな――ライムは考えた。ニュージャージー側に広がる平原は、ニューヨーク市周辺でもっとも数多くの死体が遺棄される場所の一つだ。

「車両はクイーンズのリチャード・マスグレイヴ名義で登録されています。盗難届は出ていません」

ライムは問いかけるような目をカーリーに向けた。カーリーは首を振った。その名前には聞き覚えがないらしい。

サックスがスピーカーのほうに乗り出して身分を告げた。「いまその車の近くですか」

「ざっと二百メートル後方を走行中です」

「パトロールカーで？」

「ええ」

「橋からどのくらいの地点にいます？」

「二キロから三キロ東です」

ライムはサックスを見た。「どうだ、パーティに飛び入りするか？　きみのあのカマロなら、すぐ後ろにつけても気づかれずにすむ」

「行ってくる」サックスは出口へ走った。

「おい、サックス」ライムは呼び止めた。

サックスが振り返る。

「タイヤチェーンはあるんだろうな」

サックスは笑った。「スポーツカーにチェーン？　ライム、冗談でしょう」

「ふむ。せめてハドソン川に落ちないように気をつけろよ。いいな？　川の水はきっとおそろしく冷たいぞ」

「ベストは尽くすわ」

たしかに、エンジンフードの下に四百頭以上の血気盛んな馬を飼う後輪駆動のスポーツカーは、雪のなかを走るのに適した乗り物とは呼べなかった。しかしアメリア・サックスは、ブルックリン周辺の非合法カーレースを渡り歩き、焼けたアスファルトの上で四輪を滑らせて青春を過ごした（ときには、時速三百キロ近い速度を出すのがただただ快感で、そのためだけに走った）。これくらいの雪、サックスにしてみれば、どうということもない。

カマロSSを駆ってエクスプレスウェイに入り、アクセルペダルを床まで踏みこむ。タイヤが空転したのはほんの五秒ほどで、まもなく路面をグリップすると、速度は一気に時速百三十キロに達した。

「橋に入ったわ、ライム」ヘッドセットに向かって大声で言う。「マリブはどこ?」

「一・五キロほど西だ。いま――」

車が滑り始めた。「ちょっと待って、ライム。車が横向きになりそう」

サックスはステアリング操作の末、車の姿勢を立て直した。「追い越し車線のフォルクスワーゲン、八十キロは出てる。見てるだけで肝が冷えるわ」

一・五キロほど走ると、州警察のパトロールカーに追いついた。かなり距離をあけ、マリブから気づかれにくい位置について追尾している。マリブが右車線に移って出口のほうにウィンカーを出すのが、パトロールカー越しに見えた。

「ライム、この無線を州警察の車に転送できないかしら」

「ちょっと待て……」長い間があった。続いてライムのいらだった声。「まったく、何度やってもこの仕組みは呑みこめな――」声は唐突に途切れ、かちりという音が二度鳴った。まもなく、州警察官の声が聞こえた。「サックス刑事?」

「そうです。どうぞ」

「すぐ後ろにいるのがそうかな。赤のかっこいいスポーツカー?」

「そうよ」

「どういう作戦でいきましょう？」

「マリブを運転してるのはどっち？　男？　女？」

「男です」

サックスは少し考えてから言った。「ただの取り締まりで停止させたように見せかけましょう。後ろにつけて回転灯をつけるか何かして。マリブが路肩に停まったら、わたしは前をふさいでサンドイッチにする。あなたは助手席側から近づいて。わたしは運転席側から行くから。武装してるかもしれないし、してないかもしれない。でも、誘拐事件の可能性が高いから、銃を持ってると仮定してかかりましょう」

「了解、サックス刑事」

「じゃ、さっそく作戦開始よ」

マリブが出口にそれた。サックスはリアウィンドウ越しに背後を確かめようとした。降りしきる雪で何も見えない。ワイン色の車はランプを下りきったところの赤信号でゆっくりと停止した。信号が変わると、雪のなか、半解けのぬかるみの上をそろそろと前進し始めた。

サックスの耳の奥に州警察官の声が響いた。「サックス刑事、用意はいいですか」

「ええ。いきましょう」

警察仕様のクラウンヴィクトリアの回転灯がまぶしい光を発した。サイレンを一瞬だけ鳴らす。マリブのドライバーは目を上げてリアビューミラーを確かめた。ほんのつか

のま、車体がふらついた。まもなくマリブは路肩に寄って停まった。左手には寒風にさらされたタウンハウスの列、右手にはアシの生い茂る沼。

サックスはアクセルペダルをぐいと踏み、横滑りしながらマリブの前をふさぐようにカマロを停めた。即座に車を降り、ホルスターからグロックを抜いて、小走りにマリブに近づいた。


四十分後、硬い表情を浮かべたアメリア・サックスがライムのタウンハウスに戻ってきた。

「どうだった？」ライムが訊いた。

「最低」スコッチをダブルで注いで、一息に半分を飲み干す。珍しいことだった。サックスは、ちびちび飲むタイプの人間だ。

「最低よ」そう繰り返す。

とはいえ、ニュージャージーで流血の銃撃戦が起きたというわけではなかった。警察は大恥をかいたのだ。

「詳しく話してくれ」

スーザンの無事は、現場からのサックスの無線連絡によって、すでにライムとカーリーとアンソニー・ダルトンに知らされていた。しかし、そのときは詳細までは報告できなかった。サックスはあらためて説明を始めた。「車を運転してた男性は、スーザンが

二週間前からつきあい始めた人だった」カーリーに目をやる。「リッチ・マスグレイヴ。あなたがちらっと話してた人ね。車は彼のもの。今朝、スーザンに電話して、ニュージャージーのアウトレットモールに買い物に行く約束をしたんですって。ところがスーザンは、新聞を取りに出たときに、氷の上で足を滑らせて転倒した」

アンソニーがうなずいた。「ああ、あの家の前の通路ね。まるでスキー場の斜面だ」

カーリーが顔をしかめた。「生まれつきそそっかしくてっていうのが母の口癖だった」

サックスが先を続けた。「転んだ拍子に膝を打って、車の運転はできそうもなくなった。そこでリッチに連絡して、迎えにきてくれるよう頼んだ。そうそう、窓の下の雪にくぼみが見つかったわね。誰かが家のなかをのぞいたんだと思ったけど、ちがったわ。スーザンが転んだ跡だった」

「だから二人はぴたりとくっついていたわけだな」ライムが言った。「男がスーザンを支えて歩いていたわけだ」

サックスがうなずく。「銀行の件も、ミステリーでも何でもなかった――ほんとに貸し金庫から取り出したいものがあったの。換金した千ドルはクリスマスの買い物の資金」

カーリーが額にしわを寄せた。「あたしが家に寄ることは知ってたはずです。どうして連絡してくれなかったのかしら」

「ああ、そのこと。メモを残したそうよ」

「日中は出かけるけど、夕方六時には戻るって書いたメモ」

「メモ？」

「ほんとに？　でも、そんなものどこにもなかったわ」

「それは」サックスが説明した。「転倒したあと、ひどくうろたえて、本当は玄関のテーブルに置いておくつもりだったのに、忘れてそのまま出かけてしまったから。家にはなかったと言ったら、お母さん、ハンドバッグのなかを探してね、そこにあったわ。携帯電話の電源も切ったままだった」

アンソニーが笑った。「何もかも行き違いだったというわけだな」そう言って娘の肩を抱いた。

カーリーはまたしても頰を赤らめた。「ごめんなさい。あたしがあわてたものだから、こんな騒ぎになっちゃって。そうよね、ちゃんと説明がつくはずだわ」

「その説明を見つけるのがわたしたちの仕事よ」サックスが言った。

それは百パーセント真実であるとは言えないな――ライムは心中で辛辣に言い放った。

善行はかならず……

カーリーはコートを羽織りながら、翌日の午後、母親の家で開かれる予定のパーティにライムとサックスとトムを誘った。「せめてものお礼です」

「トムとアメリアは喜んでお邪魔すると思うよ」ライムは早口に答えた。「あいにく、私は別に予定が入っているのでね」カクテルパーティに行って退屈しなかったためしは

ない。

「何を言ってるんですか」トムが言う。「予定なんか入ってないでしょう」

サックスが口を添える。「そうよ、予定なんか何もないじゃないの」

ライムのひとにらみ。「私の予定は私が一番的確に把握していると思うが」

それも百パーセント真実であるとは言えなかった。

父と娘が帰っていくと、ライムはトムに声をかけた。「私の社交スケジュールががら空きだということをばらした罪のあがないをさせてやろう」

「何です？」介護士は用心深く訊いた。

「私の椅子からくそいまいましい飾り物を取ってくれ。サンタクロースにでもなった気分だ」

「またそんな心にもないことを」トムはつぶやいたが、言われたとおりにした。それからラジオのスイッチを入れる。クリスマスキャロルが部屋を満たした。

ライムはスピーカーのほうにうなずいた。「クリスマスは十二日しかなくて幸運だとは思わないか？　二十日もあってみろ、あの歌を延々聴かされるんだぞ。想像できるかね？」そう言って歌った。「二十人の強盗が強盗を働き、十九人の泥棒が泥棒をし……」

トムは溜息をついてサックスに言った。「ぼくがクリスマスのプレゼントにもらいたいのは、いますぐ発生してくれるややこしい宝石強盗事件だな――それでこの人の機嫌も直るはずだ」

「十八人の介護士が不平を漏らし」ライムは歌を続けた。それから付け加えた。「ほらな、トム。私だってクリスマス気分を満喫してるんだ。きみがどう思っていようとな」

スーザン・トムソンはリッチ・マスグレイヴのマリブを降りた。大柄でハンサムな男は、スーザンのためにドアを押さえていた。彼の手を借りて、足をそろそろと地面に下ろす。その朝、氷の上で転倒したときに痛めた肩と膝は、まだ激しくうずいていた。

「ふう、きょうはいろいろあったわね」スーザンは溜息をついた。

「警察に停められたことくらい、どうってことないさ」リッチは笑った。「銃を向けられたのはよけいだったが」

リッチが買い物の袋をまとめて片手に持ち、スーザンを支えるようにして玄関に向かった。厚さ十センチの細雪《ささめゆき》の毛布の上を慎重に歩く。

「寄っていく？　カーリーが来てるわ——車があるもの。わたしが娘に平謝りするところが見られるわよ。またそそっかしいことをしてごめんなさいって。あのメモ、ちゃんとテーブルに残したはずなのに」

「娘さんの文句の集中砲火は一人で浴びてくれ」リッチのほうも離婚経験があり、クリスマスイブはアーモンクの自宅で二人の息子と過ごす予定になっていた。そろそろ迎えに行かなくてはならない。スーザンはきょうはいろいろありがとうとあらためて礼を言い、警察の一件をもう一度謝った。あんなことがあっても、リッチは怒ったりはしなか

った。しかし、ハンドバッグから鍵を取り出しながら、車に戻っていくリッチの後ろ姿を見送ったとき、この関係が発展することはないだろうという確信はいよいよ強まった。何がいけないのだろう？　たぶん、彼にどこか粗野なところがあるせいだ。スーザンは紳士を望んでいた。優しく、ユーモアのセンスのある男性を探していた。彼女を笑わせてくれる人を求めていた。

さよならと手を振って家のなかに入り、ドアを閉めた。

ありがたいことに、カーリーはすでに室内の飾りつけを始めていた。キッチンからは何やらいい香りが漂っている。夕食の支度をしてくれたのだろうか。初めてのことだった。書斎をのぞいた瞬間、驚いて目をしばたたかせた。みごとに飾りつけられていた。リース、リボン、蠟燭。コーヒーテーブルの上には、チーズとクラッカーの大皿、ナッツやフルーツを盛ったボウル、カリフォルニア産のシャンパンとグラスが二つ、用意されていた。カーリーはまだ十九歳だが、家で二人きりのときは、少量のワインを一緒に楽しむこともある。

「ハニー、とってもすてきだわ！」

「ママ」大きな声が聞こえて、カーリーが戸口に現れた。「帰ってたのね。聞こえなかった」

カーリーはオーブン用の深皿を持っていた。なかには熱々のカナッペが並んでいる。皿をテーブルに下ろして、スーザンを抱き締めた。

スーザンはその朝の転倒の痛みを無視して娘を抱擁した。メモを置き忘れたせいで心配させたことを謝る。娘は、気にしないでと笑った。

「その警察の方が車椅子を使ってるというのは本当なの？」スーザンが訊いた。「まったく動けないの？」

「もう警察の人じゃないのよ。コンサルタントみたいなものですって。でも、そうよ、全身が麻痺してるの」

カーリーはリンカーン・ライムのことを説明し、スーザンとリッチ・マスグレイヴをどうやって見つけたかを話した。それから両手を拭ってエプロンをはずした。「ママ、今夜のうちに渡したいプレゼントがあるの」

「今夜のうちに？　新しいしきたりを作る気？」

「そうね、まあ、そんなとこ」

「いいわ……」スーザンは娘の腕を取った。「そういうことなら、わたしからのプレゼントを先に受け取って」テーブルからハンドバッグを取ってなかを探り、ベルベット張りの小箱を取り出した。「今朝、銀行の貸し金庫に取りに行ったのはこれなの」

スーザンは小箱を娘に渡した。カーリーは蓋を開けるなり目を丸くした。「ママ……」

入っていたのは、ダイヤモンドとエメラルドを使ったアンティークの指輪だった。

「これ、もしかして――」

「そう、おばあちゃんのよ。おばあちゃんの婚約指輪」スーザンはうなずいた。「あな

たには特別なものをあげたかったの。このところつらい思いをさせてしまってたから。わたしは仕事一辺倒だし、ジェイクにもいやな態度をとってしまったし。それにデートした男性たちの何人かは……あなたがあまりよく思ってなかったことは知ってるの」笑いまじりのささやき声。「もちろん、わたしもあまり好きになれなかったわ。でもね、もう負け犬とはデートしないって決めた」

カーリーは眉をひそめた。「あたしなら負け犬とは呼ばないわ……半負け犬くらいでやめとくけど」

「なお悪いじゃないの！　それじゃあ、どこからどう見ても立派な負け犬さえ見つけられないってことだもの！」

カーリーは母親をもう一度抱き締めると、指輪をはめた。「きれい」

「メリー・クリスマス、ハニー」

「じゃ、今度はあたしからのプレゼントを渡すわ」

「新しいしきたりも悪くないものね」

娘は言った。「じゃ、座って。目をつむって。いったん外に行って持ってくるから」

「いいわ」

「このソファに座っててね」

スーザンは腰を下ろしてしっかりと目を閉じた。

「のぞき見しないでよ」

「しません」

玄関のドアが開き、閉じる音がした。次の瞬間、スーザンは眉間にしわを寄せた。車のエンジンが始動する音が聞こえる。カーリーの車だろうか。帰るつもりなのか。

「もう目を開けていい？」

「いいよ」男の声だった。

スーザンは驚いて飛び上がった。振り向くと、前夫が立っていた。リボンのついた大きな箱を抱えている。

「アンソニー……」スーザンは言いかけた。

アンソニー・ダルトンは向かいの椅子に腰を下ろした。「しばらくだね」

「どうしてここに？」

「きみが行方不明になったと聞いて、カーリーのそばにいてやろうとあの警官の家に行った。心配したぞ。そのときにカーリーといろいろ話してね。これが私ときみへのカーリーからのプレゼントだそうだ。今夜、ためしに一緒に過ごしてみるというのが」

「カーリーはどこ？」

「ボーイフレンドの家に泊まりに行くそうだ」前夫は微笑んだ。「つまり、私たちにはあすの朝までたっぷり時間があるわけだ。二人きりで過ごせる。昔みたいに」

スーザンは立ち上がろうとした。しかしアンソニーは電光石火で立ち上がると、彼女の頬に平手打ちをした。顎の骨がみしりと音を立てるほどの力で。スーザンはソファに

倒れこんだ。「私がいいと言うまで座ってろ」アンソニーはスーザンを見下ろして微笑み、快活な口調で言った。「メリー・クリスマス、スーザン。また会えてうれしいよ」

スーザンは玄関のほうに目をやった。

「考えるだけむだだな」アンソニーはシャンパンの栓を抜いて二つのグラスに注いだ。一つを差し出す。スーザンは首を振った。「受け取れよ」

「お願い、アンソニー。帰って――」

「受け取れと言ってるだろう」脅すような声だった。

スーザンはぶるぶる震える手でグラスを受け取った。乾杯のしぐさでフルートグラスを合わせたとき、夫婦だったころの記憶が洪水のように脳裏に押し寄せた。彼の辛辣な言葉、彼の激高。そして、もちろん、暴力。

それでも、彼は利口だった。他人がいる場ではけっして暴力を振るわなかった。とくにカーリーの前では気を遣っていた。精神を病んだ人物の例に漏れず、アンソニー・ダルトンは、娘に対しては理想的な父親だった。世間に対しては、理想的な夫だった。

スーザンの痣《あざ》や切り傷や指の骨折の理由を、誰一人気づかなかった……。

「ママはとってもそそっかしいの」スーザンは涙をこらえて幼いカーリーに言ったものだ。「また階段から落ちちゃったわ」

アンソニーの発病の原因が何なのか、理解しようという努力はとうの昔にあきらめた。

不幸な子ども時代？　それとも脳の欠陥？　スーザンは知らなかったし、結婚して一年ほどたつころには、知りたいとも思わなくなっていた。ただ一つの目標は、逃れることだった。しかし、報復が怖くて、警察に相談に行くことはできなかった。追い詰められ、結局、実父に助けを求めた。巨軀だった父は、ニューヨークで複数の建設会社を経営しており、さまざまな〝コネ〟を持っていた。スーザンは事情を打ち明けた。父は問題の解決を引き受けた。そしてブルックリンの知り合い二人が、野球のバット二本と銃一丁で武装してアンソニーのもとを訪れた。脅しと多額の金が威力を発揮し、スーザンはアンソニーから解放された。アンソニーはしぶしぶながら離婚に同意し、カーリーの親権を放棄し、スーザンに二度と手を出さないと約束した。

しかし、記憶の洪水が押し寄せた瞬間、スーザンは、今夜、前夫がここに現れたわけを悟った。実父は今年の春、他界していた。

保護者はいなくなったのだ。

「クリスマスはいいな。そう思わないか？」アンソニー・ダルトンはしみじみとした口調でつぶやき、またシャンパンを口に運んだ。

「目当ては何？」スーザンは震え声で訊いた。

「クリスマスの歌はいくら聴いても聴き飽きない」アンソニーはそう言ってステレオに近づくと、電源を入れた。『きよしこの夜』が流れ始めた。「この曲が初めて演奏されたときに使われた楽器はギターだと知ってたか？　教会のオルガンが故障していたせいら

しい」

「お願い、帰って」

「クリスマスの音楽はいい……飾りつけも」

スーザンは立ち上がりかけたが、アンソニーが立ち上がるほうが早かった。またしても平手打ちをされた。「座れ」小声で言う。その静かな口調が、わめき散らされるよりもかえって恐ろしかった。

目に涙があふれかけた。じんじんと痛む頬を手で押さえた。

屈託のない笑い声。「それに、クリスマスにはプレゼントがもらえる！　誰だってプレゼントをもらえばうれしいものだ……私からのプレゼントが何だか見てみたいだろう？」

「よりを戻そうなんて考えないで、アンソニー。あなたとは二度と関わりたくないの」

「こっちだって、おまえのような女とは二度と関わりたくないさ。まったく、たいしたうぬぼれだな……」アンソニーはかすかな笑みを浮かべて彼女を見た。青い瞳は穏やかだった。その目を見て、記憶がよみがえった——この男がその気になれば、どれだけ穏やかにふるまえるか。暴力を振るっているさなかでさえ、落ち着き払っていることがあった。

「アンソニー。いまならまだ間に合うわ。誰も怪我をしていないもの」

「しーっ」

元夫が目をそらした隙に、スーザンはジャケットの携帯電話を入れておいたポケットに手をすべりこませた。カーリーとの行き違いが解決したあと、また電源を入れ直しておいた。とはいえ、ボタンを見ずに九一一をダイヤルできるとは思えない。それでもスーザンの指は、〝通話〟ボタンを探り当てた。そのボタンを二度押せば、最後にかけた番号にリダイヤルできる。リッチ・マスグレイヴの番号にだ。リッチがまだ携帯電話の電源を入れっぱなしにしていることを祈った。ここで何が起きているか、察してくれることを祈った。そうすれば、警察に通報してくれるだろう。うまくいけば、リッチ自身がここへ戻ってきてくれるかもしれない。アンソニーは目撃者の前ではスーザンに手を上げないはずだ。それにリッチは巨漢で、とても強そうに見える。元夫より体重で二十キロは勝っているだろう。

〝通話〟ボタンを押した。一瞬の間をおいて、スーザンは言った。「そうやって脅すのはやめて、アンソニー。お願いだから帰って」

「脅すだって？」

「警察を呼ぶわよ」

「立ち上がろうとしたら、その腕をへし折ってやる。わかったな？」

スーザンはうなずいた。怯えきってはいたが、安堵もしていた。もしリッチが耳を澄ましていれば、いまのやりとりが聞こえたはずだ。きっといまごろ警察に通報してくれているだろう。

アンソニーはクリスマス・ツリーのそばにしゃがんだ。「私宛てのプレゼントはあるのかな？」包みを一つずつ確かめていく。自分の名前のついたプレゼントが一つもないとわかると、がっかりしたような表情を浮かべた。

その様子を見て、また一つ記憶がよみがえる。ある瞬間、アンソニーはまったくふつうだ。だが次の瞬間、現実とのつながりを完全に失う。結婚していた間に、アンソニーは三度入院した。カーリーには、アジアの都市に一か月間の予定で出張に行っていると話した。

「かわいそうな私には、何もなしか」アンソニーは立ち上がった。

スーザンの顎が震えた。「ごめんなさい。来るとわかってたら——」

「冗談だよ、スーザン。おまえが私にプレゼントを買っておくわけがない。夫婦だったころだって、おまえは私を愛してなどいなかった。いまだって愛してない。肝心なのは、私のほうはおまえにプレゼントを持ってきたということでね。きょうの午後、おまえがどうなってしまったかとやきもきさせられたあと、私は買い物に出かけた。おまえにふさわしいプレゼントを探して」

アンソニーはグラスに残っていたシャンパンを飲み干し、お代わりを注いだ。スーザンをしげしげと見る。「おまえはそこで快適に座ってるほうがいいかもしれないな。代わりに私が開けてやるとしよう」

スーザンは箱にちらりと目を落とした。丁寧に包装されていた。包んだのは、もちろ

んアンソニーだろう。アンソニーは包装紙を手荒に破り取った。金属でできた円筒形の物体が現れた。

「キャンプ用のヒーターだ。カーリーから聞いたよ。最近、凝ってるんだって？　ハイキングやらアウトドアやらに……結婚してたころは、何一つおもしろいことをしようとしなかったくせにな」

「あなたとは何もしたくなかっただけ」スーザンは腹立たしげに言った。「わたしが何かあなたの気に入らないことを言ったり、あなたの言ったことをしなかったりすれば、かならず殴られたから」

スーザンの言葉を無視して、アンソニーはヒーターを差し出した。それからまた別のものを取り出した。赤い缶だ。脇腹に文字が並んでいた――〝灯油〟。「言うまでもなく」アンソニーは眉間にしわを作って続けた。「クリスマスの唯一いやなところはそこなわけだ……一年でもっとも事故の多い季節なんだな。『ＵＳＡトゥデイ』のあの記事を読んだだろう？　とくに多いのは火事だそうだよ。大勢が焼死する」

警告ラベルをちらりと見やってから、ポケットに手を入れて煙草のライターを取り出した。

「やめて、やめて！……お願い。アンソニー」

そのときだった。外でブレーキのきしる音が聞こえた。警察だろうか？　リッチだろうか？

それとも、気のせいか？

アンソニーは灯油缶の蓋を開けるほうに忙しい。

聞こえた。いまのは家の前の通路を歩く足音だ。スーザンは、足音の主がカーリーでないことを祈った。

玄関のチャイムが鳴った。アンソニーがはっと顔を上げて玄関のほうを見やった。

その瞬間、スーザンはシャンパングラスをアンソニーの顔めがけて思いきり投げつけ、跳ねるように立ち上がると、玄関へと走った。背後を確かめると、アンソニーは後ろによろめきかけていた。グラスが割れ、顎に切り傷ができている。「このあま！」アンソニーは吠えるようにわめくと、こちらに向かってきた。

しかし、スーザンはすでに玄関に行き着いていた。ドアを勢いよく開ける。

リッチ・マスグレイヴが立っていた。驚いて目を丸くしている。「どうした？」

「前の夫が！」スーザンはあえいだ。「わたしを殺そうとしてるの！」

「まさか」リッチはスーザンの体に腕を回した。「心配するな、スーザン」

「逃げなくちゃ！　警察に連絡して！」

リッチの手をつかみ、前庭に逃れようとした。

ところが、リッチは動かない。いったい何をしているのだ？　アンソニーと対決する気なのか？　だが、いまは騎士道精神を発揮している場合ではない。「お願い、リッチ。早く、逃げなくちゃ！」

その瞬間、リッチの手がしっかりとスーザンの両手を握った。骨が砕けるかと思うような力だった。もう一方の手が伸びてきてウェストをつかみ、反対を向かせる。そして、スーザンを家のなかに押し戻した。「よう、アンソニー」リッチ・マスグレイヴは笑いながら大きな声で言った。「失くしものかい？」

絶望に打ちひしがれ、スーザンはソファの上ですすり泣いていた。

両手両足はクリスマスのリボンで縛られている。リボンは燃え尽きるだろう。火事のあと、彼女が縛られていた証拠は残らない。リッチはそう説明した。まるで施工主に建築のプロのちょっとした隠し技を伝授する大工のような口調だった。

前夫は、これは数か月かけて着々と計画したことなのだと得意げに話した。スーザンの実父が亡くなったと聞いた直後から、報復計画を練り始めた——夫婦だったころのスーザンの〝反抗的態度〟と離婚に仕返しするための計画を。そしてリッチ・マスグレイヴを雇い、スーザンに接近させて殺す機会をうかがうことにした。

リッチは数週間前にショッピングモールでスーザンに声をかけた。二人は即座に意気投合した。共通点が尽きないように思われた——だが、いま考えれば、リッチは、彼女に関する情報をアンソニーからふんだんに与えられていたのだ。運命の出会いと見せかけるために。殺しの計画そのものは難物だった。スーザンの日常は忙しく、一人きりでいる時間はほとんどない。しかしリッチは、きょう、スーザンが休暇をとることを知っ

た。そこでニュージャージーのアウトレットモールで待ち合わせて買い物をしようと誘った。そのあと、どこかの小さなホテルで昼食にしようと提案する予定になっていた。しかし、スーザンがホテルに行き着くことはないはずだった。リッチがスーザンを殺し、遺体を平原に捨てる計画だったからだ。

ところが、今朝になってスーザンからリッチに電話があり、車の運転を頼まれた。転倒して膝を痛めたせいだった。喜んで……そう答えて電話を切ったあと、リッチはアンソニーに連絡し、相談の結果、計画どおり実行することにした。いや、もとの計画よりかえって都合がよかった。スーザンが娘に宛てた伝言メモと買い物のリストを玄関のテーブルに残したからだ。朝、迎えに来たとき、リッチはメモとリストをいったんポケットに隠し、スーザンのハンドバッグにまぎれこませた。遺体と一緒に埋めるつもりだった。そうすればリッチの存在はきれいに消える。リッチはまた、スーザンの携帯電話の電源を切っておいた。計画を悟られたとしても、そうしておけば助けを求めて電話をかけられたりせずにすむ。

二人はいくつか雑用をすませたあと、ニュージャージーに向かった。

しかし、計画どおりには運ばなかった。カーリーが警察に行き、驚いたことに、警察はリッチの車の居場所を突き止めた。アンソニー・ダルトンは、リンカーン・ライムのタウンハウスからリッチに連絡した。会社の同僚にクリスマスパーティ欠席の連絡をする芝居をして、警察が尾行していることを知らせたのだ。リッチが運転中に電話を受け

たことはスーザンも記憶していた。どんなニュースを知らされたにしろ、リッチは明らかに動揺していた。「何だと？　冗談じゃねえ！」（粗野な口調だった。そう、そのときあらためてそう思った。）十分後、赤毛の刑事アメリアと州警察官が二人の乗った車に停止を命じた。

その一件を境に、リッチは殺しの実行に消極的になった。しかしアンソニーは冷酷に計画続行を宣言した。リッチは渋り続けたが、アンソニーが事故死に見せかけようと提案すると――加えて、スーザンの死後、カーリーがざっと二百万ドルを相続したら、リッチの手にもその一部がかならず渡るようにすると約束すると、ようやく同意した。

「父親でしょう！　あの子には手を出さないで！」

アンソニーは前妻を無視した。そしておもしろがっているような口調で訊いた。「へえ、この女、おまえに電話したのか」

「ああ」リッチが言った。「〝リダイヤル〟でも押したんだろうな。なかなか知恵のまわる女だ」

「ふん」アンソニーは首を振った。

「最後に電話した相手がおれで運がよかったよ。ピザハットや何かじゃなくてな」

アンソニーはスーザンのほうを向いた。「うまい思いつきだったな。だが、リッチはどのみち戻ってくることになってたのさ。すぐそこに車を停めて、カーリーがいなくなるのを待っていた」

「お願い……こんなこと、やめて」

アンソニーは灯油をソファに撒き始めた。

「やめて、やめて、やめて……」

前夫は一歩下がってスーザンを眺めている。スーザンの恐怖を楽しんでいる。しかし、パニックからこみあげた涙の向こうで、リッチ・マスグレイヴが眉をひそめているのが見えた。首を振っている。「おれにはできねえよ」涙に濡れたスーザンの顔をじっと見つめて、リッチが言った。

アンソニーが顔を上げた。険悪な表情をしている。彼の仲間は罪悪感に押しつぶされかけているのか？

助けて、お願い。スーザンは心のなかでリッチに懇願した。

「何を言いだすんだ？」アンソニーが訊く。

「焼き殺すなんてのはできねえ。むごすぎる……先に殺そう」

スーザンは息を呑んだ。

「事故じゃないことを警察に突き止められちまうぞ」

「いやいや――」リッチは手を自分の喉に当てた。「な？　焼死体だ、首を絞められたことまではさすがにわからねえよ」

アンソニーは肩をすくめた。「いいだろう」そう言ってリッチにうなずいた。リッチがスーザンの背後に立つ。アンソニーは灯油の残りをスーザンの周囲に撒いている。

「やめて、アンソニー！　お願い……やめて、やめて……」

スーザンの哀願は断ち切られた。リッチの巨大な両手に喉をつかまれた。その手に力がこもっていく。

耳の奥がごうと音を立てた。やがて暗闇が迫ってきた。これが死ぬということなのだ。やがて視界に大きな光の点がいくつも浮かび始めた。その点々は、急速に明るさを増していく。

この光は何だろう。肺に空気が届かなくなるのと反比例するように、穏やかな感覚が広がった。

脳細胞が死に始めたからか。

灯油を燃やす炎のせいか。

それとも――スーザンは混乱する頭で考えた――これは天国の光なのか。これまでは、天国の存在を信じたことはなかった……でも、ひょっとしたら……。

しかし、まもなく光は明るさを失った。耳の奥の轟音も遠ざかった。そしてふいにまた息ができるようになった。空気が肺に流れこむ。肩と首に大きな重量を感じた。何かが顔に食いこんだ。じんじんとする痛み。

むさぼるように息を吸った。視力が戻って、まぶしさに目を細めた。テレビ番組で見るような黒い戦闘服に身を包んだ一ダースほどの警察官が――男も女もいる――部屋にあふれていた。銃にはライトが取りつけられている。さっき見た明るい光の点は、それ

だったらしい。玄関を破り、リッチ・マスグレイヴの身柄を拘束しようとしたのだろう。リッチは逃れようとして転倒した。スーザンの頬に切り傷を負わせたのは、リッチのベルトのバックルだった。警察は荒っぽい手つきでリッチに手錠をかけ、引きずるようにして連行していった。

黒服の警察官の一人と、防弾チョッキを着たあの女性刑事アメリア・サックスが、アンソニー・ダルトンに銃を向けていた。「床にうつぶせになって！　早く！」アメリアが低い声で命じた。

前夫の顔に浮かんだ驚きは、まもなく身勝手な怒りに変わった。それから、狂った男はかすかに唇の端を持ち上げた。「銃を下ろせ」灯油の染みたソファに煙草のライターを近づける。スーザンからほんの五十センチほどの位置だ。ライターがかちりと鳴った瞬間、ソファはたちまち炎に呑みこまれるだろう。

警察官の一人がスーザンのほうに足を踏み出した。

「よせ！」アンソニーが怒鳴った。「この女に触るな」ライターをさらに灯油に近づける。親指をライターのスイッチにかける。

警察官が凍りつく。

「ここから出ろ。全員、この部屋から出るんだ……おまえだけ残れ」アンソニーはサックスに言った。「その銃をよこせ。一緒にここから出る。何かしようとしてみろ、火をつけるぞ。そうしたら全員そろってあの世行きだ。これは脅しじゃない。やると言った

らやるぞ！」

赤毛の刑事はアンソニーの言葉を無視した。「そのライターを床に置きなさい。いますぐ。それからあなたもすぐうつぶせになるの。早く！　撃つわよ」

「いや、やめておくことだな。撃った瞬間に火花が散って、灯油に引火する。火は一気にこの部屋全体に燃え広がる」

女性刑事は黒い銃口を下ろし、眉を寄せて考えた。やがて隣の警察官を見やってうなずいた。「そうね、この人の言うとおりだわ」

それから周囲を見まわし、古びた揺り椅子からクッションを取ると、それに銃口を押し当てた。

アンソニーは顔をしかめ、ソファにどさりと腰を下ろすと、ライターのスイッチを押そうとした。しかし、女性刑事の思いつきがうまくいった。クッション越しに三度発砲したとき、火花は一つも散らなかった。スーザンの前夫は、背中から暖炉に倒れこむと、手足をぶざまに広げて動かなくなった。

ロールXのバンが歩道際に停まっていた。リボンやリースが取り外されたストーム・アローの車椅子は、バンの昇降プラットフォームを使って雪の積もった地面に下ろされた。リンカーン・ライムは厚手のパーカを着こんでいる。ライムは、バンのなかに居残るつもりだから必要ないと言い張ったが、トムがどうしても着ておけといって譲らなか

ったのだ。

しかし、スーザン・トムソンの家に着くと、トムはライムに新鮮な空気を吸わせようと思いついた。

初めライムはぶつぶつ文句を言っていたが、いざ外に出される段になると、黙従した。寒い日に外気に触れることはめったにない。いくら障害者対策が万全な場所であっても、雪や氷が相手ではしばしばお手上げだからだ。それに、事故に遭う前もけっしてアウトドア派ではなかった。ところが意外なことに、こうして頬に触れる凛とした冷気は心地よかったし、吐息が亡霊のように白い渦を巻きながら澄みきった空気に消えていくのを見るのも楽しかった。あたりに漂う家々の暖炉の煙の香りも懐かしかった。

事件はほぼ片がついていた。リチャード・マスグレイヴはガーデンシティの留置場のなかだ。消防隊はスーザンの家の書斎からソファを運び出したあと、アンソニー・ダルトンがスーザン殺しをもくろんで床に撒いた灯油の清掃と中和を済ませた。スーザンの健康状態は救急隊によって確認されていた。ナッソー郡警察が現場検証をすでに完了し、サックスは郡の刑事二人と寒さに背を丸めるようにして話しこんでいる。アンソニー・ダルトン射殺が正当な行為であったことは疑いがないが、それでも内部調査が実施されることになるだろう。刑事たちは事情聴取を終え、サックスにメリー・クリスマスと言うと、雪を踏みしめてライムのバンに近づいてきて、畏敬の念を声ににじませながらライムと数分話をした。いずれもライムが高名な犯罪学者であることを知っていて、本人

が自分たちの裏庭も同然の場所にいることが信じられない様子だった。

刑事たちが帰っていくと、入れ替わりにスーザン・トムソンと娘がバンに近づいた。スーザンの動きはぎこちなかった。ときおり顔をしかめたりしている。

「ライムさんですね」

「リンカーンでけっこう」

スーザンは自己紹介をしたあと、大げさな感謝の言葉を並べ立てた。それから、尋ねた。「アンソニーが何をたくらんでいるか、どうしておわかりになったの?」

「本人から聞いたんですよ」ライムはそう答えてスーザンの家の前の通路を見やった。

「あの通路が何か?」

「証拠から推測できてしかるべきだった」ライムはぼそりと言った。「いつもどおりの人員を使えていればね。もっと効率的に解決できたはずだった」科学者であるライムは、証言や証人をはなから信用しようとしない。ライムはサックスにうなずいた。物的証拠を神とあがめるライムとは対照的に、ライムの呼びかたを借りれば〝市民第一〟の警察官であるサックスは、彼を補完する存在だった。そのサックスが説明した。「リンカーンは、あなたがこの夏にここに越してきたばかりだということを思い出したの。カーリーが今朝、そう話してた」

カーリーがうなずいた。

「ところが、あなたの前のご主人は、午後になってタウンハウスに来たとき、あなたと

は去年のクリスマス以来一度も会っていないと言った」

スーザンは眉を寄せて言った。「そのとおりです。半年ほど長期出張するからといって、カーリーの養育費の小切手を二回分、わたしのオフィスに持ってきたの。それ以来、会っていませんでした。今夜まで」

「ご主人はこうも言っていました。あなたの家と通りを結ぶ通路は、傾斜がきついと」

ライムがあとを引き継いだ。「スキー場の斜面みたいだと言った。つまり、ここに来たことがあるということだ。しかもスキー場みたいだという表現を使ったのは、つい最近、初雪が降ったあとに来たからだと推測できる。その矛盾は、とくに意味を持たないとも考えられた。あなたが留守の間に何か届けに来たか、カーリーを迎えに来たかしたのかもしれない。しかし、嘘をついていて、実はあなたをストーキングしていた可能性もあった」

「いいえ、わたしの知るかぎり、彼は一度もこの家には来ていません。きっと見張っていたのね」

ライムが続けた。「これは調べてみるべきだと判断した。そこでご主人の身辺調査をすると、何度か精神病院に入院していたことがあるとわかった。服役もしている。離婚後に交際した女性二人に暴行して」

「病院？」カーリーが息を呑んだ。「暴行？」

この娘は何も知らないのか。ライムはサックスに向かって問いかけるように片方の眉

を吊り上げた。サックスは肩をすくめた。犯罪学者は先を続けた。「去年のクリスマス、長期出張に出ると話したそうだね。その〝出張〟とは、ニュージャージーの刑務所で六か月服役することを指していた。運転中の激発による傷害事件でね。軽い接触事故をめぐって、相手の男性に瀕死の重傷を負わせた」

スーザンは顔をしかめた。「そのことは知らなかったわ。ほかの人に暴力を振るってたことも」

「そこでわれわれは——サックスとロンと私は、さらに調べを進めた。正式な令状を取ってアンソニー・ダルトンの通話記録を調べると、この数週間のうちに十二回、マスグレイヴに電話をかけていることが判明した。ロンがマスグレイヴの身元を洗った。街の評判によれば、どうやら雇われ喧嘩師らしい。おそらくダルトンは、刑務所のなかで知り合った誰かにマスグレイヴを紹介されたんだろう」

「父が生きている間は、わたしに手を出そうとはしませんでした」スーザンは、実父が暴力的な夫を追い払ってくれたのだと説明した。

スーザンは雪のなか、バンを囲んだ全員に向かって話していた。だが、彼女がひたすら見つめていたのは、カーリーの目だった。そして彼女の言葉は、父親について、何年もの間、娘に嘘をつき続けてきたという残酷な告白に等しかった。

「きょうの午後、マスグレイヴを利用した計画が失敗すると、ダルトンは、自分で手を下そうと決意した」

「でも……嘘よ。パパがそんなことするはずがない！」カーリーがささやくように言った。あとずさりするように母親から離れる。カーリーは震えていた。赤く染まった頬を涙が伝っていた。「パパは……そんなはずないわ！　パパはとっても優しかった！　パパは、パパは……」

スーザンは首を振った。「ハニー、本当にごめんなさい。あなたのお父さんは、心を病んでいたの。ただ、世間体を完璧に保つのがうまかった。とても人当たりがよかった。でもね、相手を信用できないと思ったり、相手が何か気に入らないことをしたりしたとたん、豹変するの」そう言って娘を抱き寄せる。「昔、アジアに出張に行ったことが何度かあったわね？　本当は出張じゃなかったの。病院や刑務所に入ってたのよ。それに、ママがあちこちにぶつかって怪我したことを覚えてる？」

「ママはそそっかしいから」消え入るような声だった。「まさか――」

スーザンはうなずいた。「お父さんに虐待を受けていたの。階段から突き落とされたり、麺棒や延長コードやテニスのラケットで殴られたり」

カーリーは母親に背を向けて家を見つめた。「ママはいつも言ってた。パパはすばらしい人だって。だからあたしはずっと思ってたわ。そんなにすてきな人なら、どうしてよりを戻さないのかしらって」

「真実からあなたを守りたかった。愛情にあふれたお父さんを持たせてあげたかった。でも、結局だめだった――あの人は、わたしを心から憎んでいた」

しかし、カーリーはかたくなだった。歳月をかけて積み上げられてきた嘘。彼女のためを思ってのことだとしても、理解するには、そして許すには、長い長い時間がかかることだろう。

たとえ、いつか許すことができるにしても。

戸口から人の声が聞こえた。ナッソー郡検死局の職員がアンソニー・ダルトンの遺体を運び出そうとしていた。

「ハニー」スーザンが言った。「ごめんなさいね。でも――」

だが、娘は片手を挙げて母親を黙らせた。沈黙のなか、二人は遺体が検死局のバンに積みこまれる様子を見守った。

スーザンは涙を拭った。「ハニー、信じがたい話よね……きっと腹が立ってしかたがないでしょう。ママにはこんなお願いをする資格はないかもしれない……でも、一つだけ手伝ってもらいたいことがあるの。あしたのパーティに招待した人たちに、パーティはキャンセルしますって連絡しなくちゃ。一人で電話をかけてたら、真夜中をすぎても終わらないわ」

娘は検死局のバンが雪の通りを走り去るのを見送った。

「カーリー」スーザンがささやいた。

「いやよ」カーリーは答えた。

スーザンはあきらめと悲しみを顔に浮かべた。それでも理解を示すようにうなずいた。

「そうね、ハニー、気持ちはわかるわ。ごめんなさい。あなたにお願いするようなことじゃなかったわね。ジェイクに会いに行きなさい。ママ一人でもどうにか――」

「そういう意味じゃないわ」カーリーがぶっきらぼうに言った。「パーティはキャンセルしないってこと」

「そんな、だってこんなことがあって――」

「だめなの？」カーリーが訊いた。その口調には固い決意が感じられた。

「でも――」

「パーティはやるわ」カーリーはきっぱりと宣言した。「レストランかホテルの部屋を借りるの。もうこんな時間だけど、さっそく電話をかけてみましょうよ」

「いいのかしら」スーザンが言う。

「いいに決まってる」娘は答えた。「やりましょう」

スーザンもやはりライムたち三人をパーティに招待した。

「私はほかに約束があったかもしれないな」ライムは早口に言った。「スケジュールを確認してみないと」

「そうね、確認してみないと」サックスがすました顔で言う。

目を涙で濡らし、口もとをこわばらせて、カーリーはライムとサックスとトムに礼を言った。

二人の女性たちは家に戻った。娘が母に手を貸して、急傾斜の通路をのぼっていく。

どちらも口を開かない。娘は腹を立てている。ライムの目にもわかった。そして麻痺したような感覚を味わっている。それでも、母親を見捨てようとはしなかった。彼女の立場に置かれたら、そうする者も多いだろう。

玄関のドアが大きな音とともに閉まった。きんと引き締まった冷気がその音を運んでくる。

「ちょっとそのへんをドライブして、家々のデコレーションを見てまわりたい人は？」トムが訊いた。

サックスとライムは顔を見合わせた。犯罪学者が答えた。「やめておこう。まっすぐマンハッタンに戻るというのはどうだ？　時間を見ろ。もう遅い。クリスマス当日まであと四十五分だぞ。善い行ないをしているときは、時間がたつのがはやいものだな」

トムが言った。「またそんな心にもないことを」だが、その口調はほがらかだった。

サックスはライムにキスをした。「じゃ、家に戻ってからまた」そう言うと、カマロのほうに向かった。トムはバンのドアを閉めた。二台は前後に並んで雪の積もった通りを走りだした。

超越した愛

TOGETHER

「限られたごく少数の人間だけが、幸運にも、ある特殊な愛を手にするんだ。愛……という言葉だけでは言い表せない、いままでのどんな経験にも勝るものを」

「そうかもしれない」

「いや、そうなんだよ。アリスンとおれの場合がそうだから」マンコーはそこで慎重に声を落とし、にやりと笑って私を見た。兵舎の仲間に見せるような笑みだ。「女なら山ほどいた。わかるだろ、フランキー坊や。おれは女に不自由はしていなかったからね」マンコーが役者になりきっていたので、私はその引き立て役と観客の二役に徹するしかなかった。「それは聞かせてもらったよ、ミスター・M」

「思い返してみれば、恋人としてつきあった女もいたよ。まあ、一夜かぎりの女もいたけどね。バン、ドカーンてな感じでさ。でも、アリスンに会うまで、おれは愛がどんなものかわかっていなかった」

「それが超越した愛だね」

「超越した愛」彼はその言葉を味わうようにつぶやき、おもむろにうなずいてから尋ねた。「それはどんなものだ?」

マンコーは本をあまり読んでいなかったので、概して物事を知らなかった。私は会ってまもなくそのことに気づいたが、彼はその無知を何のためらいもなくさらけだした。頭のいい人間の多くには、絶対に真似ができない。これは、彼の人間性を知る上で最初の手がかりになった。

「きみがさっき言っていたとおりのものだよ」と私は説明した。「通常、見たり経験したりするものを超えた愛だ」

「なるほど、気に入ったぜ、フランキー坊や。超越した愛か。ぴったりだよ、おれたちが手にした愛に。あんたもそんなふうに人を愛したことがあるのか？」

「まあね。大昔の話だけれど」これは部分的には真実だった。しかし、私はそれ以上何も言わなかった。ある意味ではマンコーを友人だと思っていたが、精神的には天と地ほどもかけ離れていたので、私生活に踏み込んだ話を彼にするつもりはなかった。そんなことは重要ではなかったが。というのも、彼がその時点でより興味を持っていたのは、自分の太陽系の中心にいる女性について語ることだったからだ。

「アリスン・モーガン。アリスン・キンバリー・モーガン。父親は彼女にキミーと愛称をつけていた。ひどいよな、ガキの呼び名なんかをつけたりして。第一、彼女はもう子どもじゃない」

「南部の名前みたいだが」私はノースカロライナ州の出身で、学校へはサリー・メイズやシェリル・アンズといった名前の女の子たちと通っていた。

「たしかに、そうだな。でも、ちがう、彼女はオハイオ州の出身なんだ。生まれも育ちもね」マンコーは腕時計にちらりと眼をやってから伸びをした。「もう遅い。そろそろ彼女に会いにいく時間だ」

「アリスンに？」

マンコーはうなずいて、トレードマークとなった歯をむきだしにした彼独特の笑みを浮かべた。「あんたはあんたで、いいやつだよ、フランク。だけど、どっちか選べと言われたら……」

私は笑い声をあげ、あくびをかみ殺した。午後十一時二十分——たしかに遅い時間だ。晩餐を終えるには異例の時間といっていい。だが、コーヒーを飲みながら話に夢中になる時間としては珍しくない。急いで家に帰ったところで、私にはアリスンのような女もいない、猫が一匹いるだけで。時計の針が真夜中や午前一時を過ぎるのを、友人たちと一緒に見る機会も少なからずあった。

マンコーは晩餐の皿を押しやり、さらにコーヒーを注いだ。

「一晩じゅうだって起きていてやるのに」私は控えめに抗議した。

彼は笑って受け流し、もっとパイを食べないかと勧めてきた。

私が断ると、彼はコーヒーカップを掲げた。「おれのアリスンに。彼女に乾杯しよう」

私たちはカップの縁をカチンと合わせた。

それから私は言った。「ミスター・M、トラブルについて全部話してもらえる約束だったろう、もちろん彼女の父親とのだよ」

彼は嘲笑した。「あのむかつく野郎のことか？　何があったかだったら、知ってるじゃないか」

「全部は知らない」

「そうだっけ？」彼は芝居がかった仕種で頭をまっすぐに戻し、恐怖をよそおった嘆き声をあげた。「マンコーには無理だよ」彼は身を乗り出した。笑みが消え、私の腕をぎゅっとつかんだ。「愉快な話じゃないぞ、フランキー坊や。『ファミリー・タイズ』や『ロザンヌ』のようなテレビドラマとはわけがちがう。それでも我慢できるか？」

私も同じく芝居がかったように身を乗り出し、うなるように言った。「話してみてくれ」

マンコーは笑って、椅子に身体を戻した。カップを持ち上げると、テーブルがぐらついた。晩餐の間ずっとそうだったのに、彼はいまになってそれに気づいたようだった。新聞を折りたたみ、テーブルがぐらつかないように短い脚の下にそれを差し込んだ。彼はこの作業を入念に行なった。私は彼の集中力と力強い手を見つめた。彼はトレーニングを――ウェートリフティングをやっていたのだが――心から楽しむタイプの男で、その筋肉隆々の身体には驚かされた。彼の身長は約百六十八センチで、男が男の外見を褒めるのは憚られるのだが――少なくとも私はそうだ――彼はハンサムと言ってよかった。

彼の外見でただ一つ文句をつけるところがあるとすれば、それは髪型だった。海兵隊勤務が終わっても、彼はスタイリッシュとはいえないクルーカットを守っていた。おそらく海兵隊にいたときが、人生最高の時だったのだろう。その後は工場勤務をしたり、平凡なセールスの仕事をしたりしていた。だから、その短く刈り込んだ髪型は、楽ではなかったにせよ、よき時代の縁《よすが》となっているのだろう。

もちろん、そんなものは私が勝手に考えた大衆雑誌のセラピー記事と言ってしまえばそれまでだ。もしかしたら、単にショートヘアが好きなだけかもしれないのだから。

彼はテーブルを片づけ、よく引き締まった力強い両脚を投げ出した。語り部としてのマンコーの顔になった。これはマンコーの心の有り様を知るもう一つの手がかりだった。これまで舞台に立った経験などないだろうが、彼は生まれながらにして役者だった。

「さてと。ヒルボーンて町を知ってるか？」

私は知らないと答えた。

「オハイオ州の南部にあるんだ。汚い川が流れる河岸の町だ。チャンピオンはそこに工場を持っていた。いまでも二、三の工場がラジエーターか何かを作っているかもしれないな。それから、クリーヴランドやシカゴ向けの、大きな印刷工場が操業している。クルーガー・ブラザーズだよ。おれはシアトルにいたときに、印刷技術を身につけたんだ。ミーレ・オフセット印刷機でね。四色刷りや五色刷りができて、家みたいにでかいんだ。冷まし方も覚えた。一人で中綴じの雑誌だって印刷できた。差し込みページだってお手のものさ。多色刷りも完璧に色合わせができたし、見開きページ中央のおっぱいにいまいましいホチキスがくるなんてことは絶対になかったよ……もちろん。マンコーは腕利きの印刷工だったのさ。おれはヒッチハイクで国内を横断して、あの町にたどりついたんだ。ようやくヒルボーンに行き着いて、クルーガー・ブラザーズで職を見つけた。最初は給紙係から始めなけりゃならなかった。くずみたいな仕事だったが、時給が十三ド

ルもらえたし、そのうちもっといい仕事がもらえるだろうと思った。そんなある日、おれは事故に遭った。フランキー坊や、光沢のある印刷紙が印刷機を流れていくのを見たことがあるか？　ビュンビュンって、まるでカミソリだよ。腕を切っちまった。ここだよ」彼はそう言ってひどい傷痕を見せた。「病院に連れていかれるほどの傷だった。破傷風予防の注射をされて縫ったよ。たいした怪我じゃなかったけどね。マンコーはめそめそしたりしなかった。医者がいなくなって、看護助手が入ってきて傷口の洗い方を教えてくれたり、包帯を渡してくれたりした」彼の声がしだいに小さくなった。

「それがアリスンだったんだね？」

「そうだよ」彼はそう言うと、窓の外に眼をやり、雲に覆われた空を見た。「あんたは運命を信じるか？」

「ある意味では」

「信じるか信じないか、どっちなんだ？」彼は顔をしかめた。マンコーはいつでもはっきりものを言い、相手にもそれを期待した。

「信じているよ、限定的ではあるけど」

怒りが愛で和らげられたのか、彼は笑いながら穏やかにたしなめた。「まあ、さっきよりはましな答えだな。だってまちがいなく運命は存在するんだから。アリスンとおれは一緒にいるよう運命づけられていた。わかるか？　もしおれがあの三十キロ近い印刷

紙を印刷していなかったら、もしあのとき印刷紙を滑らせたりしなかったら、もし彼女が病気の友人に代わってシフトに入っていなかったら、もし、もし、もし……おれの言っていることはわかるだろ？　正しいだろ？」

彼はきいきいきしむ椅子にもたれた。「ああ、フランキー、彼女はすばらしかったよ。つまり、こうしておれはここにいられるんだからな。腕に二十針も縫う十センチの傷を負って、出血多量で死んでいたかもしれない。いま、おれの頭の中は、彼女はいままで出会った中で最高にきれいな女だってことでいっぱいだ」

「写真は見せてもらったよ」しかし、そう言っても、彼は彼女について語るのをやめなかった。語ることが、彼に喜びをもたらしていた。

「髪はブロンドだった。染めたんじゃなくて、天然の金色に輝くブロンドだ。巻き毛だけれど、洒落たつもりの女みたいに逆毛をたてたりはしていなかった。顔はハート型で、体型は……とにかく、すばらしいんだ。この話はこのへんにしておこう」私を見る彼のまなざしには警告が入り交じっていた。アリスン・モーガンに不純な考えは抱いていないと彼に伝えようとしたとき、また話し始めた。「彼女は二十一だ」私の感想をそっくり代弁するかのように、彼はおどおどと付け加えた。「歳が離れているだろ？」

マンコーは三十七歳で、私より三つ若かった。しかし、私が彼の年齢を知ったのは、彼と会って二十代後半だろうと推測したあとのことだったので、修正するのは不可能だったが。

「おれは彼女をデートに誘った。あの場ですぐに。信じられるか、救急処置室でだぞ。彼女はたぶんこう思ってただろう、どうしたらこの不作法な男を断れるかしら？　でも、彼女は興味を持ってたのさ、まちがいないよ。表現の仕方も外見も、男と女ではちがっているけれど、おれは男としてメッセージをしっかり受け取っていた。患者さんとはデートしないことに決めているの、と彼女は言った。だからおれは言ってやった。『もしきみが誰かと結婚してて、その夫が事故で手を切って救急処置室に来たとき、そこにきみがいたとしたらどうするんだ？　そうなったら、きみは患者と結婚してることになるんだよ』彼女は笑いながら言った。ちがうわ、それは先に結婚してたわけだから。そのとき、車が大破する事故が起きたという緊急呼び出しがかかり、彼女は行かなければならなくなった。

次の日、おれは一ダースのバラの花束を持って彼女に会いにいった。彼女は覚えていないふりをして、花屋の配達係に接するような応対をした。『まあ、これは何号室に届いたの？』

おれは言ってやった。『これはきみへの花束だ……もしきみの心の中に、おれを入れてくれる部屋があればだけど』いや、わかってるって、歯が浮くような台詞だよな」いかつい元海兵隊員はコーヒーカップをもてあそんだ。「だけどな、効果があるときはあるんだよ」

私はその点については彼に反論できなかった。

「最初のデートは魔法のようだった。町一番の高級フランス料理店で夕食を食べたんだ。日給二日分の金がかかったよ。スーツとコートで行くような店なのに、革のジャケットを着ていって恥をかいた。そういう店だったんだ。クロークにある店のスーツを着させられたんだけど、あまりサイズが合っていなかった。でもアリスンは気にしなかった。おれたちはそのことを笑い合った。彼女は白いドレスに赤と白と青のスカーフを首に巻いて、すごくお洒落していた。ああ、本当にきれいだった。おれたちはその店でくつろぎ、三、四時間はいたんじゃないかな。彼女はかなり恥ずかしがり屋で、あまりしゃべらなかった。ほとんどずっと、催眠術にかかったみたいにおれを見つめていた。おれは一人でしゃべりどおしで、彼女はときどきすごくおかしそうな顔をしたかと思うと、笑い出した。それで支離滅裂なことを言っていたと気づくんだ。彼女の顔をずっと見ていたから、自分が何をしゃべっているのかまるで意識していなかったんだ。二人でワインを一壜空けてしまったよ。五十ドルもするやつをね」

マンゴーはつねに金に魅了されつつも、軽蔑しているようだった。私自身は金持ちには縁遠かったので、富にはただ困惑を覚えるばかりだったけれど。

「あのときは最高だったよ」彼は回想しながら、うっとりと言った。

「神の食べ物《アンブロシア》だな」と私は言った。

彼は笑った。楽しんでいるような、嘲っているような笑い方で、彼はときどきそんなふうに笑った。それから先を続けた。「おれは彼女に、しばらく駐留したことがあった

フィリピンの話をそっくりしてやった。それからヒッチハイクで国内をまわったことも。彼女はおれのしたことすべてに興味を持った。まあ、断っておかなくちゃならないけど、あんまり自慢できないようなこともやったよ。金をだまし取ったり、車を盗んだりね。ガキのころにやってたって話だよ。誰もがやってるようなことさ」

私は笑みを控えた。人が自分と同じだと思わないでくれよ、マンコー。

「そのとき、突然、外の空が明るくなった。花火だよ！　これぞまさしく神のしるしだ。どうして花火が打ち上げられたかわかるか？　その日は七月四日の独立記念日だったんだ！　そんなことはすっかり忘れてた、彼女とデートすることしか頭になかったからね。それで彼女は赤と白と青のスカーフを巻いてたんだ。おれたちは窓から花火を見物した」

彼の眼が輝いた。「彼女を送っていき、家の前の階段で足を止めた——彼女はまだ両親と一緒に住んでいたんだ。そこでしばらくしゃべって、そのあと彼女がもうベッドへ入らないと、と言ったんだ。ちゃんと聞いてたか？　彼女は『もう行かないと』と言うこともできたし、あるいはただ『おやすみなさい』と言うこともできた。でも彼女はわざわざ〝ベッド〟という言葉を口にしたんだ。人は恋をすると、そういうメッセージを探すものなんだ。これに限っては、マンコーが気をまわしすぎているわけじゃないぞ、絶対に」

外では小雨が降り始め、風が出てきていた。

「次の日はずっと仕事が手につかなかった。彼女の顔や声のことばかり考えていた。これほどおれを夢中にさせた女は初めてだった。休憩中、彼女に電話をして、次の週末のデートを申し込んだ。彼女はいいわと答え、連絡をくれてうれしいと言った。それでおれの一日が始まった、いや一週間が。仕事を終えたあと、図書館へ行っていくつか調べ物をした。彼女のラストネームがモーガンだということを知った。スペルは少しちがうが、ドイツ語で朝という意味だ。それから一家に関する記事を探した。モーガン家は金持ちだ、それも大金持ちだ、といったような記事を。家はヒルボーンだけでなく、アスペンとヴァーモントにもあった。そう、それから、ニューヨークにアパートメントもあった」

「別宅か」

彼はまた短く笑った。その笑みが消えた。「そこで父親が出てきた。トーマス・モーガンだ」彼はお茶の葉で占う占い師のようにコーヒーカップをのぞきこんだ。「あの親父は百年前なら将軍と呼ばれているような類の男だ」

「いまなら何と呼ぶ？」

マンコーは不気味な声をあげて笑った。賢いけれど、残酷な冗談を私が言ったかのように。彼は私に対して乾杯というようにカップを掲げ、さらに先を続けた。「モーガンは、ガスケットやノズルといった類の部品を製造する会社を相続した。年齢は五十五歳ぐらいで、屈強そうなんだ。大男だけど太ってはいなくて、黒い口髭を垂らしてる。彼

の眼つきは、相手にはまるで無関心なようであり、欠点やこれまで持った淫《みだ》らな考えをすべて見透かしてしまうようでもあった。

アリスンを車から降ろしたとき、おれたちの眼が合った。そのとき、どういうわけかわかったんだ。いつかきっとおれたちは対決するときがくると。はっきりそう思ったわけじゃないけど、心の奥深くではそう考えていた」

「母親はどんな人だった？」

「アリスンのか？　母は社交好きで、あちこち遊びまわってる、とアリスンから聞いたけど。なかなかすごい言い方だよな、遊びまわるだなんて。ブリッジやらティーパーティに出かけていくいい歳をしたおばさんが眼に浮かぶよ。アリスンは一人娘なんだ」彼の顔が突然暗くなった。「あとでわかったんだが、それでいろいろなことの説明がつく」

「どういうことだ？」

「なぜモーガンがおれに口うるさく干渉してきたのか。これから説明してやるから、慌てるな、フランキー」

私はわかったというしるしに微笑んだ。

「二度めのデートは最初のときより、もっとよかった。何の映画だか忘れたけど、映画を観て、彼女を家へ送っていった……」彼の声が途切れた。そしてまた、話し始めた。

「それから数日たってまたデートに誘ったが、断られた。次の日も、そのまた次の日も。最初は腹が立った。そのあと狂乱状態になった。彼女はおれを捨てようとしているの

か？ってね。

でも、あとから彼女が理由を説明してくれた。彼女は可能であれば、二シフト分の仕事をしていたらしい。そんなばかな、とおれは思った。なんて言ったって、彼女の親父は大金持ちなんだから。でも、それには訳があった。彼女はおれと同じで、自立していたんだよ。大学をやめて、病院で働いていたんだ。旅に出るために自分で貯金をしていたよ。親に頼りたくないと考えていたんだ。だからおれの話をおもしろがって聞いていたんだ。十七歳でカンザス州を出て、国内でも海外でもヒッチハイクで旅をして、たいへんな目に遭ったこともアリスンに話した。彼女も同じことをしようと考えていたんだ。いや、たいしたもんだろう。おれは自分の意志を持った女とつきあいたかったんだ」

「いまはどうなんだ？」と私は尋ねた。しかし、マンコーは皮肉に動じなかった。

「心の奥では、彼女と一緒に行きたい場所をいろいろ考えていた。旅行雑誌の切り抜きを送っていたんだ。『ナショナル・ジオグラフィック』もね。最初のデートのとき、彼女は詩が好きだと言っていたから、旅の詩を書いたんだ。おかしなもんだよ。おれはいままで何かを書いたことなんか一度もなかった。学校で何通か手紙を書かされたくらいで。でも詩は、おれの中からただあふれ出してきたんだ。たくさんの詩がね。

それで、次にわかったのは、バン、おれたちは恋に落ちたってことさ。そうだよ、それが……超越した愛だ。それはたちどころに起きるか、まったく起きないかだ。二週間でおれたちはすっかり恋に落ちていた。おれはプロポーズの準備をした……ああ、あん

たが何でそんな顔をするかわかるよ、フランキー坊や。あんたはマンコーに隠れた才能があるのを知らなかったんだろ？　どう言ったらいい？　結局、マンコーは結婚するタイプの男だったんだ。

おれはクレジット・ユニオン銀行へ行って五百ドルを借りて、ダイヤモンドの指輪を買った。それから金曜日に夕食に行こうと誘った。ウェイトレスに指輪を渡して、デザートを注文したら、皿に指輪を載せてきてくれと頼むつもりだった。いい考えだろ？

金曜日、おれは午後の勤務で、三時から十一時まで仕事をしていた。ボーナス目当てだったけど、でも五時に抜け出して、六時二十分に彼女の家へ迎えに行った。そしたら、車があたり一帯に駐まっていた。アリスンがやけにびくびくした顔をして外に出てきた。胃がねじれるように痛んだ。何だか様子がおかしかった。彼女は、母親がパーティを開いているんだけど、困ったことになったと言った。二人のメイドが病気になったとかで、アリスンが家にいて、母親の手伝いをしなければならなくなったと。おれはおかしいと思った。メイドが二人いっぺんに病気だって？　彼女は一日か二日したら会えるからと言った」

私は、その疑惑が彼の心に浸透していく、まさにその瞬間を見た。彼の眼は岩のように生気がなかった。

「でも、それでは終わらなかった」とマンコーはささやくように言った。「とんでもなく、いろんなことが起きたんだ」

「アリスンの父親のことを言っているのか？」

しかし、彼はそのときは何のことを指しているのか説明せず、しそびれたプロポーズの話に戻った。彼はぼそぼそと言った。「あれは人生最悪の夜だった。仕事をさぼって、指輪のために借金までしたのに、彼女とは五分も一緒にいられなかった。あれじゃ拷問だ。おれは一晩じゅう、車を乗りまわした。明け方、線路の近くに駐めた車の中で眼を覚ました。家に帰っても彼女からの伝言はなかった。ちくしょう、落ち込んだよ。

その日の午前中、病院に電話をした。彼女はパーティのことを謝った。おれはその夜デートに誘ったけれど、すごく疲れているからどうしても無理だという答えが返ってきた。パーティが終わったのは午前二時だったらしい。だったらあしたは？」

マンコーの眼に光がよみがえった。楽しいデートの記憶がよみがえって、表情に表れたのかと私は思った。

しかし、それは思いちがいだった。

彼の話し声は辛辣だった。「まったくいい勉強をさせてもらったよ。敵をあなどるのはまちがいなんだ、フランキー。絶対にしてはいけない。海兵隊でそう教えられた。〈つねに忠実に《センパー・ファイ》〉。でも、アリスンとおれは不意をつかれてしまった。

日曜日の夜、彼女を迎えにいった。彼女をあの川の断崖へ連れていくつもりだった。プロポーズするための、愛の散歩道のような場所だよ。おれはプロポーズの言葉を完璧に言えるようにした。一晩じゅう、リハーサルをしたんだ。彼女の家に車で迎えにいく

と、彼女はポーチに立っているだけで動こうとせず、こっちに来てと手招きした。彼女はあいかわらずきれいだった。おれは彼女を抱きしめたいだけだった。両腕でずっと抱きしめていたいだけだった。

それなのに、彼女はすごくよそよそしかった。おれから離れて、家の中をのぞいてばかりだった。顔色は青ざめ、髪も後ろでポニーテールに結んでいた。その髪型は好みじゃなかった。髪を下ろしているときに、そのほうが好きだと言ったのに。だから、ポニーテールを見たとき、それは何かの合図じゃないかと思った。SOSなのか。

『どうしてほしい？』とおれは尋ねた。彼女は泣き出し、もう会えなくなったと言った。

『なんだって？』とおれは小声で言った。ああ、そんなこと信じられるわけがない。そんなことを言われると、どんな気持ちになるか、あんたは知ってるか？　パリスアイランドの基礎訓練だよ。あそこじゃ、障害物コースの頭上で実弾をぶっ放すのさ。一度、跳弾に当たったことがあった。防弾ベストは着用してたけど、銃弾はフルメタルジャケットで、みごとに尻に命中した。あれはそのときの気分にそっくりだったよ。

おれは彼女に理由を尋ねた。彼女はそうするのが一番いいからと言っただけで、詳しいことは何も口にしようとしなかった。でもそのとき、おれにもわかってきたんだ。彼女はたえずあたりを気にしているから、家の中に誰かがいて、おれたちの話に耳をそばだてているんだと。彼女はひどく怯えていた。そういうことだったのか。彼女はどうか電話をしたり、訪ねてきたりしないでほしいと懇願した。それはおれに対して言ってい

るのではなく、誰であれ、おれたちを密かに見張っている者に向かって言っているのだと気づいた。おれは彼女に調子を合わせた。もしきみがそれを望んでいるなら従うよ、とか何とか……それから彼女をぎゅっと抱きしめて、心配するなと言った。きみから眼を離さないよ、と秘密のメッセージのようにささやいた。

おれは家に戻った。できるだけ待ってから電話をした、彼女と二人きりで話せることを期待して。彼女と話をしなければならなかった。空気か水を求めるように、彼女の声を聞かずにはいられなかった。けれども誰も電話を取らなかった。留守番電話につながったが、伝言は残さなかった。その夜は一睡もできなかった。考えることがいろいろあったからだ。そして、おれは何があったか把握した。はっきりと。

月曜日、朝六時に彼女の病院へ行き、入り口の前で彼女を待った。彼女が病院の中に入る直前につかまえた。彼女はまだ怯えていて、誰かにあとをつけられているかのように、あたりを見まわした。ポーチにいたときと同じように。

おれは彼女に単刀直入に尋ねた。『お父さんなんだね？』と。彼女はしばらく黙っていたが、やがてうなずいて、こう言った。ええ、そうなの、父はあなたに会うことを禁じたわ、と。そんなの、おかしいでしょう？ 古すぎない？『禁じた、か。お父さんはきみを金持ち坊ちゃんと結婚させたいんじゃないか？ お父さんと同じ社交クラブの誰かと？』彼女はわからないと答えた。もうおれには会うなと言われただけだと。むかつく野郎だ！」

マンコーはコーヒーを一口飲み、丸い指で私を指差した。「なあ、フランキー、トーマス・モーガンみたいな人間には、愛なんて取るに足らないものなんだ。ああいう連中にとっては、ビジネス、社交界、イメージ、金、そういうものにこそ価値がある。ああ、おれなんかまるっきり絶望的だ……もう、我慢できない。おれは彼女を抱きしめながら言ったんだ。『逃げだそう、いますぐに』

『お願い、帰って』と彼女は言った。

そのとき、彼女が見ていたものがおれの眼にも見えた。モーガンは会社の警備員を一人、娘を監視する見張り役として送りこんでいたんだ。そいつはおれたちを見て、こちらに走ってきた。もし彼女に触れようものなら、首をへし折ってやるつもりだった。誓って本気だった。でも、アリスンはおれの腕をつかんで、走ってと懇願した。『あの人、銃を持っているわ』と彼女は言った。

『かまうもんか』とおれは答えた」マンコーは片方の眉を持ち上げた。「でも、実はそうじゃなかったんだよ、フランキー坊や。それはもう恐ろしかった。すると、アリスンはおれに怪我をしてほしくないと言ったんだ。もしおれが黙って帰れば、警備員は彼女を傷つけたりしないからって。たしかに筋は通っていたが、おれはまだ帰るつもりはなかった。振り返って彼女を強く抱きしめた。『おれを愛してるか？　答えてくれ！　知らなけりゃならないんだ、言ってくれ！』

彼女はこう答えた。『あなたを愛してる』と。聞き取れないほど小さな声だったけど、

おれにはそれで充分だった。すべてがうまくいくとわかったからね。ほかのことはともあれ、おれたちにはおたがいの存在があったから。

おれは日常生活に戻った。仕事をして、工場のチームでソフトボールをした。でも、ずっと彼女の詩を書きつづけ、作品と手紙を送りつづけた。彼女の父親に、おれからの手紙だとわからないように、封筒には偽の差出人の名を書いておいた。出版情報センターの封筒に手紙を入れて、彼女に送ったこともあった。いい考えだろ？

ときどき直接会ったりもした。彼女が一人でドラッグストアにいるのを見つけて、そっと彼女に近づいた。コーヒーをご馳走した。彼女は会えてうれしいと言ったけれど、ひどくびくびくしていた。理由はわかっていた。見張りの男たちが外で監視していたんだ。二分ほどしゃべっただけで、彼らの一人に見つかり、おれは消えなければならなくなった。裏口から急いで逃げた。その後、アパートの前を黒っぽい車が走り去ったり、路上で尾行されたりしているのに気づくようになった。車体の側面には〝ＭＣＰ〟という文字が入っていた。モーガン・ケミカル・プロダクツの略だ。やつらはおれのことまで監視していたんだ。

ある日、見張りの男がアパートの廊下にいたおれに近づいてきて、町を出ていくなら五千ドルをやる、とモーガンから言付かってきたと言った。おれは笑いとばした。するとそいつは、アリスンに近づいたら、困ったことになるぞと脅してきた。

突然、おれは頭に来た。そいつにつかみかかり、ホルスターから銃を抜いて床に投げ、

そいつを壁に押しつけた。『戻って、モーガンに伝えろ。おれたちのことに干渉するな、さもないと困ったことになるのはそっちだぞ、と。わかったか？』それから、男を階段から蹴り落とし、あとから銃を放り投げた。かなり動揺したことは認めるよ。モーガンの力がどんなに強大かわかったから」

「金は力なり」と私は言った。

「ああ、あんたの言う通りだ。金は力なり。そして、トーマス・モーガンはおれたちを引き裂くために、大金を使おうとしていた。どうしてかわかるか？　おれが脅威だったからだ。父親というのは嫉妬深い。どのトークショーでもいいから見てみろよ。オプラのでも、サリー・ジェシーのでもいい。父親は娘のボーイフレンドを毛嫌いしているじゃないか。エディプスなんとかってやつみたいに。とくに、前にも言ったけど、アリスンは一人娘だから。そこにもってきて、おれは時給十三ドルの反抗的な放浪者だ。アリスンがこんなおれに夢中になるなんて、顔に平手打ちを喰らったようなものだろう。娘が父親と、父親が肯定するものすべてを拒絶したんだから」アリスンの度胸に、マンコーの顔が誇らしげに輝いた。

やがて、その笑みが消えた。「でも、モーガンはつねにおれたちの一歩先を行っていた。ある日、仕事を抜け出してこっそり病院へ行ったんだ。一時間待ってもアリスンは現れなかった。居場所を訊いてみたところ、もうここでは働いていないという返事が返ってきた。誰もはっきりと答えてくれなかったが、ついに若い看護師から話を聞くこと

ができた。モーガンが病院に電話をしてきて、アリスンは休暇をとらせてもらうと言ってきたことを。以上。説明はなし。彼女はロッカーの片づけさえしていなかった。ちくしょう。旅をするという彼女の計画、おれと一緒にいるという計画は、そんなふうにして消えた。家に電話をして、彼女に取り次いでもらおうとしたが、モーガンは電話番号を変えていて、電話帳には載せないようにしていたんだ。まったく、あいつは信じられないくらいいやなやつだった。

モーガンはそれだけで済まさなかった。次はおれのあとを追ってきたんだ。おれが仕事に行くと、工場の監督からクビを言い渡された。無断欠勤が多すぎるという理由で。冗談じゃない、ほかの連中はもっとやっているのに。だが、モーガンはクルーガー家と友人同士だったにちがいない。おれはこの町に来てまだ日が浅かったから、労働組合も力になってくれなかった。おれは解雇された。いとも簡単に。

モーガン流のゲームではおれに勝ち目がないので、おれはおれの流儀でやらせてもらうことにした」マンコーはにやりと笑うと、急に身を寄せてきた。私たちの膝が触れあい、彼の体内のエネルギーが脈動となって私の肌に伝わってきた。「ああ、おれは自分のことは心配じゃなかった。でも、アリスンはあまりにも……」彼は言葉を探しながら、両手で奇妙な仕種をした。まるで両手で糸を引き延ばしているかのような、子猫の小さな揺りかごを揺らしているかのような動きだった。

私は助け船を出した。「儚《はかな》げ、かな」

マンコーが指を鳴らした音に、私は驚いた。彼は姿勢を正した。「それだよ。僥げ。彼女は父親に対して何の防衛策もとっていなかった。おれはすぐ何かしなきゃだめだと思って、警察署へ行った。あの家へ行って、アリスンが無事でいるか確かめてもらいたかったからだ。でも、そんなことをしたら、なめられていたおれが、このままでは済まさないと思っていることを、モーガンに知らせることになってしまうけど」マンコーは口笛を鳴らした。「でも、まちがいだったんだよ、フランキー。大失敗だった。モーガンはおれの一歩先を行っていた。大男の巡査部長がいて、おれを人目につかない隅に押しこめ、もしモーガンの娘に近づいたら、モーガン家は裁判所に禁止命令を求めるつもりでいる、と言ったんだ。そうなったら、おれは刑務所の独居房に入れられると。それから彼はおれをちらりと見て、囚人にはありとあらゆる事故が起こりうるのを知っているか、とか何とかささやいたんだ。刑務所は危険な場所だ、と。ああ、おれはなんてばかだったんだ。警官もモーガンに買収されていることに気づかなかったとは。

このころには頭がおかしくなりそうになっていた。何週間もアリスンに会っていなかったからだ。ちくしょう、モーガンは彼女を修道院か何かに入れてしまったのだろうか？」

彼の顔に落ち着きが戻った。「やがて、彼女が合図をくれたんだ。おれは通りを隔てた小さな公園の茂みに隠れて、双眼鏡で彼女の家を見ていた。おれは彼女に会いたい一心だった。彼女が無事でいるか知りたかったんだ。ブラインドがすっかり上げてあった

ので、彼女もおれを見ていたにちがいない。あっ、彼女がいた！　明かりが彼女の後ろにあって、髪が輝いていた。ほら、導師《グル》に見えるものみたいだった」

「オーラか」

「そう、それだよ。彼女はナイトガウンを着ていたから、その下の身体の線まで見えた。天使のようだった。信じられない姿を目の当たりにして、心臓発作が起きそうになった。彼女がいる。それも元気で、おれに会えなくて寂しいと言っているようだった。やがてブラインドが下ろされ、彼女は明かりを消してしまった。

翌週は計画を練った。金が底をつきかけていた。これもトーマス・モーガンのせいだ。町中の工場としめしあわせていたので、誰もおれを雇おうとしなかった。有り金を数えたが、あまり残っていなかった。おそらく千二百ドルぐらいだろう。でも、これだけあれば、二人でフロリダまで行けるはずだ。おれは印刷業者の仕事が見つかるだろうし、アリスンも病院で働けるだろう」

そこでマンコーは笑った。そして私を批判的な眼でじっと見た。「おれはあんたには正直になれるよ、フランク。あんたを身近に感じる」

それで私はフランキー坊やを卒業したのだ。脈拍が速くなり、感動を覚えた。

「実際、おれは屈強そうに見えるだろう？　でも怖くなった。本当に怖くなったんだよ。おれは一度も戦闘を見たことがない。グレナダもパナマも湾岸戦争の〝砂漠の嵐〟も。そういう戦闘がなくて寂しかったよ、おれの言ってることはわかるだろ？　おれは一度

も試されたことがないんだ。砲火にさらされたら、自分は何をするだろうか、といつも考えていた。今回のことは、おれにとってチャンスだった。おれはアリスンを救うつもりだった。モーガンに立ち向かうつもりだった。

モーガンの会社に電話して、秘書に『オハイオ・ビジネス』誌の記者だと名乗り、モーガンさんを取材したいと伝えた。彼の都合のいい日を探そうとした。信じられないことに、秘書はその話を全部信じていた。彼女によれば、モーガンは七月二十日から二十二日まで出張でメキシコにいるそうだ。八月一日に約束をして、さっさと電話を切った。

誰かがこの電話を逆探知していないか心配だったんだ。

七月二十日、おれはモーガンの家を一日じゅう見張っていた。思ったとおり、モーガンは午前十時にスーツケースを持って家を出て、その晩は帰ってこなかった。ドライヴウェイには警備の車が駐めてあった。見張りの男が一人、家の中にいるのだろう。しかし、それは予想していた。午後十時に雨が降りだした。ちょうどいまのように」マンコーは窓を顎で示した。「茂みに隠れながら、曇っていて本当によかったと思った。人目につく庭を百メートルほどつっきらなければならなかったので、月光の下ならきっとあの見張りたちに見つかっていただろう。誰にも見られずになんとか家にたどりつき、一息ついてヒイラギの木の下に隠れていた。

やがて決行のときがきた。おれは家の壁にもたれて雨音を聞きながら、自分にはこれをやり通す勇気があるだろうか、と思った」

「でも、きみはやり遂げた」

マンコーは少年のようににやりと笑って、アル・パチーノのように礼儀正しいギャング役を演じた。「おれは地下室に押し入って、彼女の部屋にこっそりと近づき、彼女を連れ去った。

おれたちはスーツケースも何も持って出なかった。ただ、できるだけすばやくそこから抜け出した。誰もおれたちの足音に気づかなかった。見張りの男が居間にいたが、『トゥナイト・ショー』を見ながら居眠りしていた。アリスンとおれは一緒に車に乗りこみ、ハイウェイを走った。『イージー・ライダー』そのものだろ。おれたちは自由だった！　彼女とおれの二人だけで走っている。逃げ出したんだ。おれたちはアリスンがずっと望んでいた冒険に出たんだ。とうとう二人で幸せになったんだ。

インターステイトへ向かい、時速百キロかっきりで走った。制限速度オーバーが十キロだけであるかぎり、警察にはつかまらないからだ。それが州警察のルールだ、とどこかで聞いたことがあった。おれは右側車線を走りつづけ、あのおんぼろダッジで東南東をめざした。絶対に車を停めなかった。オハイオ州、ウェストヴァージニア州、ヴァージニア州、ノースカロライナ州。州境を超えてしまうと、気が楽になった。モーガンはすぐさま出張から家に戻り、地元警察に連絡をするだろうが、そこからハイウェイパトロールに連絡がいくかどうか疑わしいと思ってた。だって、説明しなければならないだろ。彼がどうして娘を監禁していたかとか、もろもろあるからね」マンコーはかぶりを

振った。「でも、おれの判断がどうだったかわかるだろ？」

彼の悲しそうな顔を見れば、想像がついた。「きみは敵を見くびりすぎていたんだね」

マンコーはかぶりを振った。「トーマス・モーガン」彼はそうつぶやいて考えこんだ。

「やつはゴッドファーザーか何かだったにちがいないよ」

「オハイオ州警察にも友人がいるんだろう」

「モーガンはいたるところに友人がいたんだ。ヴァージニア州警察にも、カリフォルニア州警察にも、あっちにもこっちにも！　金は力なり、と言ってたとおりだ。ルート二一でノースカロライナ州のシャーロットをめざして南に向かっていたとき、おれはやつらに出くわした。食料とビールを買いにセブン・イレブンに寄ったんだ。そしたらなんと、ハイウェイパトロール警官の制帽や制服を身につけた、典型的な南部人が数人店に来てて、オハイオから逃亡中のカップルのことを店員に訊いていたんだ。もちろん、おれたちのことだよ！　おれはなんとか見つからずに店を出て、猛スピードで車を走らせた。しばらく走ると夜明け近くなったので、日中は身を隠していたほうがいいと思った。広大な保安林の中に車を駐めた。おれたちはそこで一日じゅう一緒に過ごした。横になって、おれの胸に彼女の頭をのせ、彼女に腕をまわした。車の横の草地にただ寝転がって、おれが旅した場所の話を彼女にしてやったんだ。フィリピン、タイ、カリフォルニアと。それからフロリダでどんな暮らしが待っているかも話した」

マンコーの引き締まった顔が厳粛な面持ちになり、私を見た。「彼女をおれのものに

することもできたんだ、フランク。何を言っているかわかるだろ？　あの草地で。あたりには虫が飛びまわってた。近くから川のせせらぎや滝の水音も聞こえた」マンコーは声を落としてささやくように言った。「でも、それは正しいことじゃなかったんだよ。おれはすべてを完璧にやりたかった。フロリダのおれたちの家の寝室でやりたかった。古くさいと思われるだろうな。結婚して、おれをばかだと思ってるのか？　そんなことはないよな？」

「ああ、思っていないよ、マンコー、ぜんぜんばかなことではないよ」私はぎこちなく付け加えるべき言葉を探した。「きみにはそれでよかったんだ」

彼はしばらく絶望的な顔つきをしていた。ばかだったにしろ、賢かったにしろ、たがいに結ばれることなく終わった選択を、おそらく後悔しているのだろう。

「その後は、はらはらする展開になった」と彼は悪魔のような笑みを浮かべながら言った。「真夜中にふたたび南へ向かっていると、一台の車がいったん追い越していったあと、急ブレーキをかけ、Uターンをしておれたちの車のすぐ後ろについた。モーガンのところの人間だった。おれはハイウェイを降りて、裏道を通って東へ向かった。そりゃもう、ひどいドライブだったよ！　一車線の橋やダートロードを通り、小さな町を猛スピードで走り抜けた。どうどう、フランキー坊や、おれは車を宙に走らせている気分だった！　信じられないようなドライブさ。あんたにも見せてやりたかったよ。おれたちの車の後ろには、二十台の車がついてきていたにちがいない。何とか振り切ろうとした

が、おれたち二人一緒では、あまり遠くへは行けないとわかっていた。こうなったら、別れたほうがいいだろう。

ノースカロライナ州のあの一帯にはかなり詳しかった。軍隊に、ウィンストン＝セーラム出身の仲間が二、三人いたからだ。一緒に狩猟に行ったもんだよ。そしてチャイナグローヴ近くの、人の住んでいない古びた小屋に泊まった。捜しだすのに苦労したけど、とうとうそのときの小屋を見つけた。

車を駐めて、中に人がいないか確かめた。車に座ったまま、アリスンを抱き寄せておれの決心を伝えた。ここにいてくれ、と彼女に頼んだんだ。もしアリスンがモーガンに捕まったら、すべては終わってしまうだろう。モーガンはきっと彼女を遠くへ連れ去ってしまうだろう。洗脳を受けさせるかもしれない。笑うなよ、モーガンだったら考えられる。自分の血を分けた娘にだってやるさ。だから彼女はここに隠れていて、おれが彼らをほかの場所へおびき出す。それから……」

「それから？」

「彼を待つ」

「モーガンを？　それでどうするつもりだったんだ？」

「きっぱり決着をつける。一対一で、モーガンとおれとで。いや、やつを殺すという意味じゃない。モーガンが世界の帝王じゃないってことを思い知らせてやるだけさ。アリスンは、やめて、と言った。父がどんな危険な人間か知っているからと。でもおれはか

まわなかった。モーガンは絶対におれたちを放っておいてはくれないとわかっていたから。やつは悪魔だ。もしここで阻止しなければ、永遠におれたちを追いかけてくるだろう。アリスンに一緒に連れていってくれと懇願されたが、それはできなかった。彼女にはここにいてもらわなければならなかった。おれにははっきりとわかっていた。フランク、それが愛ってもんじゃないか？　愛する者のために決心することを恐れてはならない」

マンコーは荒削りな哲学者だ。

「おれは彼女を抱きしめて、心配するなと言った。おれの心の部屋は、ほかのものが入る余地がないほど、きみへの愛でいっぱいなんだ。すぐにまた一緒になれるよ、と」

「そこは安全だと思っていたのか？」

「その小屋か？　もちろん。モーガンには絶対に見つからないだろう」

「チャイナグローヴにあったんだろう？」

「そこから三十分はかかる。ベイディン湖の湖畔だ」

私は笑った。「冗談だろう？」

「知っているのか？」

「もちろんだよ。大昔は、そこで素っ裸で泳いでいたんだから」私はいい選択だ、とばかりにうなずいた。「あそこの西岸の小屋は見つけにくい」

「それに、ものすごく美しい場所でもあった。車で走り去ってから振り返って、もしあ

れがおれたちの家で、仕事から帰ってくるとアリスンが戸口で迎えてくれたら、どんなにすてきだろうと思ったのを覚えてる」

マンコーは立ち上がって、窓際に歩いていった。窓ガラスに映る自分の姿の向こうにある、雨に濡れた夜を見つめた。

「小屋を出ると、州道を走った。彼らの眼の前に出て、彼女のもとへ戻るふりをした。実は追っ手を別の方向へ導いていったんだ。でも、彼らに捕まってしまった……皆、顔を揃えてた。警官、見張りの男たち……そしてモーガン本人。

モーガンは顔を真っ赤にして猛烈に怒りながら、おれに迫ってきた。やつはおれを脅した。それから、娘がどこに隠れているのか教えてくれと懇願した。だがおれは、怒りをこめてやつを見返しているだけだった。ひと言も口をきかなかった。金をやると言われても、殺すと脅されても……何も言わなかった。金は力なり、というのは確かだが、愛も力なりだった。おれはモーガンと闘う必要さえなかった。やつはおれの眼を見て、おれの勝ちを知った。娘は父親ではなく、おれを愛していた。アリスンは安全だった。おれたち二人は、これからもずっと一緒だった。おれたちはトーマス・モーガンを倒したのだ——将軍を、金持ちのろくでなし野郎を、この世で一番の美女の父親を。モーガンは黙っておれに背を向けると、リムジンに向かって歩いていった。話はこれで終わりだよ」

私たちの間に沈黙が流れた。もうすぐ午前零時だ。もうここに三時間以上もいたこと

になる。私は身体を伸ばした。マンコーはゆっくりと歩いた、期待に顔を紅潮させながら。「いいか、フランク、おれの人生は思いどおりにいかないことばかりだった。アリスンのことにしても。でも、おれたちがたった一つ手に入れたものは愛だ。それで万事よしとしよう」

「超越した愛か」

カチンという音がした。マンコーがまた彼のカップを私のカップに合わせて乾杯をしたのに気がついた。その音で、私たちはコーヒーを飲み干した。彼は窓の外の闇夜を眺めた。雨はやんでおり、雲の切れ目からおぼろにかすんだ月が顔をのぞかせていた。遠くで時計が鳴り始め、十二時を告げていた。彼は笑みを浮かべた。「彼女に会いに行く時間だ、フランク」

強いノックの音がして、突然扉が開いた。私ははっとして立ち上がった。

マンコーは静かに振り返った。その顔にはまだ笑みが浮かんでいた。

「こんばんは、ティム」六十がらみの男が言った。男はしわくちゃの茶色いスーツを着ていた。彼の後ろから、いくつもの眼がマンコーと私をのぞきこんでいた。

その呼び名を聞いて、私の心がかすかに疼《うず》いた。マンコーはニックネームで呼ばれるのを好み、ティムとかティモシーと呼ばれると侮辱されているように感じると、常日頃から言っていたからだ。しかし、今夜の彼はそれに気づきもしなかった。彼は笑みを浮かべた。淡青色の制服を着た、また別の男が盆を持って部屋に入ってきて、汚れた皿を

片づけている間、しばし沈黙が流れた。

「口に合ったか、マンコー？」彼は盆を顎で示しながら尋ねた。

「〝神の食べ物《アンブロシア》〟だったよ」マンコーは私をちらりと見て、ゆがめた眉を持ち上げながら言った。

年配の男はうなずくと、スーツの上着から裏が青い書類を出して広げた。長い間《ま》をとってから、南部訛りのある厳粛なバリトンの声でそれを読み上げた。「ティモシー・アルバート・マンコウィッツ、アリスン・キンバリー・モーガン誘拐、および殺害に対して、あなたに宣告された有罪判決に従って、本日、午前零時に刑の執行を命じる、ノースカロライナ州知事発行による死刑執行令状を、ここに送達いたします」

刑務所長はマンコーにその書類を手渡した。マンコーも彼の弁護士も、すでに裁判所からファクスされてきたその令状のコピーに眼を通していたので、今夜はその書類をうんざりしたようにちらりと見ただけだった。いまだかつて受け取ったことのない最後の令状が読みあげられると、たいていの死刑囚の顔には明らかに戸惑いが見られるのだが、彼の表情にはいっさいそれが見られなかった。

「州知事と電話がつながっているよ、ティム」刑務所長は南部訛りで言った。「知事はデスクの前に座っている。さっき話をしたんだが……知事が刑の中止を口にすることはないだろう」

「ずっとそうだと言ってきたじゃないか」マンコーは静かに言った。「そんな訴えをし

たいとも思わなかったよ」

飼料穀物店の店員みたいな、てきぱきと仕事をこなす痩せた死刑執行官が、マンコーの手首に手錠をはめ、靴を脱がせた。

刑務所長が私に外に出るよう身振りでうながしたので、私は通路に出た。ゴシック様式の陰気な死刑囚監房棟の一般的なイメージとはちがって、刑務所のこの翼棟は、明るすぎる日曜学校の廊下に似ていた。彼が頭を近づけてきて言った。「収穫はありましたか、牧師？」

私はぴかぴかのリノリウムの床から視線を上げた。「そう言っていいでしょう。彼はベイディン湖の西岸の湖畔にある小屋について話してくれました。ご存じですか？」

刑務所長は首を横に振った。「しかし、州警察に警察犬を連れていってもらい、現地を捜索させよう。発見できるといいが」彼は小声で付け加えた。「どうか、そうなりますように」

こうして恐ろしい夜の恐ろしい務めが終わった。

刑務所の教誨師というのは、つねに最後の三十メートルを死刑囚とともに歩くのだが、囚人たちから情報をうまく聞きだす最後の手段として、協力を求められることはめったにない。私は主教に助言を求め、今回の務めが私の誓いに背くことはないだろうと思った。それでもこれは明らかな欺瞞にはちがいなく、長期にわたって私を悩ませることになりそうだった。しかし、それでも聖化されていない墓に眠るアリスン・モーガンの遺

体のことを思うと、少しは気が楽になるのだった。マンコーは彼女の居場所を明かすのを断固拒否していた。父親から彼女を守るための究極の方法だ、と彼は言っていた。

アリスン・キンバリー・モーガンは、二度めのデート後にマンコーを捨てて以来、数か月にわたり執拗なストーカー行為を受けていた。彼女はベッドから誘拐され、FBIおよび大勢の州警官に追跡されながら、四州にまたがって車で連れまわされた。そして、とうとう……フロリダで一緒に暮らすという、マンコーのかけがえのない計画が実現しそうにないとわかったとき、刺殺されたのだ。きっと、彼は彼女を抱きしめ、おれの心の部屋は、ほかのものが入る余地がないほど、きみへの愛でいっぱいなんだ、という言葉を口にしたのだろう。

今夜までは、彼女の両親にとっての唯一の慰めは、娘が即死だとわかったことだけだった。ダッジの前方座席に残っていた大量の血痕がそれを証明していた。しかし、これできちんと埋葬してやれるかもしれない、そうすることで、娘の生前には与えてやれなかったかもしれない――あるいはそうではないかもしれないが――愛のかけらを、与えてやれるかもしれない、という望みが少なくとも出てきた。

マンコーは、死刑執行室へ向かう死刑囚が履く、使い捨ての紙製スリッパを履いて通路に現れた。刑務所長は腕時計を見て、彼に通路を進むように合図した。「きみは安らかになれるんだろうね？」

マンコーは笑った。彼はここにいる者の中で、眼に落ち着きのある唯一の人間だった。

だって、そうだろう？　彼は自分自身の真実の愛に身を委ねようとしているのだから。ふたたび彼女と一緒になれるのだから。

「おれの話は気に入ってくれたか、フランク？」

私は気に入ったと答えた。すると彼は奇妙な笑みを見せた。それは寛容と、手に負えないマンコーの挑戦としか呼べないようなものの両方をほのめかしているような表情だった。たぶん、私に重くのしかかってくるのは、今夜の欺瞞ではなく、むしろ、マンコーが私の欺瞞に気づいていたかどうか知ることは絶対にないのだ、という単純な事実のほうだという気がした。

しかし、誰にわかっただろう？　前にも言ったように、彼は生まれながらにして役者だったのだから。

刑務所長が私を見た。「牧師？」

私はかぶりを振って言った。「マンコーは罪の赦《ゆる》しを乞わないそうです。その代わり、詩篇を少し読んでほしいそうです」

「アリスンは詩が好きだから」とマンコーは真剣な口調で言った。

私はスーツのポケットから聖書を出した。そして、二人で通路を並んで歩きだすと、それを読み始めた。

パインクリークの未亡人

THE WIDOW OF PINE CREEK

救いの手はときに天から差し伸べられる。

それは母の口癖だった。母の言う〝救いの手〟とは、天使や精霊、あるいはニューエイジの神秘などのことではない。救いの手は〝虚空から〟――思いがけないところから現れるという意味だった。

そうね、ママ。期待して待ちましょう。いまのわたしには、救いの手が必要だもの。そう、ぜひとも必要だわ。

サンドラ・メイ・デュモントは黒革の事務椅子の背にもたれると、夫のオフィスの大きな面積を占領している古びたデスクに書類を放り出した。そして窓の外を見やり、たったいまこの目に映っているものがその救いなのだろうかと考えた。

それは天から降りてこようとはしていなかった――コンクリート敷きの通路を工場に向かって歩いていた。ひとなつこい笑みと鋭い目をした男の形をして。

サンドラは窓に背を向けた。ふと、アンティークの鏡に映った自分と目が合った。十年前、五回めの結婚記念日に夫に贈った鏡。あのころの、いまよりも幸福だった日々が脳裏をよぎったのは、ほんの一瞬だった。このときサンドラ・メイの意識を占めていたのは、鏡からこちらを見返している彼女の姿だった――大柄な女。だが、太ってはいない。よく動く緑色の瞳。青い矢車草の模様が入った生成《きな》り色のワンピース。袖はなく――五月半ばのジョージアの暑さときたら！――むきだしの上腕はむっちりとしていた。暗めの金色をした長い髪は、一つにまとめて、装飾のない鼈甲《べっこう》のバレッタで留めてある。

薄化粧に香水はなし。年齢は三十八だが、皮肉なことに、ぽっちゃりぎみの体形のおかげで年齢より若々しく見えることに、最近になって気がついた。

ふだんの彼女は、冷静で自信に満ちあふれている。しかし、いまはちがう。サンドラ・メイは目の前の書類にふたたび視線をやった。

だめだ。冷静さや自信など、かけらもない。

彼女には救いの手が必要だった。

天から差し伸べられる救いの手が。

いや、差し伸べてもらえるものなら、どこからだっていい。

インターコムのブザーが鳴った。予期していたくせに、サンドラ・メイはぎくりと飛び上がった。インターコムは茶色いプラスチック製の旧式なモデルで、一ダースものボタンが並んでいる。とっさに使いかたがわからなかった。ボタンの一つを押す。「はい？」

「デュモントさん。ロールストンさんとおっしゃるお客さまがお見えです」

「わかりました。お通ししてくださいな、ロレッタ」

ドアが開き、男が入ってきた。「やあ、どうも」

「こんにちは《へィ》」サンドラ・メイは反射的に立ち上がったが、南部の田舎町で生まれ育った女は、男性を迎えるのにいちいち立ち上がったりしないものだと思い出した。そしてこう考えた――この半年で、わたしの人生はいかに変わったことか。

先週末に初めて会ったときにも気づいたことだが、ビル・ロールストンの顔立ちは決して端整とは言えない。とがった輪郭、ぼさぼさの黒い髪。贅肉はついていないが、かといって鍛えられた体つきというのともちがう。

それに、あのアクセント！　この前の日曜、パインクリークの住民が気取って社交クラブと呼んでいる施設のテラスで、ロールストンは笑みを浮かべてこう声をかけてきた。

「やあ、どうも。ビル・ロールストンです。ニューヨークから来ました」

説明されるまでもなく、あの鼻にかかった発音を耳にすれば、どこから来たかはすぐわかる。

そのうえ〝やあ、どうも〟ときた――地元の住民（〝パインクリーカー〟とサンドラ・メイは呼んでいる。ただし、頭のなかだけで）の口からはついぞ聞いたことのない挨拶だ。

「どうぞ」サンドラ・メイは応接セットに歩いていくと、掌を上に向け、正面のソファを勧めた。歩きながら鏡にじっと目を注ぎ、そこに映るロールストンの様子を観察した。ロールストンは一瞬たりとも彼女の体に視線を走らせなかった。けっこう。最初のテストには合格だ。ロールストンはソファに腰を下ろすと、オフィスを見まわし、壁に飾られた写真を眺めた。写真のほとんどは、狩猟や釣りを楽しむジムを撮ったものだった。

ハロウィーンを控えたあの日の記憶がよみがえる。電話の向こうから伝わってくる州警察官の声は、悲しみの谷間にこだましているかのようだった。

ました……」

「デュモントさん……たいへん申し上げにくいのですが。実はご主人のことでお電話し

だめ、いまそのことを考えてはだめ。集中しなきゃ。あなたは崖っぷちに立たされているのよ。それにこの人は、あなたに救いの手を差し伸べることのできるこの世でただ一人の人物かもしれない。

最初に頭に浮かんだのは、コーヒーか紅茶をお出ししなくてはということだった。しかし、立ち上がろうとしかけて思い出した。そうだ、いまはこの会社の社長なのだ。そういった雑事を引き受けてくれる従業員を何人も抱える立場だ。染みと習慣はなかなか消えない――これも格言の生き字引、母親のお気に入りの一つだった。

「お飲物はいかが。アイスティがよろしいかしら」

ロールストンは笑った。「こちらの人々は、本当によくアイスティを飲みますね」

「南部の習慣ですから」

「ははあ。じゃ、お言葉に甘えて」

サンドラ・メイは、長年、ジムの秘書と事務主任を兼ねてきたロレッタを呼んだ。美しい女――毎朝、化粧に二時間はかけているにちがいない――が戸口に顔をのぞかせた。「ご用ですか、デュモントさん?」

「ええ、アイスティを二つお願いできるかしら」

「すぐにお持ちします」ロレッタは花の香りの香水の雲を残して去っていった。ロール

ストンはロレッタの去ったほうにうなずいて言った。「いや、パインクリークの方たちは実に礼儀正しいな。ニューヨーカーとしては、慣れるのに時間がかかりそうですよ」

「それは、ロールストンさん――」

「ビルと呼んでください」

「ビル……このあたりでは、子どものころから叩きこまれる習慣なんですよ。母によく言われました。毎朝、服を着る前にマナーを身につけなさいと」

その訓戒を聞いて、ロールストンは口元をゆるめた。

服と言えば……サンドラ・メイは彼の服装をどう解釈していいものか戸惑っていた。ビル・ロールストンの服は……何というか、いかにも北部人らしかった。そうとしか言いようがない。黒のスーツに黒っぽいシャツ。ネクタイはしていない。ジムとは対照的だ。茶色のスラックスにパウダーブルーのシャツ、薄茶色のスポーツコート――ジムはまるで制服か何かのように、いつも同じ格好をしていた。

「あれはご主人ですかな」ロールストンが壁の写真を見て尋ねた。

「ええ、ジムです。主人です」サンドラ・メイは静かに答えた。

「すてきな男性だ。何があったんです?」

彼女は言葉に詰まった。ロールストンはすぐに察したように言った。

「申し訳ない。ぶしつけなことをお訊きして。ただ――」

サンドラ・メイはさえぎった。「いえ、気になさらないで。もう以前ほどつらくはあ

りませんから。去年の秋、釣りの最中に事故に遭ったんです。ビリングス湖で。水に落ちた拍子に頭を打ったらしくて。水死でした」

「それはお気の毒に。事故のとき、あなたもご一緒に？」

サンドラ・メイは悲しげに笑った。「一緒にいればよかったんですけれど。そうしたらジムを助けられたかもしれませんから。でも、一緒に釣り旅行に出かけたのは、一度か二度だけで。釣りというのは、その……残酷な遊びでしょう？　哀れな生き物を釣り上げて、棍棒で頭を殴りつけて、切り刻む……それに、あなたは南部の行動規範をご存じないのね。人妻は魚釣りはいたしません」サンドラ・メイは目を上げて写真を見つめ、記憶をたどるように続けた。「まだ四十七歳でした。結婚して、いつか連れ合いが死ぬ日が来るのだと考えることがあっても、それは年老いてからのことだと思うものでしょう。母は八十で亡くなりました。父は八十一でした。五十八年も連れ添ったんです」

「それはすばらしいことですね」

「幸福で、たがいに誠実で、愛し合っていました」サンドラ・メイは物思いに沈んだ。

ロレッタがアイスティを運んできて、控えめな使用人らしく静かに出ていった。

「正直に申しあげて」ロールストンが言った。「下心をひた隠しにして声をかけた魅力的な女性から連絡がいただけて、少々舞い上がっていましてね」

「あなたがた北部の男性は、とても率直にものをおっしゃいますのね」

「そのとおり」

「あなたの自尊心を傷つけずにすむといいんですけれど。実は、きょうお呼び立てしたのは、目的があってのことなんです」

「傷つくかどうかは、その目的が何かによりますね」

「ビジネスです」サンドラ・メイは言った。

「ビジネスか。きっかけとしては悪くない」ロールストンはそう答え、先をうながすようにうなずいた。

「夫が亡くなったとき、わたしはこの会社の全株式を相続して社長に就任しました。以来、できるだけの努力はしてきたつもりですけど、どうやら」――デスクの上の会計報告書を見やる――「すぐにでも経営が上向かなければ、あと一年もつかどうかの瀬戸際に追いこまれています。ジムが亡くなったとき、そこそこの額の保険金が下りましたから、すぐに生活に困ることはありません。でも、夫が一から築き上げたものをつぶしてしまうのだけは、何としても避けたいんです」

「しかし、なぜ私がお役に立てるとお思いに?」ロールストンの顔から笑みは消えていなかったが、ほんの数分前までの浮ついた表情はいくらか薄れていた――日曜の笑みとはさらにかけはなれていた。

「母はこうも言っていました。〝南部の女は、夫よりも一つ強くなければいけない〟。まさにわたしのことです。まちがいなく」

「そのようですね」ロールストンが言う。

「それからもう一つ。〝南部の女は、夫よりも一つ機知に富んでいなければならない〟。限界を知ることも機知のうちです。ジムと結婚する前、三年半ほど大学に通いました。でも、今回のことは、わたしの手に負えそうもないわ。知恵を貸してくれる人が必要です。会社経営に通じている人が。日曜にクラブでうかがったお話から、あなたこそその条件にぴったりの方だと思ったんです」

日曜に初めて会ったとき、ロールストンは投資家兼ブローカーだと自己紹介した。経営に行き詰まった小さな会社を買い取り、黒字に転換して売却し、差額で利益を得ている。仕事でアトランタを訪れたおりに、ジョージア州北東部の山岳地の土地を探してみるよう勧められたという。このあたりなら、投資物件、リゾート物件の出物があると聞いたらしい。

「会社の概要を話していただけますか」ロールストンが言った。

デュモント・プロダクツは、十六名の正社員と、夏休み期間には地元高校生のアルバイト多数を抱え、ダイオウショウやエリオットマツを伐採する地元林業者から粗製の松《まつ》脂《やに》を仕入れている。

「松脂……車で来る途中に漂ってきた匂いはそれか」

何年か前、ジムが会社を興したころ、眠りこんだ夫のかたわらに横になると、樹脂の匂いがした——シャワーを浴びても、その匂いは取れなかった。最後まで取れることはなかったのではないだろうか。やがて彼女の鼻のほうが慣れた。あのつんとする匂いを

感じなくなったのはいつからだろうと、いまも考えることがある。

サンドラ・メイは説明を続けた。「仕入れた松脂を蒸留して、いくつかの製品を作っています。大部分は医療用です」

「医療用？」ロールストンは意外そうに聞き返した。ジャケットを脱ぎ、丁寧な手つきで隣の椅子の背にかけた。アイスティをまた少し飲む。気に入っているらしい。ニューヨーカーはふだん、ワインと瓶入りのミネラルウォーターくらいしか飲まないのだろう。

「そう、ふつうの人は、塗料を薄めるくらいしか用途を思いつかないでしょうね。でも、病院ではよく使うそうですよ。興奮剤や抗痙攣薬になるとか」

「へえ、それは知らなかったな」ロールストンは言った。見ると、メモを取り始めている。浮ついた笑みは完全に消えていた。

「ジムは………」サンドラ・メイは言い直した。「うちの会社では、蒸留した松脂を二、三の問屋に卸していて、販売はその問屋に任せています。うちは販売にはいっさい口を出していません。売上げは過去の水準を維持していますし、経費は増えていません。それなのに、思ったよりも現金が残っていないんです。どこに消えてしまったのか。支払給与税や失業保険の納付期限が来月に迫っているというのに」

サンドラ・メイはデスクに歩み寄り、会計書類の一部をロールストンに差し出した。サンドラ・メイには理解不能な数字の羅列だったが、ロールストンは心得顔でうなずきながら丹念に目を通している。一度か二度、驚いたように眉を吊り上げた。サンドラ・

メイは、〝何です？〟と訊きたくなったが、その衝動をどうにか抑えつけた。

ふと気がつくと、ロールストンをじっと観察していた。あの笑みが消えたいまは――書類をビジネスライクに調べる真剣な面持ちは、前よりもかえって魅力的に見えた。サンドラ・メイは、書棚に飾られたジムとの結婚式の写真を無意識に見やった。あわてて目の前の書類に意識を戻す。

書類を読み終えると、ロールストンはソファの背にもたれ、アイスティを飲み干した。

「一つ不思議なことがあります。私にはよく理解できない。メインバンクの口座から現金が引き出されていますが、その金がどこに行ったかの記録がない。その件について、ご主人から何かお聞きになっていませんか」

「会社の話はほとんどしませんでしたから。ジムは仕事と家庭をきっちり分けて考える人でした」

「会計士からは？」

「ジムはほとんど自分で帳簿を管理していました……その現金のことですけれど。追跡することは可能かしら。どこに行ってしまったか、調べることはできます？　もちろん、あなたが通常請求なさる調査料金はお支払いします」

「できるとは思いますよ」

サンドラ・メイは、ロールストンのその返事にかすかなためらいを聞き取って顔を上げた。

ロールストンが言った。「しかし、その前に一つお尋ねしたいんですが」

「どうぞ」

「本気で調査をお望みですか」

「どういうことかしら」

ロールストンの鋭い目は、まるで戦場の地図を子細に検討するように会計書類を見渡した。「たとえば、社長を外から雇うこともできますよ。経営のプロをね。あなたの負担は一気に軽くなります。経営再建はその人物にまかせればいい」

サンドラ・メイはロールストンの目をじっと見返した。「でも、あなたが心配なさってるのは、わたしの負担のことではないでしょう?」

一瞬の沈黙ののち、ロールストンは答えた。「ええ、ちがいます。確かめておきたいのは、ご主人やご主人の会社について、いま知っていらっしゃる以上のことを知る覚悟がおありですかということです」

「いまはわたしの会社ですから」サンドラ・メイは断固とした口調で言った。「それに、何もかも知っておきたいの。会社の帳簿はすべてあそこに」ウォールナット材の大型書棚を指さす。てっぺんに結婚式の写真が飾られていた。

——健やかなるときも、病めるときも、死が二人を分かつまで……。

彼女が指さしたほうを見ようと向きを変えたとき、ロールストンの脚が彼女の膝頭をかすめた。その瞬間、サンドラ・メイの体を電流に似た感覚が走り抜けた。ロールスト

ンはつかのま凍りついたように身動きを止めた。やがてロールストンが向き直った。
「さっそくあすから始めましょう」ロールストンは言った

三日後、コオロギとセミのオーケストラが夕べの演奏会を始めるころ、サンドラ・メイは二人の家のポーチでくつろいでいた。ちがう、彼女の家のポーチだ。そういうふうに考えることにまだ慣れることができない。もはや二人の車でも、二人の家具でも、二人の陶磁器でもない。彼女一人のものだった。

彼女のデスク。彼女の会社。

ぶらんこを前後に揺らす。一年前、天井の梁に太いフックを自分でねじ留めして設《しつら》えたぶらんこだ。テーダマツ材とベイツガ材の板塀で囲まれた、手入れの行き届いた広い芝生の庭を眺めた。人口千六百人のパインクリークは、トレイラーハウスやバンガロー、細長いアパート、質素な一戸建てが並ぶ住宅地から成っているが、ここのような家――ガラスをふんだんに使ったモダンで大きな屋敷――はせいぜい十数軒しかない。もしジョージア・パシフィック鉄道がパインクリークの町を貫いて走っていたら、ジムとサンドラ・メイ・デュモントが居を定めた新興住宅地は、〝線路のお屋敷街側〟と呼ばれることになっていたにちがいない。

アイスティを一口飲み、デニムのジャンパードレスの裾をそっと引っ張った。気の早い蛍五、六匹が灯した黄色い光を目で追いかける。

たぶん、あの人ならこの窮地を救ってくれると思うわ、ママ。

天から差し伸べられた手……。

ビル・ロールストンは毎日欠かさず彼女の会社に通ってきていた。デュモント・プロダクツを救う使命に没頭している。きょうも朝早くから会社の帳簿やジムの手紙類や日誌を調べていたロールストンは、六時になって彼女が会社を出たときもまだ仕事をしていた。そのあと、三十分ほど前にこの家に電話があった。発見があったので報告しておきたいという。

「うちにいらして」サンドラ・メイは言った。

「すぐうかがいます」

サンドラ・メイは道順を教えた。

家の前にロールストンの車が停まったとたん、向かいの家々の出窓に人影が映った。近所の住人、ベスとサリーが興味津々でこちらをうかがっているのだろう。

あらやだ、あの未亡人のとこに男が訪ねてきてる……。

砂利を踏む音が聞こえ、黄昏《たそがれ》の光のなかにロールストンの姿が浮かび上がった。

「ヘイ」サンドラ・メイは声をかけた。

「南部ではみんな言うって本当なんだな」ロールストンが言う。「その〝ヘイ〟という挨拶」

「そうよ。それに、〝みんな《ユー・オール》〟は〝ヤ・オール〟じゃなくちゃ」

「謹んで訂正いたします、マダム」

「ヤンキーはこれだから」

ロールストンはぶらんこに腰を下ろした。少しだけ南部風に染まっている。今夜はジーンズに濃い色のシャツという出で立ちだ。それに、意外や意外、足下はブーツではないか。町のバーにたむろする男たちのようだ。女房のいる家を抜け出して男同士でビールをあおり、ロレッタのように美しく陽気な若い女と浮ついたやりとりをする男たち。

「ワインを買ってきた」

「あら、うれしい」

「あなたのその訛り、かわいらしくていいな」

「ちょっと待って——訛りがあるのはあなたのほうよ」

ロールストンがマフィアのような巻き舌の悪ぶった発音で「おっと、そいつぁちがうぜ。おれには訛りなんぞねえやな」と返し、二人は笑った。ロールストンは地平線を指さした。「ああ、月がきれいだ」

「近くに明るい都会がないから。星もきれいに見えるのよ。一点の曇りもない良心のようにきれいに」

ロールストンはワインを注いだ。紙コップとコルク抜きを用意してきていた。

「あ、待って、そんなに注がないで」サンドラ・メイは片手を上げた。「あまり飲まないことにしてるから……あの事故以来、何事もほどほどにしておこうと思うようになっ

て」

「好きなだけ飲んで」ロールストンは彼女を力づけるように言った。「余ったら、そこのゼラニウムにやればいい」

「あれはブーゲンビリア」

「おっと。まあ、都会っ子だと思ってご勘弁を」ロールストンは乾杯するように自分の紙コップを彼女のにそっと触れると、一口飲んだ。それから、穏やかな声で言った。

「つらかったでしょう。ジムの事故は」

サンドラ・メイはうなずいたが、何も言わなかった。

「幸せな日々に乾杯」

「幸せな日々に」サンドラも応えた。二人はコップを持ち上げて乾杯し、またワインを飲んだ。

「さて、そろそろきょうの発見をお話ししましょうか」

サンドラ・メイは一つ深呼吸をして、ワインをもう一口飲んだ。「ええ、聞くわ」

「あなたのご主人は……率直に申しあげましょう。ご主人は意図的に現金を隠していました」

「隠していた？」

「隠していたという表現は強すぎるかな。見つけにくい場所に移していたとでも言いましょうか。二年ほど前から、会社の利益の一部を使って外国の企業の株を買ってたんで

す……そんな話を聞いたことは？」

「いいえ。聞いてたら、反対したと思います。外国の企業ですって？　国内の株式市場にだって投資する気になれないのに。お金は銀行に預けておくのが一番だわ。もっと安心なのは、ベッドのマットレスの下に押しこんでおくこと。それが母の処世哲学だった。〝安心銀行マットレス支店〟って呼んでたわ」

ロールストンが笑った。サンドラ・メイは紙コップのワインを飲み干した。ロールストンが注ぎ直す。

「どのくらいの金額？」

「二十万ドルと少し」

サンドラ・メイは驚いて目をしばたたかせた。「そんなに？　それだけあれば助かるわ。すぐに取り戻せればなおありがたい。そのお金を取り返すことはできる？」

「ええ、おそらく。しかし、ご主人はなかなか抜け目ない方でしてね」

「抜け目ない？」サンドラ・メイはゆっくりと言った。

「その資金をよほど隠しておきたかったようです。何のために隠したのか、理由が先にわかっていたほうが、金の行き先を突き止めやすいかもしれません」

「見当もつかないわ」彼女は片手を持ち上げ、むっちりとした膝に打ちつけるようにして下ろした。「退職金のつもりだったとか」

ロールストンがにやりとした。

「わたし、何かおかしなこと言った？」

「退職金にするなら、ふつうは４０１Ｋに積み立てるでしょう。ケイマン諸島に移すのではなく」

「それって違法なこと？　ジムがしてたのは法律違反なのね？」

「そうと決まったわけじゃありません。ただ、そのおそれはある」ロールストンはワインをぐいと飲み干した。「このまま調査を続けますか」

「ええ、お願い」サンドラ・メイはきっぱりと答えた。「何としても。どんなことがわかってしまうにしても。その現金をどうしても取り戻したいの」

「そういうことなら、続けましょう。ただ、ややこしいことになりそうです。相当にややこしいことにね。デラウェアとニューヨークとケイマン諸島で訴訟を起こさなくてはならないでしょうからね。数か月続けて留守にすることはできますか」

ためらい。「できなくはないわ。でも、気が進まない。ここはわたしの家だもの」

「代理委任状をいただければ、私が代わりに手続きをしますよ。ただ、まだ知り合ったばかりですしね」

「少し考えさせて」サンドラ・メイはバレッタをはずした。金色の髪がふわりと肩に落ちた。顔を上に向け、空を見上げた。星空、うっとりするほど美しい月。もうじき満月だ。やがて、ポーチのぶらんこの背に頭をもたせかけているつもりが、ロールストンの肩だったことに気づいた。それでも、そのまま寄りかかっていた。

ふいに星空と月が消えた。彼の暗いシルエットが視界をさえぎっていた。唇が重なった。彼女の頭の後ろを優しく支えていた彼の手は、うなじを伝い、やがて彼女のジャンパードレスの前に下りて、ショルダーストラップのボタンをはずし始めた。サンドラ・メイはキスに応えた。情熱的に。彼の手は今度は襟もとへと這い、きっちりと留められていたブラウスの一番上のボタン――〝きちんとした女はボタンを一番上まで留めるものです〟というのも母親の口癖だった――をはずした。

その晩、一人きりでベッドに横たわり――ビル・ロールストンは数時間前に帰っていた――天井を見つめた。

不安がぶり返していた。何もかも失うのではないかという不安。

ああ、ジム。これからどうなるの？　サンドラ・メイは、パインクリーク共同墓地の赤粘土の地下深くに眠る夫に問いかけた。

自分の人生を振り返った――いかに予定通りにいかなかったかを。あと半年で卒業というときにジョージア州立大を中退し、ジムと結婚した。販売の仕事に就きたいという夢もあきらめた。結婚生活は、いつしか決まりきった手順の繰り返しになった――ジムは会社で働き、一方の彼女は顧客の相手をし、病院や婦人クラブのボランティアに参加し、家事を切り盛りした。本当なら、子沢山の家庭を作るはずだった――少なくともサンドラ・メイはそう夢見ていた。ところが、夢は現実にはならなかった。

そしていま、サンドラ・メイ・デュモントは、ただの子どものいない未亡人だ……パインクリークの住民は、彼女をそう見ていた。田舎町の未亡人。会社はまもなく倒産して、サンドラ・メイはサリヴァン・ストリートあたりのおんぼろアパートに移り、やがて色褪せて、南部の田舎町の壁紙の一部に溶けこむ――町の住民はみなそう決めつけている。それ以上には見ていない。

しかし、彼女には、彼らの期待に応えるつもりはなかった。

絶対にお断りだ……そう、これから新しい誰かに出会って、家族を作ることだってあるだろう。まだ若いのだから。別の土地に移ってもいい。どうせなら大都会にしよう――アトランタ、チャールストン……そうだ、ニューヨークだっていいではないか。

――南部の女は、夫よりも一つ強くなければならない。夫よりも一つ機知に富んでいなければならない。

かならずこの窮地を脱してみせる。

そしてロールストンは、脱出の手助けをしてくれるだろう。彼を選んだのは正解だった。

翌朝、目を覚ますと、両手首が強ばっていた。拳を固めたまま眠りこんだらしい。

騒ぎが始まったのは、それから二時間後のことだった。オフィスに足を踏み入れるなり、ロレッタがサンドラ・メイを脇へ呼び寄せた。黒いマスカラに縁取られた目は血走っていた。「あの、とても言いにくいことなんですけど、デュモントさん、彼はあなた

のお金を盗もうとしてるみたい。ロールストンさんのことです」

「どういうことなの」

サンドラ・メイは、大きな背もたれのついた革張りの椅子にそろそろと腰を下ろした。

またしても窓の外を見やる。

「だからその、えっと、何があったかというと……何があったかというと……」

「落ち着いて、ロレッタ」

「きのう、あなたがお帰りになったあと、オフィスに書類を置きに入ったとき、彼が電話で話してるのを聞いてしまったんです」

「電話の相手は？」

「わかりません。でもオフィスをのぞいたら、いつもはオフィスの電話を使うのに、そのときは携帯電話で話してて。わざわざ携帯電話を使ったのは、かけた先が記録に残らないようにするためじゃないかと思います」

「一足飛びに結論を出すのは控えましょうよ。で、彼は何と言ってたの？」サンドラ・メイは尋ねた。

「もうじき全部見つけられそうだ、ただしうまくやるのはむずかしい、と言っていました」

「うまくやる？」

「ええ、そう、そうです。それから、株だか何だかは、〝彼女の個人名義〟ではなく会社名義になってるんだと言ってました。そこが問題だって。そう言ってました」

「ほかには？」

「それが、わたし、ちょうどそのときドアにぶつかってしまって。その音が聞こえたらしくて、すぐに電話を切ってしまいました」

「でもね、それだけでわたしたちからお金を盗ろうとしてると決めつけるのはどうかしら」サンドラ・メイは言った。「〝うまくやる〟と言ったのだって、外国企業からお金をうまく引き上げるという意味だったのかもしれない。いえ、ひょっとしたら、全然関係のない話をしてたのかもしれないわ」

「ええ、そうかもしれません、デュモントさん。でも、わたしがオフィスに入っていったら、あの人、怯えたリスみたいにおどおどしていました」ロレッタは紫色に塗った長い爪で顎の先をそっとかいた。「あの人のこと、どのくらいご存じなんです？」

「実は、あまりよく知らないの。ねえ、ひょっとして、彼の狙いは初めからお金を持ち逃げすることだったと思うの？」サンドラ・メイは首を振った。「そんなはずはないわ。だって、知恵を貸してほしいって電話をかけたのはわたしのほうなんだもの」

「でも、どういう知り合いなんですか」

サンドラ・メイは黙りこんだ。長い間《ま》があって、ようやく答えた。「向こうから声をかけてきた……彼から近づいてきたのよ。パインクリーク・クラブで」

「そして、実業家だと言った」

彼女はうなずいた。

「じゃあ」ロレッタは指摘した。「あなたが会社を相続したことをどこかで聞いて、さりげなく近づくために社交クラブに出かけたのかもしれないわ。ああ、もしかしたらデュモント氏の取引相手だったのかも――表立ってはやりにくい取引の。ほら、おっしゃってたでしょう――外国企業の株に投資してたって」

「まさか、ちがうわ」サンドラ・メイは断言した。「そんなこと、信じられない」

彼女は部下の顔を見つめた。美しく、控えめではあるが、目端のきく女。ロレッタは続けた。「傾きかけた会社を見つけてうまくもぐりこんで、もとの経営者を追い出して乗っ取るのが仕事なのかも」

サンドラ・メイは首を振った。

「いえ、絶対にそうだと言うわけじゃありません、デュモントさん。ただあなたのことが心配なだけです。誰かにいいように利用されるのを黙って見ていられません。それにわたしたち……わたしたちだって、失業したくなんかありませんし」

「暗闇を怖がる臆病な未亡人になるつもりはないわ」

「これはただの影ではすまないかもしれませんよ」

「でも、わたしは本人と話したの。彼の目を見たのよ、ロレッタ」サンドラ・メイは言った。「母と同じように人を見る目はあるつもり」

「そう願うわ、デュモントさん。全社員のために。あなたの見る目が正しいと願いたい」

サンドラ・メイの目はふたたびオフィスを見まわした。写真の数々――魚や獲物を得意げにぶら下げた夫、立ち上げてまもないころの会社の様子、新しい工場の起工式、ロータリークラブの集まりに出席したジム、郡共進会のパレードに出した会社の山車の上のジムとサンドラ・メイ。

そして、結婚式の写真。

――ハニー、その可愛らしい頭を悩ませることはないんだよぼくが何とかするからね大丈夫心配いらない心配いらない心配いらない……。

夫の言葉が頭のなかで果てしなくこだました。サンドラ・メイはオフィスチェアにふたたび座りこんだ。

翌日、サンドラ・メイがオフィスに入っていくと、ビル・ロールストンは背を丸めて帳簿を調べていた。

彼女は彼の前に一枚の紙を置いた。

ロールストンは眉間にしわを寄せて紙を手に取った。

「これは？」

「おっしゃってた代理委任状よ。わたしたちのお金を探し出して訴訟を起こす権限を与

え、全投票権を委譲する委任状……」サンドラ・メイは笑った。「正直に打ち明けると、あなたを信頼して大丈夫かしらと迷ったけれど」

「ニューヨークの出身だからかな？」ロールストンは微笑んだ。

「〝北部人の侵略戦争〟（南北戦争の南部での呼びかた）は、そうね、いまでもときおり醜い頭をもたげることがある……でも、ちがう。なぜ委任状をお渡しすることにしたか、わけを話すわね。未亡人は、自分の影に怯えていては生きていけないわ。怯えてることを世間に見抜かれてしまうから。血の匂いを嗅ぎつけたサメが群がってくるだろうから。次の瞬間には、さよならだわ。でもね、わたしはあなたの目を見て、こう自分に言い聞かせたの。この人を信じようって。全財産を直観に賭けてみようって。いえ、この場合は夫のお金をだわね。隠されたお金を」サンドラ・メイは書類に目を落とした。「あの事故の前なら、悩みがあればジムに相談したし、ジムと結婚する前は、母がいた。自分一人では何一つ決められなかった。でも、これからは一人で生きていかなければならないわ。自分の考えで選択できるようにならなくちゃ。手始めに、あなたを雇い、あなたを信じることを選んだの。これはわたしがわたしのためにすることよ。だから、その委任状を使ってお金の行方を突き止めて、取り返して」

ロールストンは代理委任状にもう一度丁寧に目を通し、署名を確認した。「これは撤回不能な委任状だよ。取り消すことはできない」

「撤回できる種類の委任状では、お金の行方を捜すこともできないし、必要が生じたと

き訴訟を起こすことも不可能になると弁護士に助言されたの」

「そうか」ロールストンは彼女を見上げてまた微笑んだ……ただし、さっきのとはちがう笑みだった。その表情には冷酷さが感じ取れた。それに、勝ち誇ったような色さえあった――パインクリーク高校のアメリカンフットボールチームの赤首の選手のタックルが決まったときのような。「ああ、サンディ、サンディ、サンディ。きっと何か月もかかると思ってたよ」

サンドラ・メイは眉を曇らせた。「何か月も？」

「そうさ。この会社を乗っ取るのにね」

「乗っ取る？」サンドラ・メイは目を見開いて彼を見つめた。呼吸が浅くなる。「どういう……いったい何の話？」

「悪夢の日々を覚悟してた――とりわけ、この退屈な町に一月《ひとつき》も二月《ふたつき》もいることになるのかと思うと、気が滅入ったよ……パインクリークか……」彼は当てこするように、南部の田舎町ふうのアクセントを真似て続けた。「いやはや、よくぞきみたち《ヤ・オール》はこんなところで暮らして正気を保っていられるな」

「いったい何を言ってるの」彼女はかすれ声でささやいた。

「サンディ、この計画の目的は、きみの会社を手に入れることだった」ロールストンはそう言って委任状を軽く叩いた。「私はこいつを使って自分を社長に選任し、月給とボーナスをたんまり受け取ってから、会社を売り飛ばす。きみの懐にもいくらかは入るは

ずだ――株の所有者であることには変わりないからね。ああ、それから、隠し資産のことは気にするな。実を言うと、隠されてなどいなかった。ご主人は、海外の株式市場に会社の資金の一部を投資した。去年、どこの会社の経営者もしたようにね。ところがそのあと、株価が急落して、いくらか含み損を抱えることになった。なあに、たいした額じゃない。そのうち値も戻るさ。そもそもきみの会社は、倒産しかけてなどいなかったんだよ」

「あなたって人は！」サンドラ・メイは息を呑んだ。「これは詐欺だわ！」委任状のほうに伸ばした手を、ロールストンに払いのけられた。

ロールストンは悲しげに首を振っていたが、やがてふと身動きを止めると、眉をひそめた。サンドラ・メイの激しい怒りの表情は、おもしろがっているような笑みに取って代わられていた。やがて、彼女は声をあげて笑いだした。

「何がおかしい？」ロールストンは戸惑っている。

サンドラ・メイは彼のほうに踏み出した。ロールストンは委任状をつかんで不安げに後ろに下がった。

「あら、平気よ。べつにあなたの脳天をぴしゃりと叩いてやろうっていうわけじゃないから――そのくらいしてやりたいところだけど」サンドラ・メイは彼の脇から身を乗り出して、インターコムのボタンを押した。

「はい？」女の声。

「ロレッタ、悪いけれど、ちょっと来てもらえるかしら」

「すぐまいります、デュモントさん」

ロレッタが戸口に現れた。サンドラ・メイの目はまだロールストンに注がれていた。

「さっきの代理委任状は、わたしが所有している全株式の投票権をあなたに委譲するという内容だったわね」

ロールストンは書類を入れた上着のポケットにちらりと目を落とし、うなずいた。

サンドラ・メイは、今度はロレッタに向かって言った。「わたしはこの会社の株式を何株所有してるんだったかしら？」

「ゼロです、デュモントさん」

「何だって？」ロールストンが聞き返した。

サンドラ・メイは続けた。「ロレッタとわたしは、あなたが何か企んでいるのではないかと疑ったの。だから、あなたを試したのよ。弁護士に相談したわ。すると弁護士は、信頼できる相手にわたしの所有する全株式の名義を書き換えてから、代理委任状を作り、あなたの反応を見るという作戦を提案した。おかげで、手っ取り早く確かめられたわ——あなたがやはりわたしの財産を奪おうと計画してたことが。これはテストだったの。そしてあなたは落第した」

「信じられない。名義を書き換えただって？」

サンドラ・メイはロレッタにうなずいた。「ええ、信頼できる人物の名義にね。わた

しは一株も所有していないの。だから、さっきの代理委任状はただの紙切れ。ここにいるロレッタが、デュモント・プロダクツの株式を百パーセント所有してるの」

ロールストンの顔から恐怖が消え、笑みが浮かんだ。

だが、彼の上機嫌の理由を説明したのは、ロールストンではなく、ロレッタだった。

「聞いて驚かないでちょうだい。実はこの会社の株を百パーセント所有してるのは、ビルとわたしなの。ごめんなさいね、ハニー」ロレッタはロールストンに歩み寄ると、彼の腰に腕をまわした。「まだ紹介してなかったかしら。兄のビルよ」

「ぐるだったのね！」サンドラ・メイの声はかすれた。「あなたたち二人は」

「ジムがわたしに一セントも残さずに死ぬからいけないのよ！」ロレッタがぴしゃりと言った。「あなたからお金を取り返そうとしただけ」

「ジムがなぜあなたにお金を？」サンドラ・メイはいぶかしげに訊き返した。「なぜあなたに……」だが、ほっそりとした体つきの女の顔に浮かんだ意味ありげな笑みを見て、サンドラ・メイの言葉はそこでとぎれた。

「あなたとジムが？」サンドラ・メイはあえぐように言った。「浮気してたの？」

「ええ、三年前からね。いつも同じ時期に泊まりがけで出かけてたことに一度も気づかなかった？　残業する日がいつも一緒だってことにも？　あのお金はね、ジムがわたしのために貯めてたものなのよ！」ロレッタは吐き捨てるように言った。「わたしにくれ

る前に死んでしまったというだけで！」

サンドラ・メイはよろめき、ソファに崩れ落ちた。「株……あなたを信じてたのに。誰なら信頼できるかと弁護士に訊かれて、最初に思い浮かんだのがあなただったのに！」

「わたしがジムを信じたようにね」ロレッタが言い返す。「あの人は、お金はかならずやるからといつも言ってた。わたしの名前で口座を開くって。旅行もできる、すてきな家も買ってくれるって……それがどう、わたしには一セントも渡さないうちに死んでしまった。だから、何か月か待ってからニューヨークのビルに電話して、あなたのことや会社のことを話したのよ。あなたが毎週日曜にパインクリーク・クラブに行くことは知ってた。そこでビルがクラブに出かけていって、哀れな未亡人に自己紹介することにしたわけ」

「でも、姓がちがうじゃないの」サンドラ・メイはロールストンに向かって言い、彼の名刺を一枚取ってロレッタのほうを見た。

「おいおい、そのくらいはぴんと来てくれなくちゃ」ロールストンがあきれたように掌を上に向けた。「そいつは偽名だよ」そう言って笑った。いまさら口に出して言うのもばかばかしいというように。

「この会社を売り払ったら、あなたの懐にもいくらかは入るわ、ハニー」ロレッタが言った。「安心して。過去半年間の社長としての功績を讃えてあげるから。さてと、あな

たはさっさと家にお帰りになったらどう？　ああ、そうだ、これからはデュモントさんと呼ばなくてもかまわないわよね、サンディ？　ずっといやでたまらなかったのよ――」

そのとき、オフィスの扉が勢いよく開いた。

「サンドラ・メイ……大丈夫かね？」

大柄な男が戸口に立っていた。ボー・オグデン、郡保安官だ。片手を拳銃の握りにかけている。

「ええ、大丈夫」サンドラ・メイは答えた。

保安官はロールストンとロレッタをねめつけた。二人は不安げな目で保安官を見返した。「そこの二人かな？」

「そうです」

「あんたから電話をもらって、すっ飛んできたよ」

ロールストンが困惑したように眉を寄せた。「電話？」

オグデンが警告を発した。「おい、両手を見えるところへ出しておけ」

「いったい何の話だ？」ロールストンが訊いた。

「よけいな発言は慎んでもらいたいね。これ以上立場が悪くなって困るのはあんただろう」

「保安官」ロレッタが落ち着き払った声で言った。「わたしたちは商談をしてただけよ。

すべて順調に運んだの。契約書も書類も全部そろってる。デュモント夫人はこの会社を十ドルでわたしに売却しました。赤字が膨らんでるけど、わたしと兄なら立て直せると見込んでくれたんです。この会社を誰よりも知ってるのだから、と。デュモント夫人の亡くなったご主人のもとで、何年も働いてきましたし。手続きはデュモント夫人の弁護士がすませてくれてます。彼女には、元従業員として退職金を支払うつもり」

「へえ、なるほどね」オグデンは上の空で言った。彼の目は、ちょうどそのときオフィスに入ってきた若いクルーカットの保安官補に向けられていた。

「一致しました」保安官補はオグデンに報告した。

オグデンはロレッタとロールストンに顎をしゃくった。「手錠をかけろ。二人ともだ」

「了解、ボー」

「手錠をかける？　わたしたち、何もしてないわ！」

オグデンは、ソファのサンドラ・メイの隣に腰を下ろすと、重々しい声で言った。「発見したよ。森のなかではなかったが。ロレッタの裏庭のポーチで見つかった」

サンドラ・メイは悲しげに首を振った。クリネックスを一枚取って目元を拭う。

「見つけたって、何を？」ロールストンが鋭い口調で訊いた。

「二人とも、さっさと白状しちまったらどうだ。もう全部わかってるんだぞ」

「わかってる？　何の話よ？」ロレッタがサンドラ・メイに向かって怒鳴った。

サンドラ・メイは深々と息を吸って涙をこらえた。長い沈黙ののち、震え声で答えた。

「どこか妙だと思ったの。あなたがたがわたしをだまそうとしてるような気がして――」

「よりによって気の毒な未亡人を」オグデンがつぶやいた。「実にけしからん」

「だから、今朝、会社に出てくる前にボーに連絡して、疑念を打ち明けたの」

「保安官」ロレッタが忍耐強く言った。「何か大きな勘ちがいをしてません？　この人はね、自分の意思で株式を譲渡したんです。詐欺ではないし、何も――」

保安官はいらだったように片手を上げた。「ロレッタ。逮捕容疑はきみがジムにしたことだよ。詐欺やら何やらではなくて」

「ジムにしたこと？」ロールストンが妹を見つめた。

ロレッタは首を振って尋ねた。「いったいどういうこと？」

「きみはジム・デュモント殺害容疑で逮捕される」

「おい、殺しなんてやってないぞ！」ロールストンが嚙みついた。

「彼女はやった」オグデンはロレッタに顎をしゃくった。「つまりあんたは従犯ってわけだし、おそらく共謀でも有罪になるだろうな」

「嘘よ！」ロレッタが叫んだ。「殺してなんかいない！」

「三週間ほど前、ビリングス湖に別荘を持ってるって男から事務所に連絡があってね。ハロウィーンごろにデュモント氏が女と一緒にいるのを見たと言うんだ。はっきりとは見えなかったが、女は棍棒か木の枝を持ってたようだと証言している。そのときはとくに何とも思わず、そのまましばらく町を離れてた。町に戻ってすぐ――先月だが――ジ

ムが死んだことを聞いて、電話をよこした。そこで検死局に確認すると、ミスター・デュモントは、転倒して頭を打ったのではない可能性もあるかもしれないというじゃないか。何者かに殴られて、湖に突き落とされたかもしれないと言うんだよ。そこで、殺人事件として捜査を再開した。一月近くかけて目撃証人やら鑑識やらの話を聞いて回って、こいつは殺人らしいと確信したが、凶器が見つからない。そこへ今朝、デュモント夫人から電話があって、おまえさんがた二人と詐欺の話を聞いた。人を殺す動機としては充分だと思ったね。判事にかけあって、捜索令状を取った。ロレッタ、あんたの家のポーチから何が出てきたかわかるね——デュモント氏が魚にとどめを刺すのに使ってた棍棒だよ。被害者の血液と毛髪がこびりついてた。ああ、それから、被害者を殴ったときにはめてた手袋も見つかった。女物の手袋だ。なかなか洒落た品だな」

「わたしじゃない！　わたしはやってないわ！　誓ってもいい」

「おい、マイク。こちらのお二人さんに被疑者の権利を読み上げてやってくれ。よくよく言い聞かせてやるんだぞ。捜査手続きに手落ちがあったなんて理由で無罪にならんようにな。それがすんだら、連行しろ」

ロールストンが怒鳴った。「おれはやってない！」

保安官補が権利を読み上げ、一人ずつ連行していくと、オグデン保安官はサンドラ・メイに向き直った。「不思議とみんなああ言い張るんだな。まさに壊れたレコードだ。〝おれはやってない、おれはやってない〟。ところで、今回のことでは心からお気の毒に

存じますよ。少し前にご主人を亡くしたばかりか、こんなばかげた詐欺事件にまで巻きこまれて」

「お気遣いありがとう、ボー」サンドラ・メイはクリネックスで慎み深く涙を拭った。

「あなたからも事情聴取をすることになるが、まあ、とくに急ぐ話でもないのでね」

「わたしはいつでもかまいませんから、保安官」彼女は毅然と答えた。「あの人たちには、ぜひとも長い長い刑期を過ごしてもらわなくちゃ」

「ええ、われわれもせいぜい張り切りますよ。それじゃあ、楽しい一日を」

保安官が帰っていくと、サンドラ・メイは長い間、一人きりでその場に立ち尽くし、数年前に撮影された夫の写真を見つめた。釣り上げた大きなバスを自慢げに持ち上げている——おそらく、ビリングス湖で撮った写真だろう。それから秘書のオフィスに行き、小型冷蔵庫からアイスティを取り出してグラスに注いだ。

ジムの、いや、彼女のオフィスに戻り、革張りの椅子に腰を下ろして、椅子の部品がきしむ耳慣れた音を聞きながらゆっくりと向きを変えた。

悪いけど、保安官、もう一歩だったわね。

あなたの話には、一つだけ事実とちがうところがあるの。

それは、サンドラ・メイはジムとロレッタの情事を初めから知っていたという点だった。夫の肌に染みついた松脂の匂いには慣れていたが、トレイラー暮らしの貧乏人がつけるような女物の香水の安っぽい匂いには、最後まで慣れることができなかった。彼女

にキスをする元気もないほど疲れきってベッドに潜りこむ夫の体から、その匂いは殺虫剤の霧のように立ちのぼった（夫が週に三度、妻を求めなければ、サンドラ、疑ったほうがいい。ありがとう、ママ）。

だから去年の十月、ジム・デュモントがビリングス湖に釣りに出かけたとき、サンドラ・メイは夫のあとを尾け、ロレッタとの関係を問い詰めた。夫が浮気を認めると、彼女は〝嘘をつかないでくれてありがとう〟と礼を言い、棍棒をつかんで一撃で夫の頭蓋骨を砕き、凍てつく湖水に夫を蹴り落とした。

それで終わったと思っていた。夫の死は事故と断定され、町は事件のことを忘れた――ビリングス湖に別荘を持つ男が突如として現れ、ジムが死ぬ直前に女と一緒にいるところを見たと証言するまでは。サンドラ・メイにはわかっていた。保安官がその女の正体を追及して、彼女にたどりつくのは時間の問題だと。

サンドラ・メイは、会社の危機ではなく、終身刑の脅威に直面していた。〝天から〟救いの手が差し伸べられるようにと祈った窮地とは、そのことだった（倒産？　こんな会社、つぶれたってかまわない。ロールストンには〝そこそこの額の保険金〟と控えめに話したが、実は総計百万ドル近くに達していた。その百万ドルを返さずにすむのなら、デュモント・プロダクツが倒産するのを喜んで見送り、ジムがあの痩せの尻軽のために貯めこんだ金を潔くあきらめるつもりだった）。どうにかして刑務所に行かずにすませることはできるだろうか。そんなとき、その問いに答えるかのように、ロールストンが

言い寄ってきた。彼はあまりにも口が上手かった。サンドラ・メイは詐欺の匂いを嗅ぎつけた。ちょっと調べただけで、ロレッタと兄妹だということがわかった。そして会社を彼女から奪い取る何らかの計画を練っているにちがいないと考えた。

そこで、彼女も彼女なりの計画を練った。

サンドラ・メイはデスクの一番下の引き出しを開け、ケンタッキー産バーボンの小瓶を取り出すと、たっぷりスリーフィンガー分をアイスティに注いだ。かつては夫のものだった椅子、いまは彼女一人のものになった椅子にゆったりともたれて、窓の外を眺めた。濃い緑色をした背の高い松の木立が、春の嵐の気配に大きく揺れていた。

ロールストンとロレッタのことを考える――そうそう、ママの口癖の続きを教えていなかったわね。

ハニー、聞きなさい。年老いた母は娘に言った。南部の女は、夫よりも一つ強くなければいけない。夫よりも一つ機知に富んでいなければならない。それから、これはほかの人には内緒だけれど、夫より一つ悪知恵が働かなくてはならないよ。何があろうと、この最後の部分を覚えておきなさい。

サンドラ・メイ・デュモントは、アイスティを大きく一口飲んで喉を潤してから、受話器を持ち上げ、旅行会社に電話した。

ひざまずく兵士

THE KNEELING SOLDIER

「え、来てるの？　また？」

キッチンのタイル張りの床に皿が落ちて砕けた。

「グウェン、娯楽室に下りなさい。ほら、急いで」

「でも、パパ」グウェンの声はかすれた。「どうして？　半年のはずでしょう。半年って聞いたわ。少なくとも半年って！」

彼はカーテンの隙間から外に目を凝らした。心が沈んだ。「やっぱりあいつだ」溜息。「あいつだよ。グウェン、言ったとおりにしなさい。娯楽室に行くんだ。いますぐ」それからダイニングルームに向かって大声で呼んだ。「ドリス！」

妻が急ぎ足でキッチンに入ってきた。「どうしたの？」

「あいつがまた来てる。警察に電話してくれ」

「え、また？」妻は険しい口調でつぶやいた。

「とにかく電話を頼む。グウェン、おまえの姿をあいつに見られたくない。地下に行ってなさい。何度も言わせるな」

ドリスが電話を取り、保安官事務所にかけた。ボタンを一つ押すだけですんだ。保安官事務所の番号は、ずっと前から短縮ダイヤルに登録されている。

ロンは裏のポーチに面した勝手口に歩み寄ると、網戸越しに外を見つめた。

今夜のように、さわやかな春の日の夕食後の数時間は、ローカストグローヴの四季を通してもっとも安らげるひとときだった。ローカストグローヴの街は、ニューヨーク市

までおよそ五十キロというほどよい距離をおいて、ロングアイランドのノースショアに位置している。ここに居をかまえる人々のなかには正真正銘の富豪もいた。ニューリッチと呼ばれる富裕層、ロックフェラーやモーガンといった財閥の縁者たちだ。また、ニューリッチ予備軍や著名アーティスト、広告会社のCEOなども住んでいる。だが、人口の大部分を占めるのは、アシュベリー一家に代表されるような人々だった。六十万ドルの一軒家で快適に暮らしながら、ロングアイランド鉄道で、あるいは自家用車で、ロングアイランドの出版社やコンピューター会社などに通勤する管理職層だ。

四月のその晩、ミズキは満開の花をつけていた。湿気を含んだ空気は、腐葉土と今年初めて刈られた芝の匂いをさせている。そしてロン・アシュベリーの家から通りをはさんだ植え込みの陰には、年若いハール・エバーズの不気味な輪郭が浮かんで、十六歳のグウェンの寝室の窓にじっと目を注いでいる。

ふう、勘弁してくれ。ロンは肩を落とした。またなのか。また始まったというのか……。

ドリスがコードレスの子機を差し出した。ロンはハンロン保安官をお願いしますと言った。保安官に電話がつながるのを待ちながら、勝手口の網戸に額を押し当てた。錆びの浮いた金属の臭いが鼻をついた。裏庭の向こうを凝視する。四十メートルほど先の植え込み。白日夢の小道具として、そして悪夢の主役として、すっかり定着したあの植え込み。

それはビャクシンの茂みだった。幅二メートル、高さ一メートル。町立の小さな公園を彩る植栽だ。二十歳のハール・エバーズは、過去八か月間、そのゆったりとくつろいでいるような姿をした低木のかたわらに独特の姿勢でしゃがみ、グウェンをストーキングしてきた。

「どうして出てきたのかしら」ドリスが不思議そうに言った。

「ねえ、むだなんじゃない?」グウェンのパニックを起こしかけた声がキッチンから聞こえた。「警察に電話したってむだよ。だって、駆けつけてくるころには、あの人、いなくなってるわ。いつもそうじゃないの」

「地下室に下りてなさい!」ロンは怒鳴った。「おまえの姿を見られちゃいけない」

リャドロの陶磁の人形のように美しい顔を持つ華奢なブロンドの少女は、家の奥へとあとずさりした。「怖い」

長身で筋肉質の体つきをしたドリスが、スポーツ選手らしい自信にあふれた態度で——実際、二十代のころはスポーツ選手だった——娘を抱き寄せた。「心配しなくて大丈夫よ、ハニー。お父さんとお母さんがついてるでしょう。あの人は手出しできないわね?」

娘は不安げにうなずくと、地下室に下りていった。

ロン・アシュベリーは、植え込みの隣の人影に冷ややかな視線を注いでいた。

グウェンがこんな悲劇に遭うとは、何とも皮肉な運命だった。

もともとが保守的なロンは、毎日通勤している都市で、家族というものが機能不全に陥っている現状に前々から危惧を抱いていた。父親の不在、クラックを常用する母親、銃の氾濫にギャングたち、娼婦に身を落とす少女たち。自分の娘はかならず幸福に育て上げようと心に誓った。彼の計画はシンプルだった。グウェンを守り、まっすぐに育て、適切な道徳観と家族観を教える（ありがたいことに、近年では、世間の人々もそういったことの価値を再評価し始めていた）。できるだけ家にいさせるようにし、良い成績を取らせ、スポーツや音楽を習わせて、社交術を学ばせる。

そして十八歳になったら、自由を与えるつもりだった。そのころには正しい判断ができるようになっているはずだ。異性について。キャリアについて。お金について。アイビーリーグのいずれかの大学を卒業したあとは、ノースショアに戻って結婚するなり就職するなりすればいい。子どもを育てるのは、重大な仕事だった。困難な仕事だった。しかし、その努力が報われるきざしは、はっきりと見え始めていた。グウェンは、十一年生が受ける進学適性予備試験で上位一パーセントに入った。大人に口答えするようなことは絶対にしない。各スポーツチームの監督は、これまでに教えた生徒のなかでもっとも優れた選手の一人と評価している。煙草を吸ったり酒を飲んだりもしない。運転免許は十八歳になってからにしなさいと言い渡したときも、文句一つ言わなかった。父親にどれだけ深く愛されているか、女の子の友だちとマンハッタンに遊びに行ったり、週末に大人の付き添いなしでファイアアイランドにキャンプに出かけたりしてはいけない

のはなぜなのか、グウェンはちゃんと理解している。だから、ハール・エバーズがストーキングの対象にグウェンを選んだとき、世の中はまったく不公平だと思えた。

始まりは去年の秋だった。ある晩、夕食の間、グウェンはひどく無口だった。ロンが読み聞かせのために書斎から本を取ってきてくれないかと頼んだとき、グウェンはキッチンの窓の前に立って、じっと外を見つめていた。

「グウェン、聞いてるのか？　パパは本を取ってきてくれと頼んでいる」

娘はようやく振り返った。驚いたことに、グウェンは泣いていた。

「ハニー、悪かった」ロンはとっさに謝り、娘に歩み寄って肩に腕をまわした。涙の理由は推測がついた。その数日前、社会科のクラスの教師二人と生徒六人と一緒にワシントンＤＣに見学旅行に行ってもいいかと尋ねられた。しかし、一緒に行く予定の生徒たちを調べると、女子生徒のうち二人の素行が悪いことがわかった――その年の夏休み、学校の近くの公園で酒を飲んでいるところを見つかっていたのだ。そこでロンは、旅行への参加を禁じた。グウェンはがっかりした様子だった。だから、グウェンがこうして泣いている理由はそれだろうと考えた。「パパとしても行かせてやりたいところだが、グウェン――」

「ちがうの、パパ。旅行のことじゃないわ。そのことはもう気にしてない。それとは別のことなの……」

グウェンは父親の腕にすがりついて泣いた。ロンの胸に、父親らしい愛情が満ちあふれた。そして、娘の悲しむ姿を前に、堪えがたい苦痛を感じた。「どうした、ハニー？話してごらん。パパにならどんなことでも話せるだろう？」

するとグウェンは窓の外に目をやった。

娘の視線を追うと、通りをはさんだ公園の植え込みの陰に、うずくまる人影が見えた。

「パパ、あの人、ずっと尾けてくるの」

恐怖に震えながら、ロンはグウェンの手を引いてリビングルームに行くと、大声で妻を呼んだ。「ドリス！　家族会議だ！　来てくれ！　大至急だ！」妻をリビングルームに招き入れると、グウェンの隣に腰を下ろした。「何があった、ハニー？　パパたちに話してくれ」

ロンとしては、ドリスがグウェンを学校に迎えに行ってくれたほうが安心できた。しかし、妻が忙しい日は、グウェンは一人で歩いて帰宅した。ローカストグローヴには、危険な地域はない。ことに、自宅から高校に至る整備と手入れの行き届いた通りは、危険とは無縁だった。危険らしい危険と言えば、せいぜいが美観を脅かすものの存在だった——たとえば安っぽいバンガロー風の民家や、庭に飾られたプラスチックのフラミンゴ、石膏でできたバンビの群れ。

少なくとも、ロンはそう信じていた。

その秋の夜、グウェンは膝に両手を置いて座り、床にじっと目を落としたまま、消え

入るような声で説明した。「きょうは歩いて帰ってきたでしょ？　そしたら、その人がいて」

ロンの心臓が凍りついた。両手が震え、怒りが腹の底からわき上がった。

「それで？」ドリスが先をうながした。「何があったの？」

「別に何も。そういうことじゃないの。その人、いきなり話しかけてきて。〝美人だね。きっと頭もいいんだろう。どこに住んでるの？〟とか」

「あなたのことを知ってる様子だった？」

「ううん、知らないと思う。その人、行動が何だか……ほら、知的障害のある人みたいな感じ。意味のわからないことをしゃべり続けたり。知らない人と話しちゃいけないって言われてるからって、走って帰ってきたの」

「かわいそうに」母親は娘を抱き締めた。

「まさかついてきてるとは思わなかった。でも……」グウェンは唇を嚙んだ。「でも、あそこにいる」

ロンは若い男がいた植え込みへと走った。男は奇妙な姿勢でしゃがんでいた。子どものころ買い集めた、緑色のプラスチックの兵士の一体を思い出させた。片膝を地面につき、ライフルをかまえている兵士を。

男はロンが近づいてくるのを見て、逃げた。

保安官事務所に相談すると、すでにその男のことをよく知っていた。ハールの一家は、

その数か月前、ほとんど追われるようにしてコネティカット州リッジフォードからローカストグローヴに越してきたという。リッジフォードでも、グウェンと似た年ごろのブロンドの少女に目をつけ、ストーキングを始めたからだった。ハールの知能は平均的だが、幼いころに精神病性の発作を何度か起こしている。警察は何もできずじまいだった。数か月に及ぶストーキング行為のなかで、怪我をさせた相手はたった一人だったからだ。少女の兄がハールに喧嘩をふっかけ、ハールは危うくその兄を殴り殺しかけたらしい。しかし、正当防衛が認められて、不起訴になった。

エバーズ一家は、ついに逃げるようにしてコネティカット州を離れた。一からやり直すという希望を抱いて。

しかし、唯一の変化は、ハールが新しい獲物――グウェンを見つけたことだけだった。ハールは憑《つ》かれたように監視を始めた。学校ではグウェンのいる教室を凝視し、自宅では公園のビャクシンの植え込みの陰にしゃがんでグウェンの寝室に視線を貼りつけた。ロンは接近禁止命令を出してもらおうとしたが、ハールが何らかの違法行為をするまでは、判事にも命令を出すことはできなかった。

ハールが六夜連続でビャクシンのそばに居座るに至って、ロンはついに州の精神保健課に乗りこみ、何らかの対策を取ってくれと詰め寄った。精神保健課は、ハールを半年間、精神病院に入院させてはどうかと両親に打診した。診療費の九割を郡がもつ。エバーズ夫妻は了承し、強制収容命令のもと、ハールはガーデンシティへと送られた。

ところが、ハールを乗せた救急車を見送ってまだたった一週間だというのに、彼はもう戻ってきて、おなじみのビャクシンのかたわらに、あの兵士のように片膝をついている。

　ようやくハンロン保安官が電話に出た。

「ロン、ちょうどこっちから電話しようと思ってた」

「知ってたんですね？」ロンは怒鳴った。「どうして連絡をくれなかったんです？　もうさっそく来てるんですよ」

「いや、私もついさっき知ったところでね。ハールは病院で精神科医の診察を受けた。どうやらどの質問にも正解を答えたらしいな。退院が決まった。あんな根拠のあやふやな命令を盾に、あれ以上あいつを収容しておけば、郡が責任を問われかねない」

「うちの娘に対する責任はどうなるんです？」

「数週間後に審問が開かれる。その結果が出るまでは、あいつを入院させておくことはできない。この調子だと、おそらく審問のあとも、入院はさせられないだろうな」

　ローカストグローヴの町はもやに包まれていた。気持ちのよい春の夜だった。コオロギは、グリース不要のギアのように、休むことなく軽やかな音色を響かせている。そしてハール・エバーズは、まるで凍りついたようにいつものポーズを取り、うつろな目で美しい娘の姿を探している。その娘の父親は、その瞬間、これ以上こんなことを許してはおけないと決意を固めていた。

「なあ、ロン」保安官が気遣うように言った。「迷惑してるのはよくわかってる。しかし——」

ロンは電話を架台に叩きつけた。壁に留めてある架台があやうくもげ落ちそうになった。

「ねえ、ハニー」ドリスが言いかけた。ロンはそれには答えず、勝手口に向かった。ドリスが夫の腕をつかむ。ドリスの力は強かった。しかしロンの力はそれを上まわっていた。妻の手を荒っぽく振り払うと、網戸を押し開け、露に濡れた芝生の上を横切って公園に向かった。

意外にも、そして喜ばしいことに、ハールは逃げなかった。しゃがんだ姿勢から立ち上がると、腕を組んで、ロンが近づいてくるのを待った。

ロンは日ごろからよく運動していた。テニスとゴルフは得意だったし、イルカのように泳ぐこともできた。カントリークラブが営業していれば、毎日かならず百往復泳いだ。身長こそハールよりわずかに低いものの、若者の太い眉毛と、異様なほど深く落ちくぼんだ目をにらみつけたとき、その気になれば相手を殺すことができると心の奥で確信した。いざとなったら素手でもやれる。あと必要なのは、ほんのささいな挑発だけだ。

「パパ、やめて！」ポーチからグウェンが叫んだ。ヴァイオリンの高音のような声がもやを震わせた。「怪我したらどうするの！　そこまですることないわ！」

ロンは振り返り、低い声で娘に命じた。「なかに入っていなさい！」

ハールは家に向かって手を振っていた。「グウィニー、グウィニー……」顔にはグロテスクな笑みが張りついていた。

近所の家々に明かりがともり、窓や戸口に人影が浮かび上がった。

願ってもないことじゃないか。ロンは考えた。この小僧が飛びかかってくるような気配をわずかでも見せたら、殺してやる。一ダースの目撃証人が彼の味方をするだろう。

ロンはハールから五十センチほどのところで足を止めた。ハールの顔から笑みは消えていた。「しゃくほーされた。とじこめておけなかった。とじこめておけなかった、おけなかったおけなかった。だから。しゃくほー。された」

「いいか」ロンは体の両脇で拳を固めた。「おまえは瀬戸際にいる。意味がわかるか？私はな、逮捕されたってかまわないんだ。死刑にされたってかまわない。これ以上、娘につきまとってみろ、殺してやる。わかったな」

「ぼくはぼくのグウィニーをあいしてる。あいしてるんだ。あいしてる、あいしてる、あいしてるあいしてるあいしてる。グウィニーもぼくをあいしてる。ぼくはグウィニーをあいしてて、グウィニーはぼくをあいしてる。ぼくはあいしてグウィニーはあいしてぼくはあいしてグウィニーはあいしてグウィニーはあいしてグウィニーはあいしてグウィニーはあいしてグウィニーはあいしてグウィニーはあいして……」

「かかってこい。殴ってみろ。かかってこいよ。この臆病者！　大人と喧嘩する度胸が

あるか、え？　この弱虫め」

ハールは組んでいた腕をほどいた。

よし、来るぞ……。

ロンの心臓はぐっと収縮し、耳の奥で大きな波が砕けた。アドレナリンがまるで電流のようにぴりぴりと全身を駆けめぐるのがわかる。

ところが、ハールは身を翻して駆けだした。

あの野郎……。

「戻ってこい！」

ハールはひょろ長い脚で通りを猛然と走っていく。やがてもやに包まれた暗闇に消えた。ロンはすぐにあとを追った。

そのまま数ブロック先まで追いかけた。

日ごろから運動しているのは事実だ。だが、四十三歳の体は、その半分の年齢の男のスタミナを備えてはいなかった。五百メートルも追跡したころには引き離され、まもなく見失った。

息を切らし、脇腹に鋭い痛みを感じながら、速足で家に取って返すと、レクサスに乗りこんだ。声を絞りだすようにして怒鳴る。「ドリス！　きみとグウェンはなかにいろ。鍵をかけておくんだぞ。私はあいつを探しに行く」

引き止めようとする妻を無視して、猛スピードで私道から車を出す。

三十分かけて近所をひとまわりしたものの、ハールを見つけられないまま自宅に戻った。

娘は涙に暮れていた。

ドリスとグウェンはリビングルームにいた。窓のシェードは下ろされ、カーテンも引かれている。ドリスは力強い手に刃渡りの長い包丁を握っていた。

「どうした?」ロンは詰問するように訊いた。「何があった?」

ドリスが言った。「お父さんに話しなさい」

「パパ、ごめんなさい。そのほうがいいと思ったの」

「何がだ?」ロンは足早にリビングルームに入ると、ソファに腰を下ろし、娘の両肩に手を置いた。「話しなさい!」

「あの人、また来たの」グウェンは言った。「あの木のそばにいたの。だから、話をしに行ったの」

「何だって? どうしてそんなばかなことを?」ロンはわめいた。そのあと何が起きたかを思い、怒りと恐怖に体が震えた。

ドリスが口をはさんだ。「引き止められなかったの。止めようとはしたわよ。でも――」

「パパのことが心配だったの。あの人がパパに何かしたらって、心配だった。あたしがちゃんと話をすれば、もしかしたら、帰ってくれるんじゃないかと思ったの」

戦慄を感じながらも、同時に娘の勇気を誇りに思う気持ちもひょいと頭をもたげた。

「で、何があった？」

「ああ、パパ、思い出したくもない」

誇らしさはかき消えた。ロンはソファの背もたれに体重を預け、娘の青白い顔を見つめた。そしてささやくような声で訊いた。「何かされたのか」

「ううん……まだ」

「〝まだ〟とはどういう意味だ？」ロンは吠えた。

「あの人……」グウェンは涙に濡れた顔を上げ、まずは父親の怒りに満ちた目を、次に母親の強い意志のこめられた目を見つめた。「あの人、言ったの。今度の満月の夜だって。満月の夜には、女はそういう気になるものだからって。女には、月ごとにその、ほら、来るでしょう？　だから、今度の満月の夜、あたしがどこにいようとかならず見つけて……」羞恥に頬が赤く染まる。ごくりと喉を鳴らす。「言えないわ、パパ。あの人が何をすると言ったか、あたしには言えない」

「何てやつだ」

「それで怖くなって、走って逃げてきたの」ドリスは力強い顎をした顔を窓のほうに向けて付け加えた。「あの子はあそこに立ってね、こっちをじっと見ながら、気味の悪い声で歌ってた。すぐに家中のドアの鍵をかけたわ」それから包丁のほうに一つうなずくと、テーブルに置いた。「念のためにキッ

チンから持ってきておいたの」

――グウィニーはぼくをあいしてる。ぼくはあいしてグウィニーはあいしてグウィニーはあいしてぼくはあいしてグウィニーはあいしてグウィニーは……。

妻が続けた。「しばらくしてあなたが帰ってきた。あの子は車のライトを見て、逃げていったわ。自分の家に帰ろうとしてたようね」

ロンは電話を取って短縮ダイヤルを押した。

「ロン・アシュベリーだ」警察の通信指令係につながると、そう名乗った。

「ああ、アシュベリーさん。もしかして、またあの子が？」通信指令係が訊いた。

「ハンロン保安官を。早く」

一瞬の間。「お待ちください」

保安官が電話を代わった。「ロン。いったい何がどうなってる？　きみの近所から四件も通報があったぞ。人が怒鳴り合ってるとか、走りまわってるとか」

ロンは脅迫を受けたことを話した。

「まだ実行に移したわけじゃないだろう、ロン」

「よしてくださいよ、法律が何と定めてようと関係ない！　あいつはこう言ったんですよ。今度の満月の夜、うちの娘をレイプするって。実際に被害に遭わないと警察は何もできないとでも？」

「次の満月はいつだ？」

「知りませんよ。知るわけないでしょう」

「ちょっと待て。月齢つきのカレンダーがある……あった。来週だな。よし、その日は朝から晩までお宅に警護を張りつけるよ。やつが動いたら、即刻逮捕する」

「容疑は？　不法侵入とか？　そんなんじゃ、どうせすぐ釈放になるでしょう。一週間やそこらで」

「残念だが、ロン、それが法律なんだ」

「そんな役立たずの法律、くそくらえだ」

「いいか、ロン。前にも言ったがね、自分で片をつけようなどとは考えないことだよ。ただではすまなくなるからな。じゃ、お休み」

ロンは電話を架台に叩きつけた。今度は架台が本当に壁からもげ落ちた。

ドリスに向かって怒鳴る。「うちにいろ。ドアにはかならず鍵をかけておけ」

「ロン、どうする気？」

「パパ、やめて……」

玄関のドアが猛烈な勢いで閉まり、ガラスにひびが入った。ひびはきれいな蜘蛛の巣を描いていた。

ロンは前庭の芝生に車を乗り上げて停めた。先に停まっていた錆びの浮いたカマロと、

乾いた血の色をした艶のない錆び止めがむきだしのままのフロントフェンダーを除いてライムグリーンに塗られたステーションワゴンに、危うく衝突するところだった。

傷だらけの玄関を拳で叩きながら怒鳴った。「やつに会いたい！　ここを開けろ！」

長い間があってようやくドアが開くと、ロンはなかに入った。バンガロー風の平屋建ての一軒家はせまく、散らかり放題だった。食品、汚れたプラスチック皿、ビールの缶、服の小山、雑誌、新聞。動物の小便の強烈な臭いもしている。

小柄で太った夫婦を押しのけて奥へ進む。夫婦はどちらもジーンズを穿《は》いてTシャツを着ていた。年齢は三十代後半といったところだろう。

「アシュベリーさん」ハールの父親がおずおずと言い、妻を見やった。

「お宅の息子はどこだ？」

「わかりません。あの、アシュベリーさん、あの子が帰ってきたのは、私たちが何か言ったからではありません。私たちはあの子の入院に賛成です。ご存じでしょうけれども」

「息子の居場所がわからないとは、どういうことだ？」

「出たり入ったりしてるから」今度は母親が答えた。「寝室の窓から出入りするんです。何日も顔を見ないこともあります」

「この家では、しつけというものをしたことはないのか？　ベルトでお仕置きをしたことは？　まったく、どういう子育てをしてる？　子どもは好き勝手にさせておけばいい

とでも？」

　父親は悲しげに笑った。

　母親が言った。「あの子、ほかにも何かしたんでしょうか」

　ああ、もう充分にいろいろとしでかしてくれた。「いやね、うちの娘をレイプすると脅しただけだ。それだけだよ」

「そんな、そんな、そんな」母親は両手を握り締めた。汚れた指には安っぽい指輪がいくつもはまっていた。「でも、言ってるだけですよ」早口で言う。「いつも言うだけで、結局何もしません。あの子はいつもそうです」

　ロンは勢いよく振り返ると、母親と向き合った。短い黒髪はすぐにでも洗ったほうがよさそうだったし、体からは傷んだ玉ねぎの臭いがしていた。ロンは低い声で言った。「〝言ってるだけ〟ですまされる段階はとっくに過ぎた。もう我慢できない。息子に会わせろ」

　夫婦は顔を見合わせた。父親が暗い廊下を先に立って歩き、二つある寝室の一つにロンを案内した。何かが――干からびた食べ物と思《おぼ》しきもの――が足の下でくしゃりとつぶれた。父親は振り向き、妻がリビングルームに残っているのを確かめてから言った。

「申し訳ありません、アシュベリーさん。心からお詫びします。あの子をどこかへやる勇気が私にあればいいのですが」

「どこかへやるというのはすでに実験済みだな」ロンは皮肉をこめて言った。

「病院とか刑務所のことではありません」声をひそめて続ける。「永遠にどこかへやるという意味です。おわかりでしょう？　何度も考えました。女房も同じです。口には出しませんが。あの子の母親ですからね。いつだったか、本当にやろうとしたことがあります。あの子が眠っているときに」いったん言葉を切り、おそらく拳によって作られたものだろう、壁の石膏ボードにできたクレーターを指先でなぞった。「でも、勇気が足りませんでした。もっと勇気があったらよかったのにと思います。でも、やれませんでした」

母親が近づいてきて、父親は口をつぐんだ。寝室のドアをおそるおそるノックする。返答はなかった。父親は肩をすくめた。「これ以上何もできません。いつも鍵がかかってるし、私たちには鍵を渡そうとしませんから」

「こうしてやればいい」ロンは一歩下がると、ドアを蹴りつけた。

「だめ！」母親が叫んだ。「あの子に怒られます。ちょっと待っ――」

ドアはすさまじい音を立てて破れた。ロンはなかに入って電灯のスイッチを入れた。

そして驚いて足を止めた。

この家のほかの部屋とは対照的に、ハールの部屋は、一分の隙もなく整頓されていた。ベッドはきちんと整えられていた。毛布もしわ一つなくぴんと張っている。まるで兵卒の寝棚のようだった。机の上のものは秩序正しく並べられ、天板は磨き抜かれていた。絨毯は掃除機をかけたばかりだ。書棚も整理が行き届いていた。本はすべてアルファベ

ット順に並んでいる。

「自分でやるんです」ハールの母親の口ぶりは、どこか誇らしげだった。「きれい好きなんですよ。ね？　そんなに悪い子じゃないんです――」

「そんなに悪い子じゃない？　あんた、頭がどうかしてるんじゃないのか？　あれを見ろよ！　あれを！」

部屋中の壁に、第二次世界大戦映画のポスターやナチス関連の小物、鉤十字、骨などが飾られていた。壁の一つには、銃剣がかけられている。ベッドの足側に置かれたチェストの上にはミニチュアの日本刀があった。ポスターの一枚はコミックのワンシーンを拡大したもので、爪先にナイフをしこんだ靴を履いた男が、敵を無惨に引き裂いている。血しぶきが豪快に噴き上がっていた。

ベッド脇には磨き上げられたコンバットブーツが三足並んでいる。『死の顔』というタイトルのテープがビデオデッキの上に置いてあった。テレビには埃一つついていない。

ロンはクローゼットの扉の前に立った。

「いけません」母親が硬い声で言った。「そこはだめです。わたしたちにも開けさせないんです。絶対に開けてはだめなんです！」

その両開きの扉にも鍵がかかっていた。ロンは強引に引っ張った。一度で開いた。あやうく蝶番ごと壊してしまうところだった。

不気味な玩具がばらばらと降ってきた。モンスター、吸血鬼、ホラー映画のキャラク

ター。切断された四肢のゴム製の模型、動物の剝製、ヘビの骸骨、『エルム街の悪夢』のフレディのポスター。

そしてその真ん中、クローゼットの床の上に、目玉アトラクションが鎮座していた――グウェン・アシュベリーを祀《まつ》った祭壇が。

ロンは思わず悲鳴をあげた。床に膝をつき、その背筋の寒くなるような光景を見つめた。壁にグウェンの写真が画鋲で留めてある。きっと一人で歩いて下校した日に撮られたものだろう。二枚は、何も知らずに歩道を歩いているグウェンの姿をとらえていた。三枚めでは、振り返ってどこか遠くに笑みを向けている。そして四枚めでは――ロンは拳で殴られたような衝撃を受けた――グウェンは靴の紐を結ぼうと腰をかがめていた。短いスカートがずり上がって、美しい脚がむきだしになっている。その写真は祭壇の中央に置かれていた。

――グウィニーはぼくをあいしてる。ぼくはあいしてグウィニーはあいしてぼくはあいしてグウィニーはあいしてグウィニーはあいしてグウィニーはあいしてグウィニーは……。

二本の蠟燭にはさまれた床の上に、白い花のような物体があった。〝グウェン〟とプリントされた、安物のコーヒーマグから花が咲いているように見える。ロンは花びらに触れてみた。布だ……いったい何だろう？　マグから引き出してみると、それはグウェンのパンティだった。ロンは低いうめき声を漏らし、薄手の布を握り締めて胸に押し当

てた。そう言えば、何か月か前、庭に面した洗濯室のドアが開きっ放しになっていたと
ドリスが話していた。つまり、あの小僧はわが家に入ったのだ！

激しい怒りに駆られて、ロンは腰をかがめているグウェンの写真をむしり取った。ほかの写真も。そして、力強い指で細かく引き裂いた。

「お願いです。やめてください。だめ、だめです！」母親が叫んだ。

「よしてください、アシュベリーさん！」

「ハールに怒られます。あの子を怒らせたらたいへんなんです」

ロンは立ち上がると、コーヒーマグをナチスの旗めがけて投げつけた。破片が飛び散った。すくみあがった夫婦を押しのけるようにして部屋を出ると、玄関のドアを乱暴に開け、通りに飛び出した。

「どこにいる？　出てこい、臆病者め！」

ローカストグローヴの平穏な日暮れは、いつのまにか平穏な夜に変わっていた。見えるのは、家々の明かりだけだった。聞こえるのは、もやのなか、一ダースもの方角からくぐもったこだまとなって返ってくる彼自身の怒鳴り声だけだった。

ロンは車に乗りこむと、毛虫の這った跡のような長いタイヤマークを路面に残し、ごみの缶を蹴散らしながら、猛スピードで通りを走り去った。

三時間後、ロンは自宅に戻った。

防犯ライトがまぶしかった。ライトの一つはまっすぐにビャクシンの茂みを照らしている。

「どこに行ってたの？」ドリスが険しい口調で訊いた。「思いつくかぎりの人に電話しちゃったわよ。あなたが行ってないかって」

「そのへんを車で流して、あいつを探してた。変わったことはなかっただろうね？」

「一時間くらい前、物置きに誰かいるような気配がしたの。ごそごそ何か探してるみたいだった」

「で？」

「警察に通報したわ。すぐ来てくれた。でも、何も見つからなかったの。アライグマか何かだったのかしらね。窓が開いてたから。でも、ドアの鍵はかかってた」

「グウェンは？」

「二階で寝てるわ。で、あの子は見つかったの？」

「いや、どこにもいない。まあ、せめてこれであいつが怖じ気づいてくれたことを祈るよ。うまくいけば、ここしばらくは平和に暮らせるかもしれない」ロンは家のなかを見まわした。「ちゃんと鍵がかかってるか、ひととおり点検しておこう」

玄関に行ってドアを開けた瞬間、驚いて飛びすさった。戸口を巨大な影がふさいでいた。とっさに拳を固めて身構えた。

「おっと、よしてくれよ、ロン。落ち着け」ハンロン保安官が玄関の明かりのなかに歩

み出た。

ロンはほっとして目を閉じた。「おどかさないでくださいよ」

「いや、こっちこそ驚いたよ。入ってもかまわないかね」

「ええ、ええ、どうぞどうぞ」ロンは不機嫌に言った。保安官は家のなかに入ってくると、ドリスに挨拶代わりにうなずいた。ドリスがリビングルームに案内し、コーヒーを勧めたが、保安官は遠慮した。

夫妻は保安官を見つめた。薄茶色の制服に身を包んだ保安官は、大柄だった。ソファに腰を下ろすなり、こう切り出した。「三十分ほど前、ハール・エバーズの死体が見つかった。ロングアイランド鉄道の列車に轢《ひ》かれたらしい」

ドリスが息を呑んだ。保安官は厳粛な面持ちでうなずいた。ロンは顔に浮かんだ笑みを隠す努力もしなかった。「われらに祝福を与えたもうた神を賛えよ」

保安官は無表情だった。手帳を開いてめくる。「ロン、この三時間、きみはどこにいた？　エバーズの家を出たあと、どうしてた？」

「あら、あなた、あの家に行ったの？」ドリスが訊いた。

ロンは両手を組んだが、罪の意識を示すしぐさと誤解されるかもしれないと思い直し、すぐに手をほどいた。「車でそのへんを走りまわってましたよ。ハールを探して。誰かが探さなくちゃいけませんでしたからね。警察には探す気がないようだったし」

「で、見つけたと」保安官が言った。

「いや、結局見つかりませんでした」

「ふむ。しかし、誰かが見つけたのは確からしいな。いいかね、ロン。今夜、きみがあの若者を脅しているという通報を複数受けた。クラーク一家とフィリップス一家は、怒鳴り声を聞いて、外の様子を確かめたそうだ。するときみはこうわめいていた。〝捕まってもかまわないし、死刑になってもかまわない、おまえを殺してやる〟。そのあと、ハールを追ってメープル・ストリートを走っていった」

「いや、それは――」

「そのあと、エバーズ家で一騒ぎ起こしてどこかへ消えたという通報が入った」手帳から読み上げる。「〝頭に血が昇っている様子だった〟」

「〝頭に血が昇っている様子〟ね。ええ、頭に血が昇って当然でしょう。あの男は、クローゼットのなかに作った祭壇にうちの娘の下着を祀っていたんだから」

ドリスが口に手を当てた。

「下校途中の写真もあった」

「それでどうした？」

「あいつを探して走りまわりましたよ。でも、結局見つからなくて、帰ってきた。いいですか、保安官。殺してやるといったのは事実です。ええ、たしかにそう言いました。それは認めます。それに、私から逃げまわっている最中に、線路を渡ろうとして轢かれたんだとしたら、気の毒なことだと思いますよ。それが、何と言うんでしたっけ、過失

致死罪とかいうものに該当するなら、どうぞどうぞ、私を逮捕してください」

保安官の肉づきのよい顔にかすかな笑みが浮かんだ。「〝過失致死罪〟か。一つ訊くが、それは何かの記事で読んだのかね。それとも、『法廷テレビ』ででも聞いたか」

「何がおっしゃりたいんです？」

「いや、何となく、リハーサル済みの台詞みたいに聞こえたものだからね。そう言おうと事前に準備してたみたいに。こっちはまだ何も言ってないのに、きみは自分からそう言いだした」

「あいつが列車に轢かれたからって、私のせいにしないでもらいたいな。ちょっと、何をにやにやしてるんです？」

「きみが利口だからさ。あの若者は列車が来る前に死んでたことを、きみは知ってるんだろう」

ドリスは額にしわを寄せている。夫のほうを振り返る。

保安官が続けた。「ハールは何者かに鈍器で頭部を殴られていた。死因はそれだよ。その あと、死体は引きずって運ばれ、線路上に放置された。犯人は、列車に轢かれれば撲殺の証拠は消えるだろうと踏んだんだろうな。ところが、車輪は死体の首の上を通過した。頭部は無事だったんだ。おかげで検死医は、車輪による頭部の切断は死因ではないと断言できたわけだ」

「ほう」ロンはつぶやいた。

「きみはアーノルド・パーマー・モデル四十七番のゴルフクラブを持っているかね？　ドライバーだ」

長い沈黙。

「どうだったかな」

「ゴルフはやるんだろう？」

「ええ」

「自分のクラブは？」

「昔から何セットも買ってますよ」

「凶器はゴルフクラブだった。だからこうして訊いてるんだ。私の考えでは、きみはハールを撲殺し、死体を線路に置いて、凶器のクラブをハモンド湖に捨てた。ただ、狙いがはずれて、クラブは湖の隣の沼に落ちた。直立の状態でね。五分ばかり捜索しただけで見つかったよ」

ドリスが保安官に向き直った。「ちがうわ、夫じゃありません！　今夜、うちの物置きに誰かが忍びこんだんです。そのときにクラブを盗んだんだわ。ロンは古いクラブを物置きに保管してるの。きっと犯人はそのなかの一本を盗んでいったのよ。証明はできます──警察に通報しましたから」

「ええ、その件は承知してますよ。しかし、盗まれたものはないとおっしゃったでしょう」

「クラブの本数までは確かめなかったからです。そんなこと、考えもしなかった」

ロンはごくりと喉を鳴らした。「いいですか、私だって、警察に電話したあと、大勢の証人の前で殺してやると脅しておいて、本当に殺すほどばかじゃありませんよ」

保安官は言った。「人は頭に血が昇ると、愚かなことをしでかすものだ。ついでに言えば、頭に血が昇ったふりをしているときには、なかなか利口に立ちまわるものだよ」

「よしてくださいよ、保安官。わざわざ自分のゴルフクラブで人を殺したりなんかしませんよ」

「きみの計画では、二メートルの泥がたまった水深十五メートルの湖の底に葬るはずだったクラブでだ。ああ、ところで、きみのものかどうかは別として、クラブにはきみの指紋がべたべた付いていたよ」

「私の指紋をどこで手に入れたんです？」ロンは鋭い口調で訊いた。

「エバーズ家だ。ハールのクローゼットの扉と、きみが壁に投げつけたコーヒーカップから採取した。ロン、まだいくつか訊いておきたいことがあるんだが」

ロンは目を上げてキッチンの窓から外を見た。偶然にも、あのビャクシンの茂みがちょうど見えた。「これ以上何もお話ししたくありませんね」

「きみには黙秘権がある」

「弁護士の同席を求めたい」

「その権利もある。さてと、両手を出してもらえるかな。手錠をかけたら、一緒に署ま

でドライブだ」

ロン・アシュベリーは、わが子のために多大な犠牲を払った父親として、一躍ヒーローとなってモントーク男子刑務所に迎え入れられた。

チャンネル9でグウェンのインタビューが放映された日、同じ翼棟の全在監者がテレビ視聴室に集まって画面を見つめていた。ロンは後列の席に肩を丸めて座り、ニュースキャスターの質問に答える娘の声に耳を傾けていた。

「その変態に下着を盗まれたり、学校から帰る途中や水着姿の写真を勝手に撮られたりしました。本物のストーカーみたいだった……でも、警察は何もしてくれませんでした。助けてくれたのは、父です。父の行為を心から誇りに思ってます」

ロン・アシュベリーはこれを聞いて、四月のあの晩以来、数えきれないほど繰り返し思ったと同じことをふたたび思った――おまえが誇りに思ってくれてるのはうれしいよ、ハニー。ただし、ただし、ただし……パパはやってない。パパはハール・エバーズを殺してない。

逮捕直後、弁護士は、犯人はひょっとしたらドリスではないかとほのめかした。しかし、もしそうなら、ロンが濡れ衣を着せられるのをドリスが黙って見ているはずがない。それに、ハールが殺されたとされる時刻、ドリスはロンを探してあちこちに電話をかけていたと大勢の友人や近所の住人が証言している。通話記録もそれを裏づけていた。

次に疑いを向けられたのは、ハールの父親だった。事件当夜に父親が話した内容をロンは記憶していた。しかし、ロンが騒音をまき散らしながら車で走り去ったため、エバーズ家の近隣住人の詮索好きな一部は、いったい何事かと、夜通しエバーズの家から目を離さずにいた。そして、夫も妻も平屋建ての家から一度も出なかったと法廷で証言した。

ロンは自殺説まで持ち出した。ロンに追われていることを知っていたハールは、その歪んだ心で復讐を思いつき、アシュベリー家に舞い戻った。そしてゴルフクラブを盗み出し、ふらふらと線路脇へ向かった。そこで自分の頭を殴り、クラブを湖のほうへ投げたあと、朦朧とした状態で這うように線路に登り、列車が来るのを待った。弁護士もこの説を展開してはみたものの、検察と警察は一笑に付した。

そのあと、ロンの頭に真相がひらめいた。

コネティカット州の少女の兄のしわざだ！　グウェンの前にストーキングに遭ったという少女の兄。そのシナリオが映像となって脳裏に映し出された——若者がローカストグローヴにやってきて、妹と、わりを食って殴られた自分の意趣返しを狙い、ストーカーをストーキングする。ハールがまた安全な病院に送り返されるのではないかとおそれた兄は、即座に行動を起こさなくてはと考えて、アシュベリー家の物置きに侵入した。

この仮説も検事にはねつけられ、結局、ロンは起訴された。

誰もが司法取引を勧めた。無実を訴えることに疲れ果てたロンは、ついに折れて取引

に応じた。公判は行なわれなかった。判事は取引を認め、ロンに二十年の実刑を宣告した。七年たてば仮釈放の審査が受けられる。ロンのひそかな希望は、コネティカットの少女の兄が考えを変えて自首してくれることだった。しかしその日が来るまで、ロン・アシュベリーはニューヨーク州の刑務所で暮らすことになる。

テレビ視聴室に座り、画面に映し出されたグウェンを見つめ、オレンジ色の囚人服のジッパーをぼんやりともてあそびながら、ロンは小さな違和感を覚えていた。いったい何がひっかかるのだろう？

ついさっきグウェンがインタビュアーに話した何か。

待てよ……。

水着姿の写真だって？

ロンははっと背筋を伸ばした。

ハールのクローゼットには、水着姿の写真は一枚もなかった。公判にも提出されていない。そもそも公判が開かれていないのだ。水着姿の写真があったという話は一度も聞いていない。仮にそんなものがあったのだとして、グウェンはどうしてそのことを知っているのだ？

恐ろしい考えが浮かんだ。滑稽なほど恐ろしい考えだった。だが、ロンは笑わなかった。熟考に迫られていた——その恐ろしい思いつきの周囲に、ほかの考えがまるで醜悪な雑草のように芽を出し、はびこり始めた。満月の夜に襲うというハールの脅しの言葉

を聞いたのはグウェン一人だけだ。ハール側の言い分は誰も聞いていない──聞いたとすれば、ガーデンシティの精神科医一人だけで、その精神科医はハールの退院を認めた。ハールがロンに言ったのは、グウェンを愛していること、グウェンも彼を愛しているということだけ──いかにも女の子に夢中になった若者が言いそうなことではないか。言ったときの態度はいくぶん薄気味悪かったにしても。

ロンの頭のなかを無数の考えがぐるぐるとめぐった。八か月前、下校途中にハールのほうから近づいてきたというグウェンの話を周囲の全員が鵜呑みにした。そして、それ以来ずっとハールが一方的にグウェンを追いまわしていたのだと決めつけた。グウェンのほうがハールの気を引いたという可能性はまるで思い浮かばなかった。

では、下着の件は……？

グウェン本人があのパンティをハールに渡したなどということがありえるだろうか。

ふいに激しい怒りを感じて、ロンは跳ねるようにして立ち上がった。その拍子に椅子が倒れて大きな音を立てた。看守がゆっくりとやってきて、椅子を起こすよう身ぶりで命じた。

椅子を起こす間も、いろんな考えが猛烈な勢いで頭のなかを駆けめぐった。それが真相なのか？　いま彼が考えていることが、真相なのか？　そんなことがありえるだろうか。

娘は……娘のほうがあの頭のおかしな男を挑発したのか？

進んで写真を撮らせ、下着を渡したのか？

あの小娘めが！

お仕置きしてやりたいところだ！　きょうから外出禁止にしてやりたいところだ！　お尻を叩けば、娘はちゃんとふるまいを正した。強く叩けば叩くほど、教訓を呑みこむのも早かった。そうだ、ドリスに電話して、ピンポンのラケットで娘の尻を叩いてもらわなくては。それから――

「よう、アシュベリー」看守が低い声で言った。テレビ画面をにらみつけるロンの紫色に染まった顔を見つめている。「落ち着けよ。おとなしく座ってられないなら、監房にでも戻ってろ」

ロンはゆっくりと看守に顔を向けた。

ふいに冷静さを取り戻した。何度か深呼吸をして、いまのはただの妄想だと考え直した。グウェンは純粋な娘だ。無邪気そのものではないか。それに、論理的に考えてみろ。ハール・エバーズのような男に色目を使い、気を引くような真似をするどんな理由があるというのだ？　娘は正しく育ててきた。正しい価値観を教えた。家族観を教えた。あの子は、大人になりかけの少女はどうあるべきかという彼の理想像どおりの娘だ。

しかし、娘のことを考えていると、むなしさだけが募った。それ以上、インタビューを見ていられなかった。ロンはテレビに背を向けると、誰もいない娯楽室へと重い足取りで歩きだした。

だから、ロンがインタビューの最後の部分を聞くことはなかった。インタビュアーがグウェンに、これからどうするつもりかと尋ねた部分を。グウェンは若い娘らしくうふふと笑って答えた。先生やクラスメートと一緒に、一週間の予定でワシントンDCに見学旅行に行くの。何か月も前からずっと楽しみにしてたんです。インタビュアーは訊いた。あら、ボーイフレンドも一緒なのかしら？　すると少女は、はにかんだ様子で、ボーイフレンドはいませんと言った。もちろん、募集中ですけど。

次にインタビュアーは、高校卒業後の進路を尋ねた。進学する予定？

いいえ、大学に行く気はありません、とグウェンは答えた。何かおもしろいことにチャレンジしたいわ、ついでに旅行が楽しめるようなこと。スポーツのプロをめざすのもいいかもしれない。たとえばゴルフとか。この何年か、父に何時間も何時間もスウィングの練習をさせられてきましたから。

「父はいつも言ってました。将来、役に立つスポーツを身につけておきなさいって」グウェンはそう説明した。「まさに鬼コーチでした。でも、おかげでゴルフのスウィングには自信があります」

「それにしても、つらい体験でしたね。うるさくつきまとっていたモンスターから解放されて、いまはさぞほっとしてるでしょう」

グウェンはふいに奇妙な笑い声を漏らすと、カメラをまっすぐに見据えて答えた。

「ええ、それはもう」

解説

三橋　暁

ジェフリー・ディーヴァー初の短篇集『クリスマス・プレゼント』をお届けする。

さて、ショートストーリーには、長篇小説とはまた別の才能が必要だとよく言われる。天は二物を与えず、とはよく言ったもので、ミステリの世界を眺め渡しても、なるほど長篇と短篇の両方を器用に書き分ける作家は、ことのほかすくない。スタンリー・エリンやクリスチアナ・ブランド、ヘレン・マクロイなどの故人に対して、現役ではローレンス・ブロックやルース・レンデルなど、二足のわらじをはきこなす作家は、今も昔も僅かひと握りの稀有な存在といっていいだろう。

そんなわけで、ディーヴァーの魅力にぞっこん参っているであろう読者の皆さんといえども、初の短篇集である本書を手にされて、ちょっとした不安に駆られているのではないだろうか。長篇ミステリには定評のあるディーヴァーだが、翻訳ミステリの専門誌に掲載されたり、アンソロジーに収録されたショートストーリーにまで目を向け、小まめにチェックを入れている読者は、むしろ例外的だろう。

しかし、心配はご無用。ディーヴァーは長篇しか読んだことがないというあなたも、本作品集でこの作家のもうひとつの別の顔に出会うことになるのは間違いない。すなわち、ショートストーリーの名手としての顔である。それは、ひと足お先に本書を手にして、巻措くあたわずの読書をたった今終えたばかりのわたしが保証をする。

さて、ジェフリー・ディーヴァーの公式サイトによれば、彼は一九五〇年にシカゴの郊外に生まれた。広告会社のコピーライターだったという父親の影響もあったのだろうか、十一歳の時にはすでに二章からなる小説を完成させる早熟な少年だったようだ。

ミズーリ大学でジャーナリズムの学士号を取得した後、雑誌に記事を書きながら、ロースクールにも通ったという彼は、卒業後、しばらくの間ウォールストリートの大きな法律事務所に籍を置いた。しかし、弁護士稼業の傍ら手を染めた作家業のウェイトが、次第に高まっていった結果、フルタイムの小説家としてデビューすることに。

八〇年代後半に、マイナー出版社から上梓したペイパーバックオリジナルのいくつかは、今やコレクターズアイテムと化しているようだが、作家として実質的な最初の一歩を刻んだのは、八八年に発表された『汚れた街のシンデレラ』だろう。キース・ピータースンの『夏の稲妻』に敗れ、惜しくも受賞は逃したものの、この作品はエドガー賞の最優秀ペイパーバック賞にもノミネートされた。

この初期のディーヴァーの作品のうちのいくつかは、少し遅れてわが国にも翻訳紹介されているが、当時はあまり話題にならなかった。というのも、決して出来は悪くないのだけれど、後の作品に較べてしまうと、やや見劣りするのは否めない。人物造形、サスペンス、捻りのきいたプロットといったディーヴァーの決め技の印象が希薄なのだ。

しかし、試行錯誤の習作期を経て、九四年の『眠れぬイヴのために』あたりを境に、ディーヴァーはめきめきと頭角を現しはじめる。そしてその翌年の『静寂の叫び』でさらに弾みをつ

けて、ついに決定打ともいうべきリンカーン・ライム・シリーズの第一作『ボーン・コレクター』が登場する。

このシリーズは、優秀な捜査官でありながら、不幸な事故から四肢麻痺の状態に陥り、安楽死を願う日々を送っていたリンカーン・ライムが、ふとしたことから行動派の女刑事アメリア・サックスと出会い、生きる意欲を取り戻すとともに、さまざまな難事件に取り組んでいくというもので、従来の安楽椅子探偵ものの定石を破って、スケールの大きな展開と手に汗を握るサスペンスが新鮮だった。また、主役をもしのぐ印象的な敵役を登場させたりする面白さとも相まって、当初は単発作品のつもりだった、という作者の思惑を越え、ディーヴァーの看板シリーズへと成長していくことになった。

それ以降のジェフリー・ディーヴァーの活躍ぶりは、多くの読者が既にご存知のとおりで、リンカーン・ライムのシリーズと、ノン・シリーズを交互にリリースする一方、ウィリアム・ジェフリーズの名で上梓した過去の二作を新作と合わせてディーヴァー名義でリメイクするなど、まさに八面六臂《ろっぴ》の活躍を続けている。

しかし、長篇小説を次々ベストセラー・リストに送り込む作家に成長したディーヴァーだが、巻頭の作者自身によるまえがきにもあるとおり、彼のルーツには少年時代から親しんだショートストーリーという小説形式があった。O・ヘンリーやドイル、ブラッドベリという少年時代の愛読書からは、本好きの子どもだったディーヴァーの姿が目に浮かぶようで微笑ましいが、ようやく作家生活が軌道に乗り始めた九〇年代中盤から、自らショートストーリーの分野に手を染め始める。

作品の主な発表舞台は、本国版「エラリー・クイーンズ・ミステリ・マガジン」や「アルフレッド・ヒッチコック・ミステリ・マガジン」だったが、評判が評判を呼び、オリジナル・アンソロジーへの執筆依頼なども次第に舞い込むようになり、アン・ペリーやエド・マクベイン、オットー・ペンズラーなどの要請に応え、ショートストーリーを寄稿する機会は益々増えていった。

この分野においても、まさに水を得た魚のディーヴァーは、「エラリー・クイーンズ・ミステリ・マガジン」では二度の読者賞を、さらには、こちらはノミネートどまりだが、「ひざまずく兵士」と「三角関係」で、九八年と二〇〇〇年のエドガー賞最優秀短篇賞の候補作にも選ばれている。

ショートストーリーの名手としての呼び名が高まるにしたがって、ミステリ・ファンの間では、その個人短篇集が待ち望まれるようになったが、二〇〇三年十二月になって、Simon & Schuster 社からようやくリリースされたのが、本書『クリスマス・プレゼント』である。そういう意味で本書は、まさにジェフリー・ディーヴァーという作家のもうひとつの才能のマイルストーンということができるかもしれない。収録作品は、全部で十六篇あり、収録作品については以下のとおりである。

「ジョナサンがいない」*Without Jonathan* EQMM Nov.2002 ／〈ミステリマガジン〉2004–12
（「ジョナサンのいない人生」）
「ウィークエンダー」*The Weekender* EQMM Dec.1996 ／〈ジャーロ〉2004–秋

「サービス料として」*For Services Rendered* EQMM Nov.1999

「ビューティフル」*Beautiful* EQMM Oct.2001／〈ミステリマガジン〉2002-11

「身代わり」*The Fall Guy* EQMM Jan.1999／〈EQ〉1999-4

「見解」*Eye to Eye*　Lia Matera 編 *"Irreconcilable Differences"*（1999）／〈ミステリマガジン〉2002-11

「三角関係」*Triangle*＊ EQMM Mar.1999／〈ジャーロ〉2000-秋（「トライアングル」）

「この世はすべてひとつの舞台」*All the World's a Stage*　Anne Perry 編 *"Much Ado About Murder"*（2002）

「釣り日和」*Gone Fishing* EQMM Oct.1995／〈EQ〉1996-7（「釣果」）

「ノクターン」*Nocturne* EQMM Feb.1999／〈ミステリマガジン〉2001-2

「被包含犯罪」*Lesser-Included Offense*＊ EQMM May.2001／〈ミステリマガジン〉2002-11

「宛名のないカード」*The Blank Card* EQMM Feb.1999

「クリスマス・プレゼント」*The Christmas Present* 書き下ろし

「超越した愛」*Together* EQMM Feb.1995

「パインクリークの未亡人」*The Widow of Pine Creek*　Sarah Shankman 編 *"A Confederacy of Crime"*（2001）／〈ミステリマガジン〉2002-7

「ひざまずく兵士」*The Kneeling Soldier* EQMM Mar.1997／〈EQ〉1997-7（「ストーカー」）

EQMM …本国版「エラリー・クイーンズ・ミステリ・マガジン」　＊…同誌読者賞受賞作

本作品集の原題は、Twisted（捻り）だが、まさにディーヴァーのショートストーリーの特徴を象徴するタイトルといっていいだろう。繰り返し強調しているように、ディーヴァーのショートストーリーは、いわゆる長篇作家の余技という次元のものではなく、まさにプロフェッショナルの仕事と呼ぶに相応しい。閃《ひらめ》きやサプライズ・エンディングといった職人芸が、ひとつひとつの作品で冴え渡っているのだ。

とりわけ「ジョナサンがいない」、「サービス料として」、「三角関係」、「身代わり」などが読者に仕掛ける罠は実に巧妙で、ディーヴァーの才能が見事に実を結んでいる例といえるだろう。その完成度の高さはかなりのもので、もし長篇小説での活躍がなければ、ディーヴァーという作家は、これらの作品で短篇作家として脚光を浴びたであろうことは想像に難くない。

この作品集においては、捻りのきいたアイデア・ストーリーが前半に集中しているのに対し、後半の作品には、ショートストーリーでありながら、ディーヴァーの長篇小説が持っていた旨味を、実に数多く引き継いでいるものが多い。ハートウォーミングな音楽ミステリの「ノクターン」や、シェイクスピアが登場する歴史ミステリの「この世はすべてひとつの舞台」など、人物の造形ひとつとっても、これらのショートストーリーの登場人物たちは、その存在感において長篇のそれに一歩もひけをとらない。巧妙なプロット、絶妙の語り口、洒脱なユーモアなども、それにしかり。本来別物である筈のショートストーリーという器に、ディーヴァーは見事に長篇小説のテクニックを注ぎ込んでみせるのだ。

唯一の書き下ろし作品である表題作にも触れておかねばならないだろう。この作品は現時点

でリンカーン・ライムもの唯一の短篇小説であり、本作品集における最大の目玉ともいえる作品に違いない。クリスマス・イブに起きたありふれた失踪事件が、やがてとんでもない事態へと発展していく。ライムとアメリアは、イブを返上して、事件の捜査にあたる。

なぜショートストーリーを書くのかとの問いに、ただ「好きだから」と答えたのは、この分野の神様ともいうべきエドワード・D・ホックだが、ディーヴァーからもきっと同じ答えが返ってくるに違いない。この作品集から伝わってくるのは、そんなシンプルで、しかし根源的なショートストーリーへの情熱だと思う。これを機会に、ディーヴァーという作家のショートストーリー作家としての非凡なる才能に注目が集まることを期待してやまない。（文芸評論家）

文春文庫

クリスマス・プレゼント

定価はカバーに
表示してあります

2005年12月10日　第1刷
2006年12月5日　第6刷

著　者　ジェフリー・ディーヴァー
訳　者　池田真紀子《いけだまきこ》 他
発行者　庄野音比古
発行所　株式会社 文藝春秋
東京都千代田区紀尾井町 3-23　〒102-8008
TEL 03・3265・1211
文藝春秋ホームページ　http://www.bunshun.co.jp
文春ウェブ文庫　http://www.bunshunplaza.com

落丁、乱丁本は、お手数ですが小社製作部宛お送り下さい。送料小社負担でお取替致します。

印刷・凸版印刷　製本・加藤製本

Printed in Japan
ISBN4-16-766187-X

文春文庫　最新刊

シリウスの道　上下　藤原伊織
迫状には二十五年前の秘密が。広告業界の内幕を描く長篇ミステリー

邂逅《いこう》の森　熊谷達也
タギの世界を描き、直木賞&山本周五郎賞ダブル受賞の感動巨篇

男　坂　志水辰夫
にげない日常の人生の機微を綴る、味わい深い作品集

かげろう飛脚　鬼悠市 風信帖　高橋義夫
林に暮らす足軽の鬼悠市。しかし一朝事あれば、剣が唸る

ぼくのキャノン　池上永一
村の守り神である「キャノン様」——戦後世代が描く沖縄戦の記憶

悪人列伝　中世篇　海音寺潮五郎
後世に悪人と断罪された人物のもう一つの姿を浮き彫りにした名作

蒼ざめた馬を見よ〈新装版〉　五木寛之
レニングラード、モスクワなどを舞台にした初期の代表的傑作集

民族と国家を超えるもの　司馬遼太郎対話選集10　司馬遼太郎
岡本太郎と縄文を語り、梅棹忠夫らと民族国家を考える対談集

運命の夜明け　真珠湾攻撃全真相　森　史朗
真珠湾奇襲の全容を壮大なスケールで再現する傑作ノンフィクション

口語訳　古事記　神代《かみよ》篇・人代《ひとよ》篇　三浦佑之　訳・注釈
古事記ってこんなに面白かったのか！　評判の名著がついに文庫化

新宿 歌舞伎町　新・マフィアの棲む街　吾妻博勝
闇社会・歌舞伎町のいまを徹底取材したルポルタージュ

不時着　特攻—「死」からの生還者たち　日高恒太朗
彼らは喜んでお国のために死んだのか。日本推理作家協会賞受賞の特攻論

瑠璃《るり》の翼　山之口　洋
日ソが激突したノモンハン事件。空に戦った男たちを描いた長篇小説

オン・セックス　鹿島茂対話集
その道の権威十五人と性の全てを語り尽くした、驚愕の集大成

ふつつか台所自慢　平野恵理子
愛しい台所の道具たちと料理の数々。カラーイラストエッセイ集

学力低下を克服する本　小学生でできること 中学生でできること　陰山《かげやま》英男・小河《おごう》　勝
わが子のつまずきを発見し、圧倒的学力をつける方法をお教えします

もうひとつの日本は可能だ　内橋克人
人間の原点に戻れ。そこに真の経済はある。警鐘と希望の書

デス・コレクターズ　ジャック・カーリイ　三角和代訳
話題作『百番目の男』、待望のシリーズ第二作！

ブルックリンの八月　スティーヴン・キング　吉野美恵子ほか訳
巨匠の多彩な魅力を堪能できる物語六篇を収録